W0291979

Clare Marchant

La SPIA *della* REGINA

Traduzione di Micol Cerato

HarperCollins

ISBN 979-12-5985-260-1

Titolo originale dell'edizione in lingua inglese:
The Queen's Spy
Avon
A division of HarperCollins *Publishers* Ltd
© 2021 Clare Marchant

Traduzione di Micol Cerato

Clare Marchant detiene il diritto morale
di essere identificata come autrice dell'opera.

Tutti i diritti sono riservati incluso il diritto
di riproduzione integrale o parziale in qualsiasi forma.
Questa edizione è pubblicata in accordo con
HarperCollins Publishers Ltd, Londra, UK.
Questa è un'opera di fantasia. Qualsiasi riferimento a fatti
o persone della vita reale è puramente casuale.

© 2024 HarperCollins Italia S.p.A., Milano
Prima edizione HarperCollins
aprile 2024

FSC
www.fsc.org
MISTO
Carta da fonti gestite
in maniera responsabile
FSC® C005461

Questo libro è prodotto con carta FSC certificata e da fonti controllate con un sistema
di controllo di parte terza indipendente per garantire una gestione forestale responsabile.

Dominic, Tobias, Laura, Bethany, Imogen, Gregor:
siete il mio mondo

1

Giugno 2021

Il suo respiro rumoroso, un violento sibilo di aria e saliva, echeggiò nell'area semideserta e cavernosa del controllo di frontiera. Una cattedrale dell'era moderna, volta ad accogliere tutti nelle sue sale consacrate. *Ma forse non tutti*, pensò Mathilde al cospetto dell'uomo arcigno che le stava di fronte. Dietro di lui, un cartello impolverato e stridente: BENVENUTI IN INGHILTERRA. La maggior parte dei suoi compagni di traversata era già risalita in auto per proseguire il viaggio, mentre gli ultimi passeggeri a piedi scendevano dal traghetto con gli zaini sporchi sulle spalle stanche. Lei invece era lì, trattenuta in quel vasto ambiente freddo e pieno di echi da un vecchio zelante con l'uniforme scalcagnata che continuava a bersagliarla con le stesse domande.

«Ha la doppia nazionalità?» Sventolando il suo passaporto che teneva aperto con il pollice, l'uomo ripeté lentamente: «È francese o libanese?».

«*Oui*, francese» rispose con altrettanta lentezza lei, fingendo di non capire, nella speranza che l'agente rinunciasse e la lasciasse proseguire per la sua strada. «Sono francese.»

«Ma qui» lui le mostrò una pagina del passaporto, «dice che è nata in Libano.» Scandì bene ogni parola. Mathilde lo guardò inespressiva, aprendo piano i pugni serrati per distendere le dita e tornare poi a contrarle verso i palmi. L'espressione vacua di solito funzionava, ma quel vecchio era tenace e la scortò in una piccola sala interrogatori, dove le diedero dell'acqua tiepida in un bicchiere di plastica mentre aspettavano di rintracciare un interprete dal francese. Erano a quarantatré chilometri dalla Francia, quanto poteva essere difficile?

Frugando nella borsa, lei estrasse la lettera che l'aveva condotta fin lì. Era stampata su spessa pergamena color crema, il tipo di corrispondenza che convinceva il destinatario ad aprirla all'istante. Inquietante e burocratica. Il legale che la spediva si era profuso in una lunga spiegazione su come, durante un viaggio a Stoccolma, avesse visto la foto pubblicata da Mathilde sulla rivista *Amelia* e grazie a quella fosse riuscito a rintracciarla. Era stato fortunato, considerando i suoi continui spostamenti per passare inosservata. Se la rivista avesse riportato il suo pseudonimo anziché scrivere il vero nome, Mathilde avrebbe goduto ancora del suo anonimato. Ma la lettera insisteva sull'urgenza di contattare il mittente per una questione relativa alla proprietà di Lutton Hall, in Inghilterra. Nel Norfolk, per la precisione. Lei aveva cambiato idea tre volte prima di decidersi a prenotare il traghetto. Non aveva idea di cosa volessero, ma quegli avvocati sembravano molto impazienti di incontrarla.

Ed eccola lì, come indicato nella lettera che stringeva in mano, diretta nel villaggio del Norfolk dove sperava di ottenere qualche risposta. O almeno quello era il programma, se quegli idioti l'avessero lasciata andare anziché farle perdere tempo. Era sempre la stessa storia, qualcuno in uniforme e con troppo tempo libero a disposizione avvistava la sua ambulanza leggermente malridotta convertita in furgone e si insospettiva all'istante. Soprattutto quando le chiedevano di mostrare il passaporto, i visti e il luogo di nascita da cui emergeva che era sempre in viaggio. Ma cosa si aspettavano da una fotoreporter? Non avrebbe di certo potuto fotografare molte zone di guerra o piazze in rivolta dal suo bilocale parigino, giusto?

Un secondo uomo interruppe il corso dei suoi pensieri.

«Posso avere le chiavi del suo furgone?» chiese. Fuori dalla finestra, Mathilde vide due poliziotti con al guinzaglio un paio di vivaci Springer Spaniel che saltavano su e giù abbaiando come ossessi. Sogghignò. Non avrebbero trovato alcun tipo di droga - sapeva benissimo per cosa erano addestrati quei cani. Infilò una mano nella tasca ed estrasse la chiave.

«Ho delle piantine nel vano anteriore» socchiuse gli occhi, «erbe medicinali, non marijuana» precisò. «Fate in modo che i cani non le rovinino, per favore.» Con espressione immutata, l'uomo afferrò le chiavi e scomparve. Lei rimase a osservare mentre i poliziotti facevano annusare con cura la miriade di erbe e spezie che coltivava, finché alla fine scesero con i cani visibilmente delusi e richiusero il furgoncino.

Quando ormai cominciava a domandarsi se il suo viaggio sarebbe andato oltre Dover, qualcuno al telefono riuscì finalmente a confermare che, malgrado fosse originaria di Beirut, Mathilde aveva la cittadinanza francese ed era pertanto in pieno diritto di entrare nel Regno Unito. Con un ghigno, lei agguantò la borsa con le chiavi che le avevano restituito e uscì a grandi passi dalla stanza, tenendo il passaporto in mano. Ne aveva già abbastanza di quel paese dimenticato da Dio, e ci aveva appena messo piede. Prima riusciva a risolvere il problema per cui era stata convocata, prima poteva fare ritorno alla sua esistenza girovaga, lontana dalle regole, dalle autorità e da una società che non le piaceva e non capiva. Un luogo in cui si sentiva protetta.

2

Gennaio 1584

Tutt'intorno le persone si spintonavano per sbarcare; una massa di uomini, donne e bambini che si guardava intorno confusa sulla banchina, come incredula di essere finalmente di nuovo sulla terraferma. L'aria sapeva di mare, un odore così familiare da sentirne ormai il sapore in gola: l'intensa nota salmastra e l'effluvio pungente del pesce che era stufo di mangiare, mischiati al tanfo di corpi sporchi e sudati a cui quasi non faceva nemmeno più caso. Dopo due giorni sulla nave sentiva le gambe malferme e, malgrado fosse approdato sulla terraferma, gli sembrava ancora di ondeggiare. Accanto a lui, un bambino si stringeva al petto una gabbia con due uccellini gialli che svolazzavano avanti e indietro. Gli sorrise, strizzando l'occhio nella sua direzione, e il fanciullo ricambiò con un sorriso entusiasta. Sembravano tutti molto lieti di essere arrivati, nonostante per fortuna la traversata fosse stata calma e tranquilla. Sopra di lui, enormi scogliere bianche si levavano verso un cielo pallido, freddo e ostile. Tom si domandò se davvero quel viaggio lo avrebbe aiutato a trovare infine tutto ciò che stava cercando.

Una pesante mano gli batté sulla schiena e voltandosi Tom fu lieto di vedere il suo compagno di viaggio William. Avevano stretto amicizia durante la traversata, quando si erano accorti di trasportare entrambi bagagli colmi di piante e bulbi. Malgrado Tom fosse sordomuto dalla nascita, erano riusciti a comunicare con rudimentali gesti delle mani uniti all'abilità di Tom nel leggere il labiale e scrivere qualche parola sulla tavoletta cerata che aveva portato con sé. Consisteva in una lastra di avorio levigato munita di vari strati di cera su cui poteva tracciare le parole per poi cancellarle e scrivere ancora. Era più semplice che passare il tempo a cercare scampoli di pergamena. Aveva dovuto imparare in tenera età a scambiare e condividere informazioni, e la madre adottiva glielo aveva insegnato nel laboratorio mentre creavano pozioni e medicamenti con erbe e piante varie. Ora comprendeva la maggior parte delle parole e non veniva mai preso per scemo. William apprezzava che Tom non lo coinvolgesse in chiacchiere inutili, e avevano trascorso molte ore seduti sul ponte a guardare in silenzio le manovre, in compagnia degli immancabili gabbiani. L'amico gli indicò di prendere i bagagli e seguirlo, poi insieme si allontanarono dalla banchina su gambe malferme.

Avevano percorso appena pochi metri quando Tom avvertì uno strattone al braccio e si voltò per ritrovarsi faccia a faccia con una delle guardie del porto. L'uomo gli stava dicendo qualcosa e lui osservò in silenzio le sue labbra sperando di cogliere qualche parola conosciuta che rivelasse il succo del discorso, ma era smarrito. Il suo inglese era scarso, nonostante fosse la sua lingua materna; non lo usava da anni e la velocità con cui l'altro parlava non era d'aiuto. Le zaffate del suo alito maleodorante e la vista dei suoi denti anneriti gli strapparono una smorfia facendolo indietreggiare di un passo. L'uomo serrò la presa sul suo braccio, tanto da pizzicargli la pelle. Tom non poteva udirlo, tuttavia, dal suo volto paonazzo e dal fervore con cui sputacchiava, intuiva che non era affatto felice della sua mancanza di reazioni. Ci era abituato. Tentò di esporgli con i soliti gesti la sua condizione di sordomuto, ma non era facile con un braccio stretto in una morsa.

Di colpo, l'uomo spostò lo sguardo oltre le sue spalle. Voltandosi, Tom vide che era scoppiata una rissa vicino alla nave da cui erano appena sbarcati, dopodiché la guardia si dileguò correndo in direzione della mischia. Deciso ad approfittare di quella distrazione per darsela a gambe, Tom si sistemò meglio la sacca con i suoi averi sulla spalla e si affrettò a seguire William verso la strada per Londra. In quanto sordomuto dava nell'occhio anche se cercava di mimetizzarsi ed era abituato a essere fermato dovunque andasse. Sospetto e diffidenza erano identici in tutte le lingue.

La sacca era pesante e il prezioso trittico che conteneva, un dipinto con i tre pannelli fissati alla meno peggio da cerniere, aveva spigoli appuntiti che gli si conficcavano nella spalla, ma Tom non se ne curò. Era felice di essere di nuovo in Inghilterra, il paese dove era nato più di quarant'anni prima e di cui aveva ormai ricordi vaghi. La madre adottiva l'aveva condotto in Francia ancora bambino, poche ore prima che gli uomini di Sua Maestà li scacciassero dalla loro casa. Suo padre – l'unico padre di cui Tom avesse memoria – era stato appena assassinato dal sovrano. Ucciso per il semplice fatto di aver lavorato al fianco di un segretario di nome Francis Dereham, ritenuto colpevole di aver commesso adulterio con la regina Caterina, la quinta moglie del re. Dereham era stato giustiziato e il padre di Tom era morto innocente mentre veniva torturato perché rivelasse informazioni che non possedeva. La madre adottiva però ne aveva tenuto in vita il ricordo attraverso i suoi dipinti, il linguaggio dei segni e il croco che coltivava. Malgrado il passato, Tom sperava di poter trovare di nuovo una casa lì, un posto dove sentirsi al sicuro e accettato. La gente non apprezzava i diversi, e non c'erano dubbi che lui lo fosse.

3

Giugno 2021

Mathilde rimase ferma per un momento nel crepuscolo che si addensava, a contemplare l'antica residenza di fronte a sé. Sembrava una delle tante dimore elisabettiane che aveva visto nei libri, ed era molto più grande del previsto. Larga e compatta come un bulldog inglese assopito nel calore della sera. Inondata dalla luce rosata del sole al tramonto, il graticcio di legno logoro in netto contrasto con i pannelli murari chiari, risplendeva illuminata dal riverbero fulgido e abbagliante dei vetri alle finestre.

Mathilde ricontrollò l'indirizzo indicato nella lettera che aveva ricevuto. Lutton Hall. Non c'erano dubbi che fosse nel posto giusto: aveva visto un cartello sbiadito all'uscita della provinciale. Il viale d'accesso era così lungo che, a un certo punto, aveva pensato si trattasse dell'ennesima stradina di campagna assurdamente stretta. Proseguendo tra siepi incolte e ortiche polverose che sferzavano il furgone, alla fine però era giunta nel cortile anteriore della residenza, con la ghiaia sconnessa quasi nascosta sotto uno spesso strato d'erbacce.

Nel complesso, il posto trasmetteva un senso di desolazione e trascuratezza. Sciatteria. Avvertendo un'immediata affinità con quel luogo, Mathilde decise che nessuno si sarebbe offeso se avesse parcheggiato lì. Girò il furgone in direzione del viale. Tieniti sempre pronta a partire: la prima regola che sua madre le aveva insegnato.

Nel raggiungere l'ampio ingresso in legno scuro punteggiato di borchie nere sormontato da un architrave in pietra liscia, si accorse che non c'erano battente o campanello. Bussò forte con il pugno, poi si spostò di lato e chiuse una mano a coppa sulla finestra per sbirciare dentro. La stanza era buia e, a parte qualche spigolosa sagoma bianca, non riuscì a vedere nulla.

«Posso aiutarla?» Con uno sgradevole tuffo al cuore, Mathilde si voltò verso la voce. Sulla soglia era comparsa una donna che dimostrava all'incirca la sua età, più bassa di lei ma con i suoi stessi occhi scuri sotto sopracciglia dritte e folte. I capelli di Mathilde erano quasi neri e le ricadevano fluenti lungo la schiena, mentre la sconosciuta aveva un caschetto castano, tuttavia c'era in lei qualcosa di familiare.

«Ho ricevuto una lettera a proposito di questa casa.» Mathilde frugò nella borsa alla ricerca della busta, ormai sgualcita e spiegazzata e ben diversa dalle condizioni impeccabili in cui era giunta. Gliela porse, felice che fosse in inglese per non dover spiegare nulla, e guardò il volto dell'altra sbiancare mentre leggeva.

«È meglio che entri» mormorò infine la donna con voce roca, riuscendo comunque a rivolgerle un sorriso tremulo mentre si faceva da parte e con un gesto la invitava ad accomodarsi. Mathilde accettò.

L'atrio enorme incuteva soggezione, proprio come si era aspettata osservando la casa dal cortile. Le pareti, rivestite in legno scuro e disseminate di arcigni ritratti a olio, salivano fino a un alto soffitto a volta simile a quello di una chiesa, decorato da rosoni colorati. Il grande caminetto di pietra e l'imponente scalinata di legno che piegava da un lato rendevano l'ambiente scenografico. Faceva molto freddo rispetto all'esterno. Rabbrividendo appena, Mathilde girò lentamente su se stessa. Quel luogo aveva qualcosa di insolito, inquietante, che le faceva rizzare i peli sulle braccia. Non era la prima volta che un edificio le trasmetteva una sensazione strana. Nel corso degli anni aveva fatto l'abitudine alla sua capacità di percepire le emozioni di una stanza, i ricordi di quanto vi era accaduto continuavano ad abitarla giungendo fino a lei. Il battito silente di un cuore che pulsava, il lieve respiro di qualcuno che, da lungo tempo dimenticato, in un'epoca lontana aveva vissuto tra quelle mura. Non l'aveva mai avvertito tanto forte come in quel luogo, però. Qualcosa, lì, la stava aspettando. Vigile e in attesa.

«Da questa parte, siamo in cucina» le disse la donna da sopra la spalla, scomparendo in un corridoio buio quanto il resto della sala. Mathilde si affrettò dietro di lei, accompagnata dall'inquietante sensazione di essere seguita.

La cucina era grande e luminosa, dominata da un antico fornello color crema. Mathilde ne ricordava uno simile dalla sua infanzia, che sprigionava fumo e calore in egual misura. Mentre era impegnata a riempire il bollitore la donna parlava, sfortunatamente troppo in fretta anche per la discreta padronanza della lingua posseduta da Mathilde, perciò quando si voltò con le sopracciglia alzate in attesa di una risposta, lei non poté fare altro che stringersi nelle spalle.

«Scusa... il mio inglese. Potresti parlare più lentamente, per favore?» Aveva captato la parola "sorella" ed era ancora più confusa.

«No, no, è colpa mia» la rassicurò la donna, poi scostò una

sedia e la invitò a sedersi. «Tè?» chiese, mostrandole due tazze prese dalla credenza.

Lei annuì. «Sì, grazie.» Appollaiata sul bordo della sedia di fronte, una bambina non le toglieva gli occhi di dosso. Chi erano quelle persone, perché era stata mandata lì? Non c'erano dubbi che il suo arrivo avesse sconvolto la donna, ma l'indirizzo sulla lettera era quello e a Mathilde non era certo sfuggita la sua espressione attonita a fine lettura. Qualcuno doveva spiegarle cosa ci faceva in quel posto, in quell'antica dimora, in un paese dove non aveva alcun desiderio di stare. Finalmente sedute a tavola con una tazza di tè scuro, la donna spinse verso di lei un piatto di grossi sandwich al formaggio. «Hai fame?»

Era passato parecchio dal suo ultimo pasto, perciò annuendo con gratitudine Mathilde afferrò un sandwich e lo divorò in pochi bocconi, poi aggiunse un paio di cucchiai di zucchero al suo tè e bevve avidamente. Le altre due la osservarono in silenzio.

Dopo aver mangiato tutto ciò che aveva davanti, venne il momento di scoprire cosa stava succedendo e se si era imbarcata in una frustrante caccia ai fantasmi: *une fausse piste*. Prese la lettera e la distese sul tavolo.

«Non capisco che cosa ci faccio qui» dichiarò indicando il foglio. «La lettera dice che devo incontrare quest'uomo, questo» si interruppe per scorrere il testo, «signor Murray, e che c'entra qualcosa la casa. Quindi perché mi hanno fatto venire qua?» Sventolò il foglio in direzione della donna.

«Non so perché Murray sia stato così evasivo, ma si tratta di tuo padre. E della sua morte.»

«Mio padre è morto quasi trent'anni fa, perché qualcuno dovrebbe volermi parlare di lui proprio adesso?» Mathilde cominciò ad alzare la voce, confusa.

«No, aspetta, perché pensi che sia morto da anni? È mancato a febbraio. A essere onesta, non mi aspettavo che riuscissero a trovarti. Hai sentito che cosa ti ho detto, poco fa? Sono tua sorella. Era anche mio padre.» Balzando in piedi, la donna prese una piccola fotografia incorniciata dalla credenza alle sue spalle e la fece scivolare sul tavolo. Sullo sfondo di un giardino ben curato, un uomo sorrideva all'obiettivo con il piede appoggiato sul bordo di una vanga. Mathilde riconobbe nel suo viso i propri occhi e, pur non volendolo ammettere, comprese all'istante che l'uomo era imparentato con lei.

«Non può essere vero» esclamò. «In ospedale hanno detto a mia madre che era rimasto gravemente ferito nell'esplosione della bomba e gli restavano poche ore di vita. Ci stava venendo a prendere e di colpo se n'è andato.» Finì il resto del tè e guardò torva davanti a sé, aspettando una spiegazione. Chiaramente annoiata da quel discorso, la bambina scivolò giù dalla sedia e lasciò la stanza; pochi istanti dopo si udirono i suoni di un cartone animato. Sorridendo, la donna alzò gli occhi al cielo e andò ad accostare la porta per ridurre il baccano, poi tornò a sedersi al tavolo, avvicinando la sedia a Mathilde e prendendole una mano. Lei si accorse di avere dita molto più lunghe e sottili delle sue.

«Le tue mani» la donna le accarezzò sorridendo, «somigliano tanto a quelle di papà.» Mathilde le ritrasse di scatto.

«Dimmi il vero motivo per cui sono qui» pretese.

«Sul serio, ti sto dicendo la verità. Sono tua sorella, Rachel.» Per un attimo lei faticò a elaborare l'informazione, e non a causa della barriera linguistica.

«*Non*. Non ho una sorella» ribatté, «perché dici così?»

«Tuo padre era Peter Lutton. Vedi? È scritto qui nella lettera del suo avvocato. Lutton Hall è la casa di famiglia. Be', ero sua figlia anch'io. Siamo sorelle. Sorellastre. Ho sempre saputo di te; lui parlava spesso della mia sorella maggiore. Aveva conosciuto tua madre a Beirut quando faceva il reporter di guerra e, come hai detto anche tu, stava venendo a prendervi per portarvi in Inghilterra quando una bomba ha fatto esplodere un edificio e la sua auto è rimasta intrappolata sotto le macerie. Non ha saputo quello che era successo finché non è uscito dal coma mesi dopo, in un ospedale di Londra. Tra il danno cerebrale e la frattura alle vertebre è sopravvissuto per miracolo, perciò non mi stupisce che a tua madre abbiano detto che non ce l'avrebbe fatta. Era messo così male che il cuore è andato in arresto più volte. Quando diciotto mesi dopo ha potuto tornare a cercarvi, voi eravate scomparse. Non ha mai superato lo shock e non ha *mai* abbandonato le ricerche. Appena possibile volava in Libano e poi in Francia, metteva annunci sui giornali, qualunque cosa. Abbiamo trascorso lì molte vacanze estive mentre seguiva qualche pista. In tutta sincerità non pensavo che gli avvocati ti avrebbero trovata, ma è evidente che mi sbagliavo. Gli somigli così tanto. Dopo essere tornato in Inghilterra è finito a lavorare a Londra, a Fleet Street, e poi ha sposato mia madre. Come dicevo, però, abbiamo sempre saputo di te. Non eri certo un segreto. Come diavolo ha fatto a trovarti il vecchio Murray dello studio legale?»

Mathilde si sentiva scossa. Era sola da anni. Dopo la morte della madre aveva preso a viaggiare con il suo furgone, scattando fotografie che vendeva quando possibile e cacciandosi spesso in situazioni pericolose per ottenere scatti memorabili e farsi un nome. E adesso scopriva di aver ereditato i geni del giornalismo dal padre, un uomo di cui non serbava memoria. Il padre morto di cui sua madre non aveva mai avuto la forza di parlare.

«C'era il mio nome su una rivista, sotto una foto che ho scattato.» La voce le uscì stentata.

«A Beirut? Ci sei tornata dopo la guerra? Vivi lì adesso?»

«*Non*. No. Siamo fuggite quando i bombardamenti si sono intensificati. In seguito la mamma mi raccontò che papà era morto da pochi mesi, o così credeva, almeno. Siamo arrivate in Francia come rifugiate e ci siamo stabilite lì quando ero piccola. Non ricordo nulla del Libano e non ci sono mai tornata. Non c'è niente per me, laggiù. Mia madre si è sempre rifiutata di raccontarmi del nostro viaggio in Francia e di come siamo finite a fare la vita che facevamo. Le bombe, la morte, non l'hanno mai abbandonata. Era...» Si guardò intorno, come se potesse trovare il termine che cercava negli angoli bui della stanza. «... *traumatisée*. Adesso diremmo che soffriva di DSPT. Si teneva tutto dentro. È morta quando avevo sedici anni.» Le si inumidirono gli occhi al ricordo della donna spaventata e tormentata dal passato che era stata sua madre, sempre intenta a nascondersi dal mondo. Scene della sua infanzia, insulti sussurrati dietro le mani e dita puntate contro la *femme folle*, la "pazza" che non era pazza ma mutilata dentro. Faticava a immaginarla giovane, felice e innamorata come doveva essere stata prima della guerra. Adesso era troppo tardi, Mathilde non avrebbe mai saputo cosa fosse davvero accaduto il giorno in cui suo padre non era venuto a prenderle.

«Ascolta.» Rachel le sfregò con forza il dorso delle mani. «Sei sconvolta, lo vedo. Non avevo capito che non sapevi della nostra esistenza. Pensavo che il vecchio Murray ti avesse fornito almeno qualche dettaglio, anche se nella lettera promette di illustrarti la situazione di persona. Forse non si aspettava che venissi direttamente qui senza passare prima dal suo studio. Gli ho rovinato tutto per colpa della mia lingua lunga.» Rise. «Forse è il caso che non dica altro, possiamo chiamarlo domattina e fissare un appuntamento. Nel frattempo, stanotte ti fermi qui. Le camere sono un po' umide e puzzano di chiuso, ma alcune sono in condizioni migliori.» La sua voce si affievolì.

«Cos'altro c'è da sapere?» chiese Mathilde. «Hai detto che non è il caso di dire altro. Ci sono altri parenti? Fratelli o sorelle?»

«Niente fratelli, soltanto io. Papà aveva una sorella, zia Alice, che vive con suo marito Jack nella vecchia fattoria qui vicino. E c'è mia figlia, Fleur.» Rachel indicò con il mento la porta da cui filtravano ancora gli schiamazzi del televisore. «Ha cinque anni. Io e mio marito Andrew viviamo a Peterborough, a una novantina di minuti di macchina da qui. Insegno alle elementari, ma dalla morte di papà, visto che la scuola è chiusa per le vacanze estive, durante la settimana sto qui per cercare di mettere in ordine le sue cose e sgomberare tutto. Mi sta dando una mano anche Alice: la villa è grande e c'è ancora un sacco da fare. Ma adesso che ci sei tu dovremmo proprio tornare a casa. Andrew ne sarebbe felice, sarà stufo di cibi surgelati.» Rise ancora, e Mathilde colse una leggera nota isterica. Si rese conto che Rachel stava parlando a raffica, senza quasi prendere fiato. Sembrava evidente che nessuno si era aspettato di vederla comparire, e ancora non le avevano spiegato perché fosse stata convocata in quella vecchia dimora fatiscente.

«Quindi, cos'è che devo ancora sapere?» chiese sporgendo il mento in avanti. «Puoi dirmelo subito. Quando incontrerò» consultò ancora la lettera, «il signor Murray fingerò questa espressione...» Si portò una mano alla bocca e sgranò gli occhi.

Rachel sospirò. «Non penso faccia molta differenza chi sia a dirtelo, lo scoprirai presto in ogni caso. Nostro padre ti ha lasciato questa casa, o meglio l'intera proprietà, nel testamento.»

Mathilde aprì la bocca e subito la richiuse. Alla fine disse: «È uno sbaglio, vero? Per forza. Neanche mi conosceva, perché avrebbe dovuto lasciarmi in eredità la casa? Sei tu la sua vera figlia, dovrebbe andare a te». Avrebbe voluto aggiungere che, per quanto la riguardava, suo padre era morto da moltissimi anni, anche se aveva appena scoperto che non era così. L'intera sua vita era stata plasmata dall'errata convinzione che non fosse sopravvissuto all'esplosione della bomba. La realtà era inconcepibile.

«Oh, non preoccuparti, non sono stata trascurata nel testamento. Nostro padre aveva fatto degli investimenti molto oculati e mi ha lasciato una bella somma e varie obbligazioni. Sapeva che non volevo vivere qui: la mia vita e il mio lavoro sono a Peterborough. E comunque, ci teneva che la casa andasse alla figlia maggiore. Ti spetta di diritto. Appartiene alla famiglia da generazioni. Quindi» Rachel cambiò argomento, «adesso ti cerchiamo una stanza per la notte e domani vedrai il signor Murray, ti spiegherà tutto lui.» Chiamò la figlia e, dopo molte insistenze, Fleur tornò in cucina per seguirla al piano di sopra, dove la madre le porse il pigiama per poi spedirla in bagno. Dallo spiraglio della porta, Mathilde scorse un'enorme vasca bianca. Doveva avere almeno cinquant'anni, a giudicare dallo smalto ormai opaco. Le dimensioni erano quelle di un idromassaggio, ma l'aspetto era molto meno invitante.

«Le lenzuola non sono niente di speciale ma andranno bene.» Rachel prese da un enorme armadio alcune lenzuola sdrucite di flanella in varie sfumature pastello. Il serbatoio dell'acqua calda emise un gorgoglio minaccioso, segno che Fleur aveva aperto il rubinetto in bagno. Si incamminarono entrambe per un lungo corridoio buio che sembrava perdersi in un buco nero in lontananza. Alle pareti, rivestite di boiserie ancora più scura, volti ostili le fissavano da cornici elaborate, come infuriati che il loro sonno fosse stato interrotto. Mathilde avrebbe dovuto aspettare l'indomani per studiarli meglio alla luce del giorno. Rachel aprì una porta che lei non aveva neppure notato e la invitò a entrare.

Le due finestre sulla parete opposta della stanza erano composte da minuscole lastre di vetro inserite in una grata di piombo, come quelle del piano di sotto, e lasciavano filtrare una luce a stento sufficiente a illuminare l'ampia camera da letto. Svelta, Rachel accese le lampade sui comodini ai lati dell'enorme letto a baldacchino di legno scuro, che diffusero un bagliore più accogliente.

«Quassù non ci sono lampadari» spiegò, «abbiamo sempre dovuto arrangiarci con le lampade. Fanno eccezione i bagni, ma anche quelli sono giusto due e piuttosto vecchiotti. Questa era la camera di papà. Penso gli avrebbe fatto piacere che la usassi tu.» Mentre parlava, con gesti rapidi cominciò a rifare il letto, gettando a terra le vecchie coperte e un lucido piumino di raso a motivo cachemire. Mathilde intanto girava incantata per la stanza, prendendo e posando i soprammobili, osservando le foto alle pareti. Si sentiva una turista, quasi si aspettava di vedere una spessa fune rossa a delimitare la zona intorno al letto per impedire ai bambini di salirci mentre, seduto accanto alla porta, un volontario attendeva impaziente di poter rispondere alle domande. Non le venne in mente di dare una mano né si accorse dell'espressione torva con cui Rachel girò varie volte intorno al letto, rimboccando le lenzuola e lottando con le pesanti coperte.

«Il bagno come hai visto è in cima alle scale.» Rachel si scostò i capelli dalla fronte sudata. «E ti ho recuperato qualche asciugamano. Dentifricio e bagnoschiuma ce li hai? Se vuoi puoi usare i nostri, ma non ho uno spazzolino di riserva.»

«No, no, ce li ho. Sono nel furgone, vado a prenderli.» Mathilde si affrettò a uscire prima che Rachel chiudesse a chiave la porta d'ingresso. L'aria della sera era immobile, sospesa tra crepuscolo e oscurità, quel misterioso intervallo estraneo al resto della giornata. Gli unici movimenti erano lo svolazzare dei pipistrelli che calavano in picchiata e delle falene raccolte intorno alla porta aperta, attratte dalla luce che filtrava all'esterno. Non c'era un filo di vento, gli alberi tutt'intorno parevano in attesa della sua prossima mossa. Mentre faceva il giro del furgone, Mathilde ebbe la sgradevole sensazione che qualcuno la stesse osservando, tuttavia una rapida occhiata alle finestre e al cortile fu sufficiente a smentirla: era completamente sola. Prese i borsoni e rientrò in fretta in casa.

Nonostante il lungo viaggio e la spossatezza che le si era insinuata nelle ossa appesantendole le membra, Mathilde non riuscì a prendere sonno. Le tende leggere, che al momento di chiudere erano parse legate da un festone di ragnatele, non riuscivano a impedire all'intenso chiarore della luna di filtrare nella stanza. Lei rimase sdraiata a occhi aperti a osservare le sagome dei mobili scuri. Il suo corpo era stanco, ma la mente lavorava frenetica nel tentativo di dare un senso a tutto ciò che era accaduto negli ultimi giorni.

La lettera del signor Murray aveva impiegato diverse settimane a raggiungerla, perché Mathilde era ripartita subito dopo aver inviato le foto alla rivista *Amelia*. C'era una protesta in Croazia a cui sembrava dovesse partecipare qualche politico corrotto e le era giunta voce che avrebbero potuto scoppiare disordini. Valeva sempre la pena di partecipare a simili eventi. La lettera era arrivata mentre si trovava lì, ma lei era rimasta fino al termine della manifestazione che, per sua fortuna, era sfociata in un grosso tumulto con numerosi arresti. Proprio il risultato di cui aveva bisogno. Dopo aver inviato le foto a svariate agenzie, aveva caricato il furgone e impiegato la settimana successiva ad attraversare il continente fino a raggiungere quella strana dimora antica, tutto per scoprire che non solo aveva una sorella di cui ignorava l'esistenza, ma che a differenza di quanto credeva suo padre non era morto quando lei era una bambina. E a quanto pareva, le aveva lasciato quel posto in eredità. Molto generoso da parte sua, considerato che non era mai riuscito a rintracciarla. Se le avesse trovate, tutte le sofferenze di sua madre, il deteriorarsi della sua salute mentale, avrebbero potuto essere evitate. Mathilde si sentiva le spalle pesanti come durante l'infanzia, quando girava schiacciata dal peso dello zaino carico di tutti i suoi averi. Rimase a contemplare le loro vite tessute nell'oscura ragnatela di una realtà alternativa in cui lui era riuscito a trovarle: sembrava così poco plausibile.

Fuori, lo sgradevole guaito di una volpe la fece sobbalzare. Era abituata ai rumori della notte, il suo furgone non li attutiva di certo, ma lì dentro sembravano echeggiare contro le pareti e farsi ostili, spaventosi. L'intera casa era sprofondata nelle tenebre come se lei fosse precipitata nel passato. Una scheggia di tempo, un pungolo che si insinuava accanito tra i suoi pensieri tormentati. Quella sensazione la accompagnava dall'istante in cui aveva varcato la soglia e adesso, nelle ore vuote della notte, si era fatta più intensa, opprimente. Non le piaceva. Era suo padre, devastato dal dolore che lei fosse ricomparsa troppo tardi per poterla riabbracciare? In ogni caso, era stufa di restare sdraiata lì a preoccuparsene. Saltò giù dal letto e infilò i piedi nelle Converse, poi sgattaiolò di sotto fino a raggiungere la porta d'ingresso. Prese le chiavi dalla mensola su cui le aveva lasciate Rachel e un minuto dopo era rannicchiata sul materasso nel retro del suo furgoncino, con il solito piumone e la vecchia coperta all'uncinetto tirati fin sotto il mento. La sua mente turbinava ancora per tutte le scoperte della giornata, ma mentre il suo respiro a poco a poco rallentava e i polmoni si svuotavano, chiuse gli occhi e si arrese finalmente al sonno.

4

Gennaio 1584

Impiegarono dieci giorni per raggiungere Londra a piedi, compresi i due di riposo trascorsi a Canterbury, dove riuscirono a barattare alcuni medicamenti con cibo e birra. Ogni volta che Tom attingeva al paniere in cui conservava le sue preziose erbe medicinali, le sue dita sfioravano un involto di pergamena sgualcita che aveva ricevuto a Calais con dentro alcuni lunghi baccelli neri a forma di stecco. Sulla carta era vergata la parola "vaniglia".

Mentre attendeva di imbarcarsi per l'Inghilterra, aveva usato un po' della sua consolida maggiore, nota ai più come "saldaossa", per salvare la gamba di un capitano dalla cancrena. Era stato un rischio, e ricordare il fetore della carne putrescente e la preoccupazione impressa sul volto della moglie dell'uomo gli faceva ancora rivoltare lo stomaco. I suoi talenti di speziale erano utili ovunque andasse, malgrado le difficoltà comunicative. Li aveva coltivati fin dalla tenera età, quando la sua statura non gli permetteva ancora di raggiungere il piano di lavoro, saggiando sapori e profumi e compilando erbari mentre assorbiva gli insegnamenti della madre. Tutte le nozioni che lei aveva appreso dai monaci tempo addietro erano passate a lui. Un linguaggio universale. In cambio del suo aiuto a Calais, il capitano gli aveva fornito quell'incarto sgualcito con gli strani stecchi neri e una lettera di raccomandazione indirizzata al fratello che lavorava come speziale a Cheapside, una delle principali arterie di Londra. Tom era certo che si sarebbe rivelata preziosa.

Dopo giorni trascorsi a camminare all'aria aperta e a bere dai ruscelli in mancanza di fattorie che vendessero loro birra, la confusione di Londra lo spiazzò. Le strade affollate e brulicanti di vita, l'effluvio delle fogne che scorrevano accanto al Tamigi e gli edifici alti fino a cinque piani ammassati l'uno contro l'altro che torreggiavano verso il cielo, ogni livello più sporgente di quello sottostante. Erano così vicini, pensò Tom, che da dentro sarebbe bastato sporgersi per toccare il muro della casa di fronte. Persino le finestre si affacciavano sulle strade come minuscole teche di vetro in lotta per conquistarsi uno spazio. Alti camini di mattoni svettavano nell'aria pregna di fumo, schermando la luce e condannando i passanti a una penombra tenebrosa. A volte, con la sua vista acuta, Tom scorgeva qualcuno appostato nei vicoli intento a osservare il mondo passargli davanti, in attesa dell'occasione giusta per entrarvi momentaneamente. L'atteggiamento furtivo della gente gli fece stringere la presa sulla sacca. Il trittico, i colori, le piante e i medicamenti erano tutto ciò che possedeva. Con l'aggiunta, adesso, di quella preziosa lettera di raccomandazione.

Trovare Cheapside non fu difficile, ma William sapeva che Tom avrebbe avuto difficoltà a chiedere indicazioni agli indaffarati e irascibili mercanti della città con solo la sua tavoletta cerata. In assenza dell'amico forse avrebbe vagato per ore prima di raggiungere la sua destinazione: un quartiere con più luce e aria fresca, nonostante la ressa di gente, cavalli e ambulanti che affollava la strada. Il profumo di pasticci caldi, proveniente da una bancarella vicino all'alto condotto di pietra da cui zampillava l'acqua che attingevano le donne, gli fece brontolare lo stomaco per la fame.

Finalmente, dopo aver girato in lungo e in largo, William si fermò davanti a una bottega e aprì la porta. Una volta entrato, Tom consegnò il messaggio del capitano e attese che l'amico parlasse con il bottegaio, il quale a un certo punto lo guardò strizzando gli occhi come se si aspettasse una specie di mostro. Lui però era abituato agli sguardi indagatori e al silenzioso scrutinio altrui. Alla fine l'uomo annuì e, dopo aver alzato una mano nel gesto universale di restare dov'erano, diede loro un nappo di birra e scomparve nel retrobottega. Colmo di riconoscenza, Tom tracannò la coppa in un sorso, la gola asciutta e riarsa per la polvere delle strade che avevano percorso.

Il bottegaio tornò svariati minuti dopo per condurlo in una stanza sul retro. Tom non aveva idea di cosa stesse accadendo, ma raccolse la sua sacca, salutò William con la mano e seguì l'uomo.

Si ritrovò in un luogo che lo fece sentire subito a casa: un laboratorio buio e polveroso, con gli scaffali stipati di ampolle e vasetti di terracotta contenenti polveri e unguenti. Dal soffitto pendevano mazzi di erbe essiccate e nell'aria aleggiavano gli aromi familiari di ginepro, rosmarino e acetosella bruciata. Tom notò uno sgabello in un angolo e vi si abbandonò, lieto di poter riposare le gambe stanche. Lui e William si erano messi in marcia alle prime ore dell'alba ed era esausto.

Dopo aver atteso per quelle che parvero ore nella spezieria, vinto dal calore del fuoco, con gli occhi chiusi e la testa reclinata sul petto, fu riscosso dal torpore dal bottegaio. Alle sue spalle, un uomo di mezza età con una barbetta curata e gentili occhi scuri gli sorrideva incoraggiante. Tom, sentendo il cuore calmarsi dopo il risveglio improvviso, si alzò lentamente sulle gambe rigide e indolenzite.

Il bottegaio fornì al nuovo venuto un calamo e un ritaglio di pergamena su cui scrivere. Tom si accorse che sul piano di lavoro era comparsa una coppa di birra, che trangugiò in un sorso. Dopo un po', il foglio giunse nelle sue mani e lui lo studiò soffermandosi di frequente sui termini inglesi: non leggeva nella sua madrelingua da decenni ed era arrugginito. Arrivato in fondo, esaminò tutto da capo, poi sgranò gli occhi e guardò i due uomini di fronte a sé. Aveva compreso bene? I fraintendimenti erano una costante, per lui. Non udire le inflessioni dell'interlocutore gli faceva perdere le sfumature e poteva affidarsi solo alle espressioni del volto per capire. Lo sconosciuto era Hugh Morgan, lo speziale della regina, e gli aveva appena offerto un posto come suo assistente al Greenwich Palace, o dovunque Sua Maestà avesse ordinato di servirla. Tom avrebbe preso parte, anche solo marginalmente, alla vita di corte. Il suo lavoro a Calais aveva dato dei frutti.

5

Febbraio 1584

La stanza di Tom a palazzo, nonostante l'umile ubicazione dietro il laboratorio dello speziale, era un vero lusso rispetto ai posti in cui aveva dormito negli ultimi anni. Uno spazio tutto suo con un lettuccio, uno sgabellino a tre gambe e una cassapanca in cui riporre i suoi averi. C'era una finestrella dal vetro spesso e opaco ma nessun camino, e malgrado questo significasse che in inverno avrebbe patito il freddo, nella spezieria il fuoco restava acceso tutto il giorno e avrebbe sempre potuto intrufolarsi lì per dormire. Al pensiero sorrise, ricordando che la madre adottiva gli raccontava spesso con i disegni di averlo trovato una mattina raggomitolato davanti al fuoco del suo laboratorio. Nessuno aveva mai capito come fosse riuscito a entrare, ma era rimasto con la famiglia fino all'età adulta. Forse per questo era sempre alla ricerca di un posto in cui potersi sentire finalmente a casa.

Le sue cose erano stipate nella semplice cassapanca di quercia ai piedi del letto e Tom fremeva dalla voglia di tirare fuori il trittico e cominciare a dipingere tutto ciò che gli era accaduto dallo sbarco in Inghilterra, ma non era ancora il momento. Recuperò il piccolo involto contenente i baccelli di vaniglia dal fondo della sua sacca di iuta e, tornato nel laboratorio dove Hugh stava preparando un rimedio per una dama della regina affetta da mal di stomaco, glielo mostrò.

Mentre lo accompagnava in barca a palazzo, lo speziale aveva compreso come inclinare il viso per consentirgli di leggere il labiale, perciò si voltò verso di lui e, inarcando le sopracciglia con espressione interrogativa, chiese: «*Che cos'è?*».

Tom aprì il pacchetto e gli mostrò il frammento di carta su cui il capitano della nave aveva scritto la parola "vaniglia". Indicò le piante che aveva portato con sé, ne separò due e gliele porse. A detta del capitano potevano produrre gli stessi baccelli neri, ed era impaziente di scoprire se fosse vero.

Hugh attendeva una spiegazione. Tom si passò il baccello sotto il naso, inspirandone il profumo dolciastro, e lo offrì allo speziale affinché facesse lo stesso. Questi inarcò un sopracciglio, poi sorrise lentamente e annuì. Lui mimò il gesto di versare una bevanda calda e Hugh lo condusse in una delle cucine. Lì, ignorato dalle due ragazze al lavoro, Tom si aggirò per la stanza fino a individuare la dispensa, dove trovò una brocca di latte coperta da una pezza. Ne versò un po' in una pentola che mise sul fuoco, poi, quando il liquido cominciò a sobbollire, riempì una tazza, aggiunse del miele e riportò il tutto nel laboratorio. Tagliò un pezzetto di baccello che pestò nel mortaio, quindi aggiunse la polvere nella tazza e mescolò vigorosamente. Non era certo di aver preparato la bevanda nel modo corretto, ma aveva gustato quella offerta dal capitano e sperava di aver azzeccato gli ingredienti. Per compensare i due sensi che gli mancavano, gli altri erano acutissimi.

Soffiò sulla bevanda calda, bevve un sorso e fece un gran sorriso. Aveva lo stesso sapore dolce, di crema. Passò la tazza a Hugh, che assaggiò a sua volta, prima bagnandosi appena le labbra e poi buttando giù un bel sorso. Sorrideva anche lui, adesso, soffiando sul latte e bevendo a grandi sorsate, con uno spesso alone biancastro sui baffi. Recuperato il pezzo di carta, lo speziale raggiunse un leggio sul lato opposto della stanza e ricopiò con cura le lettere della dicitura. Dopodiché prese le piante che Tom gli aveva indicato e ne esaminò le foglie, odorandole e staccandone un frammento per masticarlo. Guardò Tom con una smorfia, e lui annuì concorde. Aveva fatto la stessa identica cosa quando le aveva ricevute, ma né l'odore né il sapore delle foglie somigliavano a quello dei semi nel baccello.

Radunando le piante, Hugh gli fece cenno di seguirlo e scomparve in un lungo corridoio che portava a vari ripostigli, in fondo al quale si accedeva agli orti.

Appena uscito in cortile, Tom vide nell'angolo un giardino fisico, con tutte le erbe necessarie a realizzare i medicamenti degli speziali disposte nel tradizionale schema a fiore, ciascun "petalo" dedicato a piante per la cura di una diversa parte del corpo. Hugh si diresse a un'aiuola laterale che ospitava vari arbusti e Tom, inginocchiatosi al suo fianco, lo aiutò a mettere a dimora le sue erbe insieme alle pianticelle di vaniglia. Notando che lo speziale muoveva le labbra, si chiese se stesse pronunciando una preghiera per incoraggiarle a produrre quegli strani baccelli neri dal sapore incredibilmente dolce. Il capitano aveva viaggiato più di un anno prima di sbarcare a Calais, poteva averle scovate in qualunque porto del mondo.

Sorridendo, Tom si chinò ad accarezzare alcune lunghe piante che crescevano in fondo all'aiuola. Era un fiore che conosceva bene, sua madre lo coltivava da quando lui aveva memoria. Estremamente difficile da ottenere, forniva un prodotto molto prezioso: lo zafferano. La spezia che aveva accresciuto il patrimonio di suo padre fino a garantirgli una carriera sfolgorante che, dalla sua posizione di rispettato mercante e cortigiano, lo aveva portato alle dirette dipendenze della regina. Un'ascesa che alla fine gli era costata la vita.

6

Marzo 1584

La vita a palazzo era molto diversa da qualunque cosa Tom avesse mai sperimentato. Pur lavorando duro come sempre, non vedeva nessuno dei suoi pazienti: era Hugh a occuparsi di visitare la regina, le sue dame e i cortigiani, per poi tornare e spiegargli le loro indisposizioni. A quel punto, comunicando a gesti, con la tavoletta cerata e grazie alla lettura del labiale – più semplice ora che Hugh si era tagliato i baffi cespugliosi –, i due uomini stabilivano insieme un rimedio adeguato. Fornivano anche medicamenti ai membri della servitù, che comparivano imbronciati sulla soglia del laboratorio o mandavano un messaggio per richiedere la consulenza dello speziale. Tom si rendeva conto che, nonostante il lusso in cui era immerso, il suo mondo silenzioso si era fatto ancora più piccolo e approfittava di ogni minima occasione per fuggire in giardino a curare le piante.

Una sera, mentre rassettava prima di ritirarsi per la notte, con la coda dell'occhio si accorse che un servitore gli stava parlando dalla soglia del laboratorio. Hugh era già andato a letto con il mal di testa e Tom era solo, perciò osservò le labbra dell'uomo e tentò di decifrare le parole che riusciva a comprendere. *Regina, sonno, tisana.* Prendendo la sua tavoletta, si indicò le orecchie e la bocca e scosse la testa, un modo semplice per spiegare la sua disabilità. Poi scrisse quella che pensava fosse la richiesta che gli era stata rivolta. La regina aveva bisogno di qualcosa che la aiutasse a prendere sonno? Il domestico annuì con gratitudine.

Tom rifletté per un momento. Hugh non aveva ancora fatto assaggiare la vaniglia a nessuno e il pensiero di darla alla regina lo colmava di esitazione, ma cosa poteva succedere? Se non l'avesse gradita, Tom avrebbe forse perso il lavoro, ma era certo di poterne trovare un altro in città. E sapeva che non le avrebbe causato intossicazioni o effetti avversi dal momento che né lui né Hugh avevano riscontrato problemi dopo averla bevuta. Il servitore cominciò a battere il piede a terra e a saltellare sul posto, senz'altro impaziente di esaudire in fretta la richiesta.

Il più lesto possibile, Tom preparò una bevanda di latte caldo e miele a cui aggiunse un cucchiaino di vaniglia pestata nel mortaio; l'identico procedimento seguito nei giorni precedenti. I semini neri rimasero a galleggiare in superficie mentre ripescava il frammento di baccello: con Hugh avevano scoperto che l'involucro non era commestibile. La regina avrebbe accettato di bere una cosa tanto insolita? Da come lo fissava, il domestico non sembrava molto convinto. Tom prese la coppa e bevve un piccolo sorso, poi la porse all'altro perché assaggiasse anche lui. Forse, dopo aver visto che nessuno dei due ci restava secco, si sarebbe deciso ad accettarla.

Come auspicato, la reazione dell'uomo al nuovo sapore fu gratificante e, mentre spegneva la candela e si ritirava nella sua stanza, Tom si augurò che anche la regina ne sarebbe rimasta altrettanto entusiasta.

Fu svegliato di soprassalto da qualcuno che lo scuoteva energicamente per la spalla. La luce del primo mattino cominciava a filtrare dalla finestra e nella penombra torbida Tom scorse il volto di Hugh molto vicino al suo. Era troppo buio per capire cosa stesse dicendo, perciò scese dal letto e seguì il superiore nel laboratorio illuminato dalle candele. Il pavimento di pietra era gelido sotto i suoi piedi nudi e con addosso solo il camicione di lino Tom rabbrividì, saltellando da una gamba all'altra e avvicinandosi a poco a poco al fuoco scoppiettante, dove due grossi ciocchi gettati sulla legna minuta sprizzavano faville.

Hugh sollevò la tavoletta cerata con le parole che Tom aveva scritto la sera prima. Perché era così arrabbiato? Tom si sentì accapponare la pelle e cominciò a temere di avere ucciso per sbaglio la sovrana. D'istinto si sfregò il collo con le mani, chiedendosi se presto sarebbe stato stretto in una corda spessa e ruvida. Annuì lentamente.

«*Cosa hai preparato?*» chiese Hugh. Tom indicò il cucinino e il mortaio con i resti ancora visibili della vaniglia triturata. «*Latte, miele?*» proseguì Hugh articolando bene con le labbra, e lui annuì.

Subito dopo gli strappò la tavoletta di mano, cancellò le proprie parole precedenti e scrisse: "Regina malata?". Stava cercando di calcolare quanto tempo avesse per tentare la fuga ma, con suo immenso sconcerto e sollievo, Hugh scosse la testa, imitò la regina che assaggiava la bevanda e poi curvò i lati della bocca in un ampio sorriso. Tom comprese all'istante che il latte alla vaniglia era piaciuto e il battito forsennato del suo cuore recuperò a poco a poco il ritmo normale. A quanto pareva, la sua vaniglia era stata un successo e il suo posto a palazzo, almeno per il momento, era salvo.

7

Giugno 2021

Un bussare forte e costante raggiunse Mathilde nel sonno e la svegliò di soprassalto. Intensa e violenta, la luce filtrava dal parabrezza del furgone e aveva già cominciato a riscaldare l'abitacolo. Lei scalciò via le coperte e, stropicciandosi gli occhi, si sporse ad aprire il portellone per trovarsi davanti Fleur, con indosso una salopette rosa corta e una maglietta abbinata. Aveva un'espressione seria.

«La mamma» sussurrò, «dice che è ora di colazione.»

«Okay, *oui*, grazie.» Mathilde annuì trattenendo un grosso sbadiglio. Era solita alzarsi con i suoi tempi e non apprezzava che le si mettesse fretta. Funzionava così la famiglia? In tal caso, le ci sarebbe voluto un po' per abituarsi.

«E poi» proseguì Fleur con una vocina, «mamma ha detto: "Perché cavolo non è rimasta nel letto?". C'era qualcosa che non andava? Volevo dormirci io, ma la mamma ha detto di no.»

Lei ridacchiò, immaginando che l'ultima frase non facesse parte del messaggio che era stata incaricata di recapitare.

«Sono abituata a dormire qui dentro» spiegò. «Vedi? Mi sono fatta mettere un letto a incasso per stare comoda.» Fleur sgranò gli occhi nell'osservare il piccolo ambiente curato e interamente tappezzato di scaffali di legno, poi tornò saltellando verso casa e a Mathilde non restò altra scelta che seguirla.

Arrivata in cucina, il delizioso profumo della colazione che si spandeva nell'aria le fece venire l'acquolina in bocca. Era da molto che non mangiava qualcosa di caldo.

«Un sandwich?» Rachel sorrise e indicò il tavolo su cui era posato un piatto stracolmo di panini con pancetta croccante, poi versò due tazze di tè dalla più grossa teiera che Mathilde avesse mai visto. Non credeva che gli inglesi preparassero davvero il tè in quel modo e in realtà aveva una gran voglia di caffè, forte e amaro. Avrebbe dovuto portare dentro la sua caffettiera, a prescindere da quanto si fosse fermata.

«Perciò alla fine hai deciso di dormire nel furgone?» Inarcando le sopracciglia, Rachel le passò una delle due tazze e Mathilde spostò lo sguardo su Fleur, che con un rivolo di ketchup lungo il mento stava divorando la sua colazione.

«Sono abituata così» spiegò. «È piccolo» aggiunse, stringendosi le braccia intorno al corpo per mostrare come la faceva sentire. «In quel letto enorme non riuscivo a addormentarmi.» Ed era inutile farci l'abitudine: subito dopo aver visto gli avvocati per discutere le sue opzioni, sarebbe ripartita. Poteva vendere la casa, il denaro le avrebbe di certo fatto comodo. Persino in quella cucina luminosa, l'atmosfera cupa che aveva avvertito il giorno prima tornava a opprimerla, minacciando di entrarle sottopelle. La scritta sullo stuoino fuori dalla porta di servizio diceva BENVENUTI, ma quel luogo non aveva nulla di accogliente. L'aria era carica dei sussurri di vite passate che continuavano a sfiorarla.

Non appena l'orologio segnò le nove, Rachel chiamò lo studio legale. Mentre attendeva di parlare con il signor Murray tese il cellulare a Mathilde, ma lei scosse la testa. Non aveva problemi ad affrontare semplici conversazioni in inglese avendo davanti il suo interlocutore e potendone decifrare le emozioni, ma non c'era alcuna speranza che riuscisse a sostenere un discorso in legalese al telefono. Il signor Murray nel frattempo doveva aver risposto, perché sentì Rachel profondersi in esclamazioni intervallate da una serie di «Lo so, fantastico!». Alla fine chiuse la chiamata e annunciò: «Ti riceverà oggi pomeriggio alle tre nel suo studio di Fakenham. Se vuoi posso accompagnarti io. Tanto devo andare al supermercato, potrei darti un passaggio prima di fare la spesa».

«Grazie, sei gentilissima» rispose Mathilde. Dopo averla aiutata a lavare i piatti della colazione, scomparve nel bagno al piano di sopra per darsi una rinfrescata e cambiarsi. Per quanto le piacesse vivere nel furgone, l'accesso all'acqua calda era una gran bella novità.

Tornata di sotto, trovò Rachel già pronta che beveva un'altra tazza di tè.

«Ti va di fare un giro della proprietà?» propose. «È molto grande e non riusciremo a vederla tutta, ma potremmo cominciare.»

Mathilde scrollò le spalle. Non le aveva ancora detto che progettava di dileguarsi subito dopo aver firmato i documenti necessari quel pomeriggio, ma non aveva nient'altro da fare e una passeggiata all'aria aperta sarebbe stata piacevole. Forse avrebbe trovato persino qualche varietà di piante da aggiungere alla sua collezione. A quel pensiero, si affrettò a cercare una brocca nella credenza, la riempì d'acqua e tornò al furgone per tirare fuori le piantine nei loro vasetti di terracotta e disporle per terra.

«Sono molto carine» commentò Rachel raggiungendola. «Cosa coltivi?» Si chinò a esaminarle e Mathilde ebbe la certezza che in realtà avrebbe voluto chiedere: *Quale di queste è la marijuana?* Ci aveva già pensato la polizia di frontiera, però.

«Sono erbe aromatiche: *basilic*, timo, *safran*, partenio. E queste sono piantine di vaniglia. Dovrebbero crescere in serra, ma l'abitacolo del furgone in estate è caldissimo e quando mi fermo da qualche parte le metto sul *tableau de bord*.» Indicò il cruscotto cosparso di briciole e pacchetti di patatine accartocciati. «Le uso molto come medicinali; è utile quando sei sempre in viaggio. Anche mia madre lo faceva, e mi ha insegnato quali piante usare per i vari malanni.»

Fleur aveva già preso a saltellare lungo il sentiero che attraversava l'alta siepe su due lati del cortile, così Mathilde agguantò la sua fotocamera e la seguì. Di fronte alla casa la vista si apriva: una vecchia ringhiera di metallo proteggeva dall'ampia pianura che si estendeva verso una macchia di giunchi in lontananza, con le punte marroni delle canne a ondeggiare come sigari tra i riflessi d'argento della luce che guizzava sulle foglie increspate dalla brezza. L'immenso cielo azzurro era striato qua e là da morbide pennellate di nuvole bianche che, dritte e simmetriche, si dissipavano nel calore del mattino. Mathilde era abituata agli sterminati campi uniformi della Francia, presidiati da alti piloni metallici schierati imperiosamente in fila, ma le fu subito evidente che quello scenario era molto diverso. Lì il panorama era punteggiato di alberi e boschetti, con folte siepi antiche accoccolate tra i pascoli a osservare i cambiamenti avvenuti nel corso degli anni mentre le loro radici penetravano sempre più a fondo nel terreno. Era un paesaggio discreto, scolpito nei secoli. Radicato, come le siepi, nell'eternità.

Sbucarono in un giardino incolto che un tempo doveva essere stato ben tenuto e molto amato, con un ampio prato in cui crescevano papaveri, senecione ed epilobio. Nel mezzo Mathilde vide fioriere e cespugli di rose ormai trascurati e rachitici. Accucciandosi, scattò un paio di foto e poi seguì Rachel e Fleur che stavano scomparendo dietro un rododendro. Fece scorrere la mano sugli steli d'erba e strinse il pugno strappando i semi, che si lasciò scivolare tra le dita per schiacciarli sotto le scarpe.

Allargandosi un po', il sentiero si snodava dietro una fatiscente stalla in muratura e poi sfociava in un altro giardino ancora più incolto, con rovi e cardi che lottavano per farsi spazio tra alberi da frutto e piante che Mathilde non riuscì a identificare.

«Da quella parte un tempo c'erano i prati inglesi» spiegò Rachel, «quando vivevano qui i miei nonni. Ma a papà interessavano solo le sue verdure e ultimamente non aveva più la forza di stare dietro neanche a quelle. Il frutteto e l'orto erano proprio qui. Adesso è un disastro, come vedi. Niente che un uomo forzuto armato di decespugliatore non possa risolvere, comunque.» Fece un gran sorriso e Mathilde annuì, pensando: *Chi comprerà la villa avrà di che divertirsi, allora.*

«Questo invece è eccitante, vieni a vedere.» Voltandosi, Rachel la guidò attraverso un boschetto di faggi e betulle bianche fino a raggiungere una radura in cui sorgeva una piccola cappella di pietra. Era ancora intatta, con l'edera che si arrampicava sul muro insinuandosi nel cornicione e spuntando tra le tegole del tetto.

«Wow» sussurrò Mathilde, accostandosi d'istinto la macchina fotografica al viso per realizzare una serie di scatti. Continuò anche mentre si spostava lentamente di lato. «*Incroyable*» bisbigliò. Dietro di lei, il silenzio fu infranto da un turbinio d'ali e uno stormo di piccioni disabituati alla presenza umana si alzò in volo dagli alberi per scomparire tubando. L'incanto era rotto.

Fermandosi davanti alla porta, sbiadita, nodosa e consumata da secoli di intemperie, Mathilde passò una mano sul legno e sentì le venature ruvide e irregolari sotto le dita. Tutt'intorno l'aria tremò, in attesa della sua mossa. Un palpito sospeso, come se il mondo avesse trattenuto il fiato. Lei rabbrividì. Era la stessa sensazione che aveva avvertito nella casa, ma più forte: trepidazione e desiderio. Girò la pesante maniglia di metallo e spinse, ma la porta non si spostò di un millimetro.

«È chiusa.» Rachel sentì la necessità di evidenziare l'ovvio. «Potrei sapere dove trovare la chiave, però, se vuoi dare un'occhiata dentro. Nel mobiletto all'entrata ce ne sono tantissime. Appena torniamo te le mostro, tanto devo accompagnarti comunque a fare un giro della casa.»

«Sì, mi piacerebbe» confermò Mathilde, stupita che alla sorella non fosse mai venuta quella curiosità.

Lentamente proseguirono lungo il sentiero che tornava verso la villa e Rachel indicò una bassa fattoria di mattoni rossi con il tetto di paglia sul lato opposto dei campi.

«Anche quella rientra nella tenuta. Ci abitano i nostri zii, Alice e Jack. Papà li lasciava vivere lì senza pagare l'affitto, ma sta a te decidere se permettergli di restare. Fa tutto parte della tua eredità. Se l'avvocato non fosse riuscito a rintracciarti, in capo a dodici mesi la proprietà sarebbe passata a lei.»

Mentre circumnavigavano il giardino Mathilde notò un angolo che pareva chiamarla, strattonandole la coscienza. Non ne fece parola con Rachel, perché sapeva benissimo come la vedevano gli altri: strana e un po' ultraterrena. Era sempre meglio tenere per sé quelle sensazioni misteriose e inspiegabili. Si addentrò da sola tra gli sterpi e a mano a mano che procedeva l'impressione si fece più forte; un canto elettrico che vibrava nell'aria e le sfiorava la peluria delle braccia attirandola sempre più vicina.

Quel luogo non sembrava diverso dal resto del giardino, con l'erbaccia che cercava di aprirsi un varco nell'intrico di topinambur e rovi incolti punteggiati di bacche acerbe. Eppure Mathilde sentiva il desiderio di essere lì, un'attrazione innegabile.

Al loro rientro, un po' disorientata, seguì Rachel nella visita guidata della casa. Il soggiorno attiguo alla cucina ospitava vecchi divani malconci infossati al centro e un televisore moderno, che Fleur accese subito per mettersi a guardare, ipnotizzata, una maialina rosa dalla voce stridula che sembrava comandare a bacchetta diversi altri animaletti.

Mathilde comprese perché avessero scelto di usare il piccolo soggiorno quando vide gli enormi ambienti di rappresentanza. I soffitti erano alti, ornati da elaborati stucchi decorativi. Un ampio bovindo lasciava filtrare la luce nel salone risalente all'epoca medievale, e i teli per la polvere gettati sui mobili sembravano galeoni spettrali che solcavano il mare.

Sopra, al piano in cui dormivano, c'erano altre quattro camere da letto.

«E qui ci sono le vecchie stanze della servitù.» Rachel aprì una porta nel corridoio e indicò una rampa di scale scure. «E la soffitta. Oltre a un sacco di ragni, ragion per cui ho sempre evitato di salirci. Se vuoi vederle, dovrai visitarle da sola.» Dato che tutta quella polvere l'aveva già fatta starnutire varie volte, Mathilde declinò l'offerta di proseguire l'esplorazione; avrebbe potuto occuparsene l'agente immobiliare più avanti.

«Ci sono ancora un sacco di cose di papà da esaminare, e mi farebbe comodo una mano» spiegò Rachel mentre tornavano di sotto. «Forse ti aiuterebbe a sentirlo più vicino, conoscerlo un po' meglio.» Mathilde non era sicura che si sarebbe fermata abbastanza a lungo per quello, ma tenne la bocca chiusa. Sempre meglio non condividere i pensieri che le passavano per la testa.

Dopo averle mostrato il cassetto pieno di vecchie chiavi, Rachel andò a preparare il pranzo prima della loro partenza per Fakenham. In tono eloquente chiese se Mathilde avesse qualcosa da stirare per prepararsi all'appuntamento con il signor Murray, ma lei si limitò a scrollare le spalle e rispose di no. Era felice con i suoi jeans e la camicia a quadri: l'avvocato avrebbe dovuto farsene una ragione.

Frugando tra chiavi di ogni foggia e dimensione, pensò che la maggior parte probabilmente non apriva più nessuna serratura. Alcune erano enormi e antiche, punteggiate da macchie di ruggine, e Mathilde decise che lì in mezzo doveva esserci anche quella della cappella. Aveva giusto il tempo di provarle prima di pranzo. Le radunò tutte e uscì furtiva dalla porta d'ingresso. Sentiva il bisogno di farlo da sola.

Ormai sapeva dove andare, perciò impiegò solo cinque minuti per raggiungere la cappella. Due piccioni erano tornati e stavano gironzolando a terra, becchettando e osservandola in silenzio. Lei cominciò a infilare una chiave dopo l'altra nell'enorme serratura di metallo finché alla quarta si udì uno scatto metallico e, dopo una leggera forzatura, la chiave ruotò lentamente. Trattenendo il fiato Mathilde tirò la maniglia, poi diede una spallata alla porta. Riuscì a spostarla giusto di una trentina di centimetri prima che il legno deformato si bloccasse contro il pavimento, uno spiraglio sufficiente perché con una piccola torsione laterale riuscisse a intrufolarsi dentro.

L'interno era buio, le vetrate sporche e macchiate. Una era persino oscurata dall'edera che cresceva all'esterno. Mathilde vide i punti in cui, facendosi strada tra i vetri rotti, i tralci erano strisciati sulle pareti interne tentando di impadronirsi anche di quelle. Sotto i suoi piedi le lastre di pietra erano incrostate di polvere e sporcizia e notò un minuscolo scheletro di uccello su una delle panche di legno. L'altare non era che un semplice tavolo di quercia e sulle pareti intorno campeggiavano un paio di lapidi commemorative. L'aria odorava di muffa e antichi breviari, immobile e densa di preghiere ormai spente. Chissà se suo padre era venuto a sedersi lì per pensare a lei e a sua madre. La consapevolezza che per tutti quegli anni era stato vivo in quell'angolo d'Inghilterra faceva echeggiare a vuoto l'antro del suo petto che agognava una famiglia. E dire che avrebbe potuto averla fin dall'inizio, se solo lo avesse saputo. Quanti anni sprecati che non le sarebbero mai tornati indietro.

La strana sensazione che aveva provato fuori l'aveva seguita anche dentro, come se ci fosse qualcuno fermo in silenzio al suo fianco. Chi era? Mathilde trattenne il fiato e chiuse gli occhi, ma non accadde nulla. «*Qu'est-ce?*» sussurrò, e la sua voce si spense nell'atmosfera stagnante.

Una volta uscita, richiuse a chiave la porta; sarebbe tornata quando avesse avuto più tempo. C'era qualcosa, lì, qualcuno stava cercando di parlarle e aveva catturato il suo interesse. Dietro di lei, le foglie degli alberi stormirono mentre si affrettava a tornare verso la casa.

8

Giugno 2021

«Torno a prenderti tra un'oretta, allora» gridò Rachel dal finestrino aperto, aggiungendo: «Evita di allontanarti, per favore!». Mentre l'auto ripartiva Mathilde vide il visetto solenne di Fleur fissarla dal lunotto posteriore, poi si voltò verso l'elegante casa vittoriana di fronte a lei. L'avrebbe scambiata forse per una semplice dimora residenziale, ma la discreta targhetta di ottone accanto alla porta blu scuro confermava che si trattava dello studio di Murray e Brown, avvocati.

La segretaria finse con grande ostentazione di non riuscire a capirla quando disse il suo nome e le spiegò di avere un appuntamento. Pur non essendo il massimo dell'eleganza, Mathilde aveva indossato le sue scarpe di tela più pulite, quelle non consumate ai bordi, e legato i lunghi capelli neri in una spessa treccia che le ricadeva sulla schiena. Sapeva di non avere un accento così marcato da impedire la comprensione, ma quell'atteggiamento irritante non era una novità; le scivolò addosso come acqua. La gente pensava di poterla inquadrare al primo sguardo, era sempre stato così. Probabilmente era un bene che non fosse arrivata nel parcheggio in furgone, o avrebbe rischiato che non la lasciassero neppure entrare. Mantenne lo sguardo fisso sulla donna e ripeté chi doveva vedere.

Grazie al cielo il signor Murray, che era abbastanza anziano da poter essere suo padre, si mostrò molto più accomodante e ordinò alla segretaria di portare caffè e biscotti. Mathilde lo prese subito in simpatia. Le capitava di rado di incontrare qualcuno con cui si sentisse istantaneamente a suo agio, che non la giudicava e non la trovava in difetto: Murray era educato e accogliente con lei come era certa che sarebbe stato con qualunque altro cliente. All'arrivo del vassoio, Mathilde prese una manciata di biscotti stando bene attenta a non distogliere lo sguardo dal viso della donna.

«*Merci*» cantilenò prima di dare un morso.

Il signor Murray spiegò che aveva lavorato per suo padre molti anni. Sapeva quanto tempo e fatica avesse investito nel tentativo di trovarla e lei avvertì un'altra acuta fitta di dolore al pensiero del loro rapporto mancato, degli anni perduti. In un inglese stentato, spiegò che sua madre lo credeva morto nell'esplosione della bomba e che pertanto era stato un grande shock scoprire che non era così e in realtà aveva trascorso anni a cercarle.

«Suo padre ha preteso a tutti i costi che continuassimo le ricerche, perché voleva che Lutton Hall andasse a lei» le assicurò lui, «in quanto primogenita. Appartiene alla vostra famiglia da secoli, ma temo non ci siano fondi per effettuare i lavori di restauro, la liquidità è toccata a Rachel. Può contare tuttavia su alcune rendite dalle terre affittate ai contadini: più di cento acri. Sua zia Alice e il marito Jack vivono a Home Farm e, anche se finora non hanno pagato l'affitto, non c'è ragione per cui lei non debba iniziare a pretenderlo. Suo padre era molto morbido nei confronti della sorella, l'intera famiglia la viziava, in realtà. E ci sono di certo dei modi per diversificare le attività e mantenere più agevolmente la casa. Ora, mi serve giusto una firma su qualche documento e poi sarà tutta sua. Farò in modo che il catasto mandi le carte direttamente alla villa.» Cominciò a scartabellare nel fascicolo aperto davanti a sé. Mathilde sapeva che era il momento ideale per spiegare che voleva vendere la proprietà e chiedergli di occuparsene, ma non riuscì ad aprire bocca. Decise di aspettare un paio di giorni per poi scrivergli, invece di dirlo ad alta voce, dopodiché accettò la penna che le veniva offerta e firmò nei punti che lui aveva contrassegnato con una crocetta.

Stava aspettando sul ciglio della strada con una copia dei documenti legali in una busta formato A4 quando Rachel tornò a prenderla mezz'ora dopo.

«Fatto tutto? Ci hai messo poco» osservò mentre attendeva che Mathilde allacciasse la cintura. «Che cosa ha detto?»

«Non molto» rispose lei, «mi ha spiegato che la casa appartiene alla nostra famiglia da secoli e nostro *papa* ha voluto lasciarla a me. Fino a ieri ero senza famiglia e adesso ho un centinaio di» si interruppe nel tentativo di trovare la parola giusta, «*fantômes* che sono parte di me.»

«Intendi i fantasmi?» suggerì Rachel. «Be', sì, è vero che Lutton Hall è la nostra dimora ancestrale, ma i fantasmi non ci sono, altrimenti non ci avrei mai messo piede.»

Mathilde la guardò guidare con la coda dell'occhio. Forse la sorella non aveva mai incontrato nessuno spettro, ma c'era decisamente qualcosa, o qualcuno, che aveva atteso il suo arrivo nascosto negli angoli bui, e nutriva il forte sospetto che fosse suo padre.

Mentre portavano dentro le borse della spesa, Rachel indicò il mucchietto di chiavi che Mathilde aveva lasciato sul mobile nell'atrio.

«Sei riuscita a trovare quella della cappella?» chiese appoggiando i sacchetti sul tavolo della cucina. Mathilde stava riponendo il contenuto di una busta nel vecchio frigorifero talmente incrostato di ghiaccio da non esserci quasi più spazio per il cibo. Rachel l'aveva già preso a calci due volte perché riprendesse a funzionare.

«Sì. Sono andata a dare un'occhiata veloce prima di uscire.»

«Oh, dovevi avvertirmi, anch'io sono curiosa di vederla dentro. Possiamo tornarci dopo, così la esploriamo insieme? Da piccola mi dicevano sempre di non entrarci perché era un posto "per pregare, non per giocare"» fece le virgolette con le dita, «ma sono sicura che papà ci sia stato da bambino e credo che il nonno la usasse per i suoi veri scopi, anche se non ricordo di averlo mai sentito parlare di funzioni religiose tenute lì dentro. Organizzerò un incontro per presentarti anche zia Alice e zio Jack: hanno chiesto di te, ma gli ho detto di lasciarti un giorno per ambientarti. Probabilmente lei ne saprà più di me, avendo sempre vissuto qui.»

«Sì, possiamo andare» acconsentì Mathilde con riluttanza. Nonostante il disappunto di scoprire che dentro era una normalissima chiesetta abbandonata, la cappella aveva qualcosa di speciale, diverso, e non le andava di condividerla con nessuno. *Che sciocchezza*, si disse. Rachel aveva vissuto per anni in quella casa, aveva diritto tanto quanto lei – se non di più – di esplorarne ogni angolo.

Tornarono lì dopo cena. Fleur aveva una palla nuova acquistata quel pomeriggio al supermercato e fu ben felice di restare fuori a giocarci mentre loro si avventuravano nella cappella. Rachel non aveva scordato i divieti della sua infanzia e si rifiutava di lasciar entrare la figlia prima di aver constatato con i suoi occhi che non c'era alcun rischio.

«Allora, dopo aver parlato con il signor Murray hai deciso

cosa fare con Lutton Hall? Rimarrai qui? Mi piacerebbe molto conoscerti meglio, sei la sorella che non pensavo avrei mai avuto occasione di incontrare.»

«Restare qui? *Non*. Certo che no. Perché dovrei?» Dalla delusione che increspò il volto della sorella, Mathilde si accorse di aver risposto con troppa durezza. «Devo viaggiare per lavoro, te l'ho detto.» Dentro di sé, però, avvertì una stretta al cuore. Per tutta la vita aveva sognato una famiglia, un legame di sangue, e adesso che l'aveva trovata non aveva il coraggio di restare. L'espressione di Rachel la riempì di rimorso: un'emozione sgradevole a cui non era abituata.

«Magari mi fermerò una settimana o due» concesse, «e poi deciderò cosa fare.»

Rachel fece un sorriso tremante. «Grazie» rispose.

Dentro c'era sempre lo stesso odore di chiuso, un'aria stantia, umida e pesante in netto contrasto con la fresca serata estiva all'esterno. La strana impressione di non essere sola questa volta fu meno evidente. Ora, la cappella non era che un vecchio edificio fatiscente a cui servivano dei puntelli e un urgente restauro.

«Be', è un po' una delusione, no?» Ferma al centro, Rachel girò lentamente su se stessa. «Non c'è niente a parte le panche e il tavolo, che immagino fosse un altare. E perché questa parete è intonacata mentre l'altra è rimasta in pietra nuda?» Si avvicinò al muro sulla loro sinistra e lo colpì con il palmo per mostrare a Mathilde cosa intendeva. Una pioggia di polvere cadde sul pavimento. «In realtà» inarcò un sopracciglio, «questa non è intonacata: è sigillata da tavole, suona a vuoto. Che strano.»

«Forse cominciava a crollare? O si era staccato qualche pezzo?» Mathilde agitò le mani cercando di trovare la parola giusta.

«Intendi che si stava sgretolando?» suggerì Rachel. «Può essere, spiegherebbe perché mi raccomandavano sempre di non entrare, ma hanno fatto davvero un pessimo lavoro se si sono limitati a schiaffarci sopra qualche asse di legno.»

«Questo cos'è?» Mathilde sfregò le dita sulla vernice scrostata, rivelando uno sbiadito disegno grigio chiaro che, partendo dall'angolo, tagliava il pannello in diagonale verso il centro. «Sembra un serpente» aggiunse.

«Vero.» Rachel lo studiò. «Chissà perché l'hanno messo in una chiesa. Forse c'entrano qualcosa Adamo ed Eva...» Sbirciò l'orologio. «Guarda che ore sono, meglio che vada a cercare Fleur e la riporti a casa. Ho detto alla zia di passare verso le sette e mezza, possiamo chiedere a lei.»

Richiusero a chiave la porta e si aprirono un varco tra i rovi e le ortiche ai lati della cappella per guardare l'esterno del muro ricoperto dai pannelli, che però appariva in tutto e per tutto identico al resto. La malta era secca e al primo tocco di Mathilde si sgretolò, spargendosi sulle foglie sottostanti.

Mentre tornavano indietro, lei si fermò un attimo lasciando che le altre proseguissero: voleva qualche minuto per sé. Era abituata a condurre una vita solitaria e dal suo arrivo il giorno prima era stata costretta a una socialità ininterrotta; aveva bisogno di una pausa, dell'occasione di respirare più tranquilla. Forse per questo continuava a sentirsi osservata. Come se qualcuno avesse aspettato fino a quel momento che guadagnasse il palcoscenico per recitare in un'opera di cui era protagonista a sua insaputa. Si riscosse. Probabilmente erano solo tutti gli eventi degli ultimi giorni a farla sentire così. Dopo tanti anni di vani sogni e desideri, di colpo aveva una famiglia e delle persone con cui era imparentata, ma sua madre non era al suo fianco per incontrarle. Non c'era da stupirsi che si sentisse oppressa, al punto che aveva preso a immaginare presenze inesistenti, malgrado i nuovi parenti che erano fisicamente lì.

Riprendendo a seguire Rachel e Fleur, deviò attraverso il giardino e si fece largo tra le sterpaglie fino a raggiungere uno steccato, rotto nei punti in cui il legno era marcito. Sul lato opposto, un campo di grano maturo cominciava a volgere dal verde chiaro all'oro.

«*Papa*» sussurrò. «Perché nessuno mi ha mai detto che eri qui? All'improvviso non so chi sono e tu non ci sei più per aiutarmi a capirlo. Le nostre vite avrebbero potuto essere molto diverse, avremmo potuto percorrere altre strade, mentre adesso non so più in che direzione andare.» Si stropicciò gli occhi con il dorso delle mani e la sua vista si offuscò.

Sentì un rumore di gomme sulla ghiaia alle sue spalle. Staccò alcuni fiori gialli di senecione dai loro steli coriacei e, lasciandoli cadere a terra, si voltò per seguire la sorella verso casa, pronta a conoscere il resto della famiglia.

9

Marzo 1584

Se Tom credeva che i suoi contatti con la regina si sarebbero conclusi con la fornitura del sonnifero, si sbagliava. Aveva pensato che Hugh si sarebbe assunto tutto il merito della bevanda che era ormai entrata a far parte del rituale serale della sovrana, e questo non creava in lui il minimo risentimento: preferiva restare nell'ombra, invisibile, e non dover affrontare la lunga trafila necessaria a spiegare la sua condizione di sordomuto. Era stancante, per usare un eufemismo. Ma nonostante Hugh avesse accettato gli elogi per la dolce spezia vellutata, il servitore che quella sera era sceso nel laboratorio doveva aver confidato a qualche dama di compagnia che era stato l'assistente dello speziale a preparare la bevanda, perché senza alcun preavviso Tom fu convocato nelle stanze di Sua Maestà.

All'inizio tentò di eludere l'incombenza, ma Hugh gli fece presto capire che non c'era modo di rifiutare un ordine della sovrana. Inspirando a fondo, indossò quindi abiti puliti (che trattenevano comunque il profumo della prunella secca che stava pestando nel mortaio), si lavò il viso, pettinò i capelli e spuntò in fretta la barba, dopodiché seguì lo speziale attraverso il cortile.

Mentre saliva le scale che portavano agli appartamenti reali, il suo volto era una maschera d'incredulità. Mai in tutta la sua vita aveva ammirato un mondo simile a quello. Il corridoio in cui entrarono era inondato di luce grazie a una serie di pannelli di vetro romboidali, mentre sulla parete dirimpetto campeggiavano spessi arazzi intessuti in una miriade di colori che gli allargarono il cuore. Quale contrasto con i toni tetri della sua quotidianità! Tom avrebbe voluto sfiorare i fili lucidi e splendenti, ma non appena si mosse in quella direzione Hugh gli afferrò il braccio e scosse la testa. In quel luogo vigevano regole severe e Tom si rese conto di doverle apprendere. Portandosi le mani dietro la schiena, abbassò gli occhi sui piedi del superiore e lo seguì fino al termine del corridoio che si apriva su una magnifica galleria.

Anche quell'ambiente era illuminato da splendide vetrate limpide e pregiate, ben diverse dalle finestre opache e sporche del laboratorio. In alto, piccoli vetri istoriati lasciavano filtrare raggi di luce colorata. Nonostante fosse mattina presto, file di candele in cera d'api irradiavano un'atmosfera azzurrina leggermente fumosa che gli irritò la gola facendogli venire voglia di tossire. Le pareti erano decorate da pesanti tendaggi impunturati con eleganza e arazzi che rilucevano al bagliore delle candele. Gli abiti dei cortigiani risplendevano in un'infinita gamma di toni vivaci, gonne e farsetti in brillanti sfumature da pavone. A un'estremità della sala, intorno a un grande trono laboriosamente intagliato posto su una predella, varie dame cucivano e chiacchieravano a bassa voce. Arroccata sul trono c'era una donna esile con un sontuoso abito dorato arricchito da splendidi ricami e centinaia di minuscole perline accese dal lume delle candele, quasi troppo grande per il suo fisico delicato. Aveva capelli rossi, che ricordarono a Tom quelli di sua madre, e anche senza il nugolo di guardie e gentiluomini eleganti schierati intorno a lei, avrebbe capito immediatamente di essere giunto al cospetto della regina. L'impulso di tossire divenne ancora più forte.

Hugh si incamminò lentamente verso di lei a occhi bassi. Tom era ipnotizzato dallo sfarzoso tappeto con intricati motivi blu, oro e rosso in cui affondavano i suoi piedi: non aveva mai visto nulla di simile. Seguì lo speziale, osservandone i passi finché non si fermarono di fronte alla sovrana, poi Hugh si genuflesse in segno di rispetto e Tom lo imitò un istante dopo.

Quando si rialzarono, vide che un evento terribile stava avendo luogo al cospetto della corte. Il protagonista, che a differenza dei cortigiani vestiva semplici abiti scuri di fustagno pesante, era stato gettato a terra a faccia in giù. Tom non riuscì a comprendere cosa gli venisse detto, ma dai gesti furiosi della regina, dalle mani chiuse a pugno e dagli occhi che dardeggiavano mentre sibilava a denti stretti, dedusse che era spaventosamente adirata. L'uomo si stringeva la testa tra le mani, aveva grumi di sangue al posto delle unghie e il volto pesto e insanguinato. Una guardia lo strattonò in piedi e lo tenne fermo mentre oscillava come se le gambe non riuscissero a sostenerlo. Tom sentì le viscere contorcersi dal terrore e per una volta fu sollevato di non poter udire le urla che, a giudicare dalle smorfie sui volti dei presenti, dovevano echeggiare nella sala.

Finalmente, la regina indicò una porta nascosta in un angolo della stanza dove la boiserie si era aperta a svelare una scala di pietra e l'uomo fu portato via per i piedi, la testa che strusciava a terra come fosse già cadavere. Con la coda dell'occhio Tom lo vide trascinato giù per scale, la nuca che batteva su ogni gradino finché non scomparve dalla vista, e un fiotto di bile calda e acida gli artigliò la gola. Cosa diavolo ci faceva in quel posto? Quando lui e Hugh furono sospinti in avanti, dovette sforzarsi per non vomitare. Tornando a inginocchiarsi, notò le macchioline di sangue sul pavimento di fronte a sé.

Rialzò lo sguardo. La regina stava parlando con Hugh, ma Tom riuscì a cogliere l'essenza del discorso da qualche parola. Sembrava aver mutato umore nell'arco di un secondo – tutta la rabbia per il povero disgraziato appena trascinato via era scomparsa – e continuava a elogiare il sapore di vaniglia che non aveva mai assaggiato prima, insistendo che i due speziali se ne procurassero ancora.

Alzandosi in piedi, si voltò verso Tom e fissò i piccoli occhi scuri nei suoi come se potesse leggergli dentro. A lui sembrò che ogni suo pensiero e paura fossero messi a nudo di fronte a quella donna minuta che era la sovrana più potente del mondo, e sentì che le gambe cominciavano a tremargli mentre ondate di sicurezza e regalità si spandevano da lei. A quella distanza ravvicinata, fu in grado di notare come il belletto chiaro nascondesse una brutta carnagione butterata che, insieme al naso aquilino, la rendeva meno attraente del ritratto che aveva ammirato poco prima seguendo Hugh nel corridoio.

«*Il mio speziale m'informa che siete stato voi a portare nella mia corte questa nuova spezia, la vaniglia.*» Tom studiò con attenzione il movimento delle sue labbra sottili. Per fortuna, lei sembrava riflettere su ogni singola parola prima di pronunciarla e comprenderla non fu difficile. Tom fece un altro inchino, poi raddrizzò il busto per poterla guardare di nuovo in faccia. «*E siete incapace di udire e parlare eppure comprendete ugualmente quanto si dice intorno a voi?*» Lui annuì, chiedendosi cosa stesse pensando e se il suo soggiorno a palazzo stesse per concludersi. Osservò la regina tornare verso il trono, quasi fagocitata dalla veste pesante che le impediva i movimenti.

Dopo essersi seduta di nuovo, la gonna accuratamente disposta intorno a lei da una fanciulla bionda con un abito verde decorato da un semplice fiocco che fino a quel momento era rimasta silenziosa in disparte, la sovrana tornò a rivolgersi a lui.

«*Voi mi intrigate, Tom Lutton. Non potete udire la mia voce eppure siete in grado di comprendere ogni cosa che dico. Non avevo mai incontrato una persona così e mi chiedo se i vostri servigi potrebbero essere utili anche ad altri nella mia corte. E non mi riferisco solo al vostro talento nel preparare deliziose bevande che conciliano il sonno.*» Guardò Hugh. «*Siete congedati*» disse, poi riportando l'attenzione su Tom aggiunse: «*Per il momento*».

Lui seguì lo speziale fuori dalla sala del trono, indietreggiando a occhi bassi finché non raggiunsero le porte che, come prima, furono aperte dalle guardie per permettere loro di uscire in corridoio. Inspirando il più a fondo possibile, Tom si riempì i polmoni d'aria fresca. Era sicuro di aver trattenuto il fiato per tutto il tempo trascorso al cospetto della sovrana; nonostante la statura minuta, la sua presenza era soverchiante.

«*Non devo spiegarti perché non sia il caso di irritare la regina*» disse lentamente Hugh mentre tornavano al laboratorio. «*Hai capito cosa stava succedendo quando siamo arrivati?*» Tom scosse la testa. «*Quell'uomo è alle dipendenze dell'ambasciatore spagnolo, Bernardino de Mendoza.*» Lui non riuscì a cogliere il nome, nonostante Hugh l'avesse ripetuto due volte, e mosse una mano per indicargli di continuare. «*Informava in segreto l'ambasciatore di quanto accadeva a corte e insieme avevano ordito una trama per spodestare la regina e sostituirla con sua cugina, la cattolica Maria. È una contesa che dura da molti anni. Gli spagnoli vogliono disperatamente eliminare la nostra regina protestante Elisabetta, in quanto la Chiesa cattolica non ha riconosciuto il matrimonio di sua madre Anna Bolena con re Enrico suo padre:*

la considerano una bastarda senza diritti al trono. Sostengono sia sua cugina Maria la legittima erede. La congiura aveva al centro un certo Throckmorton che ora sta confessando tutti i suoi segreti nella Torre, aiutato senza dubbio dagli uomini di Walsingham. Si sussurra che Mendoza stia per essere espulso dall'Inghilterra. Throckmorton sarà di certo giustiziato, come tutti quelli implicati nella congiura, tra cui il povero disgraziato che abbiamo visto poco fa. Non ha potuto decidere riguardo al proprio coinvolgimento e adesso gli restano poche ore di vita.»

Tom rabbrividì mentre assimilava la spiegazione. Vivere a corte era sembrato un onore, ma il ricordo della sua fuga in Francia quando il padre adottivo era caduto in disgrazia presso il monarca gli rammentò con precisione quanto fossero precari quei privilegi. Se un semplice servo che non poteva esimersi dal recapitare un messaggio rischiava di ritrovarsi improvvisamente invischiato in una situazione priva di scampo, forse quello non era l'ambiente che faceva per lui.

10

Giugno 2021

«Non somigli per niente a tuo padre.» A zia Alice tremava un po' la voce mentre squadrava Mathilde da capo a piedi. Erano tutti riuniti nel piccolo soggiorno accanto alla cucina e lei si sentiva decisamente sotto esame. Si era sforzata di andare contro la propria indole per mostrarsi cordiale verso quella nuova zia, eppure non aveva potuto fare a meno di mettersi subito sulla difensiva. Rachel preparò del tè e commentò allegra quanto fosse bello aver trovato finalmente Mathilde e quanto il loro padre ne sarebbe stato felice. Zia Alice sembrava pensarla in modo diverso.

«Gli avvocati faranno un test del DNA, giusto?» chiese a Rachel, ignorando Mathilde. «Potrebbe essere un'impostora» aggiunse sottovoce.

«Certo che no!» esclamò Rachel. «Puoi vedere con i tuoi occhi quanto ci somigliamo. E in effetti somiglia anche a te: non abbiamo bisogno di nessun test. Ti ho già spiegato che papà stava cercando nel posto sbagliato, ecco perché non è mai riuscito a trovarla in Francia. Ma adesso Mathilde è qui, io ho una sorella e tu una nipote. Una cosa splendida.» Pronunciò l'ultima frase in tono quasi accusatorio, come sfidandola a contraddirla.

Zia Alice deglutì a fatica, tese le labbra sottili finché non scomparvero nel volto molle e rimase in silenzio, continuando a girarsi la fede nuziale intorno al dito. «E adesso che succede?» domandò con voce tesa e acuta. «Cambierà tutto. Siamo troppo vecchi per certi stravolgimenti.»

«Santo cielo, è arrivata da appena ventiquattro ore, dalle il tempo di ambientarsi prima di costringerla a decidere cosa fare. Poi saprai se hai qualcosa di cui preoccuparti. Comunque» Rachel cambiò in fretta argomento, «oggi pomeriggio abbiamo dato un'occhiata alla cappella. Mathilde voleva vederla dentro.»

Alice fece un lungo sospiro. «Ti abbiamo sempre detto di non andarci» mormorò con gli occhi pieni di lacrime. Li tamponò con un fazzolettino bordato di pizzo che aveva estratto dalla manica. «È qui da neanche cinque minuti e sta già cambiando tutto. Quel posto è pericoloso: Peter ti aveva raccomandato di non entrare.»

«Be', non abbiamo visto niente di pericoloso e siamo state molto attente. L'edera si sta insinuando da un vetro rotto ma i muri non sembrano pericolanti. In effetti uno è coperto da assi di legno, è stato nostro padre?»

«No, è sempre stato così, sicuramente da prima che io nascessi. Tuo nonno ci ha fatti entrare un paio di volte da bambini, ricordo il muro di cui parli. Ci dicevano che era un posto sacro, santo, e che non dovevamo andarci se non per pregare. E noi non l'abbiamo mai fatto, anche se non posso giurare che tuo padre abbia continuato a seguire quella raccomandazione da adulto. Le assi probabilmente servivano a impedire che il muro crollasse.»

«Per quello non basterebbe certo qualche tavola di legno» sottolineò Rachel. Lanciò un'occhiata a Mathilde, che da quando erano passate a parlare della cappella era molto più interessata e cercava di seguire il discorso. Era stata una lunga giornata e cominciava a farle male la testa.

«Be', si sta facendo tardi e Fleur deve andare a nanna.» Rachel si alzò in piedi. Stiracchiandosi e fingendo un grosso sbadiglio, Mathilde la imitò. Per fortuna gli ospiti capirono l'antifona e presero le giacche per andarsene.

«Sono certa che ci rivedremo presto.» Alice salutò Mathilde con il mento e tese le labbra in un sorriso che non raggiunse gli occhi. «Così potremo discutere cosa pensi di fare con questa bellissima casa. So che tuo padre non avrebbe voluto che la vendessi, si rivolterebbe nella tomba.» Mantenne il contatto visivo per un istante in più del necessario e poi si affrettò a uscire, armeggiando per infilarsi la giacca a vento. Jack, che per tutta la durata della visita aveva detto due parole in croce, si limitò ad alzare la mano in un mezzo saluto e annuì una volta prima di correrle dietro. Mathilde guardò accigliata le loro schiene allontanarsi, muovendo silenziosamente le labbra per cercare di decifrare il senso delle parole con cui Alice si era congedata.

Subito dopo aver messo a letto Fleur, molto stanca e contrariata, Rachel tornò al piano di sotto e preparò una cioccolata calda per entrambe. Mathilde la osservò dal tavolo della cucina.

«A Alice non piaccio» dichiarò, come se non fosse evidente.

«Sono certa che è solo questione di tempo, è stato uno shock. Sapevamo tutti della tua esistenza, ma non abbiamo mai pensato che avremmo avuto la possibilità di incontrarti. E se tu non fossi comparsa, Alice avrebbe ereditato Lutton Hall, perciò è inevitabile che sia un po' stizzita. Non c'era bisogno di essere così maleducata, però, è stato davvero inaccettabile.»

«Stizzita?»

«Arrabbiata. In realtà, più che arrabbiata deve aver paura di cosa può riservarle il futuro, ma questo non giustifica il suo comportamento. Forse quando si renderà conto che hai intenzione di fermarti, anche solo per un paio di settimane all'inizio, si darà una calmata.»

«Non importa.» Mathilde scrollò le spalle. «C'è un sacco di gente a cui non piaccio. Non corrispondo alle loro aspettative. Ci sono abituata, non mi interessa. E comunque, non so se mi fermerò» aggiunse. «Vivere in una casa giorno dopo giorno, sempre nello stesso posto, non è facile. Non lo sopporto. Ho bisogno di essere sempre in movimento, cambiare paesaggio. Ho sempre vissuto così.»

«Ma avevi promesso di fermarti.» Rachel alzò appena la voce e posò con troppa violenza le tazze sul tavolo. Quando la cioccolata calda strabordò in piccole pozze di un marrone lattiginoso, afferrò un vecchio canovaccio da cucina per ripulire. «Come puoi avere già cambiato idea? Capisco che non sei abituata a vivere in una casa e, sì, questa è piuttosto grande, ma sei comparsa dopo tanti anni per reclamare la tua eredità. Neanche sapevamo che fossi viva, Cristo santo, il nostro povero padre immaginava il peggio e adesso non riesci neppure a decidere se vuoi fermarti per un po'? Ti abbiamo aspettato per anni, almeno questo ce lo devi, no? Siamo una famiglia, vorrà pur dire qualcosa.» La sua voce si spense in una supplica.

Mathilde rimase scioccata da quello sfogo. Come d'abitudine aveva considerato solo i propri sentimenti, senza pensare all'effetto che il suo arrivo aveva avuto sulla sorella. Ma Rachel la conosceva appena, perché era tanto turbata? In tutti gli anni in cui aveva sognato una famiglia non si era mai immaginata qualcosa del genere.

«Sì, sì, facile dirlo per te» borbottò. Se pensava che Rachel non l'avrebbe sentita, però, si sbagliava.

«Certo che fai parte della famiglia.» La sorella tese le mani sul tavolo come per afferrare le sue. «Ci è voluto un po' per trovarti, ma adesso sei a casa. Non è troppo tardi.»

«Non "un po'"» la corresse Mathilde, «un'intera vita. Ed è troppo tardi per conoscere mio padre.» La voce le uscì con più veemenza di quanto avrebbe voluto. Il suo cuore era stato straziato così a lungo, uno squarcio permanente nel tessuto della sua vita, e da quella falla cominciò a uscire tutto ciò che aveva soffocato. L'infelicità che si teneva dentro. «E troppo tardi per avere una vera infanzia. Tu sei cresciuta qui, tra persone che ti amavano, circondata da tutto questo. Con gli zii in fondo alla strada, stabilità e senso di appartenenza. Sei stata molto fortunata. Io non ho mai avuto niente di simile. Ho passato l'infanzia a spostarmi di continuo, da una città all'altra, a volte senza neanche un posto dove dormire. Col freddo in inverno e il mistral in estate che ci gettava la polvere negli occhi e rendeva i capelli... *rigides*.» Li strattonò per dimostrare cosa intendeva. «Nessuno ci accettava. Non potevo chiamare casa nessun posto, non avevo nessun senso di sicurezza. Le persone ci evitavano, la mia povera *maman* non faceva che lottare con i suoi demoni. All'inizio gli altri erano gentili... quasi accoglienti. Ma non durava mai, appena vedevano che stava male ci scacciavano. Eravamo delle rifugiate, delle outsider. *Émigré*: la parola più solitaria del mondo.» Si alzò in piedi e raggiunse la porta di servizio prima di voltarsi. «Rimarrò, se vuoi, per tutta l'estate. Ma non di più. A settembre me ne vado.»

11

Giugno 2021

Mathilde si diresse a grandi passi verso il suo angolo di giardino e riempì l'innaffiatoio dal serbatoio dell'acqua piovana. Le serviva del tempo per riflettere su quanto era appena accaduto con Alice e Jack, e sulle parole di Rachel. Per tutta la vita aveva sognato una famiglia, delle radici, qualcosa che la ancorasse in un posto e mettesse fine a quella smania di viaggiare, e per un attimo si era quasi illusa di averlo trovato: consanguinei. Ma quanto ci sarebbe voluto perché anche loro decidessero che era una brutta persona, che la rifiutassero e le dicessero di continuare per la sua strada? Non avevano motivo di comportarsi diversamente, le persone erano le stesse dappertutto: gliel'aveva insegnato la sua infanzia. I suoi nuovi zii avevano già messo in chiaro che non era la benvenuta. E se non poteva chiamare casa neanche quel posto, considerarlo un luogo in cui riposare, allora non le restava nulla. Aveva sprecato anni della sua vita a sognare qualcosa che non esisteva.

Raggiunto il punto in cui aveva adagiato le sue piantine, le innaffiò di nuovo abbondantemente e poi si sdraiò per terra con le mani dietro la testa. Lì vicino, nell'erba, sentiva il fruscio leggero di qualche minuscola creaturina che, disturbata dai suoi movimenti, tentava di darsi alla fuga. L'aria del crepuscolo era tiepida e lei chiuse gli occhi un momento, godendosi la frescura dell'erba sotto di sé e inspirando dolcemente il profumo della vegetazione estiva mentre il suo cuore rallentava fino a riprendere il ritmo solito. Qualche frammento aguzzo di primula secca le si piantò nella spalla, ma non riuscì a trovare la forza di muoversi. Strinse un ciuffo d'erba nel pugno, perdendo quasi la presa prima di riuscire a strapparlo. Lo lasciò cadere a terra e ricominciò da capo con un'altra manciata.

Dopo un po' la sera si fece più densa e lei girò la testa per ascoltare lo stridio acuto dei pipistrelli che sfrecciavano a catturare piccole falene nell'aria. D'un tratto, si accorse di non essere più sola e guardò in direzione del boschetto lì accanto. Non aveva sentito arrivare nessuno; di chiunque o qualunque cosa si trattasse, era silenziosissimo.

Mantenendosi del tutto immobile, Mathilde trattenne il fiato e aspettò che la presenza misteriosa decidesse di palesarsi. Poi, quando i suoi occhi si furono abituati all'oscurità, le sembrò di vedere una sagoma tra le ombre. Un cervo? Sotto le folte chiome degli alberi il buio era ormai molto fitto e riuscì a scorgere giusto il vago contorno di una persona in piedi a testa china. Nero su nero. Strizzò gli occhi: chiunque fosse si mimetizzava così bene con le tenebre vellutate da essere a stento visibile. Che cosa stava facendo?

«*Allô?* Chi c'è?» gridò. Non ebbe risposta, e alla sua domanda la figura le voltò le spalle e scomparve.

Pensando che il visitatore si fosse allontanato nel bosco in direzione delle stalle, Mathilde saltò in piedi e girò intorno al gruppetto di alberi per sorprenderlo sul lato opposto. L'oscurità era troppo fitta e il terreno troppo incolto per sperare di raggiungerlo arrancando tra le sterpaglie, però, e quando giunse sull'altro lato non trovò nessuno. Né, si disse, si era davvero aspettata di trovarlo. Non era la prima volta che vedeva qualcosa di inspiegabile: l'ospite di un altro tempo. Ormai era certa che si trattasse di questo. Cosa ci facesse in mezzo al bosco, tuttavia, non ne aveva idea.

Da qualche parte vicino alla casa sentì Rachel chiamarla, ma curvando le spalle e cacciandosi le mani nelle tasche Mathilde sgattaiolò fino al suo furgone, vi strisciò dentro e si distese sotto la coperta. C'erano troppi pensieri nella sua testa, non avrebbe sopportato nient'altro. Non poteva abituarsi al presente mentre stava ancora tentando di comprendere il passato.

L'indomani mattina, rinfrancata da una notte di sonno sorprendentemente riposante nel furgone, si presentò in cucina di buon'ora. Le altre due erano già lì, Fleur stava mangiando in tutta calma una ciotola di cereali, con il latte che colava dal fondo del cucchiaio e le gocciolava sulle ginocchia.

«Caffè?» Mathilde sorrise esitante a Rachel, incerta dell'accoglienza che avrebbe ricevuto dopo il modo in cui si erano separate la sera prima. Qualunque freddezza sarebbe stata solo colpa sua, a mente fresca non aveva problemi ad ammetterlo.

Arruffando i capelli di Fleur, prese una fetta di pane tostato dal piatto sul tavolo e se la infilò in bocca, poi versò tre grosse cucchiaiate di caffè in polvere nella sua caffettiera. Con le sopracciglia inarcate ne offrì anche a Rachel, che però sorrise e scosse la testa versandosi altro tè. Potevano essere sorelle, ma le loro abitudini mattutine erano saldamente condizionate da come erano cresciute.

«Devo chiederti scusa» disse Mathilde voltandosi verso di lei. «Ieri sera sono stata troppo brusca, non è stato giusto.»

«No» Rachel alzò una mano per impedirle di proseguire, «non devi scusarti. Neanche riesco a immaginare cosa stai passando, dev'essere uno shock enorme. Va tutto bene, davvero. Guarda, abbiamo ricevuto una lettera.» Le mostrò una busta. «L'ho trovata stamattina quando sono scesa, l'avevano infilata sotto la porta. L'ho aperta perché è indirizzata a entrambe, ma in realtà riguarda te.»

Lei si fermò con la tazza a mezz'aria.

«È di zia Alice. Una volta tornata a casa deve aver continuato a infervorarsi, perché vuole rivolgersi a un avvocato per impugnare il testamento. Ma non temere, non ci riuscirà. Quando papà l'ha stilato ero con lui e il signor Murray sa che è perfettamente valido. Se la cosa arrivasse in tribunale potrebbe complicarsi, però.»

«Impugnare? Vuole fare a pugni?» Mathilde si accigliò, confusa.

«No.» Rachel rise. «Significa che vuole provare a cambiare il testamento, andando in tribunale e chiedendo a un giudice di assegnare la casa a lei invece che a te. Ma non succederà, non preoccuparti.»

Mathilde scrollò le spalle: aveva abbastanza a cui pensare senza doversi preoccupare anche delle isterie della zia. Sperava solo che si tenesse alla larga.

«Allora» Rachel cambiò argomento, «che programmi hai per oggi? Il signor Murray ti ha consegnato gli atti e una mappa della proprietà?»

«No, ha detto che me li avrebbero mandati quelli del... ha parlato di una catasta?»

«Intendi il catasto, presumo.» Rachel annuì. «Dopo averti registrato come nuova proprietaria, probabilmente ti invieranno una copia delle carte. A quel punto dovresti riuscire a vedere chi ha posseduto Lutton Hall nel corso degli anni, a seconda di quando hanno cominciato a tenere la documentazione. Oggi pensavo di spulciare un po' tra gli effetti personali di papà, ti va di aiutarmi?»

«Sì, grazie, mi piacerebbe.» Mathilde annuì e distese le labbra in un sorriso. Voleva saperne di più sul conto del padre, quell'uomo che aveva considerato perduto per quasi tutta la sua vita. Se il taxi in cui viaggiava fosse partito con solo qualche minuto di anticipo, tutto sarebbe stato diverso. Lei avrebbe vissuto in quella casa con la sua *maman*; Rachel non sarebbe nata ma forse ci sarebbero stati altri fratelli. Era come uno specchio deformante, in cui guardare la vita che aveva quasi vissuto.

«Ho già passato in rassegna i suoi vestiti.» Rachel si incamminò verso l'atrio, parlandole da sopra la spalla. «Non c'era niente che valesse neppure la pena di dare in beneficenza; indossava i suoi vecchi abiti da giardinaggio mattino, pomeriggio e sera. Era un vero sciattone!» Rise tra sé al ricordo. «Diceva che ne aveva avuto abbastanza di giacche e cravatte negli anni di lavoro, voleva trascorrere la pensione in comodità.» Mathilde cercò di immaginarselo con una camicia color cachi dalle maniche rimboccate e i pantaloni larghi infilati negli stivaloni di gomma. Li aveva visti posati vicino alla porta di servizio, quasi in attesa che li indossasse ancora un'ultima volta.

Rachel la condusse in un breve corridoio angusto che passava dietro le scale per raggiungere una stanza sul retro. Non era grande, ma vi entrava moltissima luce da una finestra affacciata sull'angolo dell'orto dove Mathilde aveva sistemato i suoi vasetti.

«Questo era il suo ufficio» spiegò Rachel con voce un po' incrinata, allargando le braccia. Mathilde la guardò e sentì un bruciore improvviso agli occhi. Si sorrisero, poi la sorella le massaggiò per un attimo la schiena come se fosse una bambina da consolare. Tra loro passò un guizzo di empatia, breve come una puntura di spillo e colorato dalla stessa pennellata di tristezza, un'emozione condivisa. Qualcosa che Mathilde non aveva mai provato in vita sua.

Le pareti erano rivestite da scaffali contenenti montagne di libri accatastati alla rinfusa tra i detriti impolverati dell'esistenza del padre: una tazza che decantava le bellezze di Southwold piena di penne, scatoloni colmi di documenti archiviati, fotografie incorniciate. Mathilde si guardò intorno avidamente, tentando di non farsi sfuggire nulla. Ogni oggetto della stanza era un pezzo di lui. Chiuse gli occhi e cercò alla cieca il suo spirito, la sua essenza, qualche prova tangibile del fatto che fosse ancora lì insieme a loro. Si chiese se fosse stata sua la sagoma scura che aveva intravisto sotto gli alberi la sera prima.

«Come vedi, non era un tipo molto ordinato. Per fortuna negli ultimi dieci anni ha vissuto praticamente qui nel retro, tutte le stanze che ti ho mostrato l'altro giorno sono chiuse da secoli e i mobili coperti da teli per la polvere.»

«Questa scrivania è bellissima.» Mathilde passò le dita sull'inserto in pelle lavorata del piano in mogano scuro. Era un mobile solido che pareva spuntato dal pavimento, con le radici affondate sotto l'antica struttura della casa ormai bucherellate e scalfite da secoli di utilizzo.

«Papà vi conservava le cose importanti.» Rachel si inginocchiò e aprì un grosso cassetto alla base del piedistallo. «Ovviamente io le ho già viste.» Estrasse una massiccia scatola che posò sulla scrivania, poi tolse il coperchio e la inclinò appena per mostrarle il contenuto. «È tutto ciò che è riuscito a trovare su di te, sulla tua vita.»

In cima c'era la foto sbiadita di una giovane coppia con una bambina in braccio e delle montagne sullo sfondo. Mathilde la sollevò e per un attimo se la premette contro il petto stringendo forte gli occhi, decisa a non versare una lacrima, poi la guardò ancora.

«Siamo noi, io e i miei genitori» sussurrò. «Non avevo mai visto una nostra fotografia ma riconosco questo vestito, la mia *maman* l'ha indossato per anni e anni. Forse ricordava il giorno in cui l'hanno scattata. Era un modo per piangerlo.» La posò con riverenza sulla scrivania e cominciò a rovistare nel contenuto della scatola, tirandolo fuori con cura fino a creare un mosaico dei suoi primi dodici mesi di vita, un preludio all'esistenza che avrebbe dovuto avere.

«Ecco, questi ritagli sono gli articoli che papà ha scritto quando viveva a Beirut.» Rachel cominciò a indicare. «E questi gli annunci che ha fatto pubblicare sui giornali nel tentativo di ritrovarvi. Prima in Libano e dopo in Francia. Alla fine è riuscito a rintracciare un ufficiale governativo e lui gli ha confermato che tua madre era partita con altri rifugiati. E guarda» aprì una mappa sbrindellata, «su questa cartina della Francia ha cerchiato tutti i posti in cui è venuto a cercarvi.»

«Era così vicino, se solo lo avessimo saputo...» mormorò Mathilde fissando le zone contrassegnate.

«Dove stavate, di preciso?» Rachel era in piedi al suo fianco.

«Un po' dappertutto in questo *département*.» Mathilde mosse la mano sopra i dintorni di Tolosa. «Ci spostavamo di continuo. Sempre. Secondo mia madre era l'unico modo per stare al sicuro. La guerra e i bombardamenti costanti l'avevano talmente traumatizzata che ha avuto incubi per tutta la vita, non riusciva a tenersi un lavoro: l'hanno devastata irrimediabilmente. Aveva perso mio padre, la nostra casa, tutta la sua vita, e non è mai riuscita a riprendersi. Quando non stava troppo male faceva la barista o raccoglieva frutta in estate. Dovevamo trovare posti in cui vivere ed erano sempre sistemazioni provvisorie. A volte occupavamo dei fienili o delle case diroccate e ogni tanto trovavamo una casa vacanze in cui intrufolarci. Non andavo a scuola con regolarità; se mamma era in un periodo buio, dovevo restare con lei. Ci vestivamo in modo diverso dagli altri, davamo nell'occhio. Ci sospettavano spesso di rubare, così dovevamo spostarci, non avevamo scelta. E poi un giorno, quando avevo sedici anni, è morta in un incendio. Una tenda ha preso fuoco per colpa di una candela accesa. Io ero fuori e quando sono tornata ho trovato la casa in fiamme. Da allora, ho vissuto per conto mio.»

«È terribile, mi dispiace tanto. È incredibilmente triste che abbiate dovuto vivere in quel modo, ma sono felice che adesso sei qui e che finalmente ti abbiamo trovato. D'ora in poi, questa è casa tua. Per favore, ricorda sempre che nostro padre ti amava tantissimo.» Rachel la strinse tra le braccia e, per un attimo, Mathilde si rilassò nel calore di un altro corpo umano. Per quanto aliena, dovette ammettere a se stessa che era una sensazione piacevole.

«Non è così semplice» disse a bassa voce. «Non posso trasformarmi in un'altra persona. Viaggiare, vivere alla giornata, la mia vita è quella. Non ho mai conosciuto altro. Tutto questo» indicò la stanza, «arriva troppo tardi. Non me lo merito. Neppure ricordo che faccia avesse mio padre, perché dovrei stare qui?»

«Perché te lo meriti eccome.» Rachel la strinse ancora più forte. «Hai avuto un inizio molto difficile, d'accordo, ma non devi per forza andare avanti così, non è una condanna perpetua.» Mathilde corrugò la fronte e lei si interruppe un momento prima di spiegare: «Eterna. Non sei costretta a continuare questa vita nomade, hai la possibilità di un nuovo inizio. Quell'infanzia traumatica non deve influenzare la tua intera esistenza. Non vorresti far parte di una famiglia?».

«Lo volevo, sì» Mathilde annuì, «da piccola non sognavo

altro. Ogni volta che passavamo davanti a un giardino pieno di giochi, mi chiedevo come fosse crescere con *maman* e *papa* in una casa vera dove tornare ogni giorno, anno dopo anno. Sempre nello stesso posto. Un luogo sicuro che faccia da ancora nella tempesta, dove rifugiarsi quando la gente se la prende con te e ti grida di andartene. Ma nessuno ti direbbe di andartene, vero, se vivessi sempre nella stessa casa, radicata in un luogo?»

«Allora permettimi di starti vicina e aiutarti» sussurrò la sorella.

Un grido dal soggiorno le interruppe e con una smorfia contrita Rachel uscì, mentre Mathilde rimase lì dov'era, cristallizzata nel tempo. Poi rilassò le spalle, appena appena, e sentì un briciolo dell'angoscia che la contrapponeva al mondo dissolversi. La sua tenace convinzione che il padre le avesse abbandonate morendo era stata colpa di un fraintendimento, eppure aveva colorato ogni cosa, l'intera sua vita. Era ancora possibile cambiare? Se si fosse aperta a quella nuova famiglia, avrebbe potuto fidarsi davvero di loro?

Mordendosi il labbro, cominciò a riporre con cura ogni cosa nella scatola, che infine rimise nel cassetto da cui l'aveva presa Rachel. Nel farlo, sentì qualcosa battere contro il legno e quando tastò con le dita trovò un oggetto freddo e metallico. Lo afferrò, tirando con forza, ed estrasse un liscio gioiello tondo attaccato a una lunga catenina. Era ossidato e opaco ma sembrava d'oro, e mentre se lo rigirava tra le mani le tornò in mente il dipinto nella cappella, quello che lei e Rachel avevano scambiato per un serpente. In quel momento comprese che si erano sbagliate: non era un serpente, ma una catenina con appeso un medaglione. Chiedendosi quale fosse il legame tra quel monile e la cappella, andò a condividere la scoperta con la sorella.

12

Aprile 1584

Nella torbida oscurità del crepuscolo, mentre il giorno scivolava verso la notte, Tom andò a controllare come ogni sera che le piante nel giardino fisico fossero ben irrigate e che il coperchio della piccola serra da lui costruita per la vaniglia fosse chiuso. La stava accudendo con la stessa premura che avrebbe riservato a un figlio.

Amava stare all'aperto e cercava sempre di concedersi quanto più tempo possibile per gironzolare nel giardino: i profumi delle varie piante gli erano ormai familiari come degli amici. I giardinieri e i cuochi si guardavano bene dal toccarle, soprattutto perché alcune potevano essere velenose se usate in maniera scorretta. Là fuori Tom respirava aria fresca, sentiva l'odore del fiume anche se non riusciva a vederlo e, attraverso il cancello a un'estremità dell'orto, poteva ammirare le aiuole fiorite del parco in cui la regina e il suo seguito passeggiavano spesso nelle giornate di sole. Il confronto con l'interno umido e cupo del palazzo era evidente.

Alzandosi dopo aver colto qualche ciuffetto di timo, Tom

vide due uomini attraversare il giardino dalla direzione del cancello. Nonostante le tenebre sempre più fitte e i loro abiti scuri, la sua vista acuta gli permise di notare che erano vestiti in maniera impeccabile e venivano dritto verso di lui. Sentì una stretta di trepidazione allo stomaco. Chiunque fossero, il loro contegno e l'estrema sicurezza che trasudavano suscitarono in lui un certo timore. Quando lo raggiunsero, si tolse il cappello e fece un inchino cortese, poi raddrizzò la schiena e aspettò che uno dei due gli rivolgesse la parola.

Quello più magro, vestito interamente di nero e con la pelle scura, cominciò a parlare con un balenio di denti bianchi nel buio. Aveva un eloquio veloce e a Tom fu necessario cogliere qualche parola per decifrare ciò che stava dicendo.

«*A corte si dice che siate nato sordomuto, è vero?*» chiese l'uomo. Tom annuì. «*Eppure riuscite a seguire ciò che dico?*» Tom annuì di nuovo. Non era ovvio, vista la sua risposta precedente?

«*Mi dicono che siete in grado di comprendere la gente solo osservandone le labbra, è corretto?*» Tom esitò, incerto su come rispondere. Se le persone parlavano molto in fretta o con la bocca coperta, o se erano straniere, allora no, non ci riusciva. Ma non sapeva come spiegarlo e così, affidandosi al linguaggio dei segni, tese una mano con il palmo rivolto verso il basso e la fece oscillare. Sperò fosse chiaro che intendeva sia sì che no.

«*Hugh dice che siete giunto qui dalla Francia.*» Tom si chiese quale fosse il senso di quell'interrogatorio, dato che francesi e inglesi erano in rapporti affatto amichevoli. Annuì con un po' più di esitazione.

«*Perciò parlate francese? Bene. A corte vi è accaduto di rivedere qualche francese conosciuto durante la vostra traversata?*» Questa volta Tom non fu sicuro di aver compreso del tutto, e scosse la testa.

«*Eccellente. Io sono Sir Francis Walsingham e questo gentiluo-*

mo è Sir Cecil Burghley.» L'uomo mostrò una pergamena con su scritti i due nomi. «*Lavoriamo per la regina. A volte ha bisogno di qualcuno che raccolga informazioni per lei senza divulgarle a nessuno e poi le riferisca a me. Capite cosa intendo?*» Tom cominciava a stancarsi di tutte quelle domande, avrebbe voluto essere nella condizione di potergliene rivolgere qualcuna anche lui. Non era affatto sicuro di voler lavorare per quei due gentiluomini. Era felice in quel giardino sereno e nel laboratorio in cui doveva comunicare solo con Hugh e non aveva dubbi su cosa stava facendo. O almeno, il giardino era *stato* sereno. Prima che potesse tentare di spiegare che preferiva declinare la proposta, l'uomo di nome Walsingham proseguì.

«*Vi vedo esitare, ma penso che mi abbiate frainteso. Voglio supporre che tale confusione sia dovuta al fatto che non avete udito bene le mie parole. Non sono il tipo d'uomo a cui si dice di no, a meno che non vogliate concludere il vostro soggiorno a Londra molto prima del previsto. Le acque vorticose del Tamigi restituiscono corpi sotto il London Bridge quasi ogni giorno. Miscredenti – e disgraziati colpevoli di non aver fatto ciò che era stato loro richiesto – percorrono spesso con gambe malferme la riva scivolosa di fango e rischiano di farsi inghiottire dalle correnti impetuose. Non vorrei che qualcosa di simile accadesse anche a voi, Tom Lutton.*» Questa volta, Tom colse ogni sfumatura del discorso di Walsingham e il modo in cui i due stavano schierati di fronte a lui, eretti e minacciosi, gli fece comprendere con ancor più precisione ciò che stava accadendo. Li guardò negli occhi e assentì, pur travolto da un senso di presagio funesto.

«*Bene.*» Il sorriso di Walsingham non raggiungeva gli occhi. «*Come dicevo, ci sarete molto utile. Potrà accadere che vi chieda talvolta di osservare qualcuno, per poi riportarne le rivelazioni su una pergamena e consegnarmela. Vi nasconderete nell'ombra, anzi, in bella vista. Nessuno sospetterà di voi, data la vostra appa-*

rente incapacità di carpire segreti o sussurrarli a orecchie indiscrete. Potreste rivelarvi una spia eccezionale. Non informate nessuno di questa conversazione, vi manderemo a chiamare quando avremo bisogno del vostro talento.»

Tom annuì per l'ultima volta e, profondendosi in un altro inchino, attese che i due scomparissero nella direzione da cui erano venuti. Inspirò la fresca aria notturna e la trattenne nei polmoni il più a lungo possibile, poi tornò a espellerla lentamente. Non era per quello che era venuto in Inghilterra, ma gli era stato spiegato in termini molto chiari che non aveva scelta, non se voleva restare in vita. Mentre tornava adagio verso la cucina per scoprire cosa fosse avanzato dal banchetto dei piani alti, tuttavia, continuò a ripensare alle parole con cui Sir Francis Walsingham si era accomiatato. La sua condizione di sordomuto era un talento. Non una seccatura o una debolezza, ma qualcosa di prezioso. Con un lento sorriso, allargò le spalle e prese a camminare un po' più eretto.

13

Aprile 1584

Le piantine di Tom crescevano floride, anche se, nonostante la serra che aveva costruito per loro, quelle della sua preziosa vaniglia apparivano meno rigogliose delle altre. Una stava iniziando a fiorire e ogni mattina lui alzava il coperchio di vetro per poi riabbassarlo la sera. Sperava che avrebbe prodotto qualche baccello, e soprattutto dei semi da cui continuare a propagarla. I suoi tentativi di procurarsene dell'altra nei magazzini del lungofiume avevano avuto scarso successo, perciò erano costretti a centellinare le loro scorte e conservarle solo per la regina. Se fossero riusciti a coltivare la spezia nel loro giardino, non avrebbero dovuto dipendere dalle importazioni d'oltremare.

Un pomeriggio, mentre lavorava nel laboratorio, Tom ricevette una visita. Stava aggiungendo anice e pepe alla tisana al miele per il figlioletto di un cortigiano affetto da sospetta scarlattina, quando un movimento nei pressi della porta gli fece alzare lo sguardo. La dama ferma sulla soglia era esile, alta poco più di una bambina nonostante i lineamenti lasciassero chiaramente intuire che si trattava di un'adulta, forse sui trent'anni. Indossava un abito giallo canarino e portava i capelli raccolti in un retino sulla nuca, scuri come i corvi della torre che Hugh gli aveva mostrato il primo giorno mentre discendevano il fiume per arrivare a palazzo. Interrompendo all'istante ciò che stava facendo, Tom si profuse in un inchino.

Quando rialzò lo sguardo, il volto della donna era illuminato dal sorriso più dolce che avesse mai visto, con due fossette scavate ai lati della bocca. Gli occhi avevano la tenue sfumatura violetta dei fiori di croco. Rendendosi conto che gli stava parlando, Tom si concentrò sulle sue labbra. Era stato così intento a rimirarla da perdersi la prima parte del suo discorso. Quando lei concluse e si interruppe, prese la tavoletta di cui si serviva per comunicare con Hugh e la pregò di ricominciare da capo, irritato e imbarazzato dalla sua incapacità di seguire i discorsi come un uomo normale.

Per fortuna lei non sembrò infastidita e annuendo ripeté adagio le parole, dandogli l'opportunità di osservare la sua bocca rosa e lucida perché si era appena umettata nervosamente le labbra. Si presentò come Lady Isabel Downes, e questa volta Tom comprese senza fatica la descrizione del cerchio alla fronte che continuava a disturbarla. Le indicò una sedia accanto alla porta, poi abbandonò la sua tisana contro la scarlattina e cominciò a preparare un rimedio per lei. Avrebbe voluto spiegarle che con tutta probabilità il mal di testa era causato dagli stretti copricapo che caratterizzavano l'abbigliamento delle dame ma, sapendo che era inappropriato attirare l'attenzione su una qualsiasi parte del suo vestiario, si limitò ad aggiungere un pizzico di salvia al composto di coriandolo e partenio che stava pestando nel mortaio e lo versò in un cartoccio. Le mostrò come aggiungere la polvere all'acqua calda e indicò che, all'occorrenza, la quantità sarebbe stata sufficiente per due tisane.

Dopodiché, prima che lei potesse congedarsi, scribacchiò "Tom Lutton" sulla tavoletta e indicò se stesso. Lei sorrise, annuendo, e il suo cuore si sciolse come neve al sole. Guardò le sue labbra mentre diceva: «*Arrivederci, Tom Lutton*», prima che, con un rapido sorriso e una leggera riverenza, uscisse dal laboratorio. Lui non ebbe nemmeno il tempo di rispondere con un inchino.

Lasciandosi cadere sulla sedia che lei aveva appena liberato, Tom sentì il calore del suo corpo attraverso la calzabraca e non riuscì a reprimere un ampio sorriso. Era la donna più bella che avesse mai visto e la sua mente si stava già arrovellando in cerca di una scusa per rivederla. Tuttavia sapeva che era impossibile. Con quell'abito di lana pregiata e le calze di seta, doveva essere una dama della regina: una delle persone più altolocate del regno; mentre lui era l'assistente di uno speziale e dormiva in un bugigattolo nel retro del palazzo: non c'era spazio per lui nel suo mondo. C'era stato un tempo in cui viveva a corte e, malgrado la sua sordità, aveva ottime possibilità di calcare le orme paterne, ma quell'opportunità era sfumata da decenni, quando il suo padre adottivo era morto sotto tortura e loro erano fuggiti in Francia.

Tom prese una candela e tornò nella sua stanza. Per angusta che fosse, era felice di quel piccolo spazio di intimità che per lui aveva un valore inestimabile. Accese i due mozziconi di cera d'api posati sulla cassapanca, gli scarti concessi alla servitù. Era diventato lesto a rimuoverli dai candelabri dei piani di sopra, perché erano di molto superiori alle candele di sego che avrebbe dovuto usare altrimenti e non producevano il fumo acre che gli faceva bruciare e lacrimare gli occhi.

Dalla cassapanca ai piedi del letto estrasse il trittico che aveva portato con sé attraverso l'Europa. Voluminoso e piuttosto pesante, aveva vissuto nel terrore che qualcuno decidesse di volerlo per sé, ma per fortuna il suo fisico muscoloso dissuadeva la gente dall'attaccare briga. Finché le persone non si accorgevano che era sordo tendevano a lasciarlo in pace, ma le cose cambiavano appena scoprivano della sua disabilità. Tutti erano diffidenti nei confronti dei diversi; sospetto e paura affioravano fin troppo facilmente. Ogni volta, quello era stato il momento in cui si era rimesso in viaggio. Lì a palazzo, però, sperava di aver trovato una casa.

Posò il trittico sul letto, si inginocchiò a terra e accostò una candela per vederlo meglio. Ogni scena del pannello sinistro ormai completato illustrava la vita che aveva condotto prima di tornare in Inghilterra. I suoi ricordi infantili di giornate tiepide e campi di crochi violetti che scintillavano al sole appena sorto. La notte straziante in cui aveva aiutato sua madre a deporre il corpo del figlioletto nato morto in un nascondiglio segreto sotto il pavimento, prima di fuggire nel gelo dell'inverno fino in Francia, dove speravano di trovare rifugio. La casetta del villaggio vicino a Lione dove sua madre aveva ripreso a coltivare e vendere lo zafferano, aiutata dalla fedele compagna Joan. La vita agiata che si era costruita in una comunità legata ai monaci, come quella in cui aveva vissuto da bambina. Ora il profumo di quella spezia, caldo come il miele e pungente, gli ricordava sempre lei. Anche sua madre era stata un'abile speziale e Tom aveva imparato molto osservandola mentre disegnava con minuzia tutte le piante e le spezie che usavano e le contrassegnava con il loro nome latino.

Se non fosse stato per lei, lui non avrebbe avuto nulla. Quella conoscenza esemplare delle erbe le aveva garantito un'esistenza lunga e piena. Tom sapeva che avrebbe sofferto per sempre la mancanza del marito ma, come d'abitudine, aveva accettato gli imprevisti della vita e imparato a essere felice, godendosi quella quotidianità tranquilla e l'affetto delle persone che la circondavano. Alla sua partenza, gli aveva raccomandato di essere forte e conservare la speranza che le cose si sarebbero aggiustate.

Lui aveva trascorso qualche anno a girare per l'Europa, dipingendo scenette per conservare il ricordo delle cose viste e fatte, soprattutto dopo aver avuto occasione di ammirare l'incredibile trittico esposto nel palazzo di Bruxelles, che lo aveva ispirato a cominciare il suo. Adesso che aveva terminato di dipingere l'arrivo in Inghilterra – una piccola barca sullo sfondo delle magnifiche scogliere che li avevano accolti a Dover – era tempo di dedicarsi al pannello centrale e raffigurare la sua vita a corte. Gli scenari, gli odori e le persone: tutto ciò che quella nuova esistenza avrebbe potuto portare.

14

Giugno 2021

Mathilde raggiunse Rachel in soggiorno e le mostrò il medaglione, spiegando che l'aveva trovato incastrato in fondo al cassetto.

«Che strano.» La sorella lo sollevò per guardarlo girare lentamente appeso alla catenina. «Non l'avevo mai visto. Chissà da dove arriva.»

«Potrebbe essere quello che abbiamo visto dipinto sul muro della cappella?» le chiese Mathilde. «Pensavamo fosse un serpente, ma forse era una collana. Vorrei dare un'occhiata più approfondita a quelle assi di legno, magari provo a staccarne una per vedere cosa c'è dietro.» Era sempre più incuriosita. Si sarebbe premurata di non fare nulla che potesse turbare gli spiriti dell'edificio: anime che non erano riuscite a oltrepassare la soglia. Aveva il forte sospetto che si trattasse della persona – o della cosa – che aveva visto nel giardino.

«Non penso che dovresti rimuoverle» disse Rachel, con un tono brusco che tradiva la sua preoccupazione. «E se servissero davvero a impedire il crollo del muro?»

«Starò attenta» promise Mathilde. «Non farò niente di pericoloso.»

«Be', per precauzione voglio che Fleur stia lontana finché non avrai finito, perciò dovrai occupartene da sola.»

Mathilde non si aspettava di rimanere così delusa al pensiero che la sorella non volesse accompagnarla. Le sarebbe piaciuto condividere l'indagine insieme a lei: erano entrambe coinvolte. Quando Rachel le restituì il medaglione, lo strinse nel palmo e avvertì un lieve palpito caldo, ma non riuscì a capire se fosse il suo cuore che batteva o l'oggetto che stava stringendo.

Prima di andare alla cappella, riempì in fretta un innaffiatoio dal serbatoio d'acqua piovana e ne versò il contenuto sulle sue piante. La vaniglia era fragile e avrebbe avuto bisogno di una serra: il calore estivo in Inghilterra non era abbastanza affidabile. In giardino ce n'era una, ma aveva più vetri rotti che altro e il pavimento era coperto di schegge affilate. Rachel aveva già sbarrato la porta con catena e lucchetto per impedire a Fleur di entrarvi. Mathilde si ripromise di andare al negozio di bricolage di Fakenham per cercare una soluzione temporanea, o delle lastre di vetro con cui realizzare un propagatore. Se doveva fermarsi tutta l'estate, valeva la pena di costruire qualcosa di più permanente.

Prese gli attrezzi dal retro del furgone e tagliò per il prato in direzione della cappella, con in tasca la chiave che premeva contro la coscia.

I piccioni stavano di nuovo tubando tra gli alberi, ma ignorando i loro dolci richiami trasportati dal vento lei aprì la porta ed entrò. Adesso che lo conosceva un po' meglio, il posto non sembrava più così spettrale, ma faceva freddissimo e nell'aria c'era ancora quel terribile odore di morte. Sfregando le dita sul dipinto, le parve evidente che quella linea serpeggiante rappresentasse un medaglione appeso a una catenina, e di colpo ebbe la certezza che fosse stato il destino a mettere il ciondolo sulla sua strada: un segno che doveva proseguire l'indagine. Qualcosa la attendeva, incoraggiandola. Posò la borsa su una panca e ne estrasse il martello a granchio. Il manico di legno era consumato dall'uso, ma non ne possedeva altri ed era appartenuto a sua madre prima di lei.

Avvicinandosi alla parete, la esaminò con attenzione e vide che era coperta da due pannelli separati, entrambi inseriti in un telaio. Diede una spintarella esitante nella speranza che bastasse quello a farli cedere, ma erano saldi. Con cura inserì il gancio del martello tra il bordo e il telaio, spingendolo il più a fondo possibile, e storse le labbra quando il rumore del legno che si spaccava echeggiò nella stanza vuota.

Al suo primo tentativo il pannello si sollevò giusto di qualche centimetro, ma le bastò per far leva e il resto venne via più facilmente. A un certo punto dovette salire su una panca per staccare la parte superiore, però alla fine, con uno schianto secco, riuscì a divellerlo dal muro.

Non avrebbe saputo dire cosa si aspettasse, forse una semplice parete di pietra un po' più fatiscente delle altre, invece si trovò a trattenere il fiato mentre contemplava ciò che il pannello aveva disvelato. Appesa al muro di fronte a lei c'era un'ampia e pesante cornice dorata dentro la quale era montato un trittico: tre stretti dipinti, quello centrale più largo dei due laterali. Era ricoperto di polvere ma Mathilde riuscì a scorgere una dozzina di figure miniate distribuite sulla superficie. Era sconvolgente: perché diavolo avevano deciso di murarlo?

Impaziente di scoprire se anche l'altro nascondesse un'opera d'arte, recuperò il martello e si rimise all'opera. Più piccolo del primo, il secondo pannello venne via senza problemi ma dietro purtroppo non trovò altre raffigurazioni, solo una lapide commemorativa che non riuscì a leggere. Con un sussulto, si accorse che il disegno della catenina che serpeggiava sul pannello più grande sembrava puntare proprio in quella direzione.

Estrasse il cellulare dalla tasca e scattò varie foto, poi fece un passo indietro e rimase ferma con la testa inclinata, a fissare in silenzio lo strano dipinto nella sua cornice appariscente. Il cuore le martellava nel petto e si sentiva il sangue pulsare nelle orecchie. Qualcosa – o qualcuno – l'aveva guidata fin lì, ora doveva solo comprendere cosa stesse cercando di dirle. Non ne aveva idea.

Rachel e Fleur stavano finendo di pranzare quando si fiondò in casa dalla porta di servizio, insistendo perché la sorella venisse subito a vedere quello che aveva scoperto. Rachel si affrettò a divorare il resto del suo sandwich mentre Mathilde gironzolava frenetica per la cucina riordinando gli utensili sul piano di lavoro, incapace di stare ferma.

Sembrarono passare delle ore ma in realtà non erano trascorsi neanche cinque minuti quando si ritrovarono di nuovo davanti alla porta della cappella, rimasta socchiusa dopo la sua uscita precipitosa. Fleur aspettò fuori sul prato con un sacchetto di patatine mentre Rachel seguiva la sorella all'interno.

«È incredibile» mormorò nell'istante in cui vide ciò che l'aveva emozionata tanto. «Che cosa ci faceva dietro quelle assi di legno? Perché qualcuno avrà voluto nascondere una tale meraviglia? Sembra antico, *molto* antico, intendo. Per vederlo con più chiarezza bisognerebbe spolverarlo, ma è meglio di no. Dev'essere pulito da mani esperte per evitare danni. Osserva tutte le minuscole figure rappresentate in queste scenette, però, sono incredibili. Non ho mai visto niente di simile. Guarda, su questo pannello ci sono delle fiamme.»

«Sì, *les feux de l'enfer*. Le fiamme del...» Mathilde cercò il termine esatto.

«Dell'inferno?» suggerì Rachel.

«Sì, esatto, l'inferno. Nei trittici religiosi il terzo pannello mostra coloro che vanno all'inferno. Per spaventare *les pécheurs*...» si interruppe di nuovo, «i cattivi?»

«I peccatori? Cavolo, ne sai tantissimo, hai fatto delle ricerche?»

«No, ma sono cresciuta in Francia, un paese cattolico. Ho visto spesso dipinti del genere nelle chiese. Come facciamo a trovare qualcuno che sappia dirci di più?»

«Non lo so, ma farò qualche indagine. Posso contattare un museo o il dipartimento di Storia dell'arte dell'università e partire da lì. Ci sarà pure qualcuno disposto a parlarci per telefono o in videochiamata. Penso che sarebbe meglio staccarlo dal muro, se possibile, e portarlo al sicuro in casa, in modo da evitare eventuali danni dovuti alla caduta dei calcinacci che potresti aver smosso togliendo i pannelli. Bisogna farlo insieme; io non ho problemi a camminare all'indietro.»

Mathilde scattò varie foto al dipinto prima di cominciare a rimuoverlo delicatamente dalla parete. Fu necessario ricorrere di nuovo al martello, ma riuscirono a staccarlo senza provocare danni.

Con grande cautela si incamminarono verso casa, anche se dovettero fermarsi svariate volte per posare il quadro a terra e massaggiarsi le dita nei punti in cui l'elaborata cornice si era piantata nella carne. Una volta rientrate, su suggerimento di Rachel, tolsero il telo antipolvere da un divanetto nel salone di rappresentanza e appoggiarono il trittico allo schienale.

«Ecco, qui sarà al riparo da mani curiose» commentò Rachel, indicando con un cenno del mento Fleur che aspettava ubbidiente sulla soglia. Mathilde fece qualche passo indietro e inclinò la testa di lato, poi tornò ad avvicinarsi per studiare la sommità della cornice.

«C'è uno scudo, qui» indicò, «una specie di... emblema di famiglia? Lo riconosci?»

Rachel scosse la testa. «È uno stemma. Papà non mi ha mai detto che ne avessimo uno» rispose, «e di certo non l'ha mai usato. Altra cosa da chiedere agli esperti. Vieni, andiamo a prepararci un caffè e vediamo se riusciamo a rintracciare qualche studioso del posto. Altrimenti temo ci toccherà trascinare il quadro a Londra, e vorrei evitare di doverlo trasportare in metropolitana.»

Mentre Rachel si dedicava alla ricerca di uno specialista, Mathilde rimase un altro po' nel salone e strizzò gli occhi per scrutare il pannello di sinistra. Malgrado la polvere, riusciva a scorgere con estrema chiarezza varie scene miniate popolate da figure con indosso abiti di foggia molto antiquata. La sua attenzione fu attratta dall'immagine nell'angolo superiore e, quando si chinò a guardare meglio, quello che inizialmente aveva scambiato per un vortice nero si rivelò un tunnel – o forse una voragine – in fondo al quale si intravedeva un volto minuscolo. L'atmosfera era così cupa, così mesta. Di colpo, un alone freddo la avvolse come un manto di disperazione e, distogliendo lo sguardo con un brivido, Mathilde uscì a sua volta dalla stanza. Il dipinto la disturbava: sentiva che cercava di comunicarle un messaggio, e non era certa di volerlo sentire.

15

Giugno 2021

«Potremmo metterci settimane a trovare qualcuno in grado di aiutarci» la avvertì Rachel cliccando un sito web dopo l'altro. «Risparmieremmo tempo con un contatto diretto, credo, ma non so da che parte cominciare.» Mathilde rispose con una scrollata di spalle. Dipendeva da lei per rintracciare qualcuno che potesse spiegare per quale motivo un trittico che le faceva accapponare la pelle fosse stato nascosto in una piccola cappella di famiglia nel cuore del Norfolk. Era certa che fosse collegato alla strana atmosfera della casa e del giardino, e alle ombre scure che aleggiavano ai margini del suo campo visivo quando era sola.

«Ricorda che rimarrò qui solo un paio di mesi, a settembre riparto» disse alla sorella, ma in realtà stava parlando più che altro a se stessa. C'erano già troppi fili del passato che minacciavano di legarla a Lutton Hall: li aveva sentiti tendersi nell'istante in cui aveva staccato il pannello dal muro della cappella.

«Lo so» mormorò Rachel. «Sto cercando di non pensare che presto te ne andrai di nuovo.»

Mathilde avvertì una fitta di disagio. «Se a te sta bene, però, pensavo che magari nel frattempo potrei tornare nella mia stanza» propose.

«Certo che sì. Mi farebbe piacere averti più vicina.» La sorella la ricompensò con un sorriso tremulo. «E penso che avrebbe fatto piacere anche a papà.»

Furono necessari diversi giorni, tra telefonate e ricerche su Internet, prima che Rachel riuscisse finalmente a rintracciare uno storico dell'arte, Oliver Bathurst, specializzato in arte sacra. Per loro fortuna viveva nel vicino Suffolk, a una trentina di chilometri di distanza. Rachel chiamò il numero che le era stato fornito e, non appena risposero, con un sorriso fulmineo e un cenno del capo snocciolò l'ormai familiare discorsetto sul vecchio trittico che avevano trovato nella cappella di famiglia. L'uomo si offrì di raggiungerle il giorno dopo per dare un'occhiata; nel frattempo, suggerì che gli mandassero qualche foto in modo da farsi un'idea di cosa si sarebbe trovato davanti.

Le due donne alzarono le braccia esultanti, poi Rachel appuntò l'indirizzo email e chiuse la telefonata.

«Non mi aspettavo di trovare un esperto nella contea accanto. Spero che dopo aver visto le foto vorrà ancora venire e non decida che è un vecchio falso privo di interesse» commentò mentre tornavano nel salone. Mathilde corse di sopra a prendere la fotocamera e i suoi obiettivi più adatti agli interni con luce artificiale e poco dopo aveva fotografato tutti e tre i pannelli, più la cornice e lo stemma, in caso fossero di qualche interesse. Inviò le foto a Oliver insieme a quelle che aveva scattato nella cappella, mentre Rachel verificava le sue referenze su Internet.

«Insegna all'università locale» lesse dallo schermo, «ed è

esperto in arte medievale e della Restaurazione. Questa volta forse abbiamo fatto centro.»

Oliver rispose con un'email entusiasta in cui diceva di essere molto intrigato e prometteva di raggiungerle alla villa il giorno dopo.

16

Giugno 2021

L'arrivo di Oliver era previsto per le nove del mattino, perciò entrambe le donne andarono a letto presto. Mathilde si accorse di guardare con gioia alla prospettiva di dormire al chiuso e in un comodo letto matrimoniale.

Si addormentò in pochi minuti, sprofondando in un sonno oscuro. Sospesa sopra di lei, una piccola pozza di luce soffusa tremolava nel buio come il sole che tenta di farsi largo tra le nuvole in una giornata di nebbia. Era circondata da mura umide e opprimenti, ghermita da una desolazione che la avviluppava in un'atmosfera disperata di pena e tristezza. Un fetore umido e malsano le strisciava nel naso e penetrava nei pori. Il peggior luogo del mondo, una segreta, un'angusta prigione sotterranea a cui si accedeva solo dal soffitto. La sua attenzione fu attratta da un movimento nella luce. Qualcuno le porse un fagotto, lei tese le mani per prenderlo. Quando se lo strinse al petto, vide che conteneva una sorta di bambolina d'alabastro, quasi senza peso, avvolta in stracci di lino. Con cura la posò a terra al suo fianco, piccolissima e preziosa. Dopodiché allungò le braccia verso l'alto e qualcuno la issò verso la luce che baluginava sopra di lei.

E poi si svegliò scattando a sedere nel letto, il cuore impazzito. Era stato tutto così vivido che scoprirsi ancora nella sua stanza fu un sollievo, e rabbrividì mentre tornava a sdraiarsi. Non era stato niente, si disse, solo un sogno. Di quelli che mai avrebbe voluto rivivere, però. Quel senso di dolore e sofferenza le pesava ancora sul petto, come un ricordo terribile che stringeva il cuore. Mentre il sonno tornava a rapirla si sentì oscillare dolcemente, in piedi su una barca, il viso accarezzato dalla brezza e le onde che si infrangevano contro lo scafo. Di fronte a lei le candide scogliere di Dover si stagliavano contro il cielo, enormi e abbaglianti sotto il sole che splendeva alle sue spalle proiettando la sua ombra sul ponte.

L'indomani mattina, Mathilde si alzò di buon'ora per innaffiare le piante. Aveva passato la notte a svegliarsi di continuo, oppressa da uno sconforto che non la abbandonava, ed era felice di essere di nuovo all'aria aperta. Forse non sarebbe dovuta tornare a dormire in casa. Non c'erano dubbi che il letto della sua stanza fosse molto più comodo, ma nel furgone almeno riusciva a rilassarsi e nessuno cercava di mettersi in contatto con lei. Era bello quasi quanto dormire all'aria aperta sotto il cielo nerissimo trapunto di stelle, come aveva fatto spesso da bambina.

Oliver Bathurst arrivò alle nove in punto e parcheggiò la sua Mini nera accanto al furgone schizzando un po' di ghiaia. Mentre usciva dall'abitacolo Mathilde, che lo osservava dal salone, si chiese come diavolo avesse fatto a costringere quel corpo così alto in un'auto tanto piccola. L'uomo si fermò un istante a guardare la casa, come ammirandone ogni dettaglio. Malgrado la sua ignoranza in tema di architettura inglese, Mathilde si rendeva conto che la villa era un edificio imponente, con l'intelaiatura di legno usurata dal tempo e gli alti comignoli attorcigliati che svettavano verso il cielo. Per la prima volta avvertì un piccolo fremito di piacere al pensiero che adesso fosse sua. Quando bussarono alla porta, lei e Rachel si diressero verso l'ingresso con Fleur che le seguiva trotterellando.

«Salve, piacere di conoscervi.» Oliver strinse le mani a entrambe e poi, con espressione solenne, si chinò a fare lo stesso con Fleur, che lo fissò dal basso in silenzio. Da vicino, Mathilde vide che non solo era ben più alto di un metro e ottanta, ma aveva spalle così ampie che tendevano le cuciture della camicia: molto diverso dall'anziano professore trasandato che lei aveva immaginato con Rachel. Non c'era traccia della giacca di tweed, del panciotto e delle pantofole che aveva disegnato per far ridere la sorella. Di nuovo, Mathilde si interrogò sulla dinamica con cui riusciva a entrare in quell'auto. Facendo strada, tornò nel salone dove il trittico era ancora appoggiato contro il divano. Gli occhi di Oliver vagavano per la stanza, valutando con attenzione l'antichità degli interni.

«Incredibile» sussurrò fissando il dipinto. Aveva estratto dalla tasca una lente d'ingrandimento e, avvicinandosi quanto più possibile senza toccarlo, ne studiò lentamente ogni centimetro. «Dove avete detto che si trovava?»

«Nella cappella. Ce n'è una privata per gli abitanti della casa. Il dipinto era nascosto dietro un pannello di legno» rispose Rachel. «Dopo possiamo mostrartela, se vuoi.»

Mathilde si era tenuta in disparte, le braccia strette intorno al corpo mentre guardava Oliver studiare il dipinto. Si accorse che stava canticchiando tra sé e questo la fece sorridere. Sarebbe stata felice di aspettare che osservasse con calma ogni dettaglio, ma Rachel era più impaziente.

«Allora, che ne pensi? È antico quanto sembra?» chiese. «E

cos'è questo stemma sulla cornice? Sarà appartenuto al proprietario originale del dipinto, chiunque fosse?»

«A colpo d'occhio, direi che risale al XVI secolo o prima, forse al XV. Se mi date il permesso di prelevare qualche campione di pittura e un frammento di cornice, li dateremo con il carbonio e potremo saperlo con sicurezza. È nello stile di Hieronymus Bosch: tutte queste scenette con figure miniate mi ricordano il suo *Giardino delle delizie*. Ma nonostante le somiglianze, questo è molto più grezzo. Certo, potrebbe essere un facsimile. Gli esami ci daranno conferma in un senso o nell'altro, ma considerando dove l'avete trovato, mi sembra improbabile.» Esaminò lo stemma in cima alla cornice. «Questo stemma contiene il leone rampante della famiglia reale dei Tudor, proprio qui, lo vedete? Sormontato da una corona. Era un atto di tradimento includerlo in un blasone che non appartenesse a un monarca, a meno che questi non lo consentisse. In effetti sembra lo stemma reale, il che potrebbe voler dire che il dipinto un tempo apparteneva a un sovrano. Potrebbe spiegare perché era nascosto dietro un pannello, se era stato rubato. Impossibile mostrarlo se volevi tenerti la testa sul collo.» Scoppiò in una risata fragorosa per la propria battuta, ma il suo divertimento era contagioso ed entrambe le donne risero con lui.

«Che ne dici se preparo un caffè, poi ti facciamo vedere dove l'abbiamo trovato e stabiliamo quali saranno le prossime mosse?» propose Rachel. Oliver sembrava riluttante a lasciare il trittico, ma dopo aver scattato diverse foto con il cellulare fu finalmente pronto.

«Se per voi non è un problema, preleverò i campioni di cui vi parlavo. Posso dargli una ripulita sommaria qui, ma ovviamente più avanti sarà possibile effettuare un restauro completo al dipartimento di Storia dell'arte dell'università, o in una galleria o un museo se preferite, quando avremo capito meglio cosa abbiamo per le mani. È molto eccitante, però; potreste avere scoperto un capolavoro.»

Con i caffè in mano si incamminarono tutti insieme verso la cappella. Non appena la vide, Oliver fischiò piano tra i denti.

«Incredibile che sia sulla vostra proprietà» osservò. «È in pietra locale, quindi è qui almeno dalla costruzione della casa e forse anche da prima. Viene usata come luogo di culto?»

«Non negli ultimi decenni» ammise Rachel. «Ho chiesto a mia zia, che ha vissuto qui da bambina, e dice che non ci entra nessuno da molto tempo. In realtà, era piuttosto infastidita che noi l'avessimo fatto. Vive nella fattoria della tenuta, se vuoi farle qualche domanda.»

«Da quant'è che la casa appartiene alla vostra famiglia?»

«Dio solo lo sa, ma diverso tempo. Nostro padre diceva che era nostra da generazioni.»

Mentre ascoltava quella conversazione, Mathilde avvertì una fitta di tristezza al pensiero di non aver avuto la stessa opportunità di parlare con il padre. C'erano così tante cose che avrebbe voluto sapere, e non avrebbe mai avuto modo di chiedergliele.

Dentro la cappella, il sole penetrava dalle finestre sporche e le incrostazioni di polvere filtravano la luce in fasci delicati che catturavano i corpuscoli di polvere sospesi nell'aria, disturbati dalla corrente provocata dal loro ingresso. Oliver gironzolò per la saletta guardandosi intorno a occhi sgranati, poi si fermò accanto alle due donne davanti alla parete dove avevano scoperto il dipinto.

«Che posto favoloso» disse, «non riesco a immaginare di averlo a due passi da casa. Quando era in uso doveva essere stupendo. Ed è qui che avete trovato il trittico?» Indicò il muro. «Avete detto che era dietro un pannello?»

«Sì, questo.» Mathilde gli mostrò l'asse di legno, ancora appoggiata insieme all'altra più piccola contro una panca. «Qui c'è il disegno di una catenina con medaglione che abbiamo in casa. Anche quella era coperta» aggiunse, indicando la lapide commemorativa sulla parete. Oliver si avvicinò di un passo per guardarla.

«Mi chiedo perché fossero nascosti» rifletté. «Non riesco a leggere l'incisione ma presumo che potrebbe darle un'occhiata un collega: magari ne ricaveremo qualche indizio. C'è sicuramente il nome di qualcuno, com'è logico aspettarsi da una lapide commemorativa.»

«E adesso, quindi?» chiese Mathilde mentre tornavano all'aria aperta.

«Preleverò alcuni frammenti per farli esaminare, come dicevo, e poi vi seccherebbe se tornassi con dei pennelli per togliere il grosso della sporcizia in modo da poter osservare meglio il dipinto?» Oliver sorrise a entrambe e Mathilde, che dal suo metro e settantotto non era abituata a osservare la gente dal basso, si rese conto di dover alzare la testa per guardarlo. Le piacevano il suo sorriso aperto, i denti bianchi e regolari e le rughette che si formavano agli angoli dei suoi occhi azzurri.

«Sì, torna pure» gli disse. Mentre la sua auto si allontanava nel vialetto, si accorse con stupore di stare ancora sorridendo.

17

Luglio 1584

Tom si era quasi dimenticato del suo incontro con Walsingham, troppo assorto nel lavoro, intento ad accudire le sue piantine e sperare che Isabel uscisse a passeggio nel parco mentre lui si trovava nel giardino fisico. In effetti, durante le belle giornate accadeva piuttosto sovente che fossero entrambi all'aperto nello stesso momento. Dopo il loro incontro nel laboratorio, Tom aveva pensato spesso al modo in cui lei gli aveva sorriso e il suo cuore accelerava sempre il battito. Faceva tesoro delle occasioni in cui riusciva a scorgerla da lontano, nonostante la triste consapevolezza che non avrebbe mai potuto sperare in nient'altro che quello.

La penuria di vaniglia continuava ad angustiare Hugh. La regina pretendeva che sempre più torte e creme venissero aromatizzate con il gusto dolce che tanto amava, perciò un mattino i due speziali uscirono a perlustrare i magazzini di Wheatsheaf e Baynard Castle nel tentativo di rimpinguare le scorte. Prima fossero riusciti a coltivarla da soli, meglio sarebbe stato.

Mentre il loro barchino biposto risaliva il Tamigi in direzione della città, Tom si guardò intorno prestando attenzione a ogni dettaglio. Il fiume pullulava di imbarcazioni, dalle piccole come la loro alle enormi navi ancorate in attesa di scaricare le merci a Custom House. Sulla riva opposta, tra campi acquitrinosi punteggiati di pecore al pascolo, sorgeva il villaggio di Rotherhithe: un gruppetto di case a graticcio da cui si levavano volute di fumo, strette intorno a una solitaria chiesetta. Le torbide acque grigio peltro sciabordavano contro il fianco della barca, sollevando schizzi che gli inumidivano la calzabraca.

Trovarono un solo mercante in grado di fornire loro della vaniglia; non sapendo a cosa servisse, ancora non era riuscito a rivenderla. Hugh e Tom furono ben lieti di acquistare il suo grosso involto di baccelli. Una simile quantità avrebbe sostentato la corte per diverso tempo e garantirono al mercante una lauta ricompensa se ne avesse portata dell'altra a palazzo.

Dopo che Tom si fu sistemato il prezioso bottino sotto il farsetto, Hugh lo incoraggiò con un cenno a seguirlo: c'era qualcosa che voleva mostrargli. Felice di assentarsi per qualche ora dal lavoro, lui ubbidì e si affrettò al suo fianco lungo le strade della città. A un certo punto si accorse che anche la folla che li circondava stava andando nella loro stessa direzione, e cominciava a infoltirsi. La calca rendeva sempre più difficile stare al passo con Hugh, e Tom si chiese dove fossero diretti.

Alla fine si fermarono davanti a un ampio spiazzo circondato da olmi imponenti, il cui fitto fogliame danzava nella brezza mentre una pioggerella sottile si posava sulla folla in attesa come una tetra coperta. Tom comprese di essere davanti all'albero di Tyburn, una forca di legno con i capestri che dondolavano appena nell'aria. Avanzò nella ressa fino a raggiungere Hugh e, dandogli di gomito, inarcò le sopracciglia.

«*Stiamo per assistere a un'impiccagione.*» Lo speziale mimò una corda intorno al collo. Tom annuì: quello l'aveva capito anche lui, ma voleva sapere perché l'evento avesse riunito tanto pubblico. Indicò la folla che li circondava con espressione interrogativa. «*È un traditore*» spiegò Hugh. «*Throckmorton.*» Ripeté il nome lentamente. «*Ti ho detto che stava tramando per uccidere la nostra regina, ricordi? Be', adesso riceverà la sua punizione.*» Tom comprese ben poco di ciò che gli aveva detto; avrebbe dovuto aspettare che fossero di nuovo a palazzo con la sua tavoletta cerata.

Rimase lì con il resto degli astanti, accesi di impazienza, e dall'esultanza sui loro volti intuì quanto apprezzassero lo spettacolo del prigioniero trascinato sul patibolo. Un prete stava pregando per la sua anima ma Tom era certo che, se anche fosse stato in grado di udirle, le orazioni sarebbero state soffocate dagli schiamazzi della folla che spingeva e spintonava sempre più eccitata. Nell'arco di pochi minuti, l'uomo fu fatto salire su un alto scalino e il suo collo venne stretto nella fune. Con un calcio deciso il boia gli tolse lo sgabello da sotto i piedi e il corpo del prigioniero penzolò dimenandosi in un'atroce danza mentre la corda si tendeva e lo soffocava. A Tom si rivoltò lo stomaco e, malgrado tutti gli altri – uomini, donne e persino bambini – continuassero a guardare ipnotizzati, abbassò lo sguardo sull'erba. La fragranza inebriante della vaniglia che portava ancora nel farsetto gli chiuse la gola.

Facendosi largo riuscì a uscire dalla ressa e riprese a respirare un po' meglio, in attesa che la nausea si placasse. Piano piano, la folla cominciò a disperdersi. Dopo qualche minuto sentì il tocco di Hugh sul braccio e si incamminò con lui verso il fiume alla ricerca di una barca che li riportasse a palazzo. Per una volta era felice di non poter parlare, non voleva commentare ciò che aveva appena visto. Non riusciva a comprendere come la gente potesse trarre piacere dall'assistere all'uccisione di un altro uomo.

Tornati nel laboratorio, Hugh trovò la tavoletta cerata e scrisse qualche riga per illustrare le ragioni che avevano reso quell'esecuzione tanto importante. Spiegò che il prigioniero aveva collaborato con gli spagnoli e i cattolici inglesi per spodestare la regina Elisabetta, e le spie della sovrana avevano trovato prove schiaccianti a suo carico. Tom cominciò a comprendere la portata del lavoro di Walsingham e gli divenne ancora più chiaro perché non fosse il caso di contrariare il capo dell'organizzazione spionistica. Era certo che non ci volesse molto per adirarlo e non voleva ritrovarsi a penzolare da una fune. Di nuovo, il senso di nausea in cui era sprofondato prima lo travolse.

18

Agosto 1584

Inginocchiato su un lembo di terra appena zappata, Tom colse con cura le foglie apicali del cespuglio di menta e annuì tra sé, compiaciuto dal profumo di ricche e fertili promesse che si spandeva nell'aria. Notando un movimento con la coda dell'occhio, si voltò e vide Lady Isabel china a raccogliere la rigogliosa lavanda che cresceva ai bordi dell'orto e del giardino fisico. Lei si accorse del suo sguardo e inclinò la testa, così lui si alzò in fretta per farle un inchino, pulendosi le mani sporche di fango sul farsetto. Si aspettava che la donna riprendesse la sua attività, invece con sua sorpresa si avvicinò sorridendo come se fosse venuta lì proprio nella speranza di vederlo.

«*Buongiorno, Tom Lutton.*» Parlò lentamente, gli occhi vibranti di una radiosa luce interiore. Lui si inchinò ancora e aspettò che proseguisse. «*Come vedete, sto scegliendo qualche rametto di lavanda da essiccare per i pomi d'ambra. Sareste così gentile da aiutarmi?*» Tom sapeva quanto fossero preziose le sfere d'oro o d'argento traforate, colme di fiori e spezie per camuffare i cattivi odori che si addensavano spesso negli ambienti chiusi.

Non riusciva a immaginare nulla di più gradevole che girovagare in sua compagnia nei giardini selezionando per lei i fiori dal profumo più intenso. Ormai era certo che fosse venuta a cercarlo e, quando i loro sguardi si incontrarono per un istante, si augurò che provasse la sua stessa attrazione. Quantunque già condannata: il divario fra le rispettive posizioni sociali si apriva in mezzo a loro come un abisso incolmabile.

Avrebbe voluto rimanerle accanto tutto il giorno ma, mentre passeggiavano, d'un tratto lei gli diede un colpetto sul braccio e indicò alle loro spalle. Voltandosi, Tom scorse un piccolo paggio che veniva nella sua direzione. La propria incapacità di notare se qualcuno gli si avvicinava da dietro era costante motivo di inquietudine. Quando camminava su superfici dure e asciutte o sull'assito del pavimento poteva percepire la vibrazione dei passi, ma l'erba bagnata e soffice assorbiva ogni segnale di avvertimento. Guardò il paggetto che gli si era fermato davanti, l'aria maliziosa e la testa coperta da lucidi capelli scuri, e gli sorrise. Dopo un istante di esitazione, il fanciullo scoccò un rapido sorriso in risposta. Dalla sua espressione nervosa, Tom poté solo immaginare cosa gli fosse stato detto; probabilmente che era un mostro. Il paggio rivolse un inchino a Isabel e indicò a Tom di seguirlo. Con un sorriso di scuse, lui chinò la testa per salutare la donna con cui avrebbe preferito restare e si allontanò insieme al giovane.

Rientrati a palazzo, percorsero svariati corridoi e salirono le scale per raggiungere quello che doveva essere l'appartamento di Walsingham. Tom osservò ammirato l'opulenza che lo circondava, i soffitti a volta dai decori rosa e grigi. Al suo ingresso, trovò l'uomo seduto dietro un'ampia scrivania. Quando questi gli fece cenno di accomodarsi su una poltroncina, Tom prese posto lentamente, facendo scorrere i palmi delle mani sul tessuto liscio della fodera. Era morbido come il pelo delle talpe che catturavano i giardinieri del parco. Walsingham gli toccò il ginocchio per attirare la sua attenzione e, smettendo di guardarsi intorno, Tom si costrinse a concentrarsi su di lui per scoprire le ragioni di quella convocazione.

«*Ho un lavoro per voi.*» Walsingham pronunciò ogni parola in modo lento, con cura, e Tom annuì chiedendosi se si fosse esercitato a scandire le sillabe visto quanto era più semplice seguirlo. Non poté esimersi dal notare che i suoi denti spiccavano bianchissimi sulla pelle scura. Durante i vagabondaggi per il continente gli era capitato di imbattersi in qualche moro, ma non ne aveva mai conosciuti che occupassero una posizione di tale prestigio. «*Ho bisogno che partecipiate al banchetto che si terrà questa sera. Dovrete restare nell'ombra dietro gli ospiti per non farvi notare. Capito?*» Tom annuì esitante. Aveva compreso ciò che stava dicendo, ma non cosa si aspettasse da lui. Accigliandosi, indicò il proprio abbigliamento e alzò le sopracciglia con aria interrogativa. Walsingham lo guardò perplesso e poi annuì piano.

«*Avete ragione, non potete presentarvi a corte vestito così, neanche se restate nell'ombra. Troveremo il modo di camuffarvi da servitore e vi daremo della birra da offrire, dopodiché vi mischierete alla folla che tenta di vedere la regina.*» Ci fu una pausa in cui Tom cercò di comprendere cosa intendesse per "camuffare", ma dopo qualche altro gesto esplicativo di Walsingham fece un debole sorriso. Sperò che gli avrebbero permesso di conservare gli abiti nuovi, perché i suoi erano ormai molto frusti e sciatti.

«*Voglio che osserviate...*» Walsingham gli porse un pezzo di carta con su scritto "il conte di Leicester". Tom annuì e subito il foglietto venne scagliato nel fuoco, ancora acceso nonostante il tepore del sole all'esterno. La carta bruciò scomparendo per sempre in una vampata arancione. «*Io siederò al suo fianco e potrò sentire quasi tutto ciò che dirà, purché non lo sussurri all'o-*

recchio della regina, perciò sarò in grado di valutare con quanta precisione riuscite a cogliere ciò che dicono le persone osservandole parlare. Avete capito?»

Tom aveva capito abbastanza da afferrare l'essenza di ciò che gli veniva chiesto – era una prova delle sue abilità – e annuì mentre Walsingham lo congedava con un cenno, poi balzò in piedi e si inchinò prima di lasciare la stanza. Avrebbe voluto trattenersi per esplorare meglio l'appartamento e studiare con più attenzione i dipinti – gli enormi quadri che raffiguravano mitiche battaglie racchiusi in pesanti cornici elaborate con impresso in alto lo stemma reale –, ma sapeva riconoscere un ordine quando lo vedeva.

Il corridoio oltre le stanze di Walsingham era più buio di quello da cui Tom era arrivato, l'unica luce filtrava da una finestra collocata a metà percorso. Le pareti erano rivestite da un misto di pannelli di legno e arazzi che contribuivano a creare quell'atmosfera cupa e minacciosa. Tom rabbrividì, avvertendo i fantasmi di coloro che avevano contrariato la sovrana – e i suoi consiglieri – scivolargli accanto in una nube di rimpianti melanconici. Poiché non nutriva alcun desiderio di unirsi alle loro tristi schiere, non aveva altra scelta che eseguire gli ordini.

Qualche ora dopo, quando il profumo intenso della carne arrostita cominciò a giungere dalle cucine, Tom comprese che al piano di sopra la cena sarebbe stata presto servita e dedusse che era giunto il momento di mescolarsi al resto della servitù. Riuscì a spiegare a Hugh che la sua presenza era stata richiesta altrove e l'amico si limitò ad annuire facendogli cenno di andare. Gli uomini di Walsingham lo avevano già messo al corrente del fatto che Tom sarebbe stato ormai alle dipendenze del loro capo ogni qualvolta ci fosse stato bisogno del suo particolare talento.

Prima di uscire a sciacquarsi via il sudore e la sporcizia della giornata presso la fonte, Tom entrò nella sua stanza e trovò una nuova uniforme posata sul letto: la ricca livrea rossa della servitù reale completa di rosa dei Tudor. Era l'abito più elegante ed elaborato che avesse mai posseduto, e di certo il più colorato, essendo gli altri suoi vestiti tutti pratici e resistenti, di stoffa marrone grezza. Sfrecciò in cortile con un pezzo di sapone di liscivia e si strofinò alla meglio, lavandosi i capelli nell'acqua fredda che gli tolse il fiato quando fuoriuscì dalla pompa.

A dispetto della foggia morbida, l'uniforme gli stava un po' stretta sul torso; una vita di duro lavoro gli aveva procurato un fisico muscoloso e spalle larghe, mentre il tipico servitore reale, a eccezione delle guardie, non era altrettanto massiccio. Tuttavia se non avesse tratto respiri troppo profondi non ci sarebbero stati problemi. Dovette fare svariati tentativi per infilare i piedi negli stivali di pelle che gli comprimevano gli alluci, ma con un po' di fortuna avrebbe trovato un buon punto di osservazione e si sarebbe risparmiato di camminare. Passandosi una mano tra i capelli per appiattirli, si diresse verso la sala dei banchetti, dove afferrò una caraffa di birra dalle molte allineate su un tavolo a cavalletto e si accodò al resto della servitù.

Per svariati minuti non fece che guardarsi intorno meravigliato, completamente dimentico del motivo per cui si trovava in quello strano luogo. L'appartamento di Walsingham non era nulla in confronto allo splendore in cui si trovava immerso ora. La sala era illuminata da centinaia di candele che proiettavano ombre danzanti sulle pareti e si allungavano verso le travi del soffitto come tentando di fuggire. Accalcati intorno a lui, i corpi delle persone che speravano di vedere la regina o attirare l'attenzione dei suoi sodali rendevano l'atmosfera soffocante. Il calore della folla unito a quello dell'enorme fuoco nel camino grande quanto la sua stanzetta risultava opprimente. Osservando tutte quelle bocche in costante movimento, Tom fu grato di non poter udire il frastuono delle voci: il sovraccarico sensoriale sarebbe stato eccessivo. Persino così, l'odore del cibo, l'olezzo prepotente dei corpi e il calore quasi bastarono a indurlo ad aprirsi un varco tra la folla per tornare al territorio più scuro e fresco del suo laboratorio.

Aveva un compito da svolgere, però, e doveva sbrigarsi. Opporsi a Walsingham equivaleva a opporsi alla regina in persona e aveva già visto come fosse punito tale ardire. Stringendo la presa sulla caraffa, avanzò nella ressa fino a raggiungere la prima fila. I tavoli imbanditi scricchiolavano sotto il peso delle pietanze: grasse carcasse d'oca luccicanti, cotenna di cinghiale e piccoli volatili ammassati insieme a piatti stracolmi di verdure cosparse di salse dense e pungenti. Tutt'intorno ai tavoli le persone mangiavano, infilzando le forchette in spesse fette di carne colante e imbrattandosi i vestiti di sugo. Dalla sua postazione Tom poteva vedere la regina e il suo entourage seduti al lungo tavolo posto su una pedana. La sovrana aveva di fronte a sé un cigno arrosto decorato, con le piume e la testa ricuciti alla pelle tesa e brunita, e intorno innumerevoli altri piatti di frutta, gelatine, torte e creme. Tom non aveva mai visto una tale quantità di cibo e il profumo dei manicaretti che si levava dai tavoli gli torse lo stomaco per il tormento.

Fortunatamente aveva scelto l'angolazione perfetta per osservare gli importanti dignitari seduti insieme a Sua Maestà. Riconobbe Walsingham e Leicester e, nel far scivolare gli occhi lungo la fila, non poté fare a meno di illuminarsi in un sorriso involontario alla vista di Isabel. Lei non si era accorta di lui – perché avrebbe dovuto, del resto? Non si aspettava certo di vederlo nella sala del banchetto. Mentre la contemplava stringendo la caraffa di birra che si era rovesciato già due volte sugli stivali, per un attimo Tom dimenticò la sua missione.

Isabel indossava un abito di damasco azzurro ornato da una gorgiera bianca inamidata da cui emergeva il suo elegante collo candido. Tom ammirò la pettorina stretta alla vita, le maniche lunghe decorate con minuscole perle e nastrini di un verde intenso intonato al cappuccio francese. Stava chiacchierando con la dama seduta al suo fianco quando a un certo punto gettò la testa indietro e rise, e nel vederla chiudere gli occhi in preda alla gioia lui avvertì un tuffo al cuore. La conosceva a malapena, eppure nessuna donna aveva mai avuto un simile effetto su di lui. Cosa non avrebbe dato per stringerla tra le braccia e sentire la vibrazione di quella risata scuoterlo.

Distogliendo lo sguardo da lei, tornò a concentrarsi sul conte di Leicester, impegnato a spolpare un osso con i grossi denti forti. C'era in lui qualcosa di animalesco e Tom si chiese perché la regina ne fosse tanto invaghita. Hugh gli aveva spiegato che a corte si sussurrava che un giorno lo avrebbe sposato. Tom si accigliò quando il conte si pulì con un tovagliolo: non aveva modo di leggere il labiale se la gente si copriva la bocca. Ma poi Leicester lo lasciò cadere sul tavolo e si voltò verso la regina.

«*Mi risulta che questa sera avremo un intrattenimento, Vostra Maestà*» esordì. «*È giunto a corte un gruppo di mimi erranti, si vocifera che abbiano una commedia molto divertente che non vorrete perdervi.*»

«*Non vi sbagliate, conte, la attendo con impazienza. Avete assaggiato questa torta?*»

Tom batté un piede per terra, frustrato. Avanti di quel passo, non avrebbe avuto conversazioni molto avvincenti da riferire a Walsingham. Malgrado fosse solo una prova volta a dimostrare la sua capacità di tradurre correttamente quanto veniva detto, avrebbe potuto inventarsi di sana pianta l'intero colloquio e trascorrere la serata a letto. Proprio in quel momento, però, Walsingham si sporse verso Leicester, ruotando un po' la testa senza arrivare a nascondere il viso.

«*Corre voce che Paget sia stato avvistato a Reims*» disse.

«*Ho sentito.*» Leicester annuì. «*Ma sappiamo chi deve incontrare?*»

«*Ancora no*» rispose Walsingham. «*Mi aspetto di scoprirlo a breve, però. Le mie spie lo stanno osservando.*» Dopo quelle parole si alzò, fece un inchino in direzione del trono e si allontanò dal tavolo. Tom lo vide scrutare i margini della stanza e si chiese se stesse cercando lui. Rimase immobile, senza muovere un muscolo, eppure avvertì gli occhi scuri del moro fissarsi nei suoi: un senso bruciante di riconoscimento. Walsingham gli rivolse un cenno quasi impercettibile della testa e scomparve. Lui posò la caraffa su un tavolino alle proprie spalle, pronto a tornare in camera e spogliarsi finalmente dell'uniforme stretta e degli stivali scomodi. Non era sicuro di tutte le parole usate ma era certo di poterle scrivere in maniera comprensibile a Walsingham. Per un'ultima volta, si concesse di posare gli occhi su Isabel. Come cosciente della sua presenza, lei intercettò il suo sguardo e per un istante ogni altra persona scomparve dalla stanza. Tom sentì il sangue ruggire nelle vene. La donna inarcò appena un sopracciglio e lui cercò invano di trattenere il timido sorriso che gli si allargò sul volto, sperando che Walsingham non lo stesse ancora osservando. Lo splendore di Isabel superava quello delle candele che rischiaravano la stanza e Tom si chiese perché la regina avesse scelto di tenere nella sua cerchia più intima una dama la cui bellezza eclissava a tal punto la sua.

La convocazione che attendeva da Walsingham giunse la mattina seguente e, di nuovo vestito con i consueti abiti da lavoro, Tom seguì il segretario che era venuto a prenderlo al piano di sopra, nelle stesse stanze del giorno prima. Rimasti soli, Walsingham gli fece cenno di avvicinarsi e chiese: «*Orbene?*».

Tom mimò con le labbra la conversazione tra Leicester e la regina sugli intrattenimenti della serata e poi, indicando Walsingham, si accompagnò con gesti delle mani per spiegare cosa aveva compreso del suo discorso. Dovette scrivere "Riems" e "Paget" e sapeva che l'ortografia delle parole era scorretta, ma la sua esposizione piacque a Walsingham, che sorrise e annuì compiaciuto. Tom aveva ripetuto quasi perfettamente ciò che era stato detto, ma data la sua condizione di sordomuto nessuno lo avrebbe mai sospettato di poter trasmettere informazioni.

«*Voi, amico mio*» scandì Walsingham, «*sarete una spia perfetta. Un informatore. D'ora in avanti riusciremo a sventare ogni trama degli scozzesi e degli spagnoli avendo uno speziale muto al nostro servizio.*» Distese la bocca in un ampio sorriso, ma Tom intravide nei suoi occhi un barlume di crudeltà. La situazione in cui era impelagato gli diede la pelle d'oca, come minuscole schegge di ghiaccio lungo il corpo.

19

Giugno 2021

Il sole era già caldo quando, di primo mattino, Mathilde uscì di casa con il familiare peso della macchina fotografica al collo. Un conforto. Non aveva destinazioni precise in mente ma era stanca della presenza degli umani, vivi e morti, con le confuse vibrazioni che trasmettevano. L'aria fremeva di loro, le davano i brividi.

Arrivata in fondo al vialetto, scorse sull'altro lato della strada l'indicazione di un sentiero che a detta di Rachel portava a un villaggio a circa un chilometro e mezzo di distanza. Scavalcò lo steccato e cominciò a camminare.

Dopo intere settimane quasi senza pioggia, la terra era secca e polverosa. Mathilde si trovava nei pressi dell'area palustre che aveva visto dalla casa, con alte canne che le sfioravano il braccio, e da qualche parte oltre il canneto doveva scorrere il fiume che alimentava le paludi. Sapeva che non era il caso di avventurarsi a cercarlo. Avrebbe significato abbandonare il sentiero asciutto e non le servivano gli avvertimenti di Rachel per sapere che il fango, con i suoi miasmi sulfurei, rischiava di inghiottirla per sempre. Nessuno poteva vivere in mezzo alla natura come avevano fatto per tanti anni lei e sua madre senza imparare a nutrire un grande rispetto per i suoi capricci: era sempre a un passo dall'ucciderti. Se non erano i terreni acquitrinosi, erano piante e bacche velenose o il maltempo; aveva visto greggi folgorate da un fulmine e non era un bello spettacolo. Madre Natura poteva essere tua amica o una potente nemica e la cosa migliore era non abbassare mai la guardia.

Si inginocchiò, puntò l'obiettivo tra le canne e scattò un paio di foto agli alti steli robusti che si perdevano in lontananza, poi continuò la sua passeggiata. A un certo punto si lasciò alle spalle le paludi per entrare in un boschetto, dove incontrò una coppia di anziani con il loro West Highland Terrier al seguito. Il cane le si fece incontro abbaiando e scodinzolando a un tempo, e lei si chinò a coccolarlo finché i proprietari non lo richiamarono. Quando alzarono una mano a salutarla, Mathilde fece altrettanto, sorpresa. Non era abituata agli atteggiamenti amichevoli e aveva sentito dire che gli inglesi erano il popolo meno accogliente in assoluto. Riprese a camminare con passo un po' più leggero. Nella penombra il sole era meno caldo e filtrava tra le foglie per danzare a terra come uno sciame di lucciole. Mathilde cominciò a guardarsi intorno in cerca di piante utili per i suoi medicamenti naturali. Dopo aver colto qualche delicato fiore violetto da un cespuglio di malva, lo infilò nella tasca della giacca.

I giardinetti erano quasi deserti, a parte una giovane donna con il passeggino nei pressi del laghetto intenta a passare del pane al figlio perché lo desse alle anatre, che starnazzavano furiosamente e battevano le ali impazienti. D'un tratto la donna tolse il pezzo di pane al bambino dicendo: «Nooo, non mangiarlo tu, è per le anatre!» e lo gettò nel laghetto lei stessa. La cosa si ripeté svariate volte mentre Mathilde li osservava, eppure la madre non smise mai di incoraggiare il figlio a nutrire gli uccelli.

Attraversando il prato, si diresse verso la chiesetta. Piccola, tozza e realizzata con la stessa pietra chiara della cappella di Lutton Hall, aveva una bassa torre normanna ed era un po' arretrata rispetto alle case. Mathilde scattò un paio di foto al pesante portone di legno oltre il cancello del camposanto. Nel cimitero avrebbe trovato qualche indizio sui proprietari della villa? Forse le sarebbe tornato utile se Oliver o uno dei suoi colleghi fossero riusciti a decifrare il nome sulla lapide della cappella. Ma a lei cosa importava? Un paio di mesi e se ne sarebbe andata.

Gironzolò intorno alla chiesa scattando qualche altra foto. Antiche pietre tombali ricoperte di licheni grigioverdi che lo scorrere del tempo aveva inclinato in posizioni precarie erodendo il terreno su cui poggiavano. Erba alta che nessuno curava più, nessun erede rimasto a occuparsene. Morti e dimenticati. Un merlo disturbato dai suoi movimenti volò sul ramo sporgente di un faggio, cinguettando allarmato. Mathilde non sapeva cosa stesse cercando, ma la calma e la serenità dei defunti le sciolsero le spalle solitamente ingobbite. Non c'era nessuno a giudicarla, lì.

Dopo un po' raggiunse le sepolture più recenti, con le lapidi di granito ancora lucide ornate da vasi amorevolmente pieni di fiori. Non la interessavano quanto le vite dei secoli lontani e riservò appena un'occhiata ai nomi mentre avanzava, finché qualcosa non attirò il suo sguardo e la fece fermare. Una tomba recente era segnata da una semplice croce di legno con inciso sul braccio orizzontale: PETER LUTTON. 14 MARZO 1949 – 8 FEBBRAIO 2021. PADRE E NONNO ADORATO, TRISTEMENTE COMPIANTO. Suo padre. Era la tomba di suo padre. Stupidamente non aveva neanche immaginato di poterlo trovare lì e non le era venuto in mente di chiedere a Rachel dove fosse sepolto. Be', ora lo sapeva. Inginocchiandosi nell'erba, Mathilde fissò la lapide. Non aveva niente da dirgli e al tempo stesso avrebbe voluto raccontargli tutto, tanto che non sapeva da dove cominciare. Strappò qualche ciuffetto d'erba dai bordi del tumulo e li lasciò ricadere a terra, perché seccassero e si disfacessero come il corpo sottostante.

Prima di poter aprire bocca, una voce interruppe il corso dei suoi pensieri.

«Non so cosa credi di fare, ma ti conviene lasciarlo in pace.» Dall'altra parte del muro del camposanto, come comparsa dal nulla, c'era zia Alice. Da quanto la stava osservando? «Non ti basta mettere le mani su tutto quello che non ti spetta di diritto, devi anche accampare pretese sull'ultima dimora di mio fratello? Abbiamo preso un avvocato e non vincerai, sai; farò in modo che la proprietà rimanga a me, alla famiglia che gli è stata vicino.»

«È la tomba di mio padre» ribatté Mathilde, «e ho tutto il diritto di venire qui a salutarlo. Verrò a parlargli ogni volta che vorrò.»

«Rachel ha detto che ti saresti fermata solo una settimana, quindi direi che hai abusato fin troppo della nostra ospitalità e dovresti andartene prima di turbare qualcun altro.» Il volto di Alice stava lentamente assumendo una tonalità livida.

«Mi sembra che nessuno oltre a te sia turbato dal mio arrivo. E ho cambiato idea, rimarrò fino a settembre. Devo sistemare alcune cose mentre sono qui.» Mathilde fissò gli occhi scuri in quelli quasi identici della zia e sostenne il suo sguardo.

Ci fu una pausa mentre la donna muoveva le labbra come a recitare un incantesimo, poi stringendo la borsetta con entrambe le mani si voltò e se ne andò a passo veloce lungo il prato, il corpo tarchiato infilato in un leggero abito di cotone a fiori che ondeggiava appena. Mathilde si sedette sui talloni e la osservò allontanarsi.

Dopo un attimo si rialzò e tornò lentamente verso il cancello d'ingresso, turbata dall'alterco. Alice era ormai all'estremità opposta del parco e la vide scomparire in lontananza. Mathilde attraversò il prato a grandi passi e imboccò la strada che riportava a Lutton Hall. In tasca, fece tintinnare le chiavi del furgone con le dita, sentendo ogni fibra del suo corpo fremere per il bisogno di andarsene e non tornare mai più. L'ostilità della zia le dava la nausea. Per tutta la vita aveva desiderato disperatamente una famiglia, un posto da chiamare casa, amore e stabilità, e adesso una consanguinea le si rivoltava contro come tutti gli altri. *Plus ça change.*

20

Settembre 1584

Nell'approssimarsi all'appartamento di Walsingham, Tom notò subito qualcosa di diverso dal consueto. Solitamente il corridoio era deserto, salvo qualche cortigiano o servitore indaffarato, pieno di angoli scuri e ombrosi in cui sarebbe stato possibile organizzare incontri clandestini, scambiare informazioni e sgattaiolare via senza essere visti. Congiure e tradimenti. Non aveva ancora ricevuto il primo incarico e già cominciava a pensare come una spia.

Non appena lo videro, i due soldati di guardia davanti alla porta incrociarono le lance a impedirgli l'accesso. In quelle situazioni Tom rimpiangeva davvero di non potersi vestire da cortigiano, anziché da servitore qual era.

Uno di loro alzò la mano e batté le nocche sulla porta, che si aprì dall'interno. Nella stanza Tom vide ancora più guardie, ma dopo un istante le lance che gli bloccavano il passo si abbassarono e poté varcare la soglia. Appena entrato, comprese il motivo di quell'incremento di sicurezza e si lasciò cadere in ginocchio di fronte alla sovrana, seduta accanto al fuoco sulla stessa poltrona in cui anche lui aveva atteso di parlare con Walsingham in passato. La sua gonna enorme, velluto bianco impreziosito da centinaia di minuscole gemme azzurre, era così ampia che si domandò come fosse possibile che il calore del fuoco non la sciogliesse o bruciasse.

Aggrottando la fronte, Walsingham gli fece cenno di mettersi nell'angolo e proseguì la sua conversazione con la regina. Tom, seminascosto dietro le guardie, aveva l'angolazione perfetta per osservarli mentre parlavano. O meglio, mentre la regina parlava e Walsingham annuiva con fare solenne.

«*La situazione sta diventando intollerabile*» disse la sovrana, i lineamenti tesi in un torvo cipiglio e le labbra sottili quasi invisibili. «*A quanto riferiscono le vostre spie, gli spagnoli stanno intensificando la campagna per mettere sul trono Maria Stuarda, con la sua eretica fede cattolica, e riportare l'Inghilterra nel seno di Roma. Dobbiamo fermarli. Tuttora mi dite che stanno preparando l'ennesima invasione spagnola e tramano il mio assassinio.*» Ci fu una pausa in cui la regina sembrò ascoltare la risposta di Walsingham. «*Non posso farla giustiziare*» protestò, «*ricordate che è mia cugina; per questo la tengo prigioniera da sedici anni. Se lo facessi ci ritroveremmo a combattere francesi e spagnoli insieme, tanto i cattolici sono determinati a impadronirsi del nostro amato regno. Dovete trovare questi cospiratori con la massima celerità.*»

Dopo aver pronunciato queste ultime parole si alzò e tutti i presenti sprofondarono a terra all'istante. Tom avvertì lo spostamento d'aria della pesante porta che si apriva e vide il bordo della sua veste, riccamente ricamato a fiori rossi e blu, tracciare un arco per terra e scomparire dalla vista. Il pavimento vibrò sotto i passi delle guardie che uscivano dietro di lei. Tom rimase dov'era finché non sentì un tocco sulla spalla, quindi alzò lo sguardo su Walsingham e sul sorriso sardonico – e alquanto raro – che era comparso sul suo volto.

«Come avrete senz'altro capito, Sua Maestà è sempre più preoccupata per i nemici ammassati alle porte del regno.» Tom non era sicuro di aver compreso tutto ciò che era stato detto ma era convinto di essersene fatto un'idea piuttosto precisa, il che fu confermato dalle successive parole di Walsingham. *«Il solo modo di tenere al sicuro la Corona è eliminare la minaccia rappresentata da Maria di Scozia e farla uccidere, ma Sua Maestà non lo permette. Perciò, finché Burghley e io non riusciremo a persuaderla in tal senso, dovremo proseguire la nostra battaglia e continuare a smascherare le congiure che la insidiano.»*

Walsingham spiegò rapidamente, con un misto di parole pronunciate e altre vergate su un frammento di pergamena, che Tom avrebbe dovuto seguire un uomo sospettato di essere coinvolto in una congiura e riferire chi incontrava e ciò che diceva. Prendere nota di quanto veniva detto era abbastanza facile, purché il soggetto non si accorgesse di essere osservato; il problema era che Tom non aveva la minima idea di chi fossero quelle persone e avrebbe potuto descriverne solo l'aspetto fisico. Il suo nuovo capo sembrò comunque soddisfatto e gli ordinò di farsi trovare quella sera alle sette davanti al corpo di guardia: qualcuno lo avrebbe condotto alla taverna in cui prevedevano si sarebbe recato il loro obiettivo. Tom annuì, sembrava tutto piuttosto semplice.

Prima che se ne andasse, Walsingham lo fissò negli occhi. *«Badate di non commettere errori»* disse lentamente, *«o sarà l'ultima cosa che farete.»* Tom non era sicuro se intendesse come spia, come servitore della corte o prima di essere scaraventato nel fiume ma, dall'espressione cupa sul suo volto, ritenne più prudente orientarsi verso l'ultima opzione. Ricevette un borsello con qualche moneta per la birra e fu congedato.

Mentre si affrettava verso le scale di servizio da cui era giunto negli appartamenti di rappresentanza, scorse un gruppetto di dame avanzare nella sua direzione. Chiacchieravano tra loro, apparentemente ignare della sua presenza tra le ombre. Sapendo di non poter raggiungere la porta prima di incrociarle, Tom si fermò premendo la schiena contro la parete perché potessero superarlo.

Quando si avvicinarono, riconobbe tra loro Lady Isabel e non poté impedirsi di curvare le labbra in un sorriso, tuttavia fece un inchino profondo e attese che passassero. Era evidente che lei aveva abbandonato la sua ricerca della lavanda. Osservò il movimento fluido delle loro gonne che sfioravano il motivo a spina di pesce del pavimento di legno, quindi raddrizzò la schiena e si azzardò a scoccare loro un rapido sguardo. Scorgere i lucidi capelli scuri raccolti sulla sua nuca fu sufficiente ad allietarlo. Poi, come mossa dal suo desiderio, lei girò la testa quel tanto che bastava a mostrargli lo splendido sorriso sulla sua bocca rosea. Teneva gli occhi bassi come se ascoltasse con attenzione la compagna, ma Tom comprese che quel sorriso era rivolto a lui e avvampò di piacere. Tra loro non ci sarebbe mai potuto essere nient'altro che qualche incontro occasionale; lei era una delle confidenti della regina d'Inghilterra e lui un semplice assistente speziale, relegato in un laboratorio buio e polveroso sul lato opposto del palazzo. Qualunque relazione tra loro sarebbe stata del tutto inammissibile. Li separava una distanza più vasta del mare che Tom aveva attraversato per giungere in quel paese, ma quei fuggevoli sorrisi, per quanto rari, erano sufficienti a illuminargli la vita.

Quella sera, con addosso i suoi soliti abiti per mescolarsi agli altri avventori, Tom fu raggiunto al corpo di guardia da un uomo abbigliato in modo analogo al suo. Tuttavia, in quanto acuto osservatore di ogni sfumatura delle movenze e delle caratteristiche delle persone, Tom non ebbe difficoltà a riconoscere sotto quella maschera un gentiluomo travestito da comune cittadino. Tutto in lui – il portamento, le unghie pulite e le morbide mani bianche – tradiva il suo ceto sociale. Non c'era da stupirsi che a Walsingham servisse qualcuno in grado di confondersi realmente con servitori e membri delle classi inferiori.

Risalirono il fiume per sbarcare a Blackfriars. Cadeva una fitta pioggerella mentre nuvole basse si addensavano a lambire le creste bianche dell'acqua impetuosa. La lanterna del barcaiolo oscillava da un lato all'altro e Tom si aggrappò al bordo dello scafo, ruvido sotto le sue dita. Era sicuro che non avrebbe mai fatto l'abitudine ai frequenti viaggi in barca che i londinesi affrontavano senza battere ciglio. Una volta scesi si incamminarono per le viuzze buie, attenti a non scivolare sul selciato. Molte finestre erano illuminate dal bagliore fioco di una candela. Raggiunsero il Magpie ed entrarono, inghiottiti dall'interno caldo e affollato della taverna. Il pavimento era coperto da un fitto strato di paglia, che il locandiere aveva continuato chiaramente ad accrescere sera dopo sera fino a renderlo solido e duro come il tavolato sottostante. A Tom parve quasi di scorgere il brulicare delle minuscole creaturine che lo abitavano, nutrendosi della birra che filtrava tra gli steli. L'odore rancido e stantio che saliva dal basso andava a mischiarsi al tanfo di corpi sudati, birra fermentata e fumo di pipa. Tom mantenne lo sguardo sul suo complice finché questi non gli assestò una gomitata nelle costole e, con un cenno quasi impercettibile della testa, indicò un giovane grassoccio dalla barba folta con un cappello di velluto nero calcato sui capelli scuri scompigliati. Dunque era quello l'uomo di nome William Parry.

Walsingham non gli aveva fornito molti dettagli; Tom sospettava che il capo delle spie cominciasse a sentirsi frustrato dallo sforzo aggiuntivo richiesto per comunicare con lui. Sapeva solo che doveva osservare la sua preda e riferire chi incontrava e, ancora più importante, ciò che diceva. Considerato l'abbigliamento raffinato di Parry, Tom era sorpreso di vederlo in una taverna tanto rozza. Si accorse che il gentiluomo che lo aveva condotto fin lì era scomparso, eclissandosi in silenzio senza neanche uno spostamento d'aria; quasi per stregoneria. Tom sapeva che avrebbe dovuto dileguarsi anche lui nello stesso modo se qualcuno si fosse insospettito per la sua presenza.

Dopo aver ordinato un boccale di birra si appostò vicino al fuoco, nella posizione perfetta per osservare il suo obiettivo. Un ubriacone puzzolente e già gonfio di birra gli urtò il braccio, finendo quasi per rovesciare la sua coppa, ma non potendo protestare Tom indietreggiò ulteriormente tra le fioche ombre ai margini della stanza, dove c'era più spazio e sarebbe riuscito comunque a vedere.

Al suo tavolo, Parry gozzovigliava con un nutrito gruppo di persone, che via via però cominciarono ad allontanarsi. Tom riusciva a leggergli abbastanza bene il labiale da sapere che stava salutando tutti come avrebbe fatto qualunque uomo con lo stomaco colmo di birra al termine di una lunga giornata, eppure, nonostante il boccale che reggeva in mano, si bagnava appena le labbra. Sembrava ubriaco fradicio, ma era tutta una messa in scena: Parry era sobrio quanto Tom e, dal modo in cui i suoi occhi continuavano a guizzare verso l'entrata del locale, stava aspettando qualcuno. Tom comprese che, in quel lavoro, leggere il labiale non sarebbe bastato: doveva interpretare anche il linguaggio corporeo e l'ambiente circostante. Un rapido controllo della stanza gli confermò che lui, almeno, non veniva osservato da nessuno. Era invisibile.

La porta d'ingresso tornò a spalancarsi per lasciar passare

due uomini dai capelli lucidi di pioggia, che subito presero a scrollarsi via l'acqua dai mantelli schizzando chiunque nei paraggi. Uno dei due era alto, con capelli color stoppa appiattiti sul capo dall'attillato berretto che si era appena tolto per scuotere via le gocce. La barba incolta mostrava striature ramate e un lato del viso era segnato da una cicatrice frastagliata che dal naso saliva fino all'attaccatura dei capelli. Il compagno era molto più basso, con un volto giovane e quasi privo di rughe, la barba corta e irregolare. Dal suo angolo, Tom osservò le loro bocche muoversi e riconobbe alcune imprecazioni. Sorrise tra sé. Era sicuro che i nuovi venuti fossero le persone che Parry – e di conseguenza lui – stava aspettando. Vestivano grezzi abiti da lavoratori ma, anche se nessun altro ci avrebbe fatto caso, Tom sapeva che si trattava di semplici costumi. La ruvidezza della canapa li metteva a disagio e uno dei due continuava a passarsi un dito nello scollo della camicia, probabilmente abituato a indossare solo il cambrì più fine. Oppure era nervoso. O entrambe le cose.

Per qualche minuto rimasero in piedi accanto al fuoco senza dar segno di aver notato Parry, nonostante si trovassero a pochi passi da lui. Tom cominciava a temere di essersi sbagliato quando uno dei due disse: «*Usciamo in cortile, forse fuori sarà più tranquillo*». Dal modo in cui mosse appena la bocca fu chiaro che cercava di non farsi sentire da orecchie indiscrete, ma non poteva ingannare un sordo che aveva trascorso la vita a leggere le labbra, i volti e il linguaggio corporeo delle persone.

I due passarono davanti a Parry e sgusciarono fuori da una porta di servizio. Tom non l'aveva notata, e subito si rimproverò per non aver prestato più attenzione all'ambiente. Pochi istanti dopo la sua preda li seguì e lui si affrettò a farsi strada tra la folla, stringendo forte la birra per non rischiare di rovesciarla addosso a qualcuno mentre avanzava con cautela verso la porta. Voleva vedere dove stavano andando e cosa si sarebbero detti, ma doveva assicurarsi di non dare nell'occhio.

Un altro avventore lo spinse da parte, infilando la porta, e Tom ne approfittò per uscire dietro di lui come se fossero insieme. Fuori il cortile era buio e la pioggia si era fatta più intensa. L'uomo che aveva seguito andò a urinare contro il muro della taverna e Tom dovette farsi bruscamente da parte per evitare gli schizzi. Arricciò il naso: a volte un olfatto molto sviluppato non era un vantaggio. Fingendo di imitarlo si guardò intorno in cerca degli uomini, con la speranza che non si stessero svuotando la vescica anche loro, e nella luce fioca vide uno dei due passare a Parry un pacchettino che lui ripose in una tasca del mantello. Era troppo buio per leggere il labiale e capire cosa stessero dicendo, e dopo qualche istante Parry rientrò nella taverna mentre i suoi complici uscivano dal cancello posteriore e scomparivano in un passaggio che si allontanava dietro gli edifici.

Tom aggirò la pozza che si allargava intorno ai piedi del suo vicino e tornò dentro. Parry stava già andando via, e nel tempo che lui impiegò per farsi largo tra un nutrito gruppo di tracagnotti in preda ai bagordi era scomparso. La strada deserta scintillava per la pioggia che continuava a battere sul selciato, grondando dai piani superiori che sporgevano dall'alto. Incassando la testa nelle spalle e calcandosi il cappello sulle orecchie, Tom si incamminò verso il fiume augurandosi di trovare un barcaiolo disposto, in quella notte tenebrosa, a riportarlo a palazzo. Non era quella la vita che aveva immaginato al suo arrivo a Londra, ma non poteva sottrarvisi. Era intrappolato nella rete di Walsingham e lasciare il palazzo avrebbe significato perdere ogni possibilità di contemplare ancora la donna più bella che avesse mai visto. Non era pronto a rinunciare a quel piacere.

21

Giugno 2021

Quando fece ritorno alla villa Mathilde trovò Rachel e Fleur in cucina, intente a preparare pancake nella fumosa foschia bluastra che si alzava dalla padella.

«Mi chiedevo dove fossi finita» disse allegra la sorella. «Visto che il furgone era ancora qui, ho pensato che stessi facendo una passeggiata. Un pancake?»

«No.» Mathilde scosse la testa. «Grazie» aggiunse dopo un attimo. Senza un'altra parola, aprì la credenza e cominciò a prendere l'occorrente per il caffè.

«Stai bene?» Rachel mise un altro pancake nel piatto di Fleur, le passò la crema al cioccolato e un coltello e poi si avvicinò a Mathilde, posandole una mano sul braccio per farla fermare un momento. «Lo vedo che qualcosa non va» disse.

Con un sospiro, lei fece del suo meglio per spiegare in breve cosa fosse successo al cimitero. «Non sapevo che nostro padre fosse sepolto lì» disse, «è stata una sorpresa. E non stavo facendo niente di male.»

«Certo che no» esclamò Rachel, «e hai diritto tanto quanto

lei di andare a fargli visita. Immagino sia stato solo lo shock di vederti lì; deve ancora capacitarsi che ti abbiamo trovata. Non so cosa le prenda, davvero. È sempre stata combattiva, ma mai così ostile. Dalle un po' di tempo, sono sicura che si calmerà.»

Era distratta da Fleur, che nel tentativo di spalmare la crema al cioccolato sul pancake aveva finito per sporcarsi tutta e imbrattare pure il tavolo. Mathilde si accingeva a portare il suo caffè al piano di sopra quando la sorella la bloccò.

«Oh, quasi dimenticavo» disse. «Mi ha chiamato Oliver, dice che passerà di qui verso metà mattina perché ha dei risultati sulla datazione del trittico e vuole dargli una ripulita per guardarlo meglio. Ha chiesto se siamo d'accordo.»

«Sì, certo» rispose Mathilde prima di proseguire verso le scale, il fantasma di un sorriso che le aleggiava agli angoli della bocca. La giornata poteva essere iniziata male, ma almeno stava migliorando.

L'arrivo di Oliver la sorprese in giardino con la macchina fotografica. Guardare il mondo attraverso l'obiettivo quella mattina la faceva sentire protetta, un po' lontana dalla realtà. Prima aveva controllato le piantine ed era stata felice di scoprire che mettevano nuovi germogli: a quanto pareva la calda estate inglese gli giovava. Persino la vaniglia aveva nuovi boccioli, ma avrebbe dovuto tenerla d'occhio e prepararsi a intervenire attivamente nel processo di germinazione.

La sua attenzione fu attratta da un movimento alla sua destra: nell'angolo opposto del giardino, la testolina bionda di Fleur spuntava tra la vegetazione come un altro germoglio che sbocciava nel verde. Tra tutte le persone incontrate dal suo arrivo in Inghilterra, la nipotina era quella con cui si sentiva più in sintonia. Le faceva piacere che gli altri fossero amichevoli e accoglienti – oppure no, nel caso di zia Alice –, ma Fleur, sospettava, era molto simile a lei. Determinata a non concedere la minima parte di sé finché non avesse avuto l'assoluta certezza di non correre rischi. La sua espressione era guardinga e riservata, una maschera che Mathilde conosceva e comprendeva fin troppo bene.

Incamminandosi nella sua direzione, e facendo di proposito un sacco di rumore tra le sterpaglie per non coglierla di sorpresa, Mathilde raggiunse la bambina china a osservare qualcosa e la vide alzare lo sguardo su di lei prima di tornare a concentrarsi sul terreno.

«Un bruco» annunciò, indicando l'insetto peloso che strisciava lento sui vecchi mattoni bruni.

«Vorrà mangiarsi tutte queste piante.» Mathilde indicò le aiuole in cui qualche ortaggio resistente cresceva ancora in mezzo alle ortiche.

Fleur annuì. «Le coltivava il nonno» la informò. «Gli piacevano le piante.»

«Qui?» chiese lei. «Le ha coltivate lui queste? Sono verdure» spiegò, «si mangiano» aggiunse, temendo che il suo accento potesse impedirle di capire. Era bello immaginare il padre all'aria aperta, e la sua simpatia per la nipote aumentò ancora di più. Fleur annuì di nuovo, gli occhi sempre fissi sul bruco. Mathilde si accostò lentamente la fotocamera al viso e premette piano l'otturatore, scattando varie foto all'espressione assorta e concentrata della bambina. Sullo sfondo, le foglie verdissime degli asparagi incolti contrastavano nettamente con la corona di capelli biondi che incorniciava il suo visetto solenne. *Cosa si prova ad avere così poche preoccupazioni?*, si domandò. Non riusciva a ricordare un tempo in cui lei non si fosse guardata le spalle di continuo, pronta a cogliere qualsiasi segnale di pericolo potesse comparire all'orizzonte.

«Mathilde, è arrivato Oliver!» Il richiamo di Rachel dalla soglia della cucina interruppe quei pensieri, e lei si incamminò dietro a Fleur, che era subito saltellata a raccontare alla madre del bruco.

Il loro ospite era già nel salone con il trittico quando Rachel aprì la porta carica di tazze di caffè e un pacchetto di Jaffa Cakes. Alzandosi in piedi al loro ingresso, lui rivolse a Mathilde un sorriso caloroso. Con un tuffo allo stomaco del tutto alieno per lei, non poté fare a meno di ricambiare un po' intimidita mentre si voltava e andava a sedersi in poltrona, evitando di proposito il posto accanto a lui sul divano. Per fortuna Oliver non sembrò accorgersi della sua ritrosia e cominciò subito a illustrare le sue scoperte.

«Ho notizie eccellenti» annunciò. «Come sospettavo, il trittico in sé risale alla seconda metà del XVI secolo. Abbiamo analizzato la pittura, ma sono emerse delle anomalie in quanto alcuni campioni hanno una composizione chimica differente dagli altri, segno che è stato dipinto in luoghi diversi. Forse in diversi paesi. Ho mostrato le foto che ho scattato ad alcuni colleghi specializzati in arte sacra medievale, tuttavia nessuno di loro ha saputo riconoscerne immediatamente lo stile. Somiglia a quello di Bosch ma è più ingenuo, potrebbe essere una copia o un facsimile. Comunque, la cosa eccitante è questa.» Si alzò e indicò lo stemma al centro della parte superiore della cornice. «Questo non appartiene ai vostri antenati o a chiunque sia l'autore del quadro, perché è lo stemma della Corona. O, per essere più precisi, della regina Elisabetta I. Non è incredibile?»

«Aspetta un attimo, che cosa?» Rachel lo interruppe con una mano, la bocca aperta per la sorpresa. «Stai dicendo che il dipinto apparteneva a lei? Qualcuno l'ha rubato e portato qui?»

«Chi può dirlo? In quel caso, e se ci fossero le prove, il governo lo requisirebbe senz'altro. Ma dovrebbero prima stabilire che è andata davvero così, altrimenti è vostro. Contribuisce a confermare l'epoca di provenienza, però. Se siete d'accordo, provvederei a effettuare una prima pulizia rudimentale, così capiremo meglio che cosa abbiamo davanti. Sto contattando anche altri esperti sparsi per il mondo, quindi forse riceveremo nuove risposte.» Guardò le due donne in attesa del loro permesso.

«Sì, certo» rispose Rachel. «E riguardo alla lapide nascosta nella cappella, hai scoperto qualcosa?»

«Ancora no, ma se volete un giorno di questi le do un'occhiata più approfondita.»

«Buona idea. Allora, di cosa hai bisogno per questa pulizia?» Rachel si alzò come per andare a procurargli il necessario, ma Oliver la fermò con un cenno.

«Ho tutto quello che mi serve» spiegò indicando la borsa di tela ai suoi piedi, «ma se ne hai, mi sarebbe utile qualche vecchio asciugamano. Non voglio rovinare niente, anche se sarò delicatissimo e non credo ci sia il rischio di fare qualche danno.» Riecco quel sorriso: nel vederlo, Mathilde sentì di nuovo sbocciarle dentro quello strano calore. Dopo l'inizio disastroso della giornata, il piccolo progresso con Fleur e l'atteggiamento apertamente amichevole di Oliver avevano fatto miracoli per risollevare il suo umore.

Mentre Rachel e Fleur tornavano in cucina per cominciare a preparare il pranzo, Mathilde incrociò le lunghe gambe e incastrò i piedi sotto le cosce per mettersi comoda a guardare cosa avrebbe rivelato il processo di pulizia. Prese il telefono dalla tasca, digitò "regina Elisabetta I" su Wikipedia e cominciò a leggere la storia della sovrana che forse era in qualche modo legata alla sua nuova casa. Avvertendo un refolo d'aria, si voltò in cerca di una finestra aperta, ma erano tutte chiuse. Eppure, qualcosa aveva alterato l'atmosfera. Si sfregò con forza le braccia per scacciare il brivido.

Intanto, il trittico era stato posato sul tavolo da pranzo ancora coperto da un telo antipolvere. Rachel aveva insistito per proteggerlo in maniera adeguata, spiegando che il tavolo in noce laccato era un pezzo d'antiquariato, e aveva aggiunto come strato ulteriore una spessa imbottitura di feltro su cui Oliver aveva montato un cavalletto.

«Questa è solo una pulizia preliminare» spiegò, «il restauro professionale dovrà essere fatto in un secondo momento; può occuparsene una casa d'aste o un museo. Nel frattempo, non toccate niente, per favore. Gli oli e il sudore dei polpastrelli possono causare danni inenarrabili. Il fatto che sia rimasto nascosto così a lungo ha contribuito a conservare i pigmenti di pittura, ma presto cominceranno a degradarsi. Sarebbe anche meglio se quando non ci lavoro teneste chiuse le tende in questa stanza, così non lo danneggerà neanche il sole.»

Di tanto in tanto Mathilde gli scoccava occhiate veloci mentre lavorava, in silenzio come lei. Si accorse che per concentrarsi incastrava la punta della lingua tra i denti e questo la fece sorridere: era un dettaglio così semplice, eppure lo rendeva più umano. Come avvertendo il peso del suo sguardo, lui alzò di colpo la testa e i loro occhi si incontrarono. Lei sentì il cuore martellarle nel petto.

«Vieni a vedere» la invitò Oliver con un sorriso che gli increspava gli angoli degli occhi. Erano dell'azzurro più limpido che lei avesse mai visto, quello che trovavi nelle illustrazioni dei libri per bambini ma non sembrava esistere nella vita reale.

«Sicuro che non ti disturbo?» La imbarazzava che lui l'avesse sorpresa a guardarlo, ma per quanto desiderasse fuggire dalla stanza era troppo interessata a ciò che stava facendo.

«No, certo che no. Ma resta dietro di me, così anche se ti muovi non causerai nessuno spostamento d'aria. Voglio evitare che i detriti che sto cercando di rimuovere finiscano su una sezione che ho già pulito.»

Lei si alzò e, facendo il giro della stanza, scivolò tra i mobili ancora coperti dai teli fino ad appoggiarsi allo stipite di una finestra. Da sopra la spalla larga, lo osservò spolverare con delicatezza la superficie del quadro con un pennello sottile finché non ricevette il segnale di avvicinarsi.

«Come inizio non c'è male.» Oliver indicò il pannello sinistro, ora decisamente più chiaro degli altri due. «Ma servirà un restauro vero e proprio per restituire ai colori la loro vera intensità. Ho l'impressione che tutte queste scene siano collegate, come se rappresentassero il viaggio di qualcuno.»

Mathilde si avvicinò per guardare, fin troppo consapevole del calore che emanava il corpo di lui e del suo profumo muschiato misto alle calde note speziate del dopobarba.

«Quindi hai vissuto tutta la vita qui?» chiese Oliver continuando a lavorare chino sul trittico. «È davvero una casa incredibile.»

«*Non*, no.» Lei riassunse in breve gli eventi delle ultime settimane: la lettera che l'aveva portata nel Norfolk e la scoperta che il padre non era morto a Beirut come sua madre aveva sempre creduto ma aveva trascorso anni a cercarle a loro insaputa.

«Wow, dev'essere stato un bello shock. Sarai confusissima.» Si voltò appena a guardarla e i loro occhi si incrociarono.

Lei sorrise e annuì. «Un'intera nuova famiglia, e la consapevolezza che qui c'era la mia vera infanzia, quella che non ho mai avuto modo di vivere.»

«E adesso cosa farai, ti trasferirai qui?» Oliver aveva ripreso a pulire mentre conversava.

«No, anche se a Rachel farebbe molto piacere... Ma no, ho bisogno di viaggiare. Mi fermo solo per l'estate.» Si interruppe un istante prima di riprendere, cercando di cambiare argomento e di distrarsi dall'attrazione che provava nello stargli così vicina. «Allora, cos'altro puoi dirmi sul quadro? Hai idea di chi l'abbia dipinto o come sia finito qui?» Tutt'intorno a lei l'aria vibrava e si domandò se lo sentisse anche lui.

«Per il momento no, e in tutta sincerità potremmo non scoprirlo mai. Quando sarà pulito come si deve, però, con un po' di fortuna forse ne sapremo di più. Devo fare altre ricerche, sentire se qualche collega nelle università europee ha mai visto niente di simile. Adesso lascia che lo copra, poi ti darò una mano a chiudere le tende e tolgo il disturbo.»

Mathilde avvertì una fitta di delusione al pensiero che stesse per andarsene, ma poi ricordò che era lì solo per il trittico.

Chiudere le tende si rivelò un'impresa difficilissima e ben presto si trovarono a ridere dei rispettivi tentativi. Quando l'ultima coppia fu accostata e la stanza precipitò in una penombra fitta, Mathilde era così slanciata in avanti che rischiò di perdere l'equilibrio; furono solo le mani di Oliver sulle sue braccia a salvarla e permetterle di restare in piedi. Mathilde sentì il calore di quel contatto ustionarle la pelle, il petto di Oliver vicinissimo al suo. Cercò i suoi occhi nella luce fioca e per un istante lui sostenne il suo sguardo, ma poi la lasciò andare e rise appena, pulendosi le mani sui pantaloni.

«Per fortuna non dovrete aprirle e chiuderle tutti i giorni» commentò in tono roco indietreggiando in fretta. C'era stato un lampo di attrazione magnetica e Mathilde era certa che lo avesse avvertito anche lui.

Dopo aver chiuso la porta d'ingresso e ascoltato il rumore dell'auto che si allontanava, il calore nel suo ventre continuò ad avvolgersi in spire sempre più strette e profonde.

22

Settembre 1584

Tom non fu sorpreso di essere convocato da Walsingham la mattina successiva alla sua visita al Magpie. Stando al messaggio recapitato dal paggio, invece che al solito appartamento avrebbe dovuto recarsi alla casa di famiglia dei Walsingham su Seething Lane, perciò si armò della mappa che gli aveva disegnato uno dei segretari e si avviò. Aveva anche un borsello pieno di monete per tentare di acquistare altra vaniglia nei magazzini mercantili del molo di Queenhithe. A palazzo stavano di nuovo per esaurire le scorte e, malgrado le sue assidue cure, le piantine che aveva portato da oltremare si ostinavano a non fiorire. Tom non aveva idea di come o quando avrebbero prodotto dei baccelli, ma sapeva che se non fosse accaduto non ci sarebbe stato modo di ottenere quei semi dal dolce sapore cremoso tanto apprezzato dai cortigiani e, ovviamente, da Sua Maestà. Ogni desiderio della regina era un ordine, non aveva tardato a comprenderlo.

Il tempo non era migliorato durante la notte e all'inizio Tom tentò di costeggiare i palazzi per tenersi al riparo delle tettoie, ma dopo aver evitato d'un soffio un secchio di lordura lasciato fuori per il ritiro del navazzaro, si spostò verso il centro della carreggiata. Neanche quest'ultima tuttavia era esente da rischi, e fu quasi investito dal cavallo di un acquaiolo che, spaventato da un rumore che lui non aveva sentito, si imbizzarrì e gli finì addosso, rischiando di sbalzarlo all'indietro e inzuppandolo tutto. La gente intorno lo guardò di traverso e Tom comprese che probabilmente gli avevano gridato di spostarsi. Non era il primo incidente in cui incorreva a causa della sua sordità; sotto i capelli recava ancora la cicatrice di quando gli era precipitata in testa una valanga di tegole. Spesso riusciva a intuire che stava per accadere qualcosa dalle reazioni di chi lo circondava, ma era impossibile farlo se erano dietro di lui. Sfregandosi la spalla, lanciò un'occhiata alla mappa e superò la chiesa di St. Olave per tagliare dal cimitero. Si fermò un attimo a bere dalla conduttura idrica da cui gli abitanti del posto potevano attingere l'acqua, poi proseguì sull'ampia e alberata Seething Lane. Di fronte a lui si ergeva Knollys Inn, la strada era meno affollata e le case decisamente più grandi, in mattoni rossi con enormi graticci in rovere, molto diverse dalle pallide casupole di canne e fango ammassate nei quartieri popolari. Come in ogni città, c'era un ampio divario tra i ricchi e i poveri.

Trovare l'elegante maniero di Walsingham non fu difficile: era esattamente ciò che Tom si sarebbe aspettato da un funzionario che godeva del favore della Corona. Hugh gli aveva spiegato che Walsingham era sposato con Ursula, figlia del Lord Gran Tesoriere della regina Cecil Burghley, il che non aveva certo pregiudicato la sua condizione sociale.

Le stanze erano ariose e, malgrado le finestre dalle dimensioni ridotte, piuttosto luminose. Sotto i suoi piedi, l'assito era coperto da stuoie e le pareti decorate da sontuosi arazzi e colorati dipinti che sembravano raffigurare gli eroi dei miti greci.

Tom seguì il domestico fino a una stanza dominata da un'enorme scrivania in legno intagliato, con due grandi librerie a tutta parete stipate di documenti e fascicoli. Tra questi, posati sul fianco, alcuni spessi volumi rilegati in pelle parevano appoggiati lì distrattamente da qualcuno che, troppo preso da altre questioni, aveva finito per dimenticarsene. Un uomo che dedicava la sua vita a proteggere la regina.

«*Dunque?*» Walsingham occupava una massiccia sedia di legno dietro la scrivania. Notando che non c'erano posti in cui lui avrebbe potuto accomodarsi, Tom gli consegnò la trascrizione di quanto aveva visto la sera prima. Si era impegnato a fornire un resoconto dettagliato, ma sedere accanto al misero fuocherello del laboratorio, con una fetida candela di sego e i vestiti ancora umidi che gli si ghiacciavano addosso, lo aveva reso smanioso di concludere il prima possibile. Nel corso degli anni la sua scrittura si era condensata alla stregua del linguaggio dei segni, consentendogli di fissare un'intera frase in una sola parola. Era molto più concisa di un discorso verbale. Quel mattino si era ricordato di alzarsi presto per semplificare dove necessario, così da ottenere un documento comprensibile a chiunque prima di presentarsi al cospetto del suo nuovo padrone.

«*Siete stato bravo*» disse lentamente Walsingham. «*Questo modo di scrivere è molto interessante e sono soddisfatto del vostro lavoro. Avrò altri incarichi da assegnarvi in futuro, ma per il momento potete andare.*» Frugò in un cofanetto di legno e gli lanciò una moneta che Tom afferrò al volo, poi lo congedò con un cenno. Mentre si voltava per uscire, Tom lanciò un rapido sguardo al soldo che stringeva in mano. Un quarto di angelo: per una simile somma, valeva ben la pena di trascorrere la notte in una taverna maleodorante e sfidare le strade pericolose sotto la pioggia gelata. Sorridendo tra sé, si incamminò verso i magazzini in cui Hugh gli aveva suggerito di provare ad acquistare altra vaniglia.

La spezia era disponibile solo in quantitativi ridotti e Tom trascorse ore a fare la spola da un mercante all'altro lungo i moli ammorbati dagli scarichi nauseabondi dei liquami cittadini. Dirigendosi verso il London Bridge, con i suoi grandi archi sormontati da edifici in legno così alti che sembravano sul punto di precipitare nella corrente impetuosa del fiume, vide alcune guardie ripescare un corpo enfiato d'acqua e, una volta sotto il ponte, dovette distogliere lo sguardo dalle macabre teste impalate sulle picche, con le cavità scure degli occhi strappati dalle orbite e i denti snudati in un ghigno mortifero. Dopo l'impiccagione di Throckmorton e la spiegazione di Hugh sui continui pericoli a cui era esposta la regina, Tom comprendeva perché Walsingham volesse scoraggiare eventuali emulatori esponendo il raccapricciante spettacolo dei resti dei cospiratori sul ponte o alle porte della città. Non erano lontani dalla Porta dei Traditori, che accoglieva i prigionieri in un viaggio quasi sempre senza ritorno, e passare davanti a quelle teste doveva rammentare a ciascuno di loro il proprio ineluttabile destino.

Dei raggi pallidi e slavati si aprirono finalmente un varco tra le nuvole e Tom strizzò gli occhi per un istante, accecato dal riverbero sulla pietra calcarea bagnata sotto i suoi piedi. Dalla posizione del sole nel cielo e dal brontolio del suo stomaco dedusse che era già passata l'ora di desinare, e gli restava ancora un'ultima commissione da sbrigare. Commissione che la moneta nella sua tasca avrebbe reso più piacevole. Svoltando a ovest si diresse verso le guglie annerite di St. Paul, che dopo il fulmine che le aveva quasi distrutte non si stagliavano più alte e fiere sugli edifici circostanti.

Le strade intorno alla grande cattedrale erano gremite di gente. L'odore ripugnante del mercato di Fish Street lo nauseò e decise di non saziare la fame con un timballo di pesce, proseguendo invece in direzione dell'enorme cortile affollato di rilegatori affaccendati, donne impegnate negli acquisti e predicatori che declamavano opuscoli religiosi. Tom non aveva bisogno di sentirli per cogliere il loro zelo mentre si faceva largo nella ressa, attento a non abbassare mai la guardia: erano molti i ladruncoli che, con le loro gambette magre e a piedi nudi, sfrecciavano tra la folla in cerca dell'occasione di sgraffignare qualunque cosa potesse aiutarli a mettere insieme il prossimo pasto. Nei dintorni di St. Paul c'erano soprattutto librerie e stamperie, tuttavia Tom non dubitava di riuscire a trovare ciò che cercava. Lontano dall'odore di pesce non gli fu più possibile ignorare i crampi della fame e, dopo essersi rifocillato con il pasticcio caldo acquistato da un ambulante, imboccò Paternoster Row, dove scorse presto una bottega che vendeva inchiostri, calami e... colori.

Quando Tom tornò al laboratorio era metà pomeriggio e Hugh stava macinando qualcosa nel mortaio, scuro in volto per la lunga assenza del suo assistente. Accanto alle sue spalle tese, una candela ardeva sotto le ampolle di vetro in cui ribolliva un liquido giallino che emanava un gas tossico. Tom riconobbe all'istante l'odore dei fiori di prunella tritati e dell'olio di ginepro. Mostrò la scarsa vaniglia che era riuscito a procurarsi e Hugh storse la bocca contrariato. Dovevano assolutamente riuscire a coltivarla in proprio, pensò Tom. Si tolse il farsetto e lo lasciò nella sua stanza con i colori che aveva appena acquistato ancora nella tasca.

Aiutò Hugh a versare il liquido in un vasetto di terracotta. Dopo aver agguantato il taccuino, che usavano quando la tavoletta di Tom non era a portata di mano e comunicare a gesti o leggendo il labiale non bastava, Hugh scrisse che una dama della regina, Cordelia Annesley, accusava una brutta tosse e Tom avrebbe dovuto portarle il rimedio nel salotto. Da quando poteva mandare lui a sbrigare le commissioni, Hugh aveva praticamente smesso di affaticare i propri polmoni recandosi ai piani superiori. Tom l'aveva notato, ma la cosa non gli dispiaceva in quanto gli forniva l'occasione per ammirare la sontuosa opulenza degli appartamenti reali. Non c'era da stupirsi che la regina fosse tanto più vicina a Dio dei suoi sudditi.

Dal momento che aveva già ricevuto diverse volte l'ordine di recarsi nel salotto, Tom conosceva la strada e le varie coppie di guardie da superare per raggiungere il *sancta sanctorum* della sovrana. Non sapeva mai se Sua Maestà sarebbe stata presente, ma per sicurezza estrasse un cencio dalla tasca e se lo passò sul viso, in modo da togliere ogni eventuale residuo di fango e fuliggine della mattinata trascorsa per le strade di Londra.

Raggiunta la sua destinazione, mostrò alle guardie alla porta il vasetto e i due, sapendo che non poteva parlare, si limitarono ad annuire e gli aprirono. Mentre uno di loro lo precedeva nella stanza annunciandolo come «*Lo speziale*», Tom si chiese con un sorriso quale sarebbe stata la reazione di Hugh a quella presentazione. Forse, dato che non si avventurava più ai piani superiori, i cortigiani non sapevano che lavorava ancora per la regina.

Con sua sorpresa, invece di un gruppo intento a cucire, suonare il liuto o intrattenersi con una partita a carte, nel salotto c'erano solo due donne, una delle quali doveva essere la sua paziente. Come a confermare quell'intuizione, quest'ultima prese il medicamento e si affrettò a uscire dalla porta sul retro, lasciandolo con la guardia e l'altra dama ancora seduta.

La donna più bella del palazzo, se non dell'intera Inghilterra. Isabel. La guardò con un sorriso che gli si allargava sul volto, socchiudendo gli occhi per la gioia. Avrebbe voluto restare ore a contemplarla, ma dal momento che aveva già consegnato la medicina, sapeva che la guardia stava solo aspettando che se ne andasse. Fece un profondo inchino e Isabel, che era rimasta del tutto inespressiva a eccezione di un luccichio negli occhi, inclinò la testa in un cenno di congedo. Tom si voltò e uscì, il cuore che martellava nel petto.

Fuori scoprì che il corridoio, da silenzioso e deserto quale era stato al suo arrivo, improvvisamente ferveva di attività. Numerosi cortigiani spuntati dal nulla passeggiavano come tanti pavoni nei loro farsetti di seta e damasco dai colori vivaci, le maniche a sbuffo tagliate a mostrare il contrasto della fodera e le gorgiere inamidate intorno al collo. Tom si stava giusto domandando cosa avesse portato quello stuolo di gentiluomini a radunarsi così in fretta, quando la folla si separò, prostrandosi a terra, e la ragione divenne evidente: la regina avanzava lungo il corridoio.

Incedeva lenta, contegnosa, come se Dio stesse osservando ogni suo movimento e lei dovesse apparire impeccabile al Suo scrutinio oltre che a quello dei propri sudditi. La mano adorna di anelli, ciascuno con una grossa pietra incastonata, poggiava sul braccio del conte di Leicester al suo fianco. La gonna dorata, ornata di ricchi ricami, era impreziosita da così tante gemme scintillanti da sembrare il prato reale nelle mattine d'inverno, quando la brina si posava su fiori e foglie per farli risplendere alla luce dell'alba: quasi abbagliava. Tom si inchinò al pari degli altri, avvertendo la tensione collettiva di un respiro trattenuto mentre tutti i presenti apparivano combattuti tra il desiderio di essere notati e la soggezione assoluta che impietriva i loro gesti. Alzando appena gli occhi, guardò le babbucce di seta della sovrana, ricamate con perle e filo d'oro, passare oltre.

Dopo cena, quella sera, Tom mise via in fretta i resti dell'erba moscatella con cui aveva preparato un unguento per uno sguattero che quasi non riusciva più a vedere tanto gli si era gonfiato l'occhio. Fuori c'era ancora luce e lui sperava di aggiungere una nuova scena al suo trittico. Aveva ben chiaro in mente cosa voleva dipingere, intendeva catturare la bellezza di una certa dama che gli aveva rapito il cuore.

Era così impegnato a passare una spazzola di crini sul piano di lavoro che non si accorse di avere compagnia finché una mano esile e pallida non gli afferrò la manica bloccandogli il braccio. Trasalendo, Tom lasciò cadere la spazzola e si voltò. Di fronte a lui, come materializzata dai suoi pensieri, Lady Isabel lo guardava con i limpidi occhi violetti che splendevano tra le ciglia scure.

«*Mi risulta molto difficile parlare in presenza di altri*» gli disse, «*ed è raro che le nostre strade si incrocino negli appartamenti reali.*» Tom annuì, pur senza comprendere cosa l'avesse spinta a cercarlo per ribadire una simile ovvietà. Il disappunto per la loro situazione era un'oppressione costante nel petto, come una pietra che gli affaticava il respiro. C'era un abisso a separare le loro esistenze, sebbene cominciasse a convincersi che la sua attrazione per lei fosse ricambiata. Le successive parole di Isabel lo confermarono, rinforzando i fragili filamenti di speranza nel suo cuore.

«*Raggiungetemi domani sera alle nove nel giardino intricato. Potete farlo?*» Sgranando gli occhi per la sorpresa, Tom annuì. «*Sarà abbastanza buio da evitarci l'attenzione delle guardie notturne. E potremo essere soli.*» Isabel gli aveva afferrato le mani tra le sue, e dopo averle strette un'ultima volta si dileguò, lasciando solo il persistente profumo dell'acqua di rose a testimonianza del suo passaggio.

Confuso, Tom si appoggiò al bancone e guardò la soglia vuota. Sapevano entrambi che qualunque relazione tra loro era inappropriata oltre che impossibile, tuttavia lei aveva escogitato un modo perché potessero incontrarsi. Tom non riusciva a scorgervi un futuro, ma decise di non curarsene. Sapeva che, l'indomani sera, sarebbe stato nel giardino intricato ad attenderla.

Aveva ancora tempo per dipingere le scene che aveva in mente sul suo trittico con i colori acquistati quel mattino e, dopo aver acceso varie candele per compensare la luce del sole che spariva oltre l'orizzonte, si mise all'opera.

Voleva immortalare tutto ciò che era accaduto dal suo arrivo a corte, il nuovo ruolo che ricopriva e il lavoro che gli era stato chiesto di svolgere, anche se avrebbe dovuto escogitare un modo vago di renderlo in caso qualcuno avesse scoperto il dipinto. La regina aveva molti nemici, ed essendo lui ormai una sua spia, questi erano diventati nemici anche suoi. Tuttavia il dipinto doveva essere la storia illustrata della sua vita ed era importante includere tutto. Non sarebbe mai stato in grado di raccontare a qualcuno cosa aveva passato e quella era la migliore alternativa a sua disposizione.

Poi pensò alla giovane donna che solo pochi minuti prima l'aveva deliziato con la sua presenza e un sorriso gli si allargò sul volto. Aprì il cofanetto, selezionò alcuni colori e cominciò a dipingere.

23

Giugno 2021

Confusa dalle emozioni che Oliver le aveva suscitato, Mathilde fece fatica a concentrarsi per il resto della giornata. Le era già capitato di avere avventure passeggere, il suo stile di vita girovago si prestava bene alle relazioni brevi e lei si assicurava di chiuderle sempre prima che potessero farlo i suoi amanti. Non lasciava avvicinare nessuno. In quel caso era diverso, però, non si trattava solo di semplice attrazione fisica – desiderio che poteva essere facilmente soddisfatto –, le sembrava di voler entrare sotto la pelle di Oliver e conoscerlo davvero.

Dopo una cena tardiva accompagnata da una bottiglia di vino, le due sorelle rimasero sveglie a guardare un film. Quando i titoli di coda cominciarono a scorrere sullo schermo, Rachel si ritirò in camera da letto lamentandosi del finale improbabile e Mathilde andò a prepararsi qualcosa di caldo.

Tolse il latte dal fuoco appena prima che bollisse e, dopo averlo versato nella tazza, grattò via i semi da uno dei baccelli di vaniglia che conservava in un vasetto sul davanzale per aggiungerli alla bevanda insieme a una goccia del miele trovato in dispensa. Era uno di quelli prodotti in serie che acquistavi al supermercato, non il denso, appiccicoso nettare oro pallido che comprava in Francia nei banchetti montati in fondo ai vialetti delle aziende agricole. Non profumava di fieno caldo e fiori di lino ancora odoranti di grasse api soddisfatte e sazie di polline.

Mentre attraversava la casa per salire le scale con la tazza in mano, esitò un istante sulla soglia del piccolo vestibolo da cui si accedeva agli ambienti di rappresentanza. D'impulso aprì la porta del salone, lasciandola spalancata per sfruttare la luce del corridoio senza dover accendere la plafoniera. I mobili avvolti nei teli si stagliavano nella semioscurità, proiettando ombre spettrali sul pavimento e sulle pareti.

Avanzando alla fioca luce che si era concessa, si fermò a una certa distanza dal trittico e lo osservò nel pallido bagliore giallastro proveniente dall'antiquata lampadina. Aveva già studiato il pannello di sinistra con Oliver, perciò si concentrò su quello centrale più grande, attenta a non posare lo sguardo sul terzo. Non aveva intenzione di guardarlo mai più, a prescindere da quanto Oliver potesse mostrarsi interessato. Il solo stare davanti alle fiamme dipinte la faceva tremare di paura, si sentiva bruciare gli occhi e i polmoni mentre il respiro accelerava, portando alla luce ricordi sepolti nel profondo.

Per distrarsi, si concentrò su un gruppo di scene nell'angolo superiore destro. In una c'era un palazzo di arenaria chiara con torri e numerose finestre, che somigliava a uno *chateau* che aveva visto da bambina. Il quadro veniva dalla Francia come lei? Questo avrebbe spiegato le immagini della traversata in nave. Accanto al palazzo c'era una giovane donna, ritratta a mezzobusto, e Mathilde ne fu subito attratta. L'artista l'aveva colta di profilo, nell'atto di voltarsi, ma era evidente che stesse sorridendo, gli occhi di un insolito e vibrante color violetto. Oliver aveva ragione, dietro le assi della cappella i colori si erano conservati in maniera incredibile. Peccato non avessero ancora idea del perché fosse stato nascosto. Mathilde non poté trattenersi dal ricambiare il sorriso, l'amore riflesso nello sguardo della giovane sembrava riversarsi dal ritratto e ammaliare lo spettatore.

Bevve un sorso del suo latte alla vaniglia, che già iniziava a raffreddarsi, e si voltò per tornare verso le scale. Mentre i suoi occhi scrutavano la stanza, tuttavia, con la coda dell'occhio notò una figura nell'angolo buio alle sue spalle, più scura e concreta delle ombre che la abitavano. Sbatté le palpebre e guardò meglio, ma qualunque cosa avesse visto – o creduto di vedere – era già scomparsa. Invece di fermarsi a scoprire chi o cosa potesse nascondersi in quella stanza insieme a lei, si affrettò a uscire cercando di non rovesciare la bevanda e salì le scale due gradini alla volta.

Il latte caldo ebbe l'effetto desiderato e, nonostante l'adrenalina, riuscì a convincersi che era stata solo la stanchezza della lunga giornata a farle immaginare ciò che aveva visto. Era il fantasma del padre che tentava di rassicurarla? Di comunicarle che andava tutto bene? Sua madre aveva nutrito un grande rispetto per quelli che chiamava *les esprits*, per il velo sottile che separava i vivi dai morti. Mathilde si distese sulla schiena e fissò il soffitto, aspettando che il sonno la rapisse.

Nel sogno era in piedi tra le ombre di un'ampia sala illuminata da centinaia di candele e gremita di persone. Aveva paura, il cuore batteva a un ritmo forsennato che le faceva vibrare tutto il corpo. C'era odore di fumo e un'atmosfera opprimente, resa ancora più pesante dall'ormai familiare silenzio assoluto. Mathilde sentiva il petto alzarsi e abbassarsi mentre respirava a fondo ma non riusciva a produrre alcun suono. In mano reggeva una caraffa di birra e teneva gli occhi fissi su due uomini seduti su una predella rialzata. Uno dei due, magro e scuro di pelle, indossava un farsetto e un cappello neri ravvivati solo dalla gorgiera bianca intorno al collo e stava parlando con il bel gentiluomo alto e muscoloso dai capelli bruni seduto al suo fianco, al lato opposto dell'immensa sala affollata di gente che mangiava seduta ai tavoli. Mathilde non riusciva a sentire né loro né altro, eppure comprendeva tutto ciò che stavano dicendo. I suoi occhi scivolarono sulla donna seduta con la schiena dritta accanto all'uomo bruno. Era magra, con i capelli rossi e la pelle chiara, e sembrava indossare un migliaio di gemme che scintillavano al lume delle candele. Quando girò la testa e i loro occhi si incontrarono per un istante, con un sussulto Mathilde si svegliò e si tirò a sedere.

Con i piedi fuori dal letto, si sedette sul bordo del materasso e lasciò che il freddo del pavimento le risalisse le gambe a conferma che era sveglia. Nell'attimo in cui i suoi occhi avevano incrociato quelli della donna, Mathilde aveva compreso di trovarsi davanti alla regina Elisabetta I. Era solo un sogno, si ripeté, ma così vivido. E come aveva potuto comprendere il discorso dei due uomini se era lontana da loro e non sentiva nulla? I sogni erano soltanto il modo in cui il cervello rielaborava gli eventi della giornata, si disse, ecco tutto. Le figure del trittico indossavano abiti simili a quelli del suo sogno, perciò la spiegazione aveva senso.

Tornò a sdraiarsi e si coprì il viso con le mani. Avrebbe bevuto volentieri un'altra tazza di latte alla vaniglia, ma l'esperienza nel salone le aveva tolto ogni voglia di avventurarsi per la casa al buio.

Svegliatasi presto dopo qualche altra ora di sonno irrequieto, Mathilde si vestì, sbocconcellò un toast in cucina e poi sgattaiolò fuori dalla porta di servizio per girare intorno alla casa e raggiungere il furgone. Non c'era traccia di Rachel o Fleur, il televisore era muto e risentito senza gli strani cartoni animati sugli animali in lotta contro il crimine a cui sua nipote stava spesso incollata.

Una lieve coltre di nebbia aleggiava spettrale sulle paludi in lontananza, solo le canne spuntavano come sospese a mezz'aria; quando si fosse dissipata, la giornata si prospettava calda. Mathilde accese il motore del furgone con gli occhi chiusi per la paura che, dopo due settimane fermo, non ripartisse e fu sollevata di sentirlo avviarsi con un piccolo scoppio. Doveva andare via da quella casa.

Memore del suo proposito di comprare una piccola serra, si diresse al vivaio che aveva notato alla periferia di Fakenham durante la visita al signor Murray. Arrivò giusto in tempo per l'apertura e trovò una miriade di serre esposte. Esitò un istante, incapace di scegliere. Mentre studiava l'assortimento schierato di fronte a sé, strizzando gli occhi per il riverbero del sole sulle coperture di vetro, udì una voce alle sue spalle.

«Non avete già spazio a sufficienza in quella casa enorme?» Voltandosi, scoprì Oliver fermo dietro di lei con un gran sorriso e gli occhi accesi di divertimento per la propria battuta. Vederlo le fece accelerare il battito e sentì la bocca allargarsi per ricambiare il sorriso. Non ricordava un altro momento, di certo non dopo la morte della madre, in cui la vista di un altro essere umano le avesse causato una tale esaltazione. Era uno shock, ma non poteva negare il modo in cui la fece avvampare di piacere. Sperò che non si notasse troppo.

«Dentro c'è molto spazio, sì» annuì, «ma fuori ho delle piantine che non sopravvivranno a un'estate inglese.»

«Ma il tempo è splendido.» Oliver allargò le braccia come per mostrarle il sole del mattino. «Non ci capita spesso di avere estati così belle.»

«Sì, oggi è magnifico, ma hai appena ammesso che potrebbe non durare, perciò devo proteggere alcune delle mie piante. Va bene qualcosa di piccolo, basta che duri fino all'autunno.» Ecco, l'aveva detto. Oliver non doveva dimenticare che era lì solo per un breve periodo sabbatico, e sarebbe stato meglio che lo ricordasse anche lei. Non appena le foglie sugli alberi avessero cominciato a ingiallire e cadere, sarebbe tornata sull'altra sponda del mare per riprendere la sua vita itinerante, dove non aveva vincoli e doveva confidare solo in se stessa e nei propri istinti. Una vita in cui poteva essere autosufficiente e al sicuro.

«Allora, quale pensi di prendere?» Dopo una breve pausa Oliver aveva proseguito senza far caso alle sue parole, anche se lei era certa che avesse colto.

«Questa andrà bene.» Indicò una mezza serra con la copertura in plastica che poteva essere addossata a un muro. «Appesantirò il fondo con sassi o mattoni, tanto in giro ce ne sono tantissimi. Poi quando andrò via potrò lasciarla qui.» Ecco, un'altra allusione per nulla discreta alla sua partenza.

Oliver prese la scatola con la serra imballata e la accompagnò alla cassa. Mentre pagava, Mathilde si accorse d'un tratto che lui non aveva con sé alcun acquisto.

«Non hai comprato niente» osservò.

«Oh, accidenti, me ne sono scordato.» Si batté il palmo della mano sulla fronte. «Carico questa nel furgone e torno indietro. Cercavo una pianta per mia nonna, più tardi vado a trovarla. Vive in una casa di riposo e adora i gerani. In questo vivaio ne hanno di bellissimi, per questo mi sono spinto fin quaggiù. Ti serve una mano per montare la serra? Potrei fare un salto ad aiutarti dopo aver comprato i fiori.»

«Grazie, sarebbe gentile da parte tua.» Mathilde non aveva idea di cosa significasse "fare un salto", ma aveva colto il senso generale della proposta. E per quanto il suo monologo interiore la mettesse in guardia ricordandole che sarebbe ripartita presto, non poteva impedirsi di volerlo rivedere.

Mentre sistemava la serra nel retro del furgone, Oliver si guardò intorno con aria ammirata.

«Non avevo idea che fosse così bene equipaggiato» esclamò, indicando il letto e i vari armadietti e scaffali in legno in cui Mathilde stipava le sue cose quando era in viaggio. Quanto a lei, era solo sollevata di aver messo via alcune cianfrusaglie e che il letto non fosse l'abituale groviglio di lenzuola e coperte. Al momento, il furgone era decisamente più ordinato del solito.

«Be', è il posto in cui vivo» disse con un'eloquente scrollata di spalle prima di chiudere il portellone.

Si accordarono per ritrovarsi alla villa, e a metà tragitto verso casa Mathilde si accorse di avere ancora un gran sorriso stampato in faccia. Non soltanto Oliver l'avrebbe aiutata a montare la serra – il che le sarebbe tornato utile, viste le istruzioni in inglese –, ma avrebbe potuto parlargli dei sogni che faceva ultimamente. E della sgradevole sensazione che a volte ci fosse qualcuno con lei. Per osservarla? Cercare di dirle qualcosa? Non ne era sicura, ma la innervosiva.

Trovò Rachel e Fleur in giardino, che giocavano con una pallina e una mazza da cricket.

«Dove sei stata?» chiese Rachel.

«A comprare una serra per le mie piantine» spiegò Mathilde. Alle sue spalle, sentì un rumore di ruote sulla ghiaia. «Ho incontrato Oliver al vivaio» aggiunse. «Si è offerto di venire ad aiutarmi.»

«Dopo ti mostro dove teniamo gli attrezzi di papà, sarebbe stato felice che li usassi» propose Rachel, e Mathilde sentì le lacrime pizzicarle gli occhi.

«Grazie» disse sorridendo. «Mi farebbe molto piacere.»

Impiegarono circa un'ora ad assemblare i pezzi della serra e posizionare la copertura di plastica trasparente, dopodiché la appoggiarono contro il muro posteriore della stalla e la appesantirono con pietre e frammenti di selce. A quel punto Mathilde prese le sue piantine di vaniglia e le sistemò all'interno.

«Così sono questi i fiori troppo delicati per il nostro sole inglese?» chiese Oliver, chinandosi ad accarezzare le foglie lucide con la punta delle dita.

«Sì, sono orchidee originarie del Messico, perciò hanno bisogno di tantissimo calore. Le mie sono in ritardo sulla fioritura, non ha fatto abbastanza caldo per i loro gusti. Vedi questi?» gli fece segno, «sono boccioli. Una volta aperti, per farli germinare dovrò sfregare i fiori tra loro perché producano i baccelli. Alle api europee non piacciono, bisogna farlo a mano.»

«Che strano» osservò lui guardandoli con più attenzione. «Il mondo vegetale può essere davvero incredibile, eh?»

Mathilde annuì. «Adoro stare nel giardino di mio padre.» Con un movimento del braccio indicò l'orto incolto che si estendeva davanti a loro. «Pensare che tutte queste piante un tempo erano semi che lui ha accudito perché crescessero alte e forti.»

«Come avrebbe fatto con te, se ti avesse trovata?» suggerì dolcemente Oliver. «Da bambino passavo ore nell'orto con mio nonno. Lui e la nonna vivevano sulla costa del Norfolk e con i miei fratelli trascorrevamo l'estate da loro. I nostri genitori hanno cominciato a lasciarci lì appena siamo diventati abbastanza grandi e venivano a trovarci nei weekend. Noi ci scatenavamo, a volte sparivamo per intere giornate.» Ridacchiò tra sé al ricordo. «Potevamo passeggiare sulla spiaggia, andare a guardare le foche. Erano tempi spensierati. Io mi fermavo spesso a lavorare fuori con il nonno, ad aiutarlo con l'orto. Non c'è niente di meglio del profumo della terra appena vangata, vero?»

«Si direbbe che hai avuto un'infanzia meravigliosa.» La voce di Mathilde si fece più fievole. «Io non ho mai avuto un orto in cui coltivare piante da poter vedere crescere. Sapevo che non mi sarei fermata abbastanza da riuscire a raccogliere i fiori o le verdure.»

«Adesso potresti, però. Se restassi anche dopo l'estate, potresti curare le tue piantine e aiutarle a crescere. Perché non ci pensi un po' su? Sai quanto ne sarebbe felice Rachel.» Lei lo guardò negli occhi, trattenendo il fiato quando lui tese un braccio per stringersela al petto. Il suo cuore batteva forte e saldo, sicuro. A Mathilde sembrò di avvertire per un istante il tocco delle sue labbra sui capelli e poi, come se si fosse accorto di aver superato un limite, Oliver fece un passo indietro e le massaggiò con forza gli avambracci.

«Ehm, ti va un caffè o un bicchiere d'acqua?» Per trarsi d'impaccio, lei abbassò lo sguardo e si pulì le mani sui pantaloni. Le bruciavano le orecchie, ma si sentiva anche stranamente vuota senza le braccia di Oliver a circondarla.

«Sì, grazie, qualcosa di fresco sarebbe perfetto.» Nulla in lui lasciava supporre lo stesso imbarazzo. «Non è che potrei dare un altro sguardo al vostro trittico? Ho la lente nell'auto.»

«*Oui*, certo» acconsentì lei. Una scusa perfetta per trattenerlo lì un altro po'. Non gli aveva ancora parlato del sogno e voleva evitare che corresse subito via per fare visita alla nonna.

Una volta entrati, Mathilde portò le bibite nel salone, dove il dipinto era sul tavolo coperto da un telo. Non appena scostò le tende, i granelli di polvere danzarono nel fascio di luce che inondò la stanza come bollicine di champagne da una bottiglia che è stata agitata, e lei fu felice delle precauzioni che aveva preso.

«È davvero stupefacente.» Chino sul pannello di sinistra, Oliver stava studiando la miriade di scene dipinte.

«Ho fatto uno strano sogno al riguardo» confessò Mathilde, cercando un modo per raccontarlo senza sembrare una sciocca. «Diversi sogni, in effetti. Ogni volta vivevo una delle scene del trittico. Questa qui» indicò quella della barca, «ricordava il giorno in cui sono arrivata in traghetto dalla Francia, solo che ero su una nave antica come questa, e ieri notte osservavo la folla in un palazzo. Il mondo era immerso in un silenzio assoluto e a un certo punto ho visto la vostra regina, Elisabetta I, che mi ha guardato dritto in faccia.» Appariva ridicolo persino a lei, perciò evitò di raccontare il primo sogno che aveva fatto, sul buco nero senz'anima raffigurato nell'angolo superiore del primo pannello. Rabbrividì. «E ieri sera mi è sembrato di vedere un fantasma in questa stanza mentre stavo guardando il dipinto.»

A quel punto, Oliver raddrizzò la schiena e la fissò. «Tutti fanno strani sogni di tanto in tanto» disse lentamente, «ma la maggior parte delle persone non vede fantasmi. Dimmi di più.»

Lei riassunse gli eventi della sera precedente, rendendosi via via conto di quanto sembrassero improbabili. Oliver pensava di certo che fosse una straniera isterica con le traveggole. Perché stava cercando di spiegargli quanto si fosse spaventata per un sogno, accidenti? Non sarebbe mai riuscita a trovare le parole per descrivere in inglese come l'aveva fatta sentire. Terrorizzata, risucchiata in un mondo non meno reale di quello in cui viveva. Forse era un bene che non riuscisse a spiegarsi, o avrebbe rischiato di non vederlo mai più.

«Sono certo che esista una spiegazione semplice per quello che hai visto» la rassicurò lui, «anche se un sacco di gente crede ai fantasmi. Forse i sogni sono una reazione a tutto questo sconvolgimento emotivo? In pochi giorni hai scoperto di avere una famiglia di cui ignoravi l'esistenza, che tuo padre non era morto da decenni e di aver ereditato questa casa. È inevitabile che un cambiamento così drastico abbia qualche conseguenza.»

Mathilde annuì lentamente con gli occhi fissi al dipinto. Sapeva ciò che aveva visto e non era frutto della sua immaginazione. In più, era sicura che i suoi sogni fossero legati alle sensazioni spettrali che provava da quando aveva messo piede in quella casa. Qualcuno o qualcosa stava cercando di comunicare con lei, di mandarle un messaggio. E di qualunque cosa si trattasse, era legata al trittico.

Entrambi si mossero nello stesso istante per rimettere il telo sul dipinto e le loro mani si sfiorarono. Mathilde ritrasse le sue come se si fosse scottata, le affondò nelle tasche e lasciò che fosse lui a finire. Oliver la innervosiva, eppure non riusciva a impedirsi di gravitare intorno a lui, come una falena attirata dalla sua luce splendente.

24

Ottobre 1584

Come promesso, Tom stava aspettando nel giardino intricato. L'aria era immobile, il buio lo avvolgeva come un mantello. Con la schiena premuta contro il muro del palazzo, girava la testa da un lato all'altro per non perdersi il minimo movimento mentre scrutava il parco di fronte a sé. Non aveva ancora escluso l'eventualità di una trappola, soprattutto dopo la sua missione di spionaggio, e voleva essere certo di vedere chiunque si avvicinasse.

Dopo qualche minuto scorse una sagoma scura attraversare lentamente il giardino. La luna alta dietro l'edificio gli permise di seguirne i movimenti: passi brevi e leggeri, furtivi. Una dolce brezza notturna gli portò un profumo di rose e fiori di melo e lui comprese all'istante che si trattava di lei. Uscì dal suo nascondiglio, calciando le pietre per avvertirla della sua presenza.

Pochi secondi dopo, Isabel gli fu davanti. Tom riuscì giusto a distinguere i lineamenti del suo volto nella penombra, poi lei sorrise e cominciò a muovere le labbra. Gli afferrò le dita, e la sua pelle calda e morbida sembrò quasi velluto. Lui non vedeva abbastanza bene da comprendere le sue parole, però. Se anche avesse avuto una candela, accenderla avrebbe rischiato di attirare l'attenzione sul loro incontro clandestino. Scosse la testa: non riusciva a cogliere quel che diceva e, malgrado lei avesse cominciato a muovere anche le mani, era smarrito. Isabel indicò se stessa, poi lui, e Tom annuì per mostrare che aveva capito, ma i gesti successivi della donna sembrarono solo movenze casuali che accompagnavano parole per lui inafferrabili. In preda alla frustrazione, scrollò le spalle, allargò le braccia e scosse la testa indicando il cielo scuro sopra di loro, ormai trapunto dalle prime stelle della notte, mentre all'orizzonte un sottile alone arancione si aggrappava a quel che restava del giorno. Forse incontrarsi all'aperto al crepuscolo non era stata una buona idea. E non aveva modo di capire se lei avesse compreso, perché non riusciva a vederle la bocca.

Isabel chinò la testa e la scosse piano, poi si sporse ad abbracciarlo e se ne andò. Lui attese più di un'ora sperando che ricomparisse, prima di rassegnarsi alla realtà. Tornò alla porta laterale da cui era sgattaiolato nel giardino, proseguì fino alla sua stanza e si sedette sul letto con la testa tra le mani. Per l'ennesima volta, la sua sordità lo aveva privato di qualcosa di speciale. Difficilmente Isabel gli avrebbe rivolto altri sorrisi o sguardi eloquenti quando le loro strade fossero tornate a incrociarsi. Era sempre la medesima storia. Il suo aspetto piacevole gli consentiva di strappare qualche sorriso a una fanciulla, ma non appena lei si accorgeva di quanto fosse difficile comunicare con un uomo che non poteva udire né parlare, si dileguava come la nebbia all'alba. Era destinato a restare solo per sempre.

Tom si svegliò l'indomani mattina con un cerchio alla testa e la fronte ancora corrugata per essersi addormentato di malumore. Entrò nel laboratorio barcollando e attizzò le braci del fuoco, poi procedette a prepararsi una tisana di partenio e camomilla per alleviare il dolore al capo. Quando Hugh entrò con del pane e formaggio insieme a un piatto di frutta e una caraffa di birra, Tom lo vide dare un'occhiata alla sua espressione scontrosa e posare la colazione sul pavimento al suo fianco.

Sapendo di non poter passare la giornata a rimuginare sul catastrofico incontro della sera precedente, mangiò in fretta, per poi alzarsi e aiutarlo a preparare un unguento per alleviare le piaghe da decubito di una delle anziane dame di compagnia di Elisabetta, ormai troppo debole per alzarsi dal letto.

Era così assorto nel lavoro, impegnato a pestare le erbe nel grasso per creare una pasta omogenea, che non si accorse di Isabel ferma sulla soglia. Mentre batteva nel mortaio, con le maniche rimboccate e gli avambracci muscolosi tesi dallo sforzo, di colpo se la trovò accanto, china sul bancone per intercettare il suo sguardo. Preso alla sprovvista, fece un passo indietro e si inchinò. Dopo l'imbarazzo della sera prima era venuta a gongolare o a intimargli di non avvicinarsi mai più?

Lei stava sorridendo, però, e il suo cuore cominciò a rallentare.

«*Non penso*» esordì Isabel, scandendo bene le parole mentre lui guardava le sue perfette labbra rosate «*che gli incontri notturni ci favoriscano.*» Tom si accigliò sull'ultimo termine e lei rifletté un momento prima di correggersi: «*Che ci siano d'aiuto*». Lui annuì piano e aspettò che proseguisse dicendogli che dovevano stare lontani e riprendere a condurre vite separate come si confaceva alle loro posizioni.

«*Forse potremmo provare a incontrarci all'alba?*» propose invece lei. «*Stesso posto, domani?*»

Un tale colpo di scena lasciò Tom sbalordito e non poté

fare altro che annuire estasiato, sforzandosi di non mostrare troppo entusiasmo. Tuttavia, si augurò che lei avesse notato il luccichio di gratitudine nel suo sguardo al pensiero che fosse disposta a rischiare un altro incontro con lui.

«*A domani allora*» disse lei, per poi voltarsi e uscire dalla stanza spazzando il pavimento con la splendida gonna impreziosita dai ricami borgogna. Lui la guardò affrettarsi lungo il corridoio, testa alta e schiena dritta. Aveva il portamento di una donna forte e fiera, sicura di tutto nella vita.

Tornò alle sue erbe, questa volta con il viso illuminato da un ampio sorriso. Hugh era uscito non appena Isabel aveva fatto il suo ingresso, come per un segnale segreto che Tom non aveva colto, e al suo rientro inarcò le sopracciglia in una silenziosa domanda. Lui si limitò a scuotere la testa: non voleva – o non poteva – spiegare cosa fosse successo.

25

Luglio 2021

Godendosi il fresco del primo mattino, Mathilde attraversò il campo in direzione delle paludi e del fiume nascosto dietro i giunchi. Il terreno già cominciava a digradare, l'erba era sempre più ispida. Alla sua sinistra la fattoria di Alice e Jack si ergeva sui campi come una custode del passato, con gli abbaini che, sotto il grezzo tetto di paglia, sembravano occhi scuri e guardinghi aperti a spiare il passaggio del mondo. Sollevando la sua immancabile macchina fotografica, Mathilde fece uno scatto dopo l'altro contro il perfetto sfondo slavato del cielo azzurro. Le parve di scorgere un movimento dietro una delle finestre, ma decise che era solo un riflesso della quercia che danzava nel vento di fronte alla casa.

Fermandosi sul ciglio del canneto, si acquattò in silenzio. L'erba era ancora bagnata e non voleva inginocchiarsi: indossava il suo unico paio di jeans puliti e non aveva ancora chiesto a Rachel come azionare la vetusta lavatrice nell'anticamera adiacente alla cucina. La centrifuga faceva un baccano assordante, il genere di stridio che avrebbe costretto sua madre a rannicchiarsi in un angolo con le mani premute sulle orecchie. Per fortuna lei era ancora troppo piccola quando avevano lasciato Beirut e non ricordava il fragore della guerra.

Quei ricordi furono interrotti dal gorgheggiare di un uccellino appollaiato tra i giunchi. Senza muovere le canne era impossibile vedere l'acqua più oltre, ma ogni tanto Mathilde sentiva qualche schizzo e si domandava se fosse un uccello o un mammifero impegnato a godersi la sua esistenza appartata e protetta. Isolata, nascosta dai predatori pronti a ghermire tutto ciò che volevano. Lei era stata trascinata nel mondo allo stesso modo e ripensare alla madre aveva riportato a galla tutti i ricordi della loro vita perennemente in fuga, in costante movimento. Ora, da adulta, sapeva che sua madre era stata troppo terrorizzata per fermarsi da qualche parte, i bombardamenti subiti notte e giorno avevano devastato il suo equilibrio mentale. Aveva imparato a nascondersi, a proteggere entrambe dal pericolo e poi fuggire. In Francia la vita avrebbe dovuto essere più tranquilla, ma non era riuscita a liberarsi dei ricordi che la tormentavano, e ogni volta che sembravano sul punto di potersi stabilire in un posto qualcuno metteva in giro una voce o scagliava accuse contro il loro stile di vita insolito costringendole a ripartire, a ricominciare da capo altrove. Quella precarietà aveva distrutto entrambe.

Scattò varie foto al sole che filtrava tra le canne, un gioco di sfumature cupe. D'un tratto, un guizzo blu elettrico infranse la superficie scintillante dell'acqua, facendola brillare come un diamante che ammiccasse verso di lei, poi scomparve e le increspature si dissolsero. Mathilde si alzò, sgranchendosi le gambe indolenzite. Perdersi nei ricordi non le avrebbe giovato. Tutto quello che le era mancato nella vita, tutto ciò che aveva desiderato era lì, oltre quello specchio d'acqua, e non lo aveva mai saputo. Ma forse la voragine che aveva sempre sentito dentro di sé sarebbe stata colmata da quella nuova famiglia. Forse, chissà, Rachel e Fleur avrebbero rimarginato la ferita sanguinante che si portava dentro. Con lo sguardo torvo e l'espressione accigliata s'incamminò verso casa, strappando manciate d'erba e spargendone i semi sul terreno.

Dopo molte insistenze, Mathilde si era lasciata convincere da Fleur a scattarle qualche foto, così dopo pranzo uscirono insieme per una passeggiata. Era la prima volta che stabiliva un vero contatto con la nipote e non voleva rischiare di rovinare tutto.

«Restate nei paraggi, d'accordo?» si raccomandò Rachel mentre infilavano le scarpe. «Non è sempre facile capire dove cominciano le paludi.»

«Sì, sì, faremo attenzione» promise Mathilde. Conosceva i pericoli della pianura intorno a loro, sapeva che le infiltrazioni d'acqua creavano fenditure di melma capaci di risucchiare una persona ignara e farla sparire per sempre. Prese Fleur per mano e le sorrise. Una bambina con il suo stesso sangue, figlia dell'altra figlia di suo padre: la sua stirpe. Aveva cercato il termine sul dizionario.

Appena giunte nell'orto, Fleur trovò una farfalla con le ali bianche bordate di verde chiaro e punteggiate di vellutate macchioline nere. Acquattandosi silenziosamente con la cinghia della fotocamera intorno al collo, Mathilde attirò la bambina nel cerchio delle sue braccia e sentì la sua schiena calda contro il petto mentre la aiutava a guardare nell'obiettivo e premere il pulsante rosso come le aveva insegnato. Lo scatto dell'otturatore disturbò la farfalla, che si allontanò volteggiando verso i fiori delle patate.

«*Papillon*» disse Mathilde a Fleur. «In francese, *papillon*.» Le mostrò l'anteprima della foto e la bambina emise un verso entusiasta, prima di sgusciare via dalla sua stretta e saltellare nel giardino in cerca di altre cose da immortalare. Lei scattò varie foto al suo visetto incorniciato dalle trecce bionde che sfrecciava tra le piante rigogliose. Il rapporto che stava creando con la nipote sembrava così naturale, mentre tra lei e Rachel c'era ancora un muro che le costringeva a danzarsi intorno nel tentativo di costruire quel legame che era stato loro negato per anni. Era un processo lento e laborioso, ma nessuna delle due sapeva comportarsi da sorella: almeno questo l'avevano in comune.

Si ritrovarono nei pressi della cappella. Rachel aveva insistito per chiudere a chiave la porta, sostenendo che qualcuno avrebbe potuto occuparla abusivamente. Bisognava guardarsi dai girovaghi, aveva aggiunto, accorgendosi di ciò che aveva detto solo quando a Mathilde si era già infiammato il sangue nelle vene. Rachel sapeva che era proprio così che lei e sua madre avevano vissuto nei periodi difficili. Una casa o un edificio abbandonati potevano offrire riparo dal freddo e dalle intemperie. Per fortuna nel Sud della Francia nevicava di rado, ma di notte la temperatura scendeva. E quando il mistral si alzava, soffiandoti aria calda e polvere negli occhi, dovevi pur rifugiarti da qualche parte. Mathilde si era sforzata di aprirsi con Rachel e spiegare come fosse stata la sua vita, ma dopo quel commento distratto si era chiesta se la sorella avrebbe mai capito davvero.

Fleur si accasciò contro il muro, i piedi puntati in avanti per non scivolare a terra, e Mathilde scattò qualche altra foto. Il suono dell'otturatore dovette allertare la bambina, che invece di fuggire via come la farfalla si voltò verso di lei. Il sole alle sue spalle le accendeva i capelli come un pallido alone dorato e, quando fece un sorriso timido, Mathilde lo catturò all'istante, immortalandola per sempre sul supporto digitale.

«Torniamo indietro a prendere il tè?» propose, e la nipotina annuì tirandosi su e trotterellando verso casa. Prima di seguirla, Mathilde rimase un momento a osservare la cappella silenziosa. Non aveva fatto progressi riguardo al perché il trittico sembrasse esercitare quell'influenza su di lei o il medaglione l'avesse attirata sulle sue tracce in quel piccolo luogo di culto, ma era certa che stesse tentando di comunicarle qualcosa.

Quando entrò in cucina, si accorse con un tuffo al cuore che avevano compagnia: le ultime persone al mondo che avrebbe voluto vedere. Alice e Jack stavano sorseggiando una tazza di caffè seduti al tavolo, i volti di pietra accigliati come due gargolle.

«Ah, eccoti qui» la accolse Rachel in tono falsamente brioso. «Abbiamo visite.»

«Sì, lo vedo.» Mathilde riempì un bicchiere d'acqua e lo bevve in un sorso, sgocciolandosi la maglietta. Posò la fotocamera sul tavolo. «Che cosa volete?» chiese, con una mano piazzata sul fianco.

«Sappiamo cosa stai facendo e siamo venuti a dirti di smetterla.» La voce di Alice era così tagliente che sembrò spargere schegge di vetro per tutta la stanza. Inarcando le sopracciglia, Mathilde lanciò uno sguardo perplesso a Rachel. Non aveva idea di cosa intendesse. Jack, che non diceva quasi mai una parola, si limitò ad annuire scuotendo i capelli su e giù.

«Cosa pensate che stia facendo?» Rachel mantenne un tono calmo e modulato. Non c'era da stupirsi che insegnasse alle elementari, pensò Mathilde, era in grado di smorzare qualunque situazione.

«Stamattina l'ho vista scattare foto alla proprietà, alla nostra casa. Ci spiava, proprio come quando l'ho trovata nel villaggio. Pronta a correre dagli agenti immobiliari per fargli prendere le misure. Il vecchio Danny Jones della Harbord and Jones si starà sfregando le mani al pensiero della sua commissione. Be', signorina, non te lo permetterò. Siamo già andati dal nostro avvocato, come sai. La fattoria è casa nostra e non la erediterai mai, quindi non ti scomodare a mettere i cartelli VENDESI, perché noi non andremo da nessuna parte.» Moglie e marito sfoderarono un sorriso compiaciuto, come se quella fosse una partita a poker e loro avessero in mano una scala reale.

Mathilde li guardò confusa, senza capire di cosa stesse parlando la zia.

«È vero, stamattina ho scattato delle foto» ammise. «È il mio lavoro, fare foto. Mi guadagno da vivere vendendole alle agenzie. Ma anche se oggi non stavo fotografando la vostra casa per venderla, a settembre, quando ripartirò, qualcun altro lo farà e la proprietà verrà messa sul mercato.» Pronunciare quelle parole a voce alta la disturbò e le causò un'oppressione al petto, eppure erano la semplice verità.

«E riguardo al testamento, vi sbagliate.» Rachel si voltò verso la coppia seduta al lato opposto del tavolo. «Non otterrete niente. Quando papà l'ha redatto c'ero anch'io. Si è discusso della fattoria e lui ha deciso di non dividere la proprietà. È stato chiarissimo sul fatto che dovesse andare tutto a Mathilde perché ne disponesse come voleva. È vero, se entro dodici mesi non fossimo riusciti a rintracciarla la fattoria sarebbe rimasta a voi, ma per quanto mi riguarda sono molto felice che mia sorella sia finalmente qui, dove avrebbe sempre dovuto stare.»

Nel sentire quelle parole, Mathilde si voltò verso di lei con gli occhi lucidi di lacrime e un sorriso che le si allargava sul volto. Sotto il bordo del tavolo, sentì le dita di Rachel afferrare le sue. Per la prima volta, aveva qualcuno dalla sua parte.

Sdraiata sul letto, con le tende aperte e l'intenso chiarore della luna nuova che le disegnava una linea bianca lungo il contorno delle gambe e sullo stomaco piatto fino ai seni, Mathilde rimpianse di aver lasciato la macchina fotografica sul tavolo della cucina: sarebbe stato uno scatto fantastico.

Il portatile al suo fianco era aperto su una ricerca sull'epoca elisabettiana. Le lotte tra chi era rimasto cattolico e chi aveva scelto di seguire la nuova fede protestante della regina cominciavano a intrigarla. La vecchia fede era stata bandita e i sudditi potevano essere uccisi per le loro convinzioni religiose. Spalleggiati dagli spagnoli, tuttavia, gli "eretici" avevano rischiato ogni cosa per mettere sul trono d'Inghilterra la cattolica Maria di Scozia, cugina di Elisabetta. La sovrana, per non essere spodestata, l'aveva tenuta prigioniera in un castello per anni, nel corso dei quali numerose congiure erano state ordite per liberarla e consegnarle il potere. Anche se ciò voleva dire assassinare la regina.

Un intero regno era stato dilaniato perché le persone, pur pregando tutte lo stesso Dio, avevano scelto modi diversi per farlo. Proprio come le guerre nel suo paese, il Libano: certe cose non cambiavano mai. Spegnendo il computer, Mathilde chiuse gli occhi e sentì il dolce abbraccio del sonno cominciare a blandirla.

La sala gremita di persone era immersa nella penombra, le fiamme delle candele alle pareti guizzavano fioche, disturbate dal continuo aprirsi e chiudersi della porta. Si trovava in una taverna, immersa in un silenzio profondo. Il terribile tanfo di sudore rancido e birra fermentata le dava la nausea. Il fuoco ardeva nel camino, dove un paio di ceppi incandescenti erano sul punto di spaccarsi per andare ad accrescere le ceneri grigie sul fondo. Lei si guardò intorno fino a posare gli occhi su due uomini intenti in una conversazione, le teste vicine e gli occhi che saettavano per la stanza a controllare gli altri avventori. Guardando le loro bocche, si accorse che, come l'ultima volta, pur non udendo nulla comprendeva tutto ciò che dicevano. Quando infilarono una porta per uscire nel cortile immerso nel buio, li seguì senza esitare. Il cuore le batteva così forte nel petto che temette potessero sentirlo. Fuori pioviggìnava, l'umidità le si appiccicò alla pelle come un mantello, poi qualcuno la spinse di lato e cominciò a urinare contro il muro. Lei arricciò il naso dal disgusto. I due uomini che era uscita a tenere d'occhio si stavano scambiando un pacchetto, che scivolò da un soprabito all'altro con un movimento furtivo, quasi impercettibile, poi uno rientrò nel locale e l'altro scomparve attraverso un cancello in fondo al cortile. Lei cercò di farsi largo nella folla per seguire quello che era rientrato, ma chiunque fosse era scomparso.

Si svegliò di soprassalto. Aveva il volto umido – era sudore o il piovischio del sogno? – e il cuore le batteva ancora all'impazzata. Il chiarore nella stanza si era spostato seguendo la luna nel cielo e, nell'angolo scuro accanto alla porta, le parve di vedere la sagoma di una persona seduta sulla sedia dove gettava sempre i vestiti. Un'ombra nella notte. Un volto stagliato alla luce della luna, come assorto nei pensieri, con le fattezze scolpite di una statua e altrettanto immobile. Freddo come il marmo. Mathilde ansimò e allungò un braccio per accendere il lume. La stanza era vuota. Se lo aspettava, eppure era sicura di quel che aveva visto: qualcosa o qualcuno, ne era certa. Come la sera in cui si stava rilassando vicino al boschetto. Rachel le aveva assicurato che non c'erano fantasmi a Lutton Hall, nessuno aveva mai accennato ad alcuna apparizione. Ma quella presenza stava aspettando lei. Qualcuno del passato. Il velo tra i due mondi si era scostato e l'aveva lasciato passare, solo per un momento.

26

Luglio 2021

«Oggi andiamo a Wisbech per incontrare Andrew. È un buon compromesso, perché si trova a metà strada e ha una bella caffetteria e un parco giochi. Vuoi venire con noi?» Rachel stava tagliando a striscioline una fetta di pane imburrato per Fleur, che intanto picchiettava il suo uovo alla coque con il cucchiaio, facendo colare il tuorlo lungo il guscio e il portauovo fino al piatto.

«No, penso di no. Grazie.» Mathilde era abituata a stare per conto proprio e sapeva che qualche ora di solitudine non avrebbe potuto farle che bene. «Vi meritate di passare un po' di tempo in famiglia» aggiunse per indorare la pillola. Sospese per un istante la preparazione del caffè e rifletté su ciò che aveva appena detto. Per la prima volta in vita sua, dacché ricordasse, le sue parole avevano lo scopo di far sentire meglio qualcuno. Aveva messo i sentimenti altrui prima dei suoi. Era una sensazione strana, ma non sgradevole. Proprio in quel momento, Fleur affondò con forza il cucchiaio nel guscio e portauovo e piatto scivolarono lungo il tavolo, cadendo a terra e infrangendosi in mille pezzi con l'uovo che schizzava dappertutto. Le urla che seguirono ruppero l'incantesimo e diverse espressioni colorite affiorarono alle labbra di Mathilde, che prima di lasciarsele sfuggire decise di correre al piano di sopra.

Fuori, il bel tempo di cui avevano goduto negli ultimi giorni minacciava di diventare presto un ricordo. Il cielo era ancora azzurro, ma aveva assunto una sfumatura più intensamente cerulea, satura di presagi. All'orizzonte minacciose nuvole scure incombevano sulle paludi, affastellate l'una sull'altra in una sorta di Jenga atmosferico. L'aria era pesante e immobile, difficile respirare in quel preannuncio di ineluttabilità. Mentre innaffiava le piante, a pochi giorni dall'impollinazione della vaniglia, Mathilde aveva dovuto scacciare così tanti moscerini che temeva le avessero riempito i polmoni. Persino Rachel si era lamentata di averne trovato uno nel reggiseno quando si era spogliata per fare la doccia il giorno prima.

Non vedeva l'ora di catturare l'imminente tempesta con il suo obiettivo, così corse di sopra a prendere la borsa e si infilò le Converse per poi incamminarsi verso le paludi scattando foto alle nuvole lontane. Mentre avanzava, un lieve alito di vento increspò gli steli d'erba, poi tutto tornò immobile. Arrivata sul ciglio del canneto, notò un silenzio inquietante rispetto all'ultima volta. Gli uccelli erano ammutoliti. In attesa. Le nuvole che avevano coperto il sole stavano assumendo l'intensa sfumatura violacea di un livido fresco e sembravano così basse che Mathilde alzò un braccio come per affondarvi le dita.

Svoltò a sinistra e imboccò uno stretto sentiero che costeggiava il limitare della palude. Non era mai andata in quella direzione, ma girando a destra sarebbe finita nei pressi del giardino di Alice e Jack e preferiva evitare un altro scontro con loro. Il sentiero conduceva a una vecchia strada di campagna, brulla e polverosa, segnata dai solchi profondi delle ruote dei veicoli e con al centro una striscia di erba alta. Dava l'impressione di non essere percorsa da tempo. Forse suo padre era passato di lì in macchina per andare al fiume.

Cominciò a seguirla, sperando di arrivare alla strada che l'avrebbe riportata a casa in un percorso circolare. Gli edifici erano ancora visibili, un vantaggio della pianura in cui sorgevano, e scattò qualche altra fotografia. Da lontano, con il suo furgone nascosto dagli alberi e il tetto della cappella alle spalle, la villa appariva fuori dal tempo. Se cinquecento anni prima avesse percorso quel sentiero, che con tutta probabilità era già lì quando la casa era stata costruita, si sarebbe trovata a contemplare lo stesso paesaggio. Era una realtà solida, assertiva, cristallizzata in eterno. Sul colore tenue delle mura incombeva il grigio metallico del cielo, ma la casa non mostrava paura. Tempeste ed esistenze potevano andare e venire, Lutton Hall avrebbe resistito a tutto.

Un'altra raffica di vento fece frusciare la siepe al suo fianco. L'aria aspra e calda le ricordava il Sud della Francia, con il mistral che si alzava improvviso a sollevare polvere in ogni anfratto, costringendo animali e persone sane di mente a rifugiarsi al chiuso. In quel caso sarebbe stato diverso però, rifletté, mentre il vento aumentava e un rombo basso alle sue spalle faceva vibrare il terreno. L'Inghilterra non era soggetta ai violenti fenomeni atmosferici della zona in cui era cresciuta. Affrettò comunque il passo, temendo di aver scelto il momento sbagliato per la sua passeggiata.

Il lampo di un fulmine illuminò le nuvole da dietro e poco dopo un violento tuono le fece incassare la testa nelle spalle con un sussulto, prima che grosse gocce cominciassero a scrosciare sul terreno facendo danzare la polvere ai suoi piedi. Mathilde rimise in fretta la sua preziosa fotocamera nella custodia e, notando una vecchia rimessa fatiscente più avanti lungo il sentiero, si infilò la borsa sotto il braccio perché non urtasse contro il fianco e corse in quella direzione con il cardigan sulla testa per cercare di ripararsi.

La porta della rimessa non era chiusa a chiave, perciò, sferzata da una pioggia sempre più feroce, Mathilde infilò le dita nella fessura tra i battenti e ne aprì uno per rifugiarsi all'asciutto. Il ticchettio delle gocce sul tetto d'acciaio rinforzato era assordante, ma almeno non c'erano infiltrazioni d'acqua.

Si guardò intorno, scorgendo una serie di macchinari agricoli arrugginiti semisepolti sotto erbacce infestanti che sembravano abbandonati lì da secoli, a disintegrarsi lentamente nella terra. Dando una sbirciata al cielo, si chiese quanto avrebbe dovuto aspettare chiusa lì dentro. Un altro lampo seguito quasi subito dallo schianto di un tuono le disse che la tempesta era già sopra di lei e con un po' di fortuna presto sarebbe passata oltre.

Dopo un po', come immaginava, la tempesta proseguì e la pioggia cominciò a diminuire. Quando lo scroscio sul tetto si attenuò, Mathilde si accorse di udire anche qualcos'altro. Un lamento flebile e acuto, come un cardine mal oliato che oscillava avanti e indietro nel vento. Tese le orecchie, inclinando la testa di lato.

Qualche istante dopo il rumore tornò, questa volta più nitido, e lei lo riconobbe all'istante. Non era un cardine arrugginito. Si inginocchiò, premendo la guancia a terra per sbirciare sotto i macchinari abbandonati in fondo alla rimessa e, proprio come sospettava, trovò un paio di occhi blu elettrico che la fissavano dalla penombra. Il loro proprietario squittì ancora.

«Ehi, *petit chat*» mormorò lei, schioccando piano la lingua e muovendo un dito avanti e indietro per invogliarlo a uscire. Il gattino, un batuffolo di pelo nero da quanto poteva vedere, non si mosse. Lei si guardò intorno nella vaga speranza di individuare la madre o un segno che spiegasse il motivo della sua presenza lì, ma per controllarlo avrebbe dovuto trovare il modo di acciuffarlo. La sua tecnica quando tentava di fotografare gli animali selvatici consisteva di solito nell'attirarli con il cibo, ma non aveva niente in borsa a parte una banana che aveva preso prima di uscire. Alla fine trovò un lungo bastoncino sottile e, frugandosi il più discretamente possibile nelle tasche, scovò un vecchio fazzoletto che fissò all'estremità del rametto, dopodiché cominciò ad agitare il giocattolo improvvisato. Finalmente, proprio quando il braccio cominciava a farle male, una minuscola zampetta nera guizzò fuori per afferrare il fazzoletto. Il suo stratagemma cominciava a funzionare. In silenzio, Mathilde allungò la mano verso il cardigan che aveva steso ad asciugare su una vecchia carriola e, quando il micetto divenne più audace e si decise a uscire dal nascondiglio, glielo gettò addosso prendendo il fagotto tra le braccia.

Il gattino cominciò subito a divincolarsi ferocemente, agitando le zampe e impigliando le unghiette affilate nelle maglie del cardigan, mentre un miagolio acuto e disperato riempiva la rimessa. Mathilde scostò appena la stoffa per scoprirgli il musetto, poi sfrecciò verso casa con il prigioniero indemoniato stretto forte contro il petto.

Una volta arrivata in cucina posò il suo minuscolo ostaggio per terra e lo liberò, cercando di evitarne gli artigli. Le sue braccia ricoperte di graffi da cui stillavano goccioline di sangue testimoniavano quanto fossero affilati. Appena fu libero, il gattino si fiondò sotto il vetusto frigorifero nell'angolo. Contrariata, Mathilde si lavò le braccia con l'acqua fredda e le asciugò con la carta da cucina, poi posò sul pavimento un piattino pieno d'acqua e un altro con del tonno che aveva trovato nella credenza. Non sapeva se il suo visitatore potesse già mangiare cibo solido e si augurava di non trovarlo rigurgitato più tardi, ma sperava che l'odore del pesce lo invogliasse a uscire da sotto il frigo. Probabilmente sarebbe stato il caso di portarlo dal veterinario, tuttavia, non avendo una padronanza dell'inglese tale da poterci andare da sola, doveva aspettare il rientro di Rachel.

La sorella però tardava più del previsto. Alle quattro del pomeriggio le scrisse un messaggio per informarla che la tempesta aveva abbattuto un albero a Swaffham, perciò aveva deciso di girare l'auto e tornare a Peterborough per passare la notte a casa. Mathilde avrebbe potuto finalmente godersi una serata in pace, aggiunse scherzando, ma lei si accorse di colpo che la giornata da sola era stata meno piacevole di quanto avesse immaginato. Dopo un'intera vita trascorsa a nascondersi nell'ombra, a trovare sollievo nella solitudine, d'un tratto la prospettiva di una notte nella casa vuota non sembrava molto riposante. *O silenziosa*, pensò, quando un miagolio acuto da sotto il frigo le ricordò del suo nuovo ospite. Corse di sopra a togliersi di dosso i vestiti bagnati e farsi una doccia, lasciandolo dov'era, con i due piattini a tentarlo vicino al frigo.

Quando arrivò l'ora di andare a letto, il gattino non era ancora riemerso. A Mathilde non andava l'idea di lasciarlo lì tutta la notte con il rischio che corresse a nascondersi in un'altra stanza, così chiuse tutte le porte tranne quella che comunicava con il piccolo soggiorno e si accampò sul divano. Spense la luce e si distese al buio, tendendo le orecchie per cogliere anche il minimo rumore in cucina.

Tutt'intorno a lei echeggiavano i suoni della casa che si assestava per la notte, ma ormai avevano smesso di innervosirla, si era abituata ai cigolii e agli scricchiolii delle assi del pavimento e al gorgogliare delle tubature. Poco dopo mezzanotte udì il suono sommesso della porcellana che grattava contro il pavimento e sgusciando verso la cucina sbirciò da dietro l'angolo. Come immaginava, il micetto, quasi invisibile nel buio, era accovacciato davanti a uno dei piattini.

«Ciao, Shadow» sussurrò alla notte, prima di tornare a passo felpato sotto le coperte.

27

Ottobre 1584

Tom non chiuse quasi occhio quella notte, temendo di non svegliarsi in tempo per incontrare Isabel. Sgattaiolare fuori all'alba fu più difficile che farlo al crepuscolo, perché buona parte della servitù era già all'opera per preparare il palazzo a una nuova giornata e non c'erano molti angoli bui in cui nascondersi. Ciò nonostante, raggiunse la porta di servizio che usava quando usciva a riempire il canestro di erbe medicinali e sgusciò fuori. Anche nel giardino intricato crescevano erbe odorose e a volte, se le piante del giardino fisico scarseggiavano, lui e Hugh attingevano da lì. Fuori le nuvole erano chiare e sfilacciate, ancora profuse del rosa cupo della notte mentre si diradavano nel cielo fino a scomparire. Le alte mura fortificate del palazzo svettavano tutt'intorno e Tom non poté fare a meno di guardare le finestre illuminate dal riverbero del sole che saliva all'orizzonte, chiedendosi se qualcuno lo stesse spiando. C'erano occhi dappertutto, nessuno era al sicuro.

Mentre si avvicinava al luogo del loro precedente incontro vide, malgrado la luce fioca, che lei lo stava già aspettando, avvolta in un lungo mantello scuro con una folta pelliccia di scoiattolo per colletto. La raggiunse di corsa, guardandosi alle spalle per controllare che fossero del tutto soli.

«*Così è molto meglio, vero?*» sussurrò lei sorridendogli, e lui annuì.

"Pericoloso" le disse a gesti, "non devono vederci."

«*Allora dobbiamo trovare un luogo più discreto in cui incontrarci.*» Lei inarcò le sopracciglia con aria interrogativa. Per un momento, Tom si chiese se fosse una sorta di scherzo, un inganno crudele. Non sarebbe stata la prima volta che qualcuno usava la sua sordità per sbeffeggiarlo e divertire gli amici. Ma Isabel appariva così vivace, sicura di sé e abituata ad avere tutto ciò che voleva, ed era così incantevole, che valeva la pena di rischiare. Gli sembrava quasi impossibile che una donna tanto bella e di così nobili origini si interessasse all'assistente sordomuto di uno speziale, ma non aveva intenzione di voltare le spalle a quell'opportunità.

Annuì e domandò a gesti: "Dove?".

«*A casa mia. Ho un appartamento in Cordwainer Street.*» Sebbene lei parlasse lentamente, Tom, intento com'era a sbirciare oltre le sue spalle per controllare che non passassero le guardie, continuava a perdersi qualche parola. Si accigliò e scosse la testa. Aveva capito che parlava di una casa, ma non dove si trovasse. Le fece segno di scriverlo, e lei annuì.

«*Troverò il modo di mandarvi un messaggio tramite uno dei paggi*» promise toccandogli il braccio. Appena gli sorrise, lui si sentì precipitare nelle profondità dei suoi occhi violetti. Poi lei se ne andò, costeggiando il limitare del giardino e tenendosi rasente il muro fino a scomparire oltre l'angolo.

Tom tornò verso la porta, approfittandone per cogliere di soppiatto qualche fiore di lavanda che mise nel canestro. Isabel aveva detto di avere una casa? Forse aveva frainteso. Perché avrebbe dovuto vivere a corte se possedeva una casa in città? Si augurò di avere presto l'occasione di scoprirlo.

Quella sera, un paggio giunse nel laboratorio. Era piccino e in apparenza molto più giovane degli altri fanciulli incaricati di sbrigare commissioni a palazzo frattanto che apprendevano le norme e i regolamenti necessari a diventare cortigiani. Sembrava piuttosto spaventato di trovarsi nell'ala della servitù, lontano dagli alloggi e dalle gallerie nobiliari in cui risiedeva di solito. Tom sorrise per metterlo a suo agio e il bambino lanciò un'occhiata a Hugh, il quale nel frattempo doveva aver detto qualcosa. Lui rispose mostrando una lettera sigillata con una goccia di ceralacca. Era girato di profilo, perciò fu difficile leggergli le labbra, ma Tom colse il nome «*Lutton*», e prima ancora che Hugh lo indicasse aveva già fatto un passo avanti.

Il paggio gli porse la lettera con un inchino, che Tom ricambiò con piglio altrettanto solenne. Il fanciullo era scosso da un lieve tremore, come spaventato, e lui si chiese quali terribili storie circolassero già sul suo conto. Avrebbero finito per scacciarlo: succedeva sempre. Qualcuno decideva di associare la sua disabilità al demonio, alla stregoneria o a qualche terribile morbo e lui veniva messo alla porta come un cattivo presagio. Una storia già vissuta. Il paggio si voltò e sgattaiolò via, senza guardarsi indietro.

Lui aprì la busta e ne lesse in fretta il contenuto.

Ho una casa in Cordwainer Street, come vi illustrerò meglio quando ci vedremo di persona. Mi recherò lì questa sera: la regina mi ha accordato il permesso di lasciare la corte per tre giorni. Vi prego se possibile di raggiungermi domani sera, e potremo parlare più agevolmente.

Tom si fece scivolare la lettera nella tasca del farsetto. Non conosceva la strada in questione, ma Hugh era cresciuto in città e di certo sapeva dove fosse. Tuttavia, lui preferiva non rivelare le sue intenzioni all'amico: quella missione non era meno pericolosa degli incarichi di Walsingham.

Di colpo si batté una mano sulla coscia, esultante. Ma certo, ecco la soluzione: avrebbe finto di dover partire per un'altra missione di spionaggio e chiesto esplicitamente a Hugh di disegnargli una mappa. In questo modo, lo speziale avrebbe dato per scontato che la lettera venisse da Walsingham e si sarebbe guardato dal fare domande. Tom prese la tavoletta cerata e andò a illustrargli il suo dilemma.

Hugh aveva saputo indicargli perfettamente dove andare e così, l'indomani sera, con una mappa accuratamente disegnata nella tasca, Tom lasciò il palazzo e raggiunse a passo spedito il pontile, dove una serie di piccole imbarcazioni oscillavano sull'acqua in attesa di accompagnare i funzionari di corte nelle loro commissioni in città. La serata calda e immobile tratteneva il fiato trepidante, come una pausa nel tempo. Non era ancora buio, il sole arancione nel cielo illuminava i palazzi lontani e incendiava le guglie della chiesa che svettavano verso la notte come lance di fuoco.

Tom estrasse il foglietto con l'indirizzo; l'aveva ricopiato affinché nessuno potesse leggere le altre cose che lei gli aveva scritto nella lettera. Uno dei barcaioli in attesa annuì e scese i gradini sdrucciolevoli fino all'acqua scura che sciabordava contro la banchina. Tom lo seguì e con circospezione saltò dentro, facendo dondolare il barchino di qua e di là. Non appena ebbe preso posto, cominciarono a risalire il fiume seguendo il flusso della marea, con i remi che fendevano l'acqua liscia come vetro. La lieve brezza originata dal movimento indusse Tom a calcarsi il cappello di velluto sulla fronte. L'anziano barcaiolo era concentrato sul lavoro, perciò fortunatamente non cercò di coinvolgerlo in una conversazione, e lui poté risparmiarsi di rivelare il suo mutismo accennando alle orecchie e alla bocca.

La dettagliata mappa tracciata da Hugh permise a Tom di individuare la casa di Isabel senza difficoltà. Una volta arrivato, considerò le condizioni dei suoi abiti e si chiese se cercare l'entrata di servizio, ma dal momento che era stato invitato dalla proprietaria decise di salire i gradini fino al portone d'ingresso, dove bussò con forza.

Il domestico che venne ad aprire non sembrò affatto entusiasta di vederlo e tentò di scacciarlo verso la strada. Tom rimase fermo dov'era, chiedendosi come spiegare che Isabel lo stava aspettando, quando fortuna volle che lei comparisse nell'atrio. L'uomo si fece subito da parte per consentirgli di entrare, mantenendo tuttavia un'espressione sdegnosa.

L'atrio era ampio e buio, una lunga stanza che occupava quasi l'intero piano terra. Pannelli di legno morbidamente intagliati riflettevano il lume delle molte candele accese e il fuoco che, nonostante la serata tiepida, ardeva vivace nell'ampio caminetto di pietra liscia. Il soffitto era decorato con nervature di stucco e le rose rosse dei Tudor in rilievo lungo l'intersezione con le travi trovavano eco nei fregi che coronavano i muri. C'erano varie panche e una cassa di legno addossate alle pareti, oltre a due poltrone collocate vicino al fuoco; Isabel gli fece cenno di accomodarsi mentre lei riempiva due coppe di vino. Tom lo sorseggiò nervosamente: aveva un sapore dolce. Nell'angolo opposto della stanza una domestica cuciva, china sul suo lavoro.

«*Questa è la mia casa.*» Isabel parlò lentamente, un lato del viso illuminato dal fuoco. Era molto più facile vederla con quella luce, le labbra lucide scurite dal vino. «*Ero sposata a un cortigiano più anziano di me, che si ammalò e morì a soli sei mesi dal nostro matrimonio. La casa adesso è mia, sebbene la regina mi abbia ordinato di restare a corte. Ero una delle sue dame di compagnia prima che il mio defunto marito, Sir Geoffrey Downes, mi notasse e le chiedesse la mia mano. I miei genitori erano morti e non c'era nessuno che potesse obiettare. A parte me, certo, ma non hanno mai chiesto la mia opinione. In ogni caso, pochi mesi dopo se n'è andato. In quanto vedova adesso godo di una certa indipendenza, e per mia fortuna era piuttosto ricco. Il figlio di un precedente matrimonio ha ereditato la tenuta in campagna e il titolo, ma questa casa è stata assegnata a me nel testamento. Perciò adesso, con mia grande gioia, ho un posto dove rifugiarmi quando il chiasso e il trambusto della corte diventano eccessivi.»*

Tom non riusciva a capacitarsi. Immaginava che, in quanto dama della regina, Isabel avesse nobili natali, ma adesso scopriva che era anche finanziariamente indipendente, con una grande casa di proprietà a Londra. Lui cosa aveva da offrirle? Era un povero speziale che non poteva neppure intrattenerla con una conversazione, che non aveva idea di quale fosse il suono della sua voce né avrebbe mai potuto scoprirlo. Non riusciva a immaginare perché fosse attratta da lui, ma era troppo coinvolto per tirarsi indietro. Il suo cuore era prigioniero.

"Questa casa è magnifica" scrisse sulla tavoletta. "Non immaginavo che possedeste tutto questo o che foste stata sposata."

«*Adesso non è rilevante.*» Lei scrollò le spalle. «*Ma è molto più semplice incontrarci qui piuttosto che aggirarci furtivi nel palazzo temendo di essere visti. Non posso venirci spesso senza destare sospetti nella regina, ma se le dico che ho delle faccende da sbrigare di solito mi permette di assentarmi da corte per qualche giorno, o anche una settimana. Questa volta mi ha concesso solo tre giorni perché venerdì partiamo per trascorrere qualche tempo a Westminster.*»

Tom avvertì un tuffo al cuore. Lui e Hugh non si sarebbero uniti all'entourage reale, in quanto Elisabetta avrebbe portato il suo archiatra e si sarebbe rivolta agli speziali del posto in caso di bisogno. Al pensiero di dover attendere settimane per rivedere Isabel fu sopraffatto dalla tristezza. Quelle emozioni balenarono sul suo volto e lei le colse all'istante.

«*Tornate qui mercoledì sera*» propose, «*prima che debba rientrare a corte per aiutare con i preparativi del viaggio giovedì. Potremo conoscerci meglio, e al mio ritorno da Westminster chiederò il permesso di trascorrere qualche giorno qui. Voglio sapere tutto sul vostro conto, Tom Lutton. Sono certa che abbiate una storia interessante da raccontare.*» Gli sorrise con tanta dolcezza che lui si sentì invadere dal desiderio. Era la donna più bella che avesse mai visto, con quel viso dai lineamenti delicati e la pelle morbida come i petali delle rose che raccoglieva nei giardini. Non avrebbe potuto desiderare niente di meglio che restare con lei in quella casa, incurante delle conseguenze che potevano abbattersi su di loro se qualcuno avesse scoperto quegli incontri clandestini. Gli sembrava di essere in paradiso, e si ritrovò a pregare Dio affinché lo considerasse degno di lei. Era tutto troppo perfetto e in quei casi accadeva sempre qualcosa che rovinava l'incanto. Rabbrividì, colto da un presagio funesto. Qualche disgrazia incombeva all'orizzonte, ne era sicuro.

28

Luglio 2021

La svegliarono dei colpi alla porta d'ingresso. Mathilde si alzò intontita per andare a vedere chi fosse, quando sentì bussare anche alla porta di servizio, quella che usavano di solito per entrare.

«Sì, un momento» gridò, infilandosi in fretta i pantaloni da jogging. Saltellando scalza sul pavimento della cucina si guardò intorno, ma del gattino nessuna traccia. I due piattini per terra erano vuoti però.

Dal vetro sporco della porta di servizio riconobbe all'istante la sagoma ormai familiare di Oliver.

«Che cosa ci fai qui?» Aprì uno spiraglio, lo tirò dentro e subito richiuse la porta alle sue spalle, non senza notare la morbidezza della sua camicia di jeans sbiadita da troppi lavaggi.

«Be', bell'accoglienza» scherzò lui con gli occhi che brillavano.

Confusa dal sarcasmo, Mathilde si accigliò e lo spinse in cucina, premurandosi di chiudere anche la controporta.

Oliver la osservò perplesso, non capendo perché a differenza del solito le porte fossero tutte sbarrate. «C'è qualche problema?» chiese. «Perché siamo barricati qui dentro? Hai un uomo nascosto al piano di sopra?» Il tono scherzoso era scomparso.

«*Stupide.*» Lei alzò gli occhi al cielo. «C'è un gattino, l'ho trovato ieri e non voglio che scappi.»

«In che senso l'hai trovato?»

«È...» si interruppe per cercare la parola, «*sauvage*. Selvaggio.»

«Oh, selvatico? Sei sicura?»

«Sicura, sì.» Mathilde sollevò le maniche per mostrargli i graffi sulle braccia.

«Ahia. Forse non hai tutti i torti. E adesso dov'è?»

«Non lo so, ma visto che ho tenuto le porte chiuse tutta la notte dev'essere qui da qualche parte. E il cibo che gli avevo lasciato è sparito.» Indicò i piattini vuoti. «Era sotto il frigo, forse ci è tornato.»

Si inginocchiò a terra per sbirciare sotto l'elettrodomestico. Imitandola, Oliver prese il cellulare, accese la torcia e la puntò sul pavimento impolverato. Acquattato contro la parete, coperto di ciuffi di polvere e con gli occhi che splendevano nel fascio di luce, il gattino li osservava.

«Ehi, Shadow, micio micio, vieni qui» lo blandì Mathilde muovendo le dita.

«Shadow?»

«Sì. È nero, quindi... Shadow.»

«Dubito che uscirà da lì finché resteremo a fissarlo puntandogli una torcia in faccia. Con un gattino hai bisogno dell'attrezzatura giusta, però. Va' a vestirti, ti porto in un negozio di animali.» Oliver si alzò, aprì la porta del corridoio e spinse Mathilde verso le scale. «Io do un'occhiata veloce al trittico» aggiunse, richiudendosi la porta alle spalle e scomparendo in direzione del salone.

Mathilde lo trovò ancora lì quando, venti minuti dopo, tornò al piano di sotto con i capelli umidi legati in una crocchia sulla testa e gli zigomi affilati ben in vista anziché nascosti come al solito dalla chioma. Non si accorse dello sguardo d'apprezzamento di Oliver, che la sbirciò con la coda dell'occhio mentre si avvicinava al dipinto.

«Sei riuscito ad avere altre informazioni?» gli chiese fermandosi al suo fianco.

«Ancora no» rispose lui, «ma sono passato perché speravo di poterlo pulire un altro po'. Scusa, avrei dovuto darti un colpo di telefono, è che non mi aspettavo di avere una giornata libera e sono saltato in auto senza pensare. A proposito, hai avuto altri sogni strani o visioni?» chiese.

Mathilde annuì lentamente. «Quella.» Indicò la sala buia e affollata. «Ero lì. Faceva caldissimo, c'era un sacco di gente e l'aria puzzava di birra. E di umani.» Arricciò il naso al ricordo, poi gli raccontò il resto del sogno e lo scambio a cui aveva assistito.

«Strano. A quanto pare stai sognando ogni scena, ma sono certo che uno psicologo saprebbe fornire una spiegazione razionale. Qualche forma di suggestione dovuta al dipinto.»

Mathilde annuì, tentando invano di evitare che lo sguardo le scivolasse sulle fiamme infernali dell'ultimo pannello. Quello non aveva bisogno di sognarlo: i suoi ricordi erano fin troppo reali, e se li avesse lasciati uscire dai recessi del cervello in cui li aveva relegati non ne avrebbe mai più ripreso il controllo. Dovevano restare lì, o il suo mondo si sarebbe infranto in un milione di pezzi.

La Mini di Oliver aveva un interno immacolato e Mathilde soffocò un sospiro di sollievo per non aver deciso di prendere il furgone, il cui abitacolo era ridotto a un immondezzaio.

Ogni tanto le capitava di dargli una pulita, ma solo quando lo strato di terra portata dentro con gli scarponi e le briciole degli snack sbocconcellati durante la guida diventava eccessivo anche per i suoi standard bassissimi. Non sapeva bene perché, ma ci teneva che lui non vedesse il suo lato peggiore.

Arrivati nel parcheggio di un superstore fuori città dedicato agli animali, Oliver si girò per fare manovra e posò l'avambraccio forte e abbronzato sul suo schienale. Aveva le maniche arrotolate e, quando girò la testa, con una stretta allo stomaco Mathilde colse la lieve fragranza muschiata del suo dopobarba. Travolta da una vampata di calore, aspettò giusto che Oliver tirasse il freno a mano per sganciarsi la cintura e precipitarsi fuori: lo spazio ristretto dell'auto di colpo sembrava soffocante. Se lui trovò qualcosa di strano nel suo comportamento, non lo disse.

«D'accordo, sistemiamo Shadow.» Agguantato un carrello, si diresse verso il retro del negozio dove la gigantografia di un gattino dondolava appesa al soffitto. Mathilde lo seguì.

Qualche minuto dopo avevano già il carrello pieno di tutto ciò che un gattino potesse desiderare. Consapevole del suo budget limitato, Mathilde evitò di comprare una cuccia ma, dopo aver fatto incetta di ciotole e bocconcini, passando davanti ai giocattoli il suo volto si illuminò di fronte all'assortimento di colori. Ci fu qualche intoppo quando Oliver tentò di spiegare cosa fosse l'erba gatta, ma il traduttore automatico del cellulare andò in loro soccorso e Mathilde aggiunse ai suoi acquisti un topolino imbottito di erba e un bastoncino a cui era legato un serpentello morbido con cui sperava di convincere Shadow a uscire da sotto il frigo.

Una volta stipati gli acquisti nel bagagliaio, Oliver propose di comprare qualcosa al supermercato vicino e improvvisare un picnic.

«Una cosa veloce, però» acconsentì Mathilde, «perché abbiamo lasciato Shadow da solo.»

Oliver la portò in un'area picnic sulla riva di un fiumiciattolo poco profondo, dove scelsero un tavolo per mangiare il cibo che avevano comprato. La tempesta del giorno prima non aveva interrotto l'ondata di calore e il sole alto nel cielo si insinuava tra le foglie dei faggi e tracciava ombre danzanti sull'erba. Tutt'intorno si udiva il ronzio delle api che svolazzavano tra i fiori di ortica alle loro spalle. Sull'altro lato del fiume un airone fissava l'acqua, immobile e silenzioso come una statua di pietra.

«Allora, parlami della tua infanzia» disse Oliver. «Com'è stata?»

Mathilde stava osservando l'airone e si prese del tempo prima di rispondere. «Spaventosa, per la maggior parte del tempo. E dovermi comportare da adulta quando ero solo una bambina era molto stancante. Adesso mi sembra strano restare ferma in un posto, sono troppo abituata a spostarmi di continuo.»

«Anche da piccola? Quando andavi a scuola avrete pur vissuto per un po' in una casa, no?»

«Case, roulotte, rimesse, qualunque posto in cui potessimo trovare rifugio, davvero. Non ci fermavamo mai a lungo da nessuna parte, quindi ho avuto un'istruzione molto frammentaria.» Gli lanciò un sorriso veloce, il suo solito stratagemma per eludere la compassione. Odiava gli sguardi di pena e intuiva quando stavano per arrivare. Nel profondo, avvertiva ancora il terrore crescente con cui, da bambina, si accorgeva che lo stato mentale di sua madre aveva ripreso a vacillare e la gente del posto iniziava a notare la sua frenesia di nascondersi, spesso in baracche non loro o in qualunque altro pertugio potesse strisciare per sfuggire alle bombe che per lei non avevano mai smesso di cadere. A quel punto le persone cominciavano a additarle e Mathilde capiva che era il momento di andarsene.

«Eravate solo tu e tua mamma? Nessun fratello?»

«Solo noi. Sognavo di avere un fratello o una sorella, qualcuno con cui condividere quel peso. E adesso scopro che una sorella c'era davvero, e anche un padre vivo che mi stava cercando. Il quale avrebbe potuto togliermi quel fardello dalle spalle, darmi un'infanzia completamente diversa. Un mondo lontanissimo dalla nostra realtà, in cui mia madre avrebbe potuto avere l'aiuto che tanto le serviva.» Mathilde cominciò a sfregare un lato della scarpa nell'erba, creando un solco nel terreno. «Comunque» continuò sviando abilmente l'attenzione da sé, «sbaglio, o l'altro giorno hai detto che hai dei fratelli?»

«Sì, due. Gemelli: Simon e Miles, più giovani di me. I miei erano già vicini ai quaranta e credevano di non poter avere figli, così mi hanno adottato quando ero piccolissimo. Poi, l'inchiostro sul certificato d'adozione non ha fatto in tempo ad asciugarsi che mia mamma ha scoperto di essere incinta. Chi l'avrebbe immaginato, eh? Così si è ritrovata con tre pesti scatenate.» Ridacchiò tra sé.

«Non pensi mai ai tuoi genitori biologici?»

«Ultimamente no. A vent'anni sono andato a cercarli, ero curioso, ma anche dopo tutto quel tempo non erano molto interessati a conoscermi. Sono persone incasinate, davvero, l'ho scampata bella a essere adottato da mamma e papà. A quanto pare abbiamo iniziato entrambi la vita con una specie di fuga, eh?» Mathilde non l'aveva mai considerata in quei termini, ma annuì lentamente, riflettendo sulle sue parole.

Di colpo saltò in piedi e si spolverò la parte posteriore dei jeans. «Andiamo? Voglio tornare da Shadow.» Gli scoccò un sorriso rapido nel tentativo di addolcire la brusca interruzione.

Oliver si alzò e cominciò a raccogliere i resti del picnic, senza mai smettere di guardarla con aria preoccupata. Mathilde sentiva che stava cercando di sondare le barriere che aveva eretto d'un tratto, ma le sue emozioni erano sepolte così a fondo che non sarebbe riuscita a trovarle neanche lei. Se mai avesse voluto.

Quando si fermarono sul ghiaietto davanti alla villa, Rachel e Fleur erano già tornate e Mathilde si augurò che non avessero disturbato il gattino. Lasciò Oliver a scaricare gli acquisti e si precipitò in casa, sentendo l'eco dei suoi passi sul pavimento di legno rimbombare nel corridoio vuoto.

La porta della cucina era ancora chiusa e al suo ingresso trovò Fleur per terra che gattonava miagolando, mentre Rachel riponeva la spesa dalle buste sul tavolo.

«Stavi scherzando riguardo al gatto?» La sorella le sorrise. «Perché è un quarto d'ora che Fleur lo cerca e non si è ancora né visto né sentito.» Mathilde scosse la testa con il cuore che accelerava. Era morto mentre lei e Oliver perdevano tempo con il picnic? Guardò il piattino sul pavimento e vide che l'acqua era sparita. Inginocchiandosi vicino al frigorifero, accese la torcia del cellulare e sbirciò nel nascondiglio. Con un lungo sibilo di sollievo, scoprì gli ormai familiari occhi blu che ricambiavano il suo sguardo. Dopo un attimo, il visetto di Fleur comparve accanto al suo. Sentendo il profumo del suo shampoo alla fragola e i suoi riccioli che le solleticavano la guancia, Mathilde soffocò l'impulso di passarle un braccio intorno alle spalle per avvicinarla a sé. Non aveva mai provato nulla di simile all'affetto che nutriva per quelle due persone con cui condivideva il DNA: un istinto di protezione che stentava a riconoscere, tanto era alieno.

«Visto, è qui» mormorò in tono roco. Poi si schiarì la voce:

«L'ho chiamato Shadow perché è nero come un'ombra e gli piace nascondersi qua sotto al buio».

La porta si spalancò alle loro spalle e Oliver entrò barcollando sotto il peso degli acquisti per il micio.

«Sicuri di aver preso abbastanza roba?» Rachel rise, togliendogli i sacchetti di mano. «E dov'è, esattamente, che hai trovato questo gattino?»

«Ieri sono andata a fare una passeggiata.» Sedendosi sui talloni, Mathilde raccontò della tempesta e della rimessa in cui era corsa a rifugiarsi. «È molto magro, così gli ho dato qualcosa da mangiare, e adesso penso sia mio. Potrà vivere nel furgone con me.»

«D'accordo.» La sorella non sembrava molto convinta. «Ma non potrai portarlo sul continente senza avergli fatto prima un sacco di vaccini e procurato un passaporto.»

«Fa lo stesso.» Mathilde agitò una mano come per scacciare quelle obiezioni. «Lo farò vaccinare, questo sì, ma resterà nascosto e nessuno saprà mai che è con me.» Non si accorse di come Rachel guardò Oliver inarcando un sopracciglio, prima di lasciar cadere la questione.

«Perché non esce da là sotto così possiamo giocare?» domandò Fleur, la guancia ancora schiacciata contro il pavimento.

«Forse è selvatico» la avvertì sua madre, «potrebbe graffiarti. Adesso vieni a tavola a fare merenda. Se esce devi lasciarlo in pace, capito?»

Fleur annuì, la bocca incurvata verso il basso.

«Aspetta che si abitui a tutta questa gente, poi sarà felice di giocare con te» la rassicurò Oliver.

Mathilde svuotò una busta di bocconcini in un piattino e Oliver versò dell'acqua nell'altro, poi svuotarono i sacchetti e sistemarono la lettiera. Notando che Rachel la sbirciava disgustata arricciando il naso, Mathilde le voltò la schiena.

Pochi minuti dopo, Shadow strisciò fuori dal suo nascondiglio e, mentre tutti lo guardavano con il fiato sospeso, si accucciò davanti al cibo cominciando a mangiare.

«Oooh» sussurrò Fleur. «Mamma, posso avere un gattino?»

«No.» Rachel lanciò un'occhiataccia a Mathilde, ma lei era troppo impegnata a guardare il batuffolo di pelo nero con chiazze grigie nei punti in cui la polvere vecchia di anni gli si era depositata sul mantello.

Dopo essersi saziato e aver bevuto un po' d'acqua, il gattino si allontanò ulteriormente dal suo nascondiglio per esplorare con prudenza il nuovo ambiente. Mathilde si allungò piano piano verso uno dei nuovi giocattoli imbottiti di erba gatta e glielo spinse davanti, cercando di evitare movimenti bruschi. Non voleva farlo scappare di nuovo sotto il frigo. Non appena vide il pupazzo scivolare per terra, Shadow si alzò sulle zampette posteriori e gli si lanciò addosso. Fleur scoppiò in una risatina deliziata.

«Penso che sia meglio ignorarlo» disse Rachel, «così si abituerà alla nostra presenza. Preparo una pasta per cena, ne volete anche voi?» Lanciò un'occhiata a Mathilde e Oliver.

«Io no, grazie» rispose lui. «Devo proprio andare a casa. Entro un paio di giorni dovrei ricevere notizie da alcuni colleghi di Londra sul vostro trittico, appena so qualcosa vi do un colpo di telefono.» Arruffò i capelli di Fleur e lanciò un sorriso a Rachel, poi si avviò in direzione della porta d'ingresso. Mathilde lo seguì.

«Grazie per l'aiuto di oggi» disse, «e per il picnic.»

«Mi sono divertito.» Le sorrise, socchiudendo gli occhi fino ad appianare il ventaglio di rughette agli angoli. Era così espressivo: Mathilde non riusciva a immaginare di comportarsi come lui, di mostrare altrettanto liberamente le sue emozioni. «E grazie per esserti aperta sul tuo passato. So che non dev'essere stato facile.»

«Non c'è di che.» Scrollò le spalle. «Come hai detto anche tu, è acqua passata.» Abbassò lo sguardo e diede un calcio a un'erbaccia che stava crescendo sulla soglia.

«Perciò forse non dovresti più permettergli di offuscare il tuo futuro?» Oliver le sollevò il mento perché lo guardasse e inarcò le sopracciglia, in attesa di una risposta. Lei fece un breve sorriso, poi scosse la testa con gli angoli della bocca piegati all'ingiù. Lui si chinò a posarle un bacio impalpabile sui capelli, quindi si voltò e andò verso l'auto.

Mathilde indietreggiò nel corridoio, chiuse la porta e un attimo dopo sentì il rombo del motore che si avviava.

«Arrivederci» mormorò, ma era ormai troppo tardi.

29

Ottobre 1584

Con le visite a Isabel temporaneamente sospese, Tom prese i suoi nuovi colori e si accinse a raffigurare nel trittico alcune delle molte cose che aveva visto in giro per Londra. Rifletté a lungo prima di aggiungere l'esecuzione di Throckmorton, ma sapeva che si era trattato di un momento fondamentale nella sua introduzione alla città e alle missioni segrete per Walsingham, che aveva messo in luce i risultati dell'operato delle spie. Dipinse le file di case ammassate, le ombre scure delle vie tortuose, i fili di biancheria stesa fuori dalle finestre ad asciugare. Dipinse le persone, la moltitudine di londinesi che abitava quelle case, i loro mondi intrecciati mentre tentavano di sopravvivere all'esistenza che gli era toccata in sorte. Gli apprendisti che correvano in strada spintonando la gente, le donne coi loro figli affamati. Cosa ne sapevano delle congiure per uccidere la regina, impegnati com'erano a mantenere in vita le loro famiglie? I suoi pensieri erano lugubri, cupi, e si sforzò di alleggerire le immagini decorandole con fiori e foglie di vaniglia.

Copiò inoltre le molte piante che coltivava con Hugh nel loro giardino fisico sempre più ricco. Accanto alle consuete erbe necessarie a preparare i medicamenti, c'erano i crochi che aveva piantato a fine primavera e che sarebbero presto fioriti. Quelli non serviva dipingerli, il lato sinistro del trittico era già punteggiato di minuscoli fiorellini violetti. Tra i suoi primi ricordi c'erano i campi fioriti tutt'intorno all'imponente maniero della sua famiglia nel Norfolk, che oscillavano nella brezza leggera come onde del mare mentre il tiepido sole autunnale gli baciava il viso. Sebbene la madre adottiva avesse ripreso a coltivarli in Francia dopo la loro fuga disperata dai soldati del re, lo aveva fatto su scala molto ridotta, aiutata solo da figli e amici. Un lavoro massacrante. Ma Tom non avrebbe mai dimenticato l'intenso profumo metallico dello zafferano che producevano, e non vedeva l'ora di raccogliere il proprio.

Purtroppo, invece, le piante di vaniglia che stava tentando di coltivare non avevano dato frutti. I loro fiori, per quanto delicati e splendidi, non producevano baccelli e Tom era costretto a tornare ai magazzini sul lungofiume in cerca di mercanti che ne avessero importati da Venezia o Calais.

Non passò molto prima che Tom ricevesse una nuova convocazione nello studio di Walsingham. Malgrado il fremito d'orgoglio per l'opportunità di servire la regina, lo preoccupava il pensiero di dove avrebbero potuto inviarlo e dei pericoli in cui sarebbe incorso. Le missioni iniziavano a essere rischiose ed era certo che Walsingham lo considerasse sacrificabile.

Al suo ingresso nell'ormai familiare appartamento, trovò l'uomo da solo, intento alla scrivania. Tom fece un inchino profondo, poi raddrizzò la schiena in attesa di istruzioni. Senza alzare gli occhi dalla scrivania, Walsingham continuò a scrivere freneticamente, intingendo il calamo nell'inchiostro e tornando a vergare la pergamena con sorprendente rapidità. Con la mano gli indicò un divanetto alle sue spalle, vicino al fuoco, e Tom si accomodò con titubanza. Muoversi in quegli ambienti opulenti con i suoi abiti sgualciti e il grembiule da speziale gli causava sempre un certo disagio.

Fuori dalla finestra cupe nuvole grigie percuotevano i vetri con improvvisi scrosci di pioggia, come a pretendere l'accesso, ma il maltempo nulla poteva contro la moltitudine di fiammelle che ardevano nella stanza. Chi aveva bisogno del sole, con tanti lumi? Appesi alle pareti c'erano meno quadri e arazzi che in altri ambienti del palazzo; Tom non era sorpreso che l'austero Walsingham, con i suoi abiti neri disadorni, alloggiasse in un appartamento ostile quanto lui. Nonostante lo scarso mobilio, un'intera parete era occupata da una lunga cassapanca di rovere scuro decorata da uno stuolo di animali intagliati. Nella casa di Seething Lane l'atmosfera era più accogliente, forse per insistenza della moglie Ursula, ma lì non c'era bisogno di nient'altro oltre ai lucidi pannelli della boiserie accesi dal bagliore del fuoco. Tom osservò un topolino grigio con le unghiette e la coda rosa zampettare avanti e indietro lungo la parete, troppo preso dalle sue faccende per far caso alla loro presenza.

Walsingham concluse la sua lettera e la cosparse di sabbia per asciugare l'inchiostro, poi recuperò il blocchetto di cera dalla candela su cui stava fondendo e, lasciando una scia di gocce su tutta la scrivania, la versò sulla pergamena ripiegata per imprimervi il sigillo. Un giovane paggio, lo stesso che Tom aveva già visto in precedenza, entrò con spalle rigide e curve e andò a prendere la lettera, annuendo così in fretta da dare l'impressione che la testa potesse staccarglisi dal collo. Doveva temere le conseguenze a cui sarebbe andato incontro se non avesse eseguito all'istante gli ordini del padrone, perché agguantò la lettera, fece un inchino e uscì indietreggiando fino a sparire di nuovo oltre la porta. Tom avrebbe voluto rassicurarlo con un sorriso, ma il fanciullo non aveva mai alzato lo sguardo da terra. Lanciò un'occhiata a Walsingham, che lo stava osservando in attesa di incrociare il suo sguardo.

«*Tom, perché siete venuto da me con quegli stracci orribili?*» chiese lentamente. «*Quando visitate gli appartamenti di rappresentanza dovreste vestire abiti più eleganti. Cosa accadrebbe se incrociaste la regina nel corridoio? Vi scambierebbe per un mendicante che si è intrufolato di nascosto a palazzo eludendo le guardie.*»

Tom non seppe rispondere. La livrea era scomparsa dalla sua stanza nello stesso modo misterioso in cui era arrivata, perciò poteva indossare solo i suoi vecchi indumenti pieni di pezze e rammendi. Ecco perché si assicurava di avere sempre il grembiule. Forse avrebbe dovuto lasciarlo nel laboratorio, ma non appena aveva ricevuto la convocazione era riuscito a pensare solo a salire il prima possibile, non ultimo perché in quell'ala del palazzo c'era sempre la remota possibilità di vedere Isabel. Sospettava che fosse ancora a Westminster, ma ogni giorno si augurava che tornasse presto a casa.

«*Non avete niente di più raffinato?*» riprese Walsingham dopo un istante, come se avesse atteso una risposta prima di accorgersi che Tom non era in grado di fornirgliela, non senza ricorrere a una serie di gesti che lui non avrebbe compreso. Tom scosse la testa. Le domande dirette erano molto più semplici. Walsingham si accigliò, aprì la bocca per parlare ma subito la richiuse. Sparì dietro una porta incassata nella boiserie alle sue spalle per ricomparire subito dopo con una calzabraca di lana chiara, un elegante soprabito blu e un cappello in condizioni molto migliori di quello che Tom indossava al momento. Sul lato c'era ancora una piuma, floscia e con le estremità incollate.

«*Questi dovrebbero essere della vostra misura*» disse. «*Li ho presi a qualcuno che non stava mostrando la giusta lealtà alla nostra regina. Dove era diretto non gli sarebbero più serviti.*»

Tom rabbrividì. Immaginava fin troppo bene di quale luogo si trattasse, ma era grato per gli abiti eleganti che non avrebbe mai potuto permettersi con la sua paga da speziale.

«*C'è una persona che voglio farvi conoscere questa sera*» proseguì Walsingham, recuperando la tavoletta cerata che teneva a portata di mano quando parlava con lui. Prese un calamo spuntato, scrisse un nome e girò la tavoletta per mostrarglielo: Kit Marlowe. Tom scrollò le spalle. Avrebbe dovuto conoscerlo? «*Studia all'università di Christchurch*» spiegò Walsingham, «*e ha utili amicizie nell'ambiente teatrale. Stanno sorvegliando alcune spie della regina Maria per mio conto ma abbiamo bisogno di scoprire altro sulle loro trame. Spero che i miei agenti riusciranno a carpirne i segreti, tuttavia voglio che prestiate attenzione a ciò che loro non potranno cogliere leggendo il labiale. Sono gli uomini nell'ombra quelli da cui bisogna guardarsi. È lì che si nasconde la verità.*»

Tom annuì. Non aveva capito "Christchurch", ma il senso del discorso gli era comunque chiaro. Allargò le braccia e inarcò le sopracciglia con fare interrogativo. Doveva sapere dove avrebbe incontrato questo Kit Marlowe. Walsingham prese un ritaglio di pergamena, intinse il calamo nella boccetta d'inchiostro e scrisse "Bell Inn", con un giorno e una data, quindi passò il foglietto a Tom che lo guardò e annuì.

«*Indossate gli abiti nuovi.*» Walsingham indicò l'involto sulle sue ginocchia e lui comprese di essere stato congedato. Si alzò e fece un inchino profondo, preparandosi a lasciare la stanza come aveva fatto il paggetto poco prima. Una volta sulla porta, si azzardò a lanciare un'occhiata verso Walsingham, che già dimentico della sua esistenza aveva cominciato a stilare un nuovo documento.

30

Ottobre 1584

La sera del suo incontro con Kit Marlowe, Tom prese un po' di pane, formaggio e fichi e li consumò in fretta nella sua stanza. Avrebbero dovuto bastargli, perché non aveva il tempo di cenare come di consueto con il resto della servitù. Il grosso paiolo di carne di cervo stufata che ribolliva in cucina spandeva un intenso profumo e perdersi quella rara prelibatezza era un vero peccato, ma non poteva rischiare nella maniera più assoluta di intralciare i piani di Walsingham.

Dopo aver indossato i suoi nuovi abiti, fece scorrere le dita sui lucidi stivali di cuoio brunito comparsi sul suo letto insieme a due casacche con il colletto decorato da un semplice ricamo nero. Erano decisamente meno rammendate delle sue, di un raffinato cambrì, più morbido del lino a cui era abituato. Non ricordava indumenti così pregiati, lisci e freschi contro la pelle, dai tempi dell'infanzia.

Tom esaminò ogni capo con scrupolosità, cercando eventuali macchie di sangue che potessero tradirne la provenienza. Sospettava che Walsingham se li fosse procurati dalla stessa persona a cui aveva sottratto il soprabito blu e lo turbava pensare all'ultimo luogo in cui potevano essere stati indossati. Tuttavia profumavano di pulito e non presentavano macchie sgradevoli.

Una volta vestito di tutto punto, si sentì più elegante che mai e, sgusciato fuori da una porta laterale, si avviò in direzione del pontile per trovare una barca con cui risalire il fiume. Lo divertì che le guardie non solo non lo fermassero ma inclinassero persino la testa scambiandolo per un gentiluomo di corte. Gli abiti che indossava lo trasformavano in una persona diversa, comprese, avanzando a testa alta verso la schiera di piccole imbarcazioni in attesa sulle acque mosse del Tamigi.

La sua destinazione era a solo mezzo miglio di distanza, ma bisognava procedere controcorrente e il fiume era turbolento nella sua parte centrale. Sudando e imprecando, il barcaiolo remò con quanta forza aveva in corpo e lentamente riuscirono a raggiungere il molo di Drinkwater, dove Tom salì con attenzione gli scivolosi gradini coperti di viscide alghe verde scuro. L'ultima cosa che voleva era rovinare i suoi abiti nuovi.

Lasciato il molo, imboccò di corsa il viottolo che portava a Pudding Lane, poi proseguì verso East Cheap, il quartiere dove si trovavano le macellerie e i mattatoi cittadini. Il pungente odore ferroso gli assalì le narici. Fuori da ogni casa c'erano carcasse e pezzi di carne appesi all'uscio, come fossero già pronti per gli spiedi a cui erano destinati, con il sangue scuro e denso che si coagulava in pozze sui ciottoli.

Alla fine riuscì a trovare il Bell Inn Theatre. Scorgendo un uomo intento a far rotolare botti di birra sul selciato, attirò la sua attenzione con un cenno e gli mostrò il foglietto su cui Walsingham aveva scritto il nome di Marlowe. L'uomo annuì e indicò una porticina seminascosta nel muro, poi, mentre si voltava per tornare alla sua birra, aggiunse qualcosa che lui però non riuscì a comprendere. Tom si avvicinò alla porta per bussare, ma a un tratto si fermò a riflettere. Il vecchio Tom, quello vero, avrebbe atteso che qualcuno gli aprisse, ma quella nuova versione di lui come doveva comportarsi? Decise di mostrarsi più deciso: non aveva bisogno del permesso. Per la prima volta nella sua vita gli sembrava di essere alla pari con gli altri, ed era una sensazione piacevole. Bussò, abbassò la maniglia e si addentrò nella penombra.

Il corridoio buio in cui si ritrovò conduceva a una porta illuminata da un'unica candela infissa in un candelabro a muro. Mentre si avvicinava, Tom la vide spalancarsi e sulla soglia apparve un uomo che lo fissò con espressione sorpresa, come se non si fosse aspettato di vedere nessuno. La sua bocca si mosse, ma la luce era troppo fioca per leggere il labiale. Tom estrasse la lettera di Walsingham dalla tasca e, mentre l'uomo si voltava per parlare con qualcuno alle sue spalle, si avvicinò lentamente per porgergliela, sperando di non finire infilzato da una spada.

Lo sconosciuto aprì il sigillo e lesse il messaggio, dopodiché il suo atteggiamento cambiò e rivolse a Tom un sorriso che lo rese più amichevole e accogliente. Facendosi da parte lo invitò a entrare con un cenno della testa, poi indicandosi articolò con le labbra: «*Kit Marlowe*». Non avvezzo a un simile trattamento, Tom si domandò cosa avesse detto Walsingham sul suo conto.

La stanza, per fortuna, era meglio illuminata del corridoio, con un alto soffitto e grandi candele accese in lunghi candelabri di metallo ritorto che facevano luce su un gruppo di uomini seduti, alcuni con fasci di carta in mano. Il fuoco nel camino era quasi spento, e quando il gentiluomo che l'aveva fatto entrare vi gettò un ceppo, un'esplosione di scintille si levò verso la canna fumaria depositandosi poi sullo spesso strato di ceneri grigie.

L'uomo lo presentò ai compagni. Con quella luce intensa leggere il labiale risultava molto più semplice, e Tom riuscì a distinguere il proprio nome, quello di Sir Francis Walsingham e le parole «*Non può udire né parlare*», poiché era abituato a leggerle, insieme a «*Ci aiuterà a rispettare i nostri obblighi nei confronti della regina*». Non ebbe bisogno di domandarsi in cosa consistessero: se Walsingham l'aveva mandato lì, doveva trattarsi di una missione di spionaggio e quelle persone dovevano far parte della sua rete. Una rete molto ampia, cominciava a intuire.

Gli uomini si voltarono a guardarlo. «*Davvero non ci senti?*» domandò uno. Tom sorrise e scosse la testa.

«*Com'è possibile?*» Un altro si alzò lentamente in piedi per fronteggiarlo. Aveva il volto rubicondo dei grandi bevitori ed era basso e magro, con lunghe braccia che ciondolavano avanti e indietro a ogni passo. «*Se sei sordo, come hai fatto a capire la domanda?*» chiese chiudendo la mano a pugno con fare minaccioso. Quando accostò il viso al suo, con i denti marci ben visibili nelle gengive gonfie, Tom avvertì l'odore pestilenziale del suo alito e fu costretto a retrocedere finché il bordo del tavolo non gli si piantò dolorosamente nelle cosce. Kit dovette dire qualcosa, perché l'uomo girò la testa e poi indietreggiò alzando i palmi in segno di scuse.

«*Riesci a leggere quello che dico?*» gli domandò indicandosi la bocca. Subito dopo gli assestò una pacca sulla spalla, e fu come essere colpito da un badile. Kit si era spostato di lato, perciò Tom poté decifrare i movimenti delle sue labbra mentre informava l'uomo, che aveva chiamato Richard, del suo talento nel leggere il labiale.

Provò un certo imbarazzo nel sentire tutti gli occhi puntati su di sé, e guardandosi intorno cercò di sondare le loro reazioni. Lentamente, uno dopo l'altro, gli uomini però cominciarono a sorridere e annuire. Kit spiegò perché Walsingham lo aveva mandato da loro, e osservandoli con attenzione la ragione divenne subito chiara. Quelli erano i Queen's Men, un gruppo di teatranti che si esibiva per la regina e teneva spettacoli itineranti nelle contee del regno. Chi meglio di una spia muta, per accompagnarli e tenere d'occhio i gentiluomini sospettati di essere al soldo di Maria Stuarda? Al termine del discorso di Kit, gli altri gli rivolsero uno sguardo diverso, d'apprezzamento. Sorridevano, consapevoli che anche lui, come loro, aveva una doppia identità.

Kit lo trascinò in un giro di presentazioni. Tom fu sorpreso di scoprire che Richard era il pagliaccio più famoso della compagnia, e a dimostrazione del suo talento l'uomo si lanciò in una serie di acrobazie che terminarono quando si schiantò contro una panca. Tom era bravo a ricordare nomi e volti e in poco tempo li memorizzò tutti. Passandogli un boccale di birra, Kit gli fece cenno di accomodarsi mentre gli altri spostavano le sedie per fargli spazio nel loro cerchio.

«*Siamo in partenza*» spiegò Kit accennando a una mappa posata sul tavolo di fronte a lui. «*Dobbiamo visitare alcuni casati per conto di Walsingham.*» Indicò diversi villaggi sparsi tra lo Staffordshire e lo Shropshire, nei pressi del castello in cui era imprigionata la regina Maria. «*Alcune di queste famiglie erano di fede cattolica e sospettiamo lo siano ancora. Mentre noi ci esibiremo, tu osserverai gli spettatori e spierai i loro discorsi per smascherare le congiure che potrebbero tramare.*»

Tom si domandò per quanto avrebbe dovuto assentarsi. Hugh non ne sarebbe stato felice: aveva bisogno del suo aiuto nel laboratorio e le continue convocazioni di Walsingham gli erano già valse varie occhiatacce e lamentele, sebbene nessuno dei due potesse fare nulla al riguardo. E che dire di Isabel? Sarebbe stato via settimane, forse persino mesi, e lo angustiava il pensiero di non poterla vedere così a lungo. A giorni sarebbe tornata da Westminster. E se si fosse dimenticata di lui? Sebbene avessero avuto modo di vedersi solo poche volte in privato, Tom non aveva perso la speranza che lei ricambiasse i suoi sentimenti. Ma voleva realmente illudersi che un misero assistente speziale sordomuto potesse avvicinare – figurarsi sposare – una dama della regina? In quanto vedova, Isabel era libera di convolare a nozze con chiunque desiderasse, ma gli avrebbe senz'altro preferito uno dei cortigiani che godevano del favore della sovrana. C'erano molti nobili tra cui scegliere. Gentiluomini facoltosi e beneducati con sostanze e prestigio.

A riunione terminata, dopo aver fissato l'itinerario verso nord, Kit gli disse di ripresentarsi al teatro la settimana seguente. Promise di procurargli un cavallo e Tom gliene fu molto grato, dopo aver attraversato a piedi l'intera Francia e il Belgio, infatti, non aveva alcun desiderio di ripetere l'esperienza. I suoi piedi da allora si erano ammorbiditi e non voleva consumare gli stivali nuovi.

Accomiatandosi dalle recenti conoscenze, Tom tornò lentamente verso la banchina. Dal momento che Hugh ignorava a che ora sarebbe tornato, non aveva fretta, e colto da un'ispirazione improvvisa decise di deviare per Cheapside fino a raggiungere il Royal Exchange. Costruito da lavoratori fiamminghi in pietra grigio chiaro, ardesia e vetro, spiccava tra gli altri palazzi per la magnifica cavalletta dorata che splendeva sul tetto. Tom l'aveva visto mentre attraversava Londra il giorno del suo arrivo e sentiva il bisogno di recarvisi. Era un piano rischioso, ma non aveva niente da perdere e tutto da guadagnare. Assolutamente tutto.

Una volta entrato nell'edificio, si fermò un istante in mezzo al trambusto per cogliere ogni minimo dettaglio. Il cortile porticato era invaso di sete e velluti dai colori sgargianti e di venditori che, dietro i loro banchi, facevano affari scambiando le merci con monete d'oro. Al piano superiore una galleria ospitava botteghe di libri, gabbie per uccelli, armature e rimedi preparati dagli speziali per guarire i mali della vita. Inspirando il profumo dolce della mentuccia, Tom entrò in un'oreficeria. Di solito evitava di trattare con i bottegai, confuso dalle loro chiacchiere e discussioni, ma in quel caso non aveva scelta. L'orafo gli si rivolse non appena varcò la soglia, ma Tom era troppo impegnato a guardarsi intorno per concentrarsi su ciò che diceva: la bottega era colma di tutti i monili e gioielli che si potessero immaginare, tra cui una splendida collana d'oro e rubini poggiata su un cuscinetto di velluto. Sembrava talmente pesante che si domandò come potesse una dama portarla al collo senza ingobbirsi. Poi il suo sguardo cadde su un piccolo medaglione dorato con un motivo in filigrana appeso a una lunga catenina. Poteva permetterselo? Teneva il borsello nascosto sotto gli abiti, legato al corpo in modo da sentirlo sotto il braccio, a contatto con la pelle. La camicia ampia lo rendeva invisibile, una precauzione volta a scoraggiare gli assalti dei tagliagole, ma poiché non si fidava neppure del resto della servitù di palazzo lo teneva sempre con sé.

Indicò il medaglione, e il bottegaio lo tolse dal supporto di legno per adagiarlo sul bancone. Tom sapeva che il soprabito blu e i vestiti eleganti forniti da Walsingham gli stavano garantendo un servizio molto più cortese di quello che avrebbe ricevuto se si fosse presentato nella sua tenuta consueta. Prese il medaglione e lo esaminò con cura, facendo scorrere i polpastrelli sull'oro sapientemente lavorato, poi tornò a posarlo e inarcò le sopracciglia nella speranza di far capire all'uomo che voleva conoscere il prezzo. Mimando il gesto di scrivere, si indicò le orecchie e scosse la testa. Di solito bastava quello a comunicare che non sarebbe riuscito a udire la risposta, e infatti il bottegaio estrasse da sotto il bancone un calamo e un pezzo di carta su cui indicò la somma di cinque angeli d'oro. Era il doppio del prezzo che Tom si era prefissato, ma anche nel tanto decantato Royal Exchange doveva esistere un margine di contrattazione. Con quanta efficacia sarebbe tuttavia riuscito a trattare sul prezzo senza poter parlare, era tutto da vedere.

Scuotendo la testa, tracciò una riga sulla cifra indicata e scrisse quella che aveva pensato. Il bottegaio si accigliò e la sostituì con un altro numero. Quel tira e molla proseguì per altri due minuti, finché non raggiunsero una somma soddisfacente per entrambi, dopodiché Tom consegnò all'orafo i suoi risparmi e intascò il medaglione. Ne avvertì il freddo contro il fianco mentre correva verso le barche in attesa di trasportare i passeggeri in una direzione o l'altra del fiume. Un piano stava prendendo forma nella sua mente. Un modo per scoprire se Isabel ricambiava i suoi sentimenti e se esisteva un futuro per loro come tanto ardentemente sperava. Era un rischio, e avrebbe potuto rovinare ogni cosa, ma doveva tentare. O avrebbe vissuto nel dubbio fino alla morte.

31

Luglio 2021

In piedi davanti al trittico, Mathilde corrugò la fronte. Il richiamo che esercitava era sempre più forte e la avvolgeva nelle sue spire, eppure non aveva fatto progressi nel comprendere cosa volesse da lei. Lo stile era simile a quello di Bosch, sebbene più crudo; di certo neanche uno dei suoi allievi aveva mai prodotto qualcosa di simile. Non c'erano dubbi però che le scene di cui si componeva fossero collegate tra loro, perché le stesse figure vi comparivano in momenti diversi. Doveva per forza illustrare la storia di una vita.

Lentamente, girò intorno al tavolo per guardare dietro la cornice. Come si aspettava, il retro era molto più grezzo, semplice legno chiaro ruvido di epoca elisabettiana. Per aiutarla a comprendere appieno l'antichità del dipinto, Oliver le aveva disegnato un rudimentale albero genealogico della famiglia Tudor. Mathilde sapeva a quale epoca corrispondesse in Francia e aveva letto qualcosa sui Tudor mentre studiava Caterina de' Medici e il massacro del giorno di San Bartolomeo. Erano stati tempi insanguinati su entrambi i lati della Manica.

Un angolo della cornice si stava sollevando e Mathilde si rimproverò per l'eccessiva rudezza con cui aveva rimosso l'opera dalla parete della cappella. Forse vi aveva incastrato per sbaglio il gancio del martello. Con una leggera pressione del palmo, tentò di rimetterlo a posto, ma non appena allentò la presa il legno tornò a sporgere ancora di più e lei imprecò sottovoce.

Chinandosi a sbirciare nella minuscola fessura, si chiese se sarebbe riuscita a scorgere il retro dei pannelli. Non appena l'avesse vista Oliver l'avrebbe fatta chiudere da un esperto per proteggere l'integrità del trittico, perciò doveva approfittarne prima che arrivasse.

Strizzò un occhio e si avvicinò il più possibile, fermandosi giusto prima di urtare il dipinto e farlo cadere a terra. L'ombra della sua testa le impediva di vedere, però, così prese il telefono dalla tasca dei jeans e accese la torcia. Il retro del dipinto era ruvido, come aveva suggerito Oliver il legno aveva una qualità non eccelsa. D'un tratto, l'attenzione di Mathilde fu catturata da qualcosa: un pezzo di stoffa o di carta di colore chiaro a pochi centimetri di distanza.

Insinuò due dita nella fessura e le chiuse a tenaglia per tentare di prenderlo, ma era troppo lontano, come se fosse scivolato giù quando aveva spostato il trittico. Avrebbe dovuto usare un paio di pinzette. Ritirando la mano, si chiese dove trovare qualcosa che potesse fare al caso suo, poi le vennero in mente le lunghe pinze ad ago che aveva nel furgone e corse fuori a frugare nella sua scatola degli attrezzi.

Appena le trovò, tornò dentro e infilando la punta nel pertugio riuscì a recuperare l'oggetto senza fatica. Era proprio un pezzo di carta, così incredibilmente sottile che Mathilde trattenne il fiato nel timore di soffiarlo via. Scostò il telo sull'altro lato del tavolo e lo posò con cura sulla superficie lucida e liscia.

A un certo punto doveva essere stato piegato, perché era segnato da una linea marroncina al centro. Mathilde non voleva toccarlo senza un paio di guanti di cotone: Oliver li indossava sempre prima di sfiorare il dipinto, e quell'oggetto era ancora più delicato. Per quanto lo studiasse non riuscì a decifrare le parole, qualunque scritta era sbiadita da tempo. Sul lato opposto della stanza, le tende si mossero nonostante l'aria immobile. Lei prese il telefono dalla sedia su cui l'aveva lasciato cadere con la torcia ancora accesa e chiamò Oliver per informarlo della scoperta.

Quando trovò la segreteria ci rimase un po' male e in preda all'emozione non riuscì a ricordare le parole giuste per descrivere il suo ritrovamento, così finì per lasciare un messaggio in un misto stentato di inglese e francese. Sperò che Oliver riuscisse a capire il senso con cui aveva usato il termine "*cache*". Poi uscì dalla stanza e andò a cercare Rachel in cucina per darle la notizia.

Oliver la richiamò un'ora dopo. Rachel era eccitata quanto lei, anche se scherzando aveva ipotizzato si trattasse di una lista della spesa del XVI secolo. Rimasero entrambe entusiaste quando lui promise di arrivare il prima possibile.

«Potrebbe essere l'indizio che stavamo cercando» disse a Mathilde mentre fissavano un incontro per dopo pranzo. «Forse spiegherà cosa ci faceva un simile capolavoro nascosto nella cappella.»

Mathilde fu grata di sentirlo così interessato e, rendendosi conto che mancavano ancora almeno due ore al suo arrivo, decise di andare a lavorare un po' nell'orto. Si era ripromessa di fare più spazio per le sue piantine e voleva cominciare a pulire il terreno circostante. Sembrava l'unico luogo immune dal vago senso di speranze soffocate che strisciava insidioso nel resto della casa.

Quando fece capolino in soggiorno per dire a Rachel dove andava, sua sorella balzò in piedi.

«Aspetta, avevo promesso di mostrarti dove sono gli attrezzi di papà» le ricordò e, presa dall'entusiasmo, Mathilde la seguì sul retro fino a un capanno di legno fatiscente che aveva già notato in precedenza. Varcando la soglia, inspirò a fondo l'odore di creosoto caldo e terra secca ancora incrostata sugli attrezzi e fece scorrere le dita sul manico di una vanga levigato dal tempo. Una brezza calda la sfiorò, accarezzandole il viso.

«Sono davvero speciali» sussurrò, con l'intima convinzione che, se si fosse voltata, non avrebbe trovato dietro di sé Rachel ma il padre.

«Usali.» La sorella le mise un braccio intorno alle spalle. «Ne sarebbe stato felice.» Mathilde sorrise e si appoggiò contro di lei per un istante, poi prese la vanga e tornò all'angolo di giardino che aveva scelto. Era il momento di togliere le sue piantine dai vasi e metterle a dimora, una parvenza di stabilità.

Circondata dalle verdure incolte e dagli arbusti di cui si era preso cura suo padre, sentì con più acutezza che mai il legame con il passato. Suo padre aveva vangato quel terreno, rivoltando una terra che era lì da sempre, e così suo nonno prima di lui e chissà quanti altri loro avi prima ancora. Concentrandosi sulla ricca terra che le scorreva tra le dita, odorò il potenziale nella sua forza umida. Rachel aveva il suo sangue e poteva parlarle dei parenti ormai morti, ma quelli erano semplici dati biografici su persone defunte, polvere sepolta nel piccolo camposanto che aveva visitato. Mathilde voleva conoscere le loro abitudini e bizzarrie, i dettagli che li avevano resi unici. Erano quelli i pezzi mancanti al rompicapo di suo padre. Cosa guardava alla televisione? Leggeva il giornale? Insisteva per consumare a tavola ogni pasto? Mathilde doveva cominciare a fare più domande. Era affamata di particolari, ma Rachel non poteva saperlo se non si apriva di più.

Affondò la vanga nel terreno bagnato e cominciò a scavare, pensando a quali altre piante avrebbe potuto coltivare. Un pettirosso scese a posarsi sulla zolla che aveva appena rivoltato, la testa inclinata di lato mentre cercava insetti nella terra, e lei gli sorrise. Un senso di calma la avvolse come un mantello e per un attimo, pur sapendo che era impossibile, le sembrò di aver già vissuto quel momento. I fantasmi dei suoi antenati le soffiarono sul collo, facendole accapponare la pelle con il loro respiro antico.

Dopo essersi lavata via il terriccio da sotto le unghie, fece un pranzo veloce e si mise ad attendere l'arrivo di Oliver. Aveva lasciato il frammento di carta sul tavolo e, accorgendosi di colpo che era stato un gesto molto avventato con una bambina di cinque anni che scorrazzava dappertutto, si affrettò a tornare nel salone per controllare che fosse ancora lì. Per fortuna lo trovò dove l'aveva lasciato, sottile e delicato come una foglia secca, quasi trasparente. Appollaiandosi sul bracciolo di una poltrona vicino alla finestra, guardò il vialetto da cui sarebbe arrivato Oliver senza smettere di tenere d'occhio anche il potenziale documento prezioso sul tavolo.

Alle due e dieci scorse la sua macchina avvicinarsi lentamente. Il vialetto era costellato di buche e aveva visto Rachel storcere la bocca ogni volta che l'auto sbandava perché ne prendeva una con la ruota. Mathilde non ci aveva mai fatto caso, il suo furgone era progettato per affrontare terreni anche più accidentati di quello. Oliver era in ritardo di appena dieci minuti ma lei, presa dall'ansia che non si presentasse, aveva passato il tempo a tamburellare con le dita sul bracciolo. Fleur, che lo adorava e attendeva con gioia le sue visite, soprattutto perché era spesso armato di caramelle, aveva continuato a saltellare da un piede all'altro e correre per tutta la casa guardando con trepidazione dalle finestre.

Quando alla fine bussò, Mathilde non fece in tempo ad arrivare che la bambina si era già alzata in punta di piedi per raggiungere la maniglia. Gli aprì con un gran sorriso.

«Ti stavamo aspettando» gli disse facendosi da parte per lasciarlo entrare. Mathilde avvampò dall'imbarazzo: era vero, ma avrebbe preferito non farglielo sapere. *Le bimbe di cinque anni a volte dovrebbero tenere la bocca chiusa*, pensò tra sé.

Oliver prese dalla tasca un pacchetto di caramelle gommose e disse a Fleur di portarle a Rachel, poi seguì Mathilde nel salone. Le passò una delle due paia di guanti nuovi che aveva estratto dall'altra tasca e dopo che entrambi li ebbero indossati si mise in piedi davanti al trittico.

«Allora, che cosa hai trovato?» chiese. «Dal tuo messaggio non l'ho capito molto bene. Forse aiuterebbe se riuscissi a parlare una sola lingua per volta.» Da come gli brillavano gli occhi, Mathilde capì che la stava prendendo in giro.

«Qui dietro.» Gli mostrò lo spazio tra la cornice e il retro del quadro. «Vedi questa fessura? Penso di averla fatta io quando l'ho staccato dal muro della cappella. Ma poi ho cominciato a chiedermi come fissarla...» Oliver la interruppe afferrandole il braccio di scatto.

«Ti prego, dimmi che non ti sei messa ad aggiustarla con chiodi e martello.» Sembrava orripilato. Prima che lei potesse rispondere, però, Rachel entrò con tre tazze di caffè fumanti.

«Oliver, devi smetterla di comprarle dolcetti» lo ammonì, posando con cura il vassoio su un esile tavolino dalle gambe così sottili che sembrava un miracolo riuscisse a sostenere il peso delle tazze. «Ma grazie. Ora è tutta felice che sgranocchia caramelle giocando con il suo zoo, perciò ho fatto un salto a vedere cosa state combinando. Dov'è questo foglietto che hai trovato, Mathilde?»

Lei andò all'estremità opposta del tavolo e lo indicò. «Non voglio toccarlo» spiegò, «sembra vecchissimo e fragile. La calligrafia è minuscola e sbiadita, ma potrebbe essere una lettera?»

Oliver recuperò il monocolo d'ingrandimento e si chinò a guardare. «Non sono sicuro che sia in inglese» ammise. A quella distanza bastò il suo respiro per spostare il foglio, perciò raddrizzò la schiena prima di proseguire: «Sembra quasi stenografato». Rachel annuì, ma Mathilde si strinse nelle spalle senza capire. Per quanto il suo inglese stesse migliorando, a volte le sfuggiva ancora qualche parola. Spostando lo sguardo tra l'uno e l'altra, inarcò un sopracciglio in attesa di una traduzione.

«Guarda.» Rachel le porse il telefono con l'immagine di un brano stenografato, tutto linee e scarabocchi.

«Sembra che un insetto con le zampette sporche d'inchiostro si sia messo a ballare sulla carta» esclamò Mathilde. «Davvero qualcuno riesce a leggere quel che c'è scritto?»

«Chi ne conosce il funzionamento sì» spiegò Oliver. «Ed è molto più veloce da scrivere delle parole intere, perciò un tempo le segretarie lo usavano per prendere appunti che poi battevano a macchina. Credo fosse una specie di codice.» Nel pronunciare quell'ultima frase la sua voce si affievolì, come se si fosse distratto. «Un codice, certo. Ma certo» ripeté, mentre Rachel e Mathilde si scambiavano uno sguardo confuso. «Penso sia scritto in un linguaggio cifrato. Dobbiamo solo capire quale: decifrarlo.»

«E ci rivelerà dove sono sepolti i gioielli e gli ori di famiglia?» Rachel inclinò la testa di lato.

«Li avete persi?» ribatté Oliver in tono incerto.

«Non che io sappia.» Rachel fece un gran sorriso. «Ma

sarebbe comunque bello trovarne. Perché qualcuno avrebbe dovuto scrivere un messaggio in codice e nasconderlo dietro il trittico, però? Se non lo avessimo trovato, il biglietto non sarebbe mai stato scoperto. Anche adesso che lo abbiamo recuperato, non riusciamo a decifrarlo. Mi sembra uno spreco di tempo.»

«Forse non doveva trovarlo nessuno?» suggerì Oliver. «Se è antico come il dipinto, del XVI secolo, decifrarlo potrebbe essere impossibile. All'epoca comunicavano spesso con lettere cifrate, le usavano per tramare l'assassinio di sovrani come la regina Elisabetta o organizzare congiure come quella delle polveri.»

Lui e Rachel si lanciarono in una filastrocca sul cinque novembre e i fuochi d'artificio, e di nuovo confusa Mathilde scelse di ignorarli per concentrarsi sul foglio. Prese il monocolo che Oliver aveva posato sul tavolo e studiò il messaggio con più attenzione. Il metallo conservava ancora il calore di quando lui se l'era appoggiato sull'occhio e le piacque sentirlo contro la pelle.

«Qui c'è qualcos'altro, guardate.» Raddrizzò la schiena, passò il monocolo a Oliver e fece un passo indietro perché potesse avvicinarsi. «Sotto le righe stenografate mi sembra di vedere alcune lettere di un marroncino chiarissimo, come se ci fosse un secondo documento sullo stesso pezzo di carta.»

«Dio santo.» Chinandosi sul tavolo con le mani premute ai lati del foglio, lui abbassò per un attimo la testa.

«Cosa succede?» chiese Rachel.

Mathilde sentì montare il panico per ogni istante che lui rimaneva in silenzio. «Oliver?» lo chiamò.

«La ragione per cui possiamo vedere due piani di scrittura separati è che questo è un palinsesto. Tra le righe del messaggio originario cifrato ne è stato aggiunto un altro con una specie d'inchiostro simpatico, ecco perché è così chiaro; nel corso degli anni è diventato via via più visibile. Devo portarlo a qualcuno che sia in grado di studiarlo come si deve. Conosco una persona a Oxford che potrebbe fare al caso nostro, lo chiamo subito.»

«Dobbiamo proprio?» chiese Mathilde. «Non so se voglio coinvolgere altre persone. Era nascosto dietro il trittico, perciò è legato alla casa e a qualcuno che ha vissuto qui in passato. Penso che, di chiunque si tratti, voglia farci – o farmi – scoprire ciò che stava cercando di dire.» Era la prima volta che ammetteva di fronte a Oliver e Rachel che una presenza del passato stava tentando di comunicare con lei. «Non potremmo indagare da soli? Avrò bisogno del tuo aiuto, però» ammise girandosi verso Oliver, senza rendersi conto di quanto fosse cambiata la propria espressione: l'entusiasmo aveva cancellato ogni traccia della persistente tristezza che lui scorgeva spesso sul suo volto.

«Mi dispiace» disse prendendole la mano. «È una cosa troppo complicata per me, hai bisogno di un esperto. Io sono un semplice storico dell'arte, a te serve qualcuno che sia specializzato in questo campo.»

Inserirono la lettera nella cartellina di velluto scuro che Oliver aveva portato con sé e tornarono in cucina per discutere le loro mosse successive. Mathilde ascoltò distrattamente, sentendo i fili che la legavano al trittico e a Lutton Hall farsi sempre più saldi, sottili corde di seta che stringevano e avviluppavano ogni muscolo del suo corpo.

32

Ottobre 1584

Tom si stava chiedendo come informare Isabel della sua necessità di vederla. Fino ad allora aveva sempre atteso che fosse lei a proporre gli incontri, e da quando aveva saputo che la regina e il suo seguito erano tornati da Westminster aveva preso a recarsi quotidianamente all'alba al giardino intricato, nella speranza che, quando Isabel fosse riuscita a liberarsi, lo avrebbe raggiunto lì.

Il giorno prima della sua partenza verso nord, Tom sgusciò fuori dalla porta di servizio e, come ogni mattina, si incamminò rasente il muro in direzione del giardino. Una volta arrivato, con sua grande gioia e sorpresa scorse un familiare mantello da viaggio verde e il viso che ormai sapeva di amare. Affrettò il passo nell'aria pungente d'autunno. Non appena lo vide, Isabel si illuminò di un sorriso che le accese gli occhi e, senza troppo riflettere, lui tese le braccia per stringersela al petto. Se lei avesse respinto il suo affetto avrebbe saputo che le sue speranze erano vane. Era un rischio che era disposto a correre.

Con sollievo sentì le mani di lei scivolargli intorno alla vita e il suo dolce peso adagiarsi contro di lui. Attraverso la stoffa dell'abito e del mantello, il calore di lei si propagò a scaldargli il corpo, il cuore, l'anima. Con il petto ansimante, Isabel sollevò la testa per guardarlo, la fossetta accanto alle sue labbra che sembrava implorare un bacio.

«*Mi sei mancato*» gli disse. Lui annuì, indicando se stesso con una smorfia triste, e la risata di Isabel riverberò in entrambi. Adesso doveva riferirle le cattive notizie, però. Con ampi gesti delle mani e delle braccia riuscì a spiegare che era costretto a partire con i Queen's Men per un viaggio nelle contee settentrionali. «*Walsingham?*» chiese lei. Tom annuì. Isabel sapeva che non aveva altra scelta, ma una piccola parte di lui trasse conforto dal disappunto sul suo volto. Era il momento perfetto per confessare i suoi sentimenti.

Sollevandole il mento per incontrare il suo sguardo, indicò il proprio cuore e poi il suo. Quando lei sgranò gli occhi, Tom seppe che aveva compreso. La vide annuire piano indicando se stessa, e il cuore prese a battergli con tanta veemenza che si domandò se lei potesse sentirlo. Abbassando le braccia, fece mezzo passo indietro e cacciò la mano in tasca per estrarre il medaglione acquistato dall'orafo. Non dubitava che lei avrebbe compreso che si trattava di un regalo di fidanzamento, ma lo avrebbe accettato? Poteva gradire la sua compagnia, forse amarlo persino, ma questo non significava certo che fosse disposta a sceglierlo come marito.

Alla vista del medaglione Isabel si portò una mano alla bocca e, dopo averglielo sollevato dal palmo, lo fece passare con cura sopra la cuffia di lino per sistemarselo al collo. La catenina era così lunga da arrivarle alla vita, perciò si affrettò a nasconderla sotto l'abito scostando la rigida gorgiera bianca. Lui sorrise al pensiero che il proprio regalo di fidanzamento fosse a contatto con la sua pelle. E al riparo da occhi indiscreti: motivo per cui, ne era certo, era stata tanto lesta a nasconderlo. Si augurò che ne avesse compreso appieno il significato, ma quando lei si premette una mano sul cuore ogni dubbio al riguardo scomparve.

Un movimento in fondo al giardino che digradava verso il fiume lo avvertì che non sarebbero rimasti soli ancora a lungo. Erano già fin troppo visibili con il sole che cominciava a scalare il cielo e allungava le sue dita di luce filtrando tra le nuvole per bordare d'oro fuso le foglie dei cespugli e riflettersi sulle acque calme e immobili del fiume.

«*Ti scriverò*» promise Isabel. Tom annuì e a gesti ricambiò la promessa, pur non sapendo quanto sarebbe stato in grado di dirle dal momento che le sue attività di spionaggio erano un segreto mortale. Letteralmente. Stava rischiando la vita, una vita che fino ad allora non aveva contato per nessuno ma che adesso, forse, cominciava ad avere qualche importanza.

La guardò voltarsi e tornare a passo svelto verso la porta da cui usciva ogni volta, memorizzando ogni dettaglio del suo corpo finché non scomparve dalla vista. Anche dopo che si fu dileguata continuò a tenere gli occhi fissi nel punto in cui era svanita, come se la sua sagoma fosse ancora lì, impressa nella trama del tempo. Avrebbe atteso il suo ritorno? Con tutta probabilità sarebbe rimasto lontano per mesi e lei era circondata ogni giorno da cortigiani gagliardi e attraenti in grado di offrirle molto più di lui. Uomini che potevano sussurrarle parole dolci all'orecchio, invece di essere costretti a comunicare a gesti. Se fosse accaduto, gli avrebbe spezzato il cuore. Con passo lento, pensieroso, Tom si voltò e tornò nella sua stanza per finire di prepararsi al lungo viaggio che lo attendeva, chiedendosi in quali altri luoghi lo avrebbe condotto la sua vita girovaga e se sarebbe mai riuscito a tornare a palazzo da Isabel.

33

Ottobre 1584

Come da accordi, l'indomani mattina Tom si presentò a teatro con i suoi averi stipati in un paio di bisacce di cuoio. Insieme agli abiti eleganti che gli erano stati forniti, aveva con sé anche svariati involti di carta contenenti le erbe medicinali dagli usi più comuni, inclusa un'ingente scorta di unguenti per le vesciche che gli sarebbe tornata di certo utile dopo le lunghe giornate in sella che si prospettavano.

Kit lo attendeva con due uomini della compagnia; avrebbero raggiunto gli altri sulla strada per Holborn. Dal modo in cui lo squadrò da capo a piedi, fu subito evidente che la tenuta abituale di Tom non incontrava il suo favore; non appena arrivò abbastanza vicino, infatti, gli tolse le borse di mano, le aprì e gli porse il soprabito blu facendogli cenno di infilarlo.

Tom non poté negare che, una volta indossato quell'indumento elegante e alla moda, gli venne subito da assumere un portamento più eretto e il suo passo acquistò sicurezza. Persino la sensazione di dare nell'occhio, cosa che di solito cercava in ogni modo di evitare, in quel momento gli risultò gradita.

«*Così va meglio*» commentò Kit, lanciandosi in un'imitazione di Tom prima ingobbito nel vecchio farsetto, che faceva di tutto per passare inosservato, e poi con le spalle larghe nel soprabito. Aggiunse persino un tocco di boria all'andatura e Tom sorrise, nonostante la certezza di non aver mai camminato con tanta spavalderia. «*Sono i tuoi abiti a stabilire chi sei*» gli disse Kit. «*L'abito fa il monaco.*» Sorrise e, mentre si voltava verso i cavalli fermi in paziente attesa, Tom lo vide ripetersi più volte il proverbio tra sé e annuire lentamente.

Una volta in sella, partirono diretti a Newgate. Era da tempo che Tom non montava a cavallo ma, dopo un'infanzia trascorsa a cavalcare a pelo nei campi della Francia, non ci mise molto a ritrovare il giusto ritmo. Quando passarono al piccolo galoppo, sentì la vibrazione degli zoccoli riverberare nel corpo e lasciò che il vento, freddo ed esaltante, gli sferzasse il viso. Annusare il profumo della vegetazione intrisa di pioggia gli ricordò quanto amasse stare in mezzo alla natura e alla campagna. Sapeva di avere avuto molta fortuna a ottenere un incarico così prestigioso a palazzo, ma occuparsi del giardino fisico non bastava a togliergli la nostalgia degli ampi spazi aperti.

Il viaggio verso Oxford, dove si sarebbe tenuto il loro primo spettacolo, perse presto il tono allegro con cui era iniziato. La compagnia si era appena ricomposta quando nuvole scure cominciarono a radunarsi all'orizzonte e di lì a poco prese a cadere una pioggia pesante e persistente. Tom sentiva l'acqua sgocciolare dagli alberi e colargli sul collo, formando rivoletti che dai capelli fradici scivolavano lungo il viso fino al mento. I cavalli procedevano al passo, e persino loro apparivano mesti mentre si facevano largo tra le pozzanghere e il fango. Tom continuava a incoraggiare il suo con pacche sul collo, ma non era certo che fossero d'aiuto. Quello di John

Singer si era azzoppato inciampando in un solco profondo, e lui era costretto a cavalcare insieme a Kit tirandoselo dietro scoraggiato. Lungo la strada incontrarono villaggi di casupole con tetti di paglia grondanti acqua raccolte intorno a terreni demaniali punteggiati di bestiame al pascolo. Il vento disperdeva il fumo dei camini. Tom fu molto sollevato quando, dopo svariati giorni interrotti solo da rare fermate in locande rozze e scomode, raggiunsero il primo luogo in cui avrebbero dovuto esibirsi.

Kit gli aveva già spiegato che il loro ospite era sospettato di nutrire simpatie papiste e di essere un sostenitore della regina di Scozia, perciò Tom avrebbe dovuto prestare attenzione a tutto ciò che diceva e approfittare del diversivo offerto dagli attori per notare qualsiasi cosa potesse sembrare dubbia. Nessuno avrebbe sospettato di lui, essendo ufficialmente un umile aiutante. Con una certa mestizia, si spogliò del soprabito elegante per indossare di nuovo il vecchio farsetto e tornare alla condizione cui era abituato. Come gli aveva fatto notare Kit, le sue spalle si ingobbirono all'istante.

Lo spettacolo fu un vero successo e, con il procedere della serata, la famiglia e gli ospiti riuniti per assistere all'esibizione divennero sempre più ubriachi e ciarlieri. Tom si servì della scusa di dover aiutare con i costumi e gli arredi di scena per restare al lato del palco, nella posizione perfetta per osservare il pubblico. Era già stato presentato al padrone di casa, il quale aveva fatto ben poco caso alla sua presenza. Come previsto da Walsingham, appena si era reso conto che Tom era un semplice servo, per giunta sordo, aveva smesso di vederlo.

In un momento particolarmente chiassoso e volgare dello spettacolo, mentre l'intera folla, signore comprese, era impegnata a ridere e schiamazzare, Tom vide il loro ospite voltarsi verso l'uomo seduto al suo fianco e dire molto distintamente:

«Abbiamo con noi un prete gesuita che dice messa al mattino. Se vorrete unirvi alla funzione, tu e tua moglie sarete i benvenuti».

Il suo interlocutore alzò le sopracciglia. «*Dovresti usare più prudenza*» ribatté, «*ci sono degli sconosciuti tra noi.*» I suoi occhi saettarono verso gli attori. Tom si affrettò a piegare un mantello che era stato lanciato fuori scena e si sentì avvampare quando l'attenzione dei due si soffermò per un attimo su di lui, ma poi entrambi distolsero lo sguardo e lui fu libero di tornare a osservarli.

«*Non temere*» disse il padrone di casa, «*con tutto questo baccano gli attori non riusciranno certo a udirci, potrebbero svegliare i morti! E il loro aiutante è sordo, non ci sentirà neanche lui. Possiamo parlare liberamente.*»

«*Il prete vive qui?*» Il suo vicino stava sminuzzando un pezzo di pane avanzato dalla cena per spargerne le briciole sul tavolo. «*Ti impiccheranno se qualcuno lo scopre.*»

«*Potrebbero giustiziarmi per molte altre cose*» fu la risposta, «*ma sì, fratello John risiede nella torre occidentale; c'è un passaggio segreto sotto le scale che conduce in cima. Abbiamo dovuto nasconderlo lassù sei mesi fa, quando il conte di Leicester ha deciso di farci visita.*»

«*E abbiamo notizie dagli spagnoli? C'è già un piano per mettere sul trono la nostra legittima sovrana e spodestare l'usurpatrice, la figlia illegittima del defunto re?*»

«*Ancora no, ma dubito che tarderanno molto. E nessuno sospetterà nulla.*»

Quanto vi sbagliate, pensò Tom mentre riponeva il mantello piegato nella sacca degli arredi scenici. Si chiese in quali altre congiure fosse coinvolto il casato, ma era certo che Walsingham disponesse di molti modi per far emergere la verità. Un giorno, mentre si recava ai magazzini del molo, aveva avuto la sfortuna di imbattersi in un'altra impiccagione, malgrado avesse fatto il possibile per evitare le esecuzioni capitali dopo aver assistito a quella di Throckmorton. Il disgraziato era stato messo più volte alla ruota e non riusciva neanche a reggersi in piedi, tante erano le ossa che gli erano state spezzate: pareva un sacco trascinato a terra da un cavallo. Ripensare alle sue condizioni gli diede il voltastomaco e per un momento Tom esitò, chiedendosi se riferire le proprie scoperte, ma poi ricordò che la sua lealtà andava in primo luogo alla regina. In fondo, la sua amata Isabel faceva parte del suo seguito e ogni loro azione era volta a salvaguardare la vita di Sua Maestà.

Era molto tardi quando Tom poté finalmente tornare nel fienile e stendersi sul pagliericcio che gli era stato assegnato come giaciglio; gli attori alloggiavano nella soffitta. Quella sistemazione non gli offriva certo le comodità cui aveva ormai fatto l'abitudine e, alla scarsa luce che filtrava dalla finestra, tirò fuori dalla sacca un libro che gli era stato fornito da Walsingham. Infilando due dita tra il dorso e le pagine, estrasse il sottile foglio di carta che vi aveva celato. Al buio, con giusto un mozzicone di candela a guizzare nello spiffero che soffiava da sotto la porta, cominciò a scrivere una lettera cifrata al suo capo. Dopo aver nascosto il messaggio nella maniera indicata, si sarebbe premurato di farlo recapitare a Londra durante la loro prossima sosta in una locanda. Concluso il lavoro ufficiale, scrisse in fretta alcune righe a Isabel nella speranza che potessero raggiungerla senza incidenti. Se quel messaggio fosse finito con l'altra lettera, era molto probabile che Walsingham lo intercettasse e decidesse di non inoltrarlo, perciò Tom si guardò bene dal fare cenno al medaglione, il pegno di fidanzamento di cui le aveva fatto dono.

Il viaggio per le contee durò dieci settimane in tutto e quando tornarono a Londra era ormai quasi Natale. Durante la loro assenza l'aria si era fatta molto più fredda e mentre percorrevano l'ultimo paio di miglia Tom sentì la barba piena di minuscole schegge di ghiaccio che crepitavano contro le sue labbra screpolate. L'unguento per ammorbidirle era finito da due settimane, insieme alla maggior parte dei suoi medicamenti. Non appena gli altri ne avevano scoperto l'esistenza, avevano cominciato a presentarsi da lui di continuo accusando una miriade di acciacchi e dolori. Il malessere che seguiva una notte di bagordi era il disturbo più comune.

Dopo le informazioni raccolte durante la prima esibizione il viaggio era stato alquanto improduttivo, a eccezione di una delle ultime dimore che avevano visitato, dove soggiornava un ospite imprevisto. Tom lo aveva riconosciuto all'istante, e dal linguaggio corporeo di Kit era stato evidente che anche per lui era stato lo stesso. Si erano scambiati uno sguardo, poi Kit aveva indicato l'uomo con un lieve scatto della testa e Tom gli aveva risposto con un cenno impercettibile, quasi uno spasmo, per segnalare che aveva compreso. Gli era già stato ordinato di osservarlo, in passato, e sperava con tutto se stesso che l'altro non l'avesse a sua volta riconosciuto, perché si trattava di William Parry. Walsingham non sarebbe stato felice di sapere che era in visita a un'importante famiglia cattolica. Tom decise di tenere per sé quell'informazione di vitale importanza finché non avesse potuto riferirgliela di persona.

Mentre la compagnia faceva ritorno a Londra, Tom pensava con preoccupazione al fatto di non aver ricevuto alcuna lettera da Isabel durante il periodo in cui era stato lontano. Non che fosse stato l'unico ad avere quel problema: i loro continui spostamenti rendevano difficile la ricezione della posta e più di un attore si era lamentato dell'assenza di lettere da casa. Ma fu con un senso di trepidazione per quanto poteva riservargli il futuro che, sbarcato davanti al corpo di guardia, Tom si incamminò verso il palazzo e, a passo lento, rientrò con le bisacce dalla porta laterale che conduceva al laboratorio e alle sue stanze.

34

Luglio 2021

Mathilde scattò a sedere nel letto, ansimando. A tentoni tese una mano a sinistra per accendere la lampada e si guardò intorno, aspettandosi qualcosa di diverso, ma la stanza era in tutto e per tutto identica a quando era andata a dormire. I suoi vestiti erano ancora sulla sedia su cui li aveva gettati, i jeans sul pavimento nel punto in cui se li era sfilati e la rivista che stava leggendo prima di assopirsi accanto a lei sul letto.

Reduce dall'ennesimo sogno inquietante, strinse le coperte con mani umidicce e attese un momento che il cuore riprendesse un ritmo regolare. Piano piano si distese di nuovo, senza spegnere la luce. I sogni sembravano diventare sempre più nitidi, ma ancora non era riuscita a capire di cosa parlassero. Sapeva solo che erano legati al trittico e pervasi di un crescente senso di trepidazione e mistero. E orrore nascosto. Si chiese se fossero legati anche alla lettera che aveva trovato. La prima parte del sogno in particolare era stata fin troppo vivida.

Era in un giardino, avvolta dal profumo di rose e fiori di lavanda. L'aria era fredda e la luce flebile, la notte allentava la presa sul nuovo giorno mentre il sole del primo mattino, aprendosi un varco tra le nuvole, cominciava a tingere il cielo di sfumature dorate. Lei stava appoggiata contro il muro chiaro, le pietre umide e scabre sotto i palmi. Ritrasse le mani gelate e se le infilò sotto le ascelle nel tentativo di scaldarle.

Stava sorvegliando l'angolo di un edificio e la sua pazienza era stata infine ricompensata quando una giovane donna era comparsa nel suo campo visivo e aveva cominciato a costeggiare il muro fino a fermarsi di fronte a lei. Il suo sorriso era splendido, si irradiava dal volto come a sfidare il sole, accendendole gli occhi di luce. Aveva cominciato a parlare e come al solito Mathilde non era riuscita a sentire nulla, eppure in qualche modo aveva seguito il discorso. La donna stava annunciando che doveva partire.

Infilandosi una mano in tasca, Mathilde aveva sentito le dita chiudersi intorno a un oggetto freddo e metallico. Quando lo aveva estratto, la donna si era portata una mano alla bocca sgranando gli occhi. «*Per me?*» aveva chiesto con un sorriso, e Mathilde aveva annuito prima di sollevare nel palmo la lunga catenina con appeso un medaglione dorato. La donna se l'era subito infilata al collo per poi nasconderla sotto l'elegante batista plissettata della gorgiera, celandola alla vista, dopodiché si era premuta la pettorina contro il seno per far scivolare il medaglione e infine aveva appoggiato la mano nel punto in cui sembrava essersi fermato in corrispondenza dello stomaco, un piccolo rilievo sotto il velluto rigido coperto di ricami del suo abito. Afferrandole le dita aveva detto qualcosa che Mathilde non era riuscita a cogliere, ma aveva sentito la carezza delle sue labbra fredde e morbide sulla bocca e si era svegliata nel suo letto, con il cuore impazzito e la sensazione di quella pelle fresca contro la sua.

Guardandosi le morbide mani dalle lunghe dita sottili,

Mathilde fu certa che il medaglione che aveva stretto nel sogno fosse lo stesso che aveva trovato nel cassetto di suo padre, quello dipinto sulle assi che nascondevano il trittico. Chiunque infestasse i suoi sogni stava cercando di dirle qualcosa, di rivelarle il mistero; se solo fosse riuscita a comprendere il messaggio. Chi era quell'uomo che continuava a sognare?

Con gli occhi ancora spalancati, continuò a chiedersi perché quel sogno le risultasse tanto familiare. Di sicuro non conosceva lo scenario, né la donna.

Aveva appena visto il pittore del trittico dare un medaglione – il *suo* medaglione – alla giovane donna. Ora sapeva con certezza che la persona di cui stava sognando, l'uomo che diventava di notte, era l'autore dell'opera d'arte che conservavano al piano di sotto e che era stata, per qualche ragione ancora da stabilire, nascosta nella cappella. La sua presenza si irradiava dal dipinto, come se durante tutto quel tempo non avesse fatto altro che aspettarla per raccontarle la sua storia. Si era servito del medaglione per condurla prima al trittico e adesso al messaggio nascosto. Perché lei? Cosa tentava di dirle e perché aveva atteso tanto a lungo?

35

Dicembre 1584

I preparativi per le festività natalizie fervevano e Tom non ebbe neanche in tempo di varcare la soglia del laboratorio che subito dovette rimettersi all'opera. Come sospettava, Hugh non era felice di aver dovuto lavorare da solo per tante settimane e Tom fu costretto a sobbarcarsi la maggior parte delle mansioni pesanti mentre lo speziale teneva per sé i compiti che era possibile svolgere vicino al fuoco. Lo spedì anche più volte al giorno a prendere la legna da ardere affinché la stanza restasse sempre calda. Tom non era nella posizione di lamentarsi e, augurandosi di intravedere Isabel, non gli dispiaceva affatto stare spesso all'aperto a raccogliere le erbe medicinali, ora orlate di gelo, dal terreno duro e impietoso. Le piante di vaniglia, rimaste esposte alle rigide condizioni dell'inverno, sembravano quasi morte, perciò le portò nel laboratorio e pregò di riuscire a salvarle.

Alla fine, dopo il digiuno dell'Avvento e l'interminabile dieta a base di lenticchie inframezzata nel migliore dei casi da un po' di pesce, Tom si svegliò la mattina di Natale in una stanza buia e fosca come sempre. Scese dal letto e, tirandosi le coperte sulle spalle mentre il fiato gli si condensava davanti al viso, andò ad affacciarsi alla finestra. Come immaginava, il mondo fuori era coperto da una spessa coltre di bianco. Era ancora troppo buio per scorgere le cupe nuvole grigie sfumate di giallo che dovevano essere sospese sul paesaggio abbacinante mentre, mulinando nell'aria, piccoli cristalli candidi fioccavano a terra sospinti dal vento in cumuli che cominciavano a ricoprire i muri e le siepi. Rabbrividendo, Tom osservò lo strato che ricopriva il suo davanzale e intuì che la nevicata sarebbe durata a lungo. Finché non fosse cessata, incontrare Isabel sarebbe stato impossibile, le loro impronte li avrebbero traditi all'istante.

Con gratitudine, infilò il suo farsetto invernale foderato di flanella sopra la camicia e la calzabraca che indossava a letto, dopodiché andò nel laboratorio, soffiò con il mantice un po' di vita nelle braci quasi spente del camino e vi aggiunse qualche rametto. Quando le fiamme divamparono, allineò un paio di vasetti sul bancone e cominciò a vagare per la stanza cercando altri modi per tenersi occupato. Lui e Hugh avevano lavorato sodo – be', lui più che altro – per accumulare una scorta di medicinali sufficiente a superare il Natale e il Capodanno: soprattutto rimedi per i disturbi gastrici e il mal di denti, sapendo per esperienza che sarebbero stati i più richiesti. Con un po' di fortuna nei successivi dodici giorni avrebbe avuto ben poco da fare, perché il palazzo sarebbe stato travolto da festeggiamenti sempre più animati e finalmente avrebbero potuto gustare un'abbondanza di pietanze appetitose. Al pensiero gli venne l'acquolina in bocca. Per giorni era stato tormentato dal profumo caldo e pungente di spezie, carne arrostita e grasso che cuocevano sul fuoco, spandendo un delizioso aroma affumicato nelle stanze della servitù.

Hugh non aveva ancora terminato di allacciarsi le vesti quando lo raggiunse, soffiandosi sulle mani prima di allungarle verso le fiamme. Tom inarcò le sopracciglia, indicandogli il vasetto di unguento allo zenzero e rosmarino che usavano contro i geloni, e l'uomo si lasciò sfuggire una risata. A quanto pareva, le festività avevano finalmente sciolto il suo risentimento per la protratta assenza dell'assistente dal laboratorio. I due speziali seguirono il resto della servitù dispensata dal lavoro sul lato opposto del cortile, nel grande salone dove avrebbero mangiato seduti a lunghi tavoli comuni posati su cavalletti di legno simili a ostacoli da superare. Tom sentiva il cuore martellare nel petto. Non avrebbe avuto un'occasione migliore di vedere Isabel, seppure da lontano. Dopo tante settimane di silenzio, non aveva idea se la donna provasse ancora qualcosa per lui e aveva quasi troppa paura di scoprirlo.

Non dovette attendere molto, in ogni caso, perché a metà mattina il baccanale si interruppe e, all'improvviso, tutti scattarono in piedi e si profusero in inchini e riverenze per accogliere l'entrata della regina. Tom percepì la vibrazione delle trombe con qualche secondo di ritardo rispetto agli altri e dovette alzarsi in gran fretta dalla panca su cui stava seduto, sperando che nessuno avesse notato la sua mancanza di rispetto.

Dopo aver trascorso cinque minuti prostrati sul pavimento, tutti cominciarono a rialzarsi e tornare ai loro posti. Mentre li imitava, Tom lanciò uno sguardo al tavolo principale, dove Leicester sedeva al suo solito posto tra Burghley e la regina, e vide che in mezzo agli altri membri del seguito reale c'era anche Walsingham.

Finalmente il suo sguardo si posò sulla persona che voleva vedere. Anche lei sembrava scrutare la sala alla ricerca di qualcuno, ma c'era troppa gente e lui non poteva attirare l'attenzione su di sé senza rischiare di farsi notare da altri. Tenne gli occhi fissi su di lei, contemplandone la bellezza con la bramosia di un assetato che scorge un'oasi in mezzo al deserto. Isabel aveva il viso arrossato e indossava un abito di spessa lana verde scuro in contrasto con le maniche bianche decorate da nastrini verdi. I bagliori arancioni dell'enorme ceppo di Natale che ardeva nel camino, decorato con ghirlande d'edera e rametti di lustro agrifoglio punteggiati di bacche scarlatte, scolpivano i suoi lineamenti delicati facendone risaltare la bellezza. La cuffia adagiata sulla nuca le lasciava scoperti i capelli alla sommità del capo.

Proprio quando cominciava a perdere la speranza di incrociare il suo sguardo, Tom lo sentì bruciare sulla pelle e i loro occhi si incontrarono attraverso la folla. Di colpo, fu come se ci fossero loro due soltanto. I corpi premuti contro di lui sulla panca, l'odore sgradevole della sala affollata, i giocolieri che danzavano canzonando gli ospiti incantati dalla loro destrezza, il dolce sapore delle prugne candite che stava piluccando dalla ciotola sul tavolo, la sensazione appiccicaticcia delle dita sporche di sciroppo: tutto svanì sullo sfondo.

Pur non volendo attirare l'attenzione di potenziali osservatori, Tom non poté impedire al suo volto di aprirsi in un ampio sorriso. Dopo essersi rapidamente assicurata che nessuno la stesse guardando, Isabel ricambiò. Fu come se il sole avesse irradiato la sala di luce, dissipando le nuvole grigie e la neve che continuava a cadere all'esterno. Poi lei si portò una mano alla gorgiera, sfiorò con le dita lo scollo dell'abito e gli lasciò intravedere per un istante il barlume dorato di una catenina. Travolto dal sollievo, Tom sentì che il cuore spiccava il volo. Isabel era ancora sua, ora lo sapeva per certo: indossava il suo pegno di fidanzamento. Qualunque cosa fosse accaduta alla loro corrispondenza negli ultimi mesi, in quel momento non aveva importanza.

Non desiderava altro che precipitarsi al tavolo per prenderla tra le braccia, ma sapeva che sarebbe stato il modo più rapido per farsi bandire dalle celebrazioni e forse anche dal suo impiego e dalla corte. Non poteva correre rischi tanto sciocchi. Come avrebbe fatto, si chiese, a fissare un incontro con tutta quella neve? Sospettava che fosse meglio lasciarne l'organizzazione a Isabel e si augurò che lei non tardasse troppo a contattarlo.

La giornata di festa proseguì nello stesso spirito del mattino. Il ceppo di Natale continuò a scoppiettare nel camino mentre la musica e le danze proseguivano. Non avendo idea del ritmo, Tom non poteva partecipare ai balli, ma percepiva le vibrazioni della musica e fu ben felice di restarsene seduto a tavola, a sgranocchiare il marzapane e le nocciole caramellate che comparivano con regolarità nei piatti e bere la forte birra che veniva passata di mano in mano. Quando le persone cominciarono a barcollare, lui faticava ormai a tenere gli occhi aperti e con tutto l'alcol che aveva in corpo raggiunse la sua stanza con passo malfermo.

Nel laboratorio l'oscurità era quasi completa, il fuoco produceva appena un fioco bagliore quando entrò aggrappandosi ai mobili per sostenersi. Si accorse subito di non essere solo. Un lieve profumo di lavanda raggiunse i suoi sensi e li accese spandendosi nell'aria. C'era un'altra persona con lui nella stanza, e quando la vide uscire dall'angolo buio in cui lo stava aspettando anche le ombre si mossero insieme a lei. Allacciandogli le braccia al collo, Isabel premette il corpo contro il suo e Tom inspirò la sua fragranza, adagiandosi con una mano la sua testa contro il petto e passandole l'altro braccio intorno alla schiena. Di colpo, desiderò non lasciarla più. Sentendo il battito del suo cuore contro il proprio e l'ansare del suo seno che si alzava e abbassava a ogni respiro, si chinò a baciarla. Stava annegando in lei e avrebbe voluto restare lì per sempre, tra le sue braccia.

Alla fine lei fece un passo indietro e, con un legnetto sottile preso da un vaso accanto al focolare quasi spento, accese la candela che doveva aver portato con sé per trovare la strada. La fiamma divampò illuminandola dal basso, danzò sui suoi lineamenti delicati e le tracciò ombre scure intorno agli occhi, ma il bagliore che le rischiarava la bocca permise a Tom di scorgere finalmente le sue labbra rosa gonfie di baci.

«*Mi sei mancato*» gli disse. «*Non sapevo dove scriverti senza correre il rischio di informare qualcuno della nostra amicizia.*» Sollevato, Tom comprese che almeno aveva cercato di mantenersi in contatto.

"Anche tu mi sei mancata" comunicò con gesti impacciati. Si pentì di non essere stato più morigerato con la birra, ma lei sembrò capire ugualmente.

«*Indosso ancora il tuo medaglione.*» Lo estrasse dalla veste. «*È sempre vicino al mio cuore.*» Lui sorrise e annuì, premendosi un palmo contro il petto, per poi ripetere il gesto su di lei. Isabel coprì la sua mano grande con la propria, minuscola.

«*So che le nostre vite non hanno seguito lo stesso percorso e che la differenza di rango rende inconcepibile qualunque relazione tra noi, ma sono pronta a rischiare tutto per te. Non desidero altro che poter trascorrere l'intera mia vita al tuo fianco. E a Dio piacendo, creare insieme una famiglia.*»

Tom la fissò, sicuro di avere frainteso. Che Isabel condividesse il suo desiderio era più di quanto avrebbe mai potuto sperare. Le prese le mani e le baciò dolcemente, stringendosele contro il cuore.

«*Non posso lasciare la corte durante le festività natalizie*» spiegò lei, «*ma saresti disposto a venire di nuovo a casa mia dopo la dodicesima notte? Non possiamo continuare così, dobbiamo fare qualcosa.*» Tom non sapeva cosa intendesse esattamente, ma quello che intuiva lo spinse a chiedersi di nuovo se stesse fraintendendo le sue intenzioni. Stava davvero parlando di matrimonio? Era molto, molto più di qualunque cosa avrebbe mai potuto immaginare.

«*Ti farò recapitare un messaggio per dirti quando*» concluse Isabel, e lui annuì prima di chinarsi e baciarla ancora. Poi lei uscì dal laboratorio e la luce della sua candela si allontanò lungo il corridoio fino a essere inghiottita dall'oscurità.

Per dilettevoli che fossero, Tom si scoprì a mal tollerare il protrarsi dei dodici giorni di Natale e delle stravaganze con cui il palazzo reale festeggiò l'arrivo del nuovo anno. Il cibo e la birra cominciarono a prendere un gusto amaro nella sua bocca mentre attendeva impaziente che la vita tornasse al suo solito corso per poter incontrare in santa pace Isabel. Come previsto, aveva dovuto dispensare molte polveri per lenire gli stomaci in subbuglio dopo le abbuffate di cibo. La regina era famosa per avere poco appetito, ma persino lei continuava a chiedere rimedi per il mal di denti causato dall'eccessivo consumo di marzapane, e sonniferi contro il dolore che la teneva sveglia fino a tarda notte. Le scorte di vaniglia stavano diminuendo, perciò aveva ripreso a utilizzarla esclusivamente per le medicine della sovrana. Mancava ancora molto all'arrivo della primavera, quando il bel tempo avrebbe consentito alle navi di portare nuove forniture da Venezia e Anversa. Tom aveva sperato di ricavare i preziosi baccelli dalle piante che coltivava, ma avendo fallito nel suo intento poteva solo pregare che le temperature più miti le incoraggiassero a produrre dei frutti. Quantomeno era riuscito a salvarle ritirandole nel tepore del laboratorio.

Il messaggio che attendeva trepidante giunse infine a metà

gennaio, in concomitanza con un parziale disgelo. Isabel aveva ottenuto il permesso di tornare a casa, e prima di lasciare il palazzo fece recapitare a Tom una lettera in cui gli chiedeva di raggiungerla quel giorno stesso o non appena fosse riuscito a liberarsi.

L'urgenza delle sue parole gli causò non poche preoccupazioni. Era certo che Hugh non gli avrebbe concesso di assentarsi dal lavoro finché erano impegnati a rimpiazzare i medicamenti consumati durante le feste, ma era determinato a presentarsi a Cordwainer Street il prima possibile.

Sapendo che lo speziale lo aveva visto dare una scorsa veloce al messaggio per poi farselo scivolare in tasca, quel pomeriggio Tom scomparve nella sua stanza e ne riemerse indossando il soprabito blu, dopodiché si strinse in silenzio nelle spalle e finse di essere dispiaciuto per l'ennesima convocazione di Walsingham. Hugh quasi non rispose e Tom avvertì una fitta di rimorso al pensiero di averlo raggirato. Ma non poteva fare altrimenti, avrebbe rischiato tutto pur di vedere Isabel.

Al molo trovò poche barche in attesa, con i rematori stretti l'uno all'altro che fumavano pipe di terracotta e battevano i piedi per terra cercando di scaldarsi. Tom mostrò loro un pezzo di carta con il nome della banchina a cui era diretto e saltò a bordo. La maggior parte dei barcaioli lo conosceva, perciò uno si staccò dal gruppetto e, salito insieme a lui, raccolse i remi per spingere l'imbarcazione al centro del fiume.

Nonostante il bel tempo, il sole era freddo e splendeva in un cielo così slavato da apparire quasi bianco. Sempre meglio dei nuvoloni giallastri gravidi di neve dei giorni precedenti, ma l'aria gelida gli mozzava il respiro e gli ghiacciava le orecchie mentre scivolavano lentamente sull'acqua che, liscia e immobile come seta, rifletteva il cielo pallido sopra di loro. Nella fretta di vedere Isabel aveva dimenticato il cappello.

Quando giunse a casa sua, non fece in tempo a salire i gradini che lei spalancò la porta per accoglierlo con un gran sorriso. Si sporse in avanti e lo attirò nel tepore dell'atrio, poi premette le labbra sulle sue e subito balzò indietro esclamando: «*Sei gelato!*». Tom annuì e si avvicinò al camino, dove si sedette tirandosela sulle ginocchia. Era in paradiso, non avrebbe mai più voluto muoversi. Isabel, però, era di un altro parere.

«*Dobbiamo parlare*» lo informò. Lui alzò le sopracciglia e aspettò che proseguisse. «*Voglio sposarmi e nutro la speranza di avere un giorno una famiglia. È il mio più grande desiderio: bambini che scorrazzano per tutta la casa e un marito accanto.*» Tom l'attirò a sé per darle un bacio sulla testa, poi le prese il viso tra le mani, indicò se stesso e annuì. Anche lui non desiderava altro che quello.

«*Non possiamo continuare così.*» Lui sentì il cuore spezzarsi. Possibile che Isabel lo avesse invitato lì, mostrandosi così felice di vederlo, solo per mettere fine alla loro insolita relazione segreta? Avrebbe potuto mandargli una lettera. Fece per alzarsi, cercando di farla rimettere in piedi, ma lei oppose resistenza e sollevò una mano per chiedergli di restare seduto. «*Aspetta*» disse, «*lasciami finire il discorso. Ti amo, Tom Lutton, e voglio trascorrere il resto della mia vita con te. Possiamo farlo solo se ci sposiamo. La regina si infurierà quando saprà che siamo convolati a nozze senza il suo permesso, ma sono pronta a correre quel rischio. E tu?*»

Tom era sbalordito da ciò che stava leggendo sulle sue labbra e si chiese se avesse frainteso. Annuì lentamente poi, senza lasciare la presa su di lei, si alzò in piedi e cominciò a vorticare per la stanza, tenendola stretta a sé con le gambe che volteggiavano nell'aria. Sentì la sua risata vibrare contro il petto.

Alla fine la rimise a terra e per un attimo rimasero fermi, in attesa che il mondo smettesse di girare. Isabel raggiunse la scrivania nell'angolo ed estrasse un fascio di fogli da un cassetto.

«Ho chiesto al sacerdote della St. Mary Aldermary di occuparsi delle pubblicazioni. Possiamo sposarci domani. Riusciresti a farti trovare in chiesa alle dieci del mattino?»

Tom annuì, estasiato: certo che ci sarebbe stato. Doveva solo evitare Hugh per ventiquattro ore, così non avrebbe dovuto inventarsi un'altra bugia per giustificare la sua assenza. Isabel lo prese per mano e lo condusse nel salottino accanto alla porta d'ingresso, dove trovarono un pasto pronto accompagnato da ippocrasso dolce. Sedendosi ai lati del camino, cominciarono a pianificare il loro futuro.

Alla fine, sgattaiolare fuori dal palazzo l'indomani mattina fu più semplice di quanto Tom avesse temuto. Si alzò di buon'ora e attizzò il fuoco, poi si dedicò a completare un paio di lavori iniziati da Hugh la sera prima, filtrando alcuni medicamenti e lasciando altri preparati a solidificarsi ulteriormente. Approfittando dell'assenza dello speziale, gli scrisse un ambiguo messaggio sulla tavoletta cerata in cui adduceva misteriosi impegni, quindi indossò il soprabito e, badando di non dimenticare di nuovo il cappello, corse giù al pontile.

Stava aspettando fuori dalla chiesa con il pastore quando, alle dieci in punto, scorse Isabel. Tom la guardò avvicinarsi con il consueto passo maestoso, l'incedere di chi sapeva sempre cosa fare. I riccioli scuri sciolti sulla schiena erano ornati di perle che scintillavano tra le trecce fissate ai lati del viso. Indossava un abito che lui non aveva mai visto, di un raffinato damasco verde chiaro, e aveva un mazzolino di lavanda essiccata infilato nel busto. Mentre avanzava verso il portone della chiesa in cui si sarebbe tenuta la cerimonia, la sua cameriera personale la precedeva reggendo un rametto di rosmarino legato da nastrini.

Quando si fermò accanto a lui, Tom percepì il calore del

suo corpo e la guardò negli occhi con un sorriso, cercando di trasmetterle tutto l'amore che provava. Un'adorazione che lo faceva librare ad altezze di cui non aveva mai neanche immaginato l'esistenza. Malgrado i rischi che l'attività spionistica per Walsingham comportava, sarebbe stato sempre grato che il destino lo avesse condotto a Londra. Entrambi si voltarono verso il pastore.

Qualunque cosa l'uomo stesse dicendo, Tom non riuscì a coglierla mentre alzava il viso per sentire la brezza fredda che gli scompigliava i capelli e agitava le gonne di Isabel. Avvertì il profumo della sua lavanda e, più lieve, quello dell'acqua di rose con cui si era lavata. Purtroppo percepiva anche l'odore del prete, un fetore alquanto sgradevole che avrebbe preferito ignorare. Notò ogni dettaglio, tranne l'unica cosa che avrebbe voluto davvero sentire: le parole con cui venivano uniti agli occhi di Dio.

Poi il pastore lo guardò e, al suo cenno, lui comprese che il momento era arrivato. Non avendo modo di confermare verbalmente i suoi voti, avrebbe dovuto pronunciarli a gesti.

Fece un passo avanti e prese Isabel fra le braccia, poi indietreggiò tenendola per mano. Estrasse dalla tasca l'anello che lei gli aveva dato il giorno prima e glielo infilò al dito, dopodiché si premette un palmo sul cuore e lo sollevò verso il cielo. Per giurare che avrebbe vissuto con lei fino alla fine dei suoi giorni, si portò entrambi gli indici sulle palpebre e le chiuse. Infine, finse di scavare una buca con il tallone e suonò una campana a morto, tirando una fune invisibile.

Riaprì gli occhi e guardò in quelli di lei, colmi di lacrime trattenute. Quando gli prese il viso tra le mani sollevandosi in punta di piedi per baciarlo, Tom avvertì il freddo della sua fede nuziale contro la guancia. Poi il pastore si voltò verso il portone della chiesa e li fece entrare per condurli in preghiera.

36

Luglio 2021

Mathilde tentò di spiegare a Rachel che aveva sognato il medaglione, ma si rese presto conto che la sorella non stava facendo molto caso al suo racconto.

«Sono stata sveglia quasi tutta la notte per il mal di denti» gemette premendosi una mano sul viso. «È come un pulsare nella guancia, una vera tortura. Ho preso del paracetamolo ma non è servito a nulla.»

«Posso prepararti un rimedio naturale» si offrì Mathilde, «una pasta da mettere sulla gengiva. Funziona benissimo.»

«Sono disposta a provare qualsiasi cosa» rispose Rachel, scoraggiata. «Sto solo aspettando che apra lo studio per chiamare il dentista. Se riuscissero a darmi un appuntamento in giornata, potresti occuparti di Fleur? Dovrò andare e tornare da Peterborough, e lei passerebbe il viaggio in auto a piagnucolare. Non penso di riuscire a reggerlo, oggi.»

«Certo, non c'è problema. Insieme ci divertiremo, giusto?» Mathilde guardò Fleur, che annuì solenne.

«Facciamo un giro con la tua macchina fotografica?» propose la bambina, e lei acconsentì di buon grado. Dopo aver lasciato sorella e nipote in cucina, andò nel furgone a cercare gli ingredienti per la pasta contro il mal di denti che sua madre le aveva insegnato a preparare: un anestetico istantaneo a base di timo e chiodi di garofano. Aggiunse anche qualche seme di vaniglia per togliere il retrogusto amarognolo che lasciava in bocca.

«Funziona davvero» esclamò sorpresa Rachel dopo un po', girando per casa in cerca di Mathilde con la mano ancora premuta contro la guancia. «Mi hanno dato appuntamento a metà pomeriggio, perciò non tornerò fino a dopo cena. Per te va bene? Posso preparare qualcosa e lasciarlo in frigo, se vuoi. Dopo vorrei fare un salto a trovare Andrew. So di approfittarmi di te, ma il dentista è a soli cinque minuti da casa.»

«Non c'è problema» la rassicurò Mathilde. «E alla cena ci penso io, tranquilla.»

All'una in punto, lei e Fleur salutarono Rachel mano nella mano. Notando la forza con cui la nipote le stringeva le dita, Mathilde sperò che non si accorgesse di quanto la responsabilità che si sentiva addosso le facesse battere il cuore. Prima di quel momento non aveva mai dovuto badare a un altro essere umano, mai. Persino occuparsi di Shadow era una responsabilità nuova per lei, e il gattino se ne andava in giro per casa comparendo in cucina solo in cerca di cibo o carezze, già molto indipendente.

«Possiamo fare un giro con la macchina fotografica, quindi?» chiese Fleur.

«Ci andiamo più tardi» rispose Mathilde. «Visto il sole di oggi penso che stasera avremo un bel cielo limpido, e c'è la luna piena. Appena spunta usciamo a fare le foto, d'accordo?» Passeggiando nei pressi delle paludi le era venuta un'idea e incrociava le dita perché potesse concretizzarsi.

«Okay» accettò la bambina, dopodiché tornò saltellando in soggiorno e si rimise a giocare con un razzo spaziale e un porcellino di plastica. Forse fare la baby-sitter era più semplice di quanto immaginava, pensò lei seguendola.

La pazienza di Fleur si esaurì presto, però, e Mathilde fu costretta a inventarsi vari modi per intrattenerla nelle ore che le separavano dalla cena. Moriva dalla voglia di parlare a Oliver del suo sogno e della scoperta che medaglione e trittico erano collegati, tanto tra loro quanto all'uomo che continuava a sognare. Tuttavia, lui l'aveva avvisata che quel giorno avrebbe incontrato uno storico dell'epoca Tudor per parlare del dipinto e del messaggio trovato nella cornice, e come previsto aveva il telefono spento. Mathilde gli lasciò un messaggio confuso, incespicando nelle parole finché non si arrese e chiuse la telefonata bofonchiando una serie di improperi in francese. L'avrebbe richiamata, ne era certa.

Dopo una cena a base di omelette e *waffles* di patate con yogurt per dessert, Fleur cominciò a sbadigliare e Mathilde si chiese se avesse fatto la scelta giusta a tenerla sveglia oltre l'orario solito. Ma se non aveva sbagliato le previsioni avrebbero potuto assistere a un fenomeno meraviglioso a due passi da casa e ci teneva a condividerlo con quella nuova nipotina verso cui sentiva una connessione sempre più intima: come se rappresentasse un legame con il passato... e il futuro.

Fuori cominciava a imbrunire. Chiamarono Rachel, e Fleur passò qualche minuto a parlare con i genitori, poi Rachel promise che sarebbe partita presto per tornare a casa e Mathilde le assicurò che Fleur stava per andare a letto. Mentre lo diceva lanciò uno sguardo ammonitore alla bambina portandosi un dito alle labbra. Fleur soffocò una risatina, premendosi le mani sulla bocca finché Mathilde non chiuse la telefonata.

«Devo andare a letto per davvero?» chiese poi con labbra

tremolanti. «Avevi promesso di portarmi a fare un giro con la macchina fotografica, ma ormai è buio.» Gli occhi le si riempirono di lacrime.

«È il momento migliore per uscire» spiegò Mathilde. «Vai a metterti le scarpe da ginnastica e una giacca a vento, così non prendi freddo.» Con uno strillo eccitato Fleur sfrecciò al piano di sopra, mentre Mathilde si infilava gli scarponi e cominciava a preparare gli obiettivi più adatti alla scarsa luminosità notturna.

«Tu resta qui» disse a Shadow, impegnato a strusciarsi tra le sue gambe inarcando la schiena, «torniamo presto.»

Fuori il terreno era già umido di rugiada ma, come aveva previsto, il cielo limpido era rischiarato da una luna radiosa: le condizioni perfette. Si fermarono a prendere una grossa torcia nel furgone e poi, fianco a fianco, si avviarono lungo i prati invasi dalle erbacce. Aggrappata alla sua mano, Fleur indicava le falene illuminate dal fascio di luce della torcia e osservava i pipistrelli che sfrecciavano sulle loro teste. A un certo punto Mathilde si fermò e le indicò un gufo silenzioso che volava basso sopra il campo alla loro sinistra, la sua lenta traiettoria invariata a celare la concentrazione con cui i suoi occhi scuri scrutavano il terreno.

Alla fine arrivarono a destinazione e Mathilde si acquattò nell'erba alta. Fleur rischiò quasi di scomparire quando la imitò.

«Siamo venute a vedere le fate» spiegò Mathilde in un bisbiglio, «perciò dobbiamo stare attente a non far rumore.» Fleur la fissò con occhi sgranati e annuì in silenzio. «Osserva le canne davanti a noi» le sussurrò la zia, incrociando le dita perché succedesse qualcosa. Anche con le condizioni ideali rischiava di essere un buco nell'acqua.

Rimasero accovacciate in silenzio per quasi cinque minuti, tanto che Fleur cominciò a spazientirsi. Poi, proprio mentre la bambina iniziava a farsi irrequieta, Mathilde vide ciò che cercava.

«Guarda» indicò le lucine azzurre che volteggiavano nella palude. «Sono fatine. *Fées*. Le vedi?» Non ci sarebbe stato neanche bisogno di chiederlo, perché non appena erano apparse la bambina si era lasciata sfuggire un'esclamazione estasiata. Regolando le lenti della fotocamera, Mathilde scattò varie foto ai gas palustri che danzavano davanti a loro come piccole fate. Preferiva quel nome a "lumi fantasma", come li aveva sentiti chiamare da altri. Il folklore era spesso morboso.

Lentamente girò la fotocamera per catturare quello che davvero le interessava: l'espressione incantata con cui Fleur assisteva allo spettacolo, circonfusa dal chiarore azzurrino della luna che illuminava il suo profilo. Scioccata dalle proprie emozioni, Mathilde sentì il cuore riempirsi d'amore per la bambina. Aveva perso troppi anni senza la famiglia, anni perduti, e adesso sentiva l'urgenza di farne parte. Suo padre non le aveva donato solo una casa, ma anche l'occasione di vivere un'esistenza più appagante.

Dopo aver trascorso un po' di tempo acquattate sul terreno umido, cominciarono a sentire freddo e Mathilde propose di tornare indietro per preparare una cioccolata calda.

«Con la panna e i marshmallow?» Fleur venne subito conquistata dalla nuova proposta e, dimentica delle fatine, imboccò con lei la strada di casa illuminata dalla torcia. Abbassando lo sguardo sul suo visetto fiducioso e incantato, Mathilde si chiese come avrebbe fatto a lasciarla e sentì un altro filo avvolgersi intorno al suo cuore per legarla alla villa, a quella famiglia.

«Non so» rispose, «ma se riusciamo a trovarli non vedo perché no.»

Erano entrambe in pigiama che bevevano la loro cioccolata calda con la panna – ma purtroppo senza marshmallow – quando sentirono un rumore di pneumatici sulla ghiaia e poi la porta sul retro che si apriva.

«Ancora in piedi, signorina?» disse Rachel appena entrò in cucina, baciando Fleur sulla testa e lanciando un'occhiataccia a Mathilde. «Pensavo stessi per andare a nanna quando ci siamo sentite al telefono, ben quattro ore fa.»

«Siamo andate a cercare le fatine al buio! Ne abbiamo trovate tantissime» le raccontò Fleur in tono eccitato.

«Be', adesso devi andare a letto.» Con fermezza, Rachel la spinse verso le scale, e guardandole uscire Mathilde ebbe la sensazione che al suo ritorno si sarebbe beccata una bella lavata di capo. Per un attimo pensò di sgattaiolare in camera, ma si rese subito conto che non aveva senso. Se anche fosse riuscita a evitare la predica della sorella per quella sera, le sarebbe toccato sorbirsela la mattina dopo. Prese in braccio Shadow e affondò il naso nel suo soffice pelo nero.

«In tutta sincerità, ti credevo più responsabile.» Rachel alzò gli occhi al cielo mentre rientrava in cucina. «Come ti è saltato in mente di gironzolare al buio con mia figlia? Adesso vorrà farlo ogni volta e a me non entusiasma affatto l'idea di avventurarmi nelle paludi e sprofondare nel fango.»

«Era un'avventura tra zia e nipote.» Le bastò pronunciare quelle parole per sorridere al pensiero del rapporto che non aveva mai sperato di avere. «E ho sempre ben chiaro dove inizia la palude, non abbiamo mai corso il minimo rischio. Siamo andate a vedere i gas palustri – in Francia li chiamano *fées* – e le ho detto che erano delle fatine. Volevo scattarle qualche foto al chiaro di luna, sapevo che sarebbe rimasta incantata e speravo che, per una volta, la novità l'avrebbe tenuta ferma abbastanza a lungo da permettermi di fotografarla come si deve.» Si sporse sul tavolo per prendere la fotocamera e passò in rassegna gli scatti della serata, guardando le anteprime sul piccolo schermo. Doveva ammettere che erano incantevoli: era davvero soddisfatta. Si avvicinò a Rachel e le mostrò anche a lei.

«Wow.» La sorella rimase a bocca aperta. «Sono stupende, le foto più belle che le abbiano mai scattato. Sei riuscita a catturare perfettamente le emozioni sul suo viso. Sembra così innocente, ha una tale meraviglia negli occhi. Sono incredibili.»

«Ne sono piuttosto soddisfatta in effetti» ammise Mathilde mentre andava a sciacquare la tazza nel lavello.

«Non credere che ti perdoni per averla tenuta sveglia fino a tardi» la avvertì Rachel. «Domani sarà un incubo.» Ma sorrise, e Mathilde scrollò le spalle annuendo.

Era quasi fuori dalla porta quando, di colpo, ricordò il mal di denti che aveva tormentato la sorella e le chiese come andasse. Rachel fece una smorfia.

«Mi hanno fatto un'otturazione e adesso che l'effetto dell'anestesia è finito ha ripreso a farmi male. Per caso ti è rimasta un po' di quella pasta?» chiese.

Felice di poterle offrire i suoi talenti da speziale, Mathilde le passò il vasetto di plastica con il resto del preparato, poi le augurò la buonanotte e salì in camera sua.

Prima di mettersi a dormire, controllò il cellulare e trovò un messaggio in cui Oliver si scusava per non aver risposto al telefono e prometteva di chiamarla l'indomani mattina. Con un sorriso stampato sul volto, Mathilde chiuse gli occhi e si addormentò in pochi istanti, la mente sgombra da sogni che potessero insinuarsi nel suo subconscio.

37

Gennaio 1585

La settimana che seguì il matrimonio fu meravigliosa. Gli sposi si rintanarono in casa di Isabel e non videro nessuno a parte la sua cameriera personale e i pochi servitori alle sue dipendenze. Nessuno di loro sembrava molto deferente nei confronti del nuovo padrone, celando a stento il disprezzo per le sue umili origini. Tom si era assentato dal lavoro, informando Hugh tramite un messaggero di essere indisposto e non voler rischiare di contagiare qualcun altro. Lo speziale aveva approvato la sua scelta di restare lontano, perché qualunque malattia si fosse diffusa a palazzo avrebbe comportato per lui un carico di lavoro aggiuntivo.

Trascorsero le giornate a passeggiare nel giardino, dove Tom progettava di coltivare così tante erbe medicinali da fare concorrenza al giardino fisico di Greenwich. Cominciava a rendersi conto che, dopo una vita di vagabondaggi, aveva finalmente la possibilità di mettere radici, proprio come le piante che amava accudire. Avrebbe portato anche le sue piantine di vaniglia.

Di notte si stendevano nel grande letto a baldacchino intagliato, il più comodo in cui avesse mai dormito, e facevano l'amore protetti dalle tende. Tom poteva non essere in grado di sussurrare parole dolci all'orecchio di Isabel ma le dimostrava il suo amore con gli altri sensi, usando il gusto e il tatto per donarle piaceri sensuali che lei non avrebbe mai creduto possibili. Decise che, pur dovendo riprendere il suo lavoro per la regina, si sarebbe impegnato a tornare in quella casa il più spesso possibile, fosse anche solo per sdraiarsi in quel letto. Non si era mai sentito tanto appagato e soddisfatto. Anche da bambino, c'era sempre la paura di perdere le persone che amava e non essere al sicuro, di non meritare quell'affetto.

Non era mai riuscito a venire a patti con il fatto che quella che considerava la sua famiglia in realtà non lo era. Che da qualche parte nel mondo aveva dei genitori veri e forse anche dei fratelli, cugini, zie e zii. Sapeva di non appartenere a nessun luogo, e dopo che suo padre – adottivo – era stato ucciso e lui e sua madre erano fuggiti in Francia, non si era mai più sentito al sicuro. Anche quando si erano stabiliti in una tranquilla fattoria e sua madre aveva guadagnato abbastanza con lo zafferano da garantire alla famiglia un'esistenza serena e appagata, lui aveva continuato ad aspettare che la vita tornasse a tradirlo.

All'età di quattordici anni era diventato apprendista dello speziale del villaggio, ma aveva già imparato tutto quel che c'era da sapere grazie alla madre e al suo grande talento nella preparazione dei medicamenti. Aiutandosi con i disegni, la donna gli aveva raccontato la propria infanzia e le nozioni apprese dai monaci che vivevano nei pressi della sua casa. Poi Tom era partito alla volta di Parigi e da lì si era spostato ad Anversa, sempre in cerca di un luogo dove fermarsi e sentirsi a casa. Un luogo che lo facesse sentire parte di una famiglia. Quando si era imbarcato su quella nave in partenza dalla Francia, vagheggiava di raggiungere il Norfolk per rintracciare la famiglia che l'aveva perso, o abbandonato, tanti anni prima, invece era finito a Londra e adesso aveva una moglie e una vita felice. Non aveva trovato le sue radici, ma era più che soddisfatto del porto a cui era approdato.

Né Tom né Isabel immaginavano lo scalpore che avrebbero destato le loro nozze quando tornarono a palazzo. Raccomandandosi di non farne parola con nessuno finché lei non avesse informato la regina, Isabel aveva ammesso di temere la conversazione che l'attendeva, perché dubitava che Sua Maestà avrebbe approvato la sua scelta se le avesse chiesto il permesso prima di convolare a nozze. Sebbene le vedove fossero teoricamente libere di decidere per sé – in fondo, la prima volta avevano sposato l'uomo che altri avevano scelto per loro –, questo diritto non valeva per le dame più vicine alla sovrana. Malgrado il suo rifiuto di maritarsi, la regina Elisabetta trovava alquanto stimolante intromettersi nei fidanzamenti altrui, ragion per cui Isabel si era sempre premurata di tenere il medaglione ben nascosto.

Tom cominciò a intuire che stava accadendo qualcosa di spiacevole poco prima di cena, quando un giovane paggio entrò trafelato nel laboratorio e tentò di illustrare il disastro in corso. Lui tenne gli occhi fissi sulla sua bocca, cercando di leggere il labiale, ma l'ansimare del fanciullo gli rendeva difficile comprendere cosa cercasse di dire, perciò si voltò verso Hugh, che aveva smesso di pestare galle di quercia nel mortaio, e attese una spiegazione.

Lo speziale ascoltò per qualche minuto con la testa piegata di lato e poi inarcò le sopracciglia, voltandosi a bocca aperta verso Tom.

«*Quando ti sei assentato dopo Capodanno è stato per sposarti?*»

Lui sentì che il cuore cominciava a battergli in modo forsennato. Aveva un presentimento sgradevole sugli eventi che incombevano all'orizzonte e un brivido di paura gli corse lungo la schiena mentre cominciava a imperlarsi di sudore. Annuì lentamente, scrutando il volto dell'amico per non perdersi il minimo cambiamento o sfumatura di espressione.

«*Negli appartamenti reali si è scatenato un pandemonio e la regina ti ha convocato subito da lei. Al posto tuo andrei a cambiarmi, e in fretta.*» Hugh indicò i suoi vestiti inzaccherati di inchiostro. A quelle parole, Tom si sfilò il grembiule, lo gettò su uno sgabello e corse nella sua stanza per indossare la sua migliore calzabraca chiara e il soprabito blu. Si affrettò a rientrare nel laboratorio, lisciando le pieghe degli abiti che aveva recuperato da un armadio, e trovò il paggio che saltellava da un piede all'altro, impaziente di tornare di sopra con Tom al seguito. Mentre quest'ultimo usciva, Hugh gli afferrò il braccio.

«*Aspetta*» disse, «*chi hai sposato per meritare una convocazione della regina?*» Tom sorrise, gli occhi accesi d'orgoglio malgrado la preoccupazione. Scrisse "Lady Isabel" sulla tavoletta cerata e gliela porse.

«*Una dama della regina?*» chiese Hugh. «*Sei impazzito? Sarai in gattabuia entro l'ora di cena, puoi starne certo.*» Tom sentì lo stomaco liquefarsi al pensiero di essere rinchiuso in una cella sudicia, al buio, privato della vista che gli era così preziosa per riuscire a comunicare, ma se ciò avesse garantito la sicurezza di Isabel, avrebbe accettato quella sorte con gioia. Si voltò e seguì il paggio di sopra.

Per una volta fu lieto di non poter udire alcun suono, perché gli bastò un istante per rendersi conto che la camera privata era sprofondata nel caos. In mezzo a persone che correvano concitate di qua e di là con aria scossa, l'incarnato solitamente pallido della regina mostrava una sconveniente sfumatura paonazza che strideva con la chioma fulva. Continuava ad agitare le braccia e la sua bocca, come aperta in un grido perenne, spargeva goccioline di saliva tutt'intorno. Tom vide Burghley pulirsi discretamente il farsetto. Cercò Isabel con gli occhi, ma non trovò traccia di lei da nessuna parte. Rintanate in un angolo per scampare alla furia della sovrana, le altre dame di compagnia avevano abbandonato per terra un liuto e gli strumenti da cucito, sparsi sul pavimento insieme ad altri oggetti che sembravano essere stati scaraventati in uno scatto d'ira.

Tom fece un inchino profondo e sperò, invano, che la regina non avesse notato la sua presenza. Fissandosi le scarpe, si accorse che erano ancora incrostate di fango dopo che al mattino era uscito a raccogliere erbe nel giardino fisico. Quanto avrebbe desiderato trovarsi lì in quel momento, nell'angolo di serenità creato dalle sue piante. Alla fine qualcuno gli assestò una spinta tra le scapole e, per non schiantarsi a terra, lui fece un passo avanti e si raddrizzò.

La regina era tornata ad accomodarsi sul trono e il grosso dei servitori e delle dame stava uscendo in gran fretta dalla stanza. Un altro spintone lo portò di fronte alla sovrana, e lui decise di genuflettersi. Non sapeva cosa stesse accadendo, ma era certo che non fosse nulla di buono e mostrarsi più ossequioso del solito avrebbe potuto tornargli utile. Anche se ne dubitava. Un movimento alla sua sinistra gli fece girare la testa e riconobbe l'orlo inferiore dell'abito di Isabel, lo stesso che indossava quel mattino quando avevano lasciato insieme Cordwainer Street per tornare a palazzo. Lentamente, Tom si raddrizzò per guardarla: aveva il viso bagnato di lacrime, gli occhi gonfi e arrossati. Sentì il sangue incendiarsi nelle vene e provò a fare un passo verso di lei, ma un braccio scattò in avanti per fermarlo. Confuso, Tom si accorse che erano stati raggiunti da numerose guardie reali. Al suo fianco Isabel teneva lo sguardo fisso sulla regina. Lui la imitò.

All'inizio fu arduo comprendere le parole che venivano loro rivolte – o meglio, urlate –, ma di fronte al suo sguardo vacuo la sovrana si voltò a parlare con Burghley, il quale tradusse il suo sfogo in un discorso intellegibile anche a Tom. Non impiegò molto a capire che si erano cacciati in un bel guaio. Malgrado Isabel, in quanto vedova, avesse la facoltà di risposarsi con chi e quando voleva, aveva avuto ragione di sospettare che la regina non avrebbe approvato la sua condotta. La sovrana era furiosa che una sua dama si fosse arrogata il diritto di maritarsi senza permesso, soprattutto poiché aveva scelto di farlo con lui, Tom Lutton, l'umile assistente dello speziale. Un servo, nonostante il lavoro che svolgeva per Walsingham.

Sua Maestà rovesciò la sua collera su Isabel, e Tom trovò più semplice leggere le parole della moglie quando questa, girando verso di lui il viso solcato di lacrime, raccontò dei loro incontri segreti nei giardini. Isabel implorò la regina di perdonarli, giurando che avevano agito in buona fede solo per coronare il loro sogno d'amore, ma le sue suppliche non sortirono alcun effetto. Due guardie si fecero avanti e, afferrandola per le braccia, la trascinarono via. D'istinto Tom tentò di fermarle ma fu bloccato all'istante da forti mani grandi come badili che, serrandolo in una morsa, gli impedirono di seguirla. Lui tornò a voltarsi verso Burghley.

«*Lady Isabel verrà scortata nella Torre*» spiegò questi. «*Può ritenersi fortunata che non sia Newgate. Rimarrà lì finché la regina non riterrà che sia stata punita a sufficienza, se mai accadrà. Voi sarete invece condotto nel carcere di Poultry Corner*» concluse senza battere ciglio. Tom spostò lo sguardo sulla sovrana, cercando un modo per supplicarla di liberare Isabel, ma con le mani bloccate ed Elisabetta che fissava la parete sopra la sua testa non ebbe altra scelta che lasciarsi trascinare a sua volta fuori dalla sala. Le guardie gli stringevano le braccia con tanta forza da affondargli le dita nella carne e lui riconobbe in una delle due l'uomo che solo qualche settimana prima si era recato nel laboratorio supplicandolo per avere uno dei suoi ormai famosi rimedi per il mal di denti. Aveva dimenticato in fretta il suo debito.

Una volta nel corridoio, gli usarono la cortesia di lasciarlo alzare in piedi prima di condurlo giù sul pontile, dove una barca era già in attesa. Tom si guardò intorno in cerca di Isabel, sperando di poterle inviare un silenzioso messaggio di amore e sostegno, ma non la vide da nessuna parte. Nel frattempo era calata la nebbia, una coltre umida e pesante che baciava le acque grigio peltro e lo avvolgeva in un abbraccio mesto quanto il suo cuore. Senza poter usare la voce per chiamarla, non per la prima volta nella sua vita maledisse la propria disabilità.

Dopo averlo messo sulla barca insieme a una delle guardie – non quella affetta dal mal di denti, notò lui – si spinsero al centro del fiume. Tom di solito amava quel tragitto: la brezza sul viso, immergere le dita nelle acque fredde del Tamigi e osservare il movimento fluido e regolare dei remi che fendevano l'acqua. Quel giorno invece rimase seduto nel suo silenzio, dritto come un fuso, il cuore oppresso dalla paura. Da una vibrazione alle sue spalle seppe che la guardia aveva parlato e vide il barcaiolo rispondere: «*Non lo vorrei neanch'io*». Non avrebbe voluto cosa? Andare in galera? Be', chi poteva mai desiderarlo? Tutti sapevano come fossero quei luoghi. Sperò ardentemente che a Isabel, nella Torre, avrebbero quantomeno concesso un alloggio decente.

Di lì a poco si fermarono di fronte a una serie di viscidi gradini verdi e maleodoranti. Tom cercò di salirli senza perdere l'equilibrio, giacché sospettava che se fosse scivolato né il rematore né la guardia avrebbero fatto il minimo sforzo per ripescarlo dal fiume. Aggrappandosi alle pietre ruvide e taglienti del muro e con il fiato caldo della guardia sul collo, a poco a poco riuscì ad arrivare in cima. Una volta sulla banchina fu trascinato per le strade buie della città, avvolto nell'oscurità di pece della notte, finché non raggiunsero Poultry Corner. Lì, con una spinta, fu costretto a entrare nella guardiola di un imponente edificio in mattoni che si ergeva dirimpetto. Aveva un'aria cupa e desolata e Tom sentì un centinaio di mesti fantasmi radunarglisi intorno per dargli il benvenuto agli inferi.

Fu costretto a scendere varie rampe di scale, finché non si convinse di aver raggiunto davvero gli abissi dell'inferno, il quale però, invece che caldo e rovente, era gelido e umido, con il fetore del Tamigi e del piscio di gatto che gli aggredivano le narici. Era così buio che non riusciva a vedere a un palmo dal suo naso. La luce naturale non poteva certo penetrare a tali profondità ed era impensabile che le guardie gli lasciassero una candela. Tom sentì il pavimento vibrare per lo schianto di una porta che si chiudeva alle sue spalle. Si domandò se ci fosse qualcun altro là sotto con lui, ma anche se gli avesse parlato non sarebbe riuscito a sentirlo. Avvertì un movimento al suo fianco, poi qualcosa gli sgusciò sopra i piedi. Solo un ratto. Sospettava che ce ne fossero molti in quella cella insieme a lui.

L'unico modo per sondare lo spazio intorno a sé era esplorarlo a tentoni come un cieco, perciò tese le braccia e avanzò fino a toccare il muro umido e scivoloso. Era così freddo che per un attimo ritrasse le mani e se le sfregò sul farsetto. La guardia era stata lesta a spogliarlo del soprabito blu e sospettava che non l'avrebbe più rivisto. Del resto era probabile che non ne avrebbe più avuto bisogno: non c'erano dubbi che fosse destinato al patibolo.

Tornando ad appoggiare i polpastrelli sul muro, si fece strada lungo il perimetro della stanza. Era minuscola, due metri quadrati circa, calcolò, senza alcun mobilio né compagni di cella all'infuori di quelli a quattro zampe e con la coda. Lasciandosi scivolare lungo la parete fino a sedere sul pavimento cosparso di un po' di paglia vecchia che non bastava a coprire la gelida pietra nuda, si prese la testa tra le mani. Com'era possibile che fossero finiti così, in quella situazione disperata, quando non avevano commesso altro peccato che innamorarsi? Dubitava che avrebbe mai rivisto Isabel. Tutte le sue antiche speranze di costruirsi una vita in Inghilterra sarebbero probabilmente finite con il suo corpo che penzolava da una forca.

38

Luglio 2021

«Allora, cosa facciamo adesso con questa lettera, o qualunque cosa sia? Come l'ha chiamata Oliver?» Erano fuori in giardino. Rachel aveva scovato una vecchia sdraio di tela e, dopo aver armeggiato per qualche minuto, era riuscita ad aprirla per sedersi con una tazza di caffè. Quando aveva fatto per appoggiarsi allo schienale si era sentito uno scricchiolio minaccioso e per un momento Mathilde aveva temuto che la tela consunta cedesse facendola precipitare per terra, invece sembrava sorreggerla.

«Non ricordo, è una parola che non conosco in inglese. Comincia per P» replicò, fermandosi con la vanga a mezz'aria. Aveva scoperto alcune piante di menta e salvia dietro la vecchia serra e adesso si stava divertendo a espandere il suo orticello di erbe aromatiche. La solitudine che aveva cercato in quell'angolo del giardino, con i vecchi attrezzi robusti del padre – lucidi per l'uso e segnati da solchi e avvallamenti in cui le sue dita scivolavano con naturalezza come a seguirne le impronte –, era stata turbata dalle chiacchiere di Rachel e dai suoi soliti maneggi. Tuttavia, consapevole che ultimamente non aveva dedicato molto tempo alla sorella, Mathilde era riuscita ad accogliere con quello che sperava risultasse un sorriso caloroso la comparsa della sdraio e delle due tazze di caffè. Come sempre, Fleur era nei paraggi, impegnata a inseguire farfalle e lanciare strilli acuti agitando le braccia ogni volta che un'ape arrivava a meno di tre metri da lei.

«Ha chiamato un altro dei suoi amici, penso.» Mathilde bevve un sorso di caffè macchiato e fece una smorfia. Da brava inglese, Rachel non aveva rivali nel preparare il tè ma il suo caffè istantaneo lasciava molto a desiderare. Forse era il momento di tornare in Francia, giusto per ripristinare adeguatamente i livelli di caffeina. «Sembra conoscere davvero chiunque abbia qualche nozione nel campo dell'arte» aggiunse con un sorriso.

«Be', sospetto che sia un mondo piuttosto piccolo» convenne Rachel. «Meglio per noi, in ogni caso. O per te. Come avremmo fatto senza di lui? Io non mi sarei neppure accorta che c'era un messaggio nascosto nella lettera. Devo ammetterlo, il trittico comincia ad affascinare anche me. È così misterioso, e la sua possibile connessione con la nostra famiglia è una specie di legame che ci unisce.»

«Sto aspettando la sua chiamata, ma non sarei sorpresa se cominciasse a trascinare qua anche altre persone perché gli diano un'occhiata. Sento anch'io il legame di cui parli, perciò gli ho detto che non voglio che lo spostino da qui.» Mathilde posò la tazza e riprese a vangare.

Dopo un'intera vita trascorsa in volontario isolamento, la quantità di persone che adesso le si stringevano attorno come nuvole improvvise al termine di una giornata calda era sconcertante. Piano piano era riuscita ad accettare Rachel e Fleur, ma non Alice e Jack, che continuavano a tenersi a distanza.

Erano la dimostrazione del fatto che la famiglia non sempre era una cosa positiva; se non fosse stato per Rachel, Mathilde sarebbe saltata a bordo di un traghetto per la Francia alla prima avvisaglia di conflitto. E adesso Oliver. Non riuscì a trattenere un sorriso al pensiero della sua espressione stravagante e dei suoi occhi azzurri così aperti e amichevoli. L'accettazione e la gentilezza che esprimevano i suoi modi non potevano essere più distanti dall'atteggiamento della gente che aveva plasmato la sua infanzia. Ma le restava ancora molta vita da vivere.

Mathilde si lavò le mani nel lavello della cucina dopo aver trapiantato salvia e menta ed estirpato un po' di erbacce. Aveva anche disvelato alcune foglie giganti che Rachel con entusiasmo le aveva spiegato essere rabarbaro, ottimo per fare un dolce chiamato *crumble*, anzi lo avrebbe preparato quella sera stessa per poi portarne un po' a Andrew nel fine settimana. A Mathilde in realtà sembrava pesante e disgustoso, ma si era tenuta la sua opinione per sé. Controllando il telefono, vide che aveva una chiamata persa di Oliver e le sue labbra si piegarono all'istante in un sorriso. Da quando l'aveva conosciuto, aveva scoperto muscoli facciali che nemmeno sapeva di avere. Premette il tasto di richiamata e si portò il telefono all'orecchio. Aveva lasciato Rachel e Fleur a rincorrersi intorno alla casa e sperò che non piombassero dentro proprio mentre parlava con lui.

«Ciao, Matty.» La sua voce calda la fece arrossire di piacere. Non avrebbe mai permesso a nessuno di chiamarla con un vezzeggiativo, ma per qualche ragione se a farlo era Oliver non la disturbava.

«Ciao, mi sono persa la tua chiamata?» disse.

«Volevo solo informarti che ho parlato con un tizio della

UEA, l'università di Norwich, che sarebbe molto felice di dare un'occhiata alla lettera, soprattutto visto il contesto in cui è stata trovata. Si è entusiasmato parecchio.»

«Contesto?» Certi termini le creavano ancora problemi.

«Il posto dove è stata trovata. E dato che il trittico è elisabettiano, o forse persino più antico considerando la sua vaga somiglianza con l'opera di Bosch, questo strano documento lo rende interessantissimo dal punto di vista storico. Ho promesso che glielo porteremo la settimana prossima, a te sta bene? Se venisse fuori che ha un valore storiografico, annunciarne la scoperta sarebbe un colpaccio.»

Mathilde non aveva idea di cosa c'entrassero i *polpacci*, ma non voleva continuare ad attrarre l'attenzione sulle sue lacune linguistiche dopo tante settimane di netto miglioramento. Era così sollevata all'idea di poter forse scoprire cosa diceva la lettera e, ancora più importante, per quale motivo fosse legata alla villa, che quasi non si accorse delle successive parole dell'uomo.

«Starò via fino a lunedì, ma possiamo portarlo martedì, se vuoi.»

«Sì, sarebbe perfetto. Grazie.» Era un po' delusa di dover attendere ancora diversi giorni per rivederlo, ma non l'avrebbe mai ammesso. Oliver era solo un amico, si ripeté. Entro poco più di un mese l'estate sarebbe finita e lei sarebbe tornata alla sua vita precedente. Come per ricordarselo, posò il telefono sul tavolo, uscì di casa e andò ad accendere il furgone per ricaricare la batteria. Non voleva che si rovinasse o scaricasse, doveva essere pronta a partire da un momento all'altro. Sempre avere una via di fuga: sua madre glielo aveva ripetuto come un mantra per tutta l'infanzia. Non che alla fine le fosse servito a qualcosa.

39

Gennaio 1585

Tom dormì appena quella notte. In effetti, nell'oscurità sinistra della cella si accorse di non saper più dire se fosse notte o giorno. Non riusciva a smettere di pensare a Isabel e alla sua espressione angosciata mentre la trascinavano fuori dalla sala. Nessuno dei due aveva mai immaginato che il loro amore potesse meritare una punizione simile. A un certo punto si era finalmente assopito, la testa reclinata sul petto e una schiera di freddi spiriti ostili premuti accanto. Non c'era da stupirsi che l'atmosfera fosse così tetra, così rassegnata: era il luogo dell'ultimo riposo di tanti disgraziati prima di lui.

Alla fine, quando aveva ormai la gola così riarsa da sembrargli in fiamme e non sognava nient'altro che una delle sue tisane calde con zafferano e miele, uno spiffero violento gli colpì il viso avvertendolo che avevano aperto la porta. Illuminata dalla luce fioca di una candela, la stessa guardia che lo aveva rinchiuso si accucciò a terra e spinse verso di lui un tozzo di pane e un boccale di birra. Tom tirò a sé il piattino, poi la luce scomparve di nuovo e il buio tornò a ingoiarlo.

Scolò la birra in un sorso, pur sapendo che poteva passare molto tempo prima che gli concedessero qualcos'altro da bere. Nonostante la sete, non poté fare a meno di storcere le labbra al sapore rancido. Avrebbe scommesso cento angeli d'oro che non si trattava della stessa birra che bevevano le guardie. Sembrava acqua del Tamigi che non aveva neanche mai visto un luppolo per sbaglio, figurarsi il benché minimo processo di fermentazione.

Il pane era secco e raffermo, ma lo sbocconcellò masticando ogni pezzetto fino a scioglierlo in bocca. Almeno lo teneva occupato, sebbene non placasse i morsi della fame. Si augurò che quella fosse soltanto la colazione, e di non essere così confuso riguardo al tempo trascorso lì dentro che quel misero pasto si rivelasse invece la sua cena.

Qualcuno nel mondo esterno avrebbe pensato di portargli del cibo? O di portarlo a Isabel? Sperò con tutto se stesso che alla moglie venisse riservato un trattamento di riguardo e che almeno una delle dame di corte avesse trovato il modo di garantirle del cibo e qualche comodità. Poteva solo augurarsi che qualcuno – chiunque – stesse tentando di convincere la regina a liberarli e che, dopo quella punizione esemplare, lui e Isabel avrebbero potuto fare ritorno alla casa di Cordwainer Street. Conosceva bene la povertà, e aveva vissuto a lungo da girovago tra la Francia e i Paesi Bassi nella sua incessante ricerca di un luogo in cui sentirsi accettato, eppure non si era mai trovato in una situazione così disperata. Era caduto dalle stelle alle stalle, ammise tra sé, perdendo una casa lussuosa e una splendida moglie per ritrovarsi al punto di partenza. Anzi, molto peggio.

Quando la porta si aprì per una seconda volta, Tom balzò in piedi. Era passata meno di un'ora dal suo pasto e sapeva che non poteva già essere ora del successivo. Avevano deciso di punirlo, torturarlo? Al lume fioco e lugubre del mozzicone di candela, l'odore nauseabondo del sego gli rivoltò lo stomaco. Quando la porta si spalancò, una guardia gli fece cenno di avvicinarsi. Esitando, Tom avanzò incerto, il corpo teso e i pugni stretti in attesa delle percosse, ma invece di colpirlo la guardia si fece da parte e indicò il corridoio scuro di fronte a sé. Tom si avviò con gambe malferme, i muscoli rattrappiti dopo la notte trascorsa in quella celletta umida. Per non crollare a terra, dovette sostenersi con una mano alla parete.

Finalmente, dopo una lunga, lenta ascesa in cui inciampò due volte rischiando di rovinare giù dalle scale, emerse alla luce del sole. Era così intensa e spietata da costringerlo a socchiudere gli occhi e sbirciare attraverso le ciglia. Guardandosi intorno, vide la guardiola da cui si accedeva al corridoio e alle scale che scendevano nelle segrete. *O nelle viscere dell'inferno*, si disse Tom.

Il sergente stava scribacchiando con un calamo sulla pergamena che aveva di fronte e non alzò lo sguardo, ma Tom quasi non se ne accorse, concentrato sulla guardia reale che attendeva in un angolo con espressione solenne. Non aveva idea di cosa portasse un uomo del genere in quel luogo, e a giudicare dall'espressione disgustata sul suo volto anche lui se lo stava chiedendo. Dopo qualche istante, tuttavia, Tom comprese che era lì per concedergli la grazia. Appena il sergente ebbe firmato la pergamena con un ghirigoro e l'ebbe porta alla giovane guardia, la porta che dava sull'esterno si spalancò e, senza bisogno di incoraggiamenti, Tom uscì all'aria fresca.

Una volta fuori inspirò a pieni polmoni, come per espellere ogni traccia dell'aria stantia che aveva respirato nelle ultime ventiquattro ore. Tutti gli odori che aveva sempre dato per scontati lo assalirono con violenza. Dalle bancarelle del mercato lì accanto si spandeva un profumo di pasticci caldi e piselli cotti, accompagnato dalle tipiche fragranze delle verdure e delle mele dolci di campagna. Persino il tanfo dello sterco di cavallo, e quello più fievole di escrementi umani, non riuscì a cancellargli il sorriso dal volto.

La guardia gli rivolse un brusco cenno del capo e si incamminò a grandi passi. Tom la seguì, ancora confuso, sfrecciando tra la folla di donne e servitori carichi di ceste di pane caldo che gli fecero venire ancora di più l'acquolina in bocca. Peccato che l'uomo ignorasse il linguaggio dei segni, avrebbe voluto chiedergli il permesso di comprare del cibo. Era così affamato che temeva di vomitare. Continuò a camminare, invece, su gambe molli come gelatina di vitello, finché non raggiunsero un pontile dove una barca con il vessillo della regina dondolava nella brezza che soffiava sul fiume. Sorpreso dalla differenza rispetto all'imbarcazione con cui era giunto il giorno prima, Tom saltò a bordo e si sedette verso il fondo, su una delle panche foderate di velluto rosso in cui affondò subito le dita. La morbidezza gli ricordò gli abiti che Isabel indossava spesso, e sentì il cuore battere più forte al pensiero che a palazzo forse avrebbe trovato la moglie in attesa del suo ritorno. Provava un desiderio disperato di odorare il lieve profumo di lavanda dei suoi capelli e premere le labbra sulla pelle liscia del suo collo.

Non appena attraccarono la guardia, che non lo aveva guardato per l'intero viaggio, saltò giù dalla barca e attraversò il prato per scomparire nel palazzo. Incerto sulla propria destinazione, Tom aveva quasi deciso di tornare nel laboratorio quando fu fermato da un paggio. Riconobbe in lui il fanciullo che lo aveva condotto dalla regina per la sua punizione e, vedendo che gli faceva di nuovo segno di seguirlo, la sua euforia non fece che aumentare: senz'altro lo stavano portando a ricongiungersi con Isabel.

Invece di essere condotto agli appartamenti reali, però, Tom si ritrovò a percorrere un altro corridoio che ben conosceva. Non stavano andando dalla regina, ma nello studio di

Walsingham. Aveva sperato di ritrovare Isabel al suo legittimo posto tra le dame di compagnia e, irrequieto, si chiese quando l'avrebbe rivista. Poi un pensiero insidioso si fece strada nella sua mente: e se fosse stata ancora nella Torre? Ma non riusciva a capire per quale motivo avrebbero dovuto liberare lui e non sua moglie. Lui era un servo, lei una cortigiana.

Guardò il paggio bussare alla porta, che si aprì quasi subito, e una guardia farsi da parte per consentirgli l'ingresso. Il paggio gli lanciò un'occhiata e cominciò ad allontanarsi nella direzione da cui era venuto, perciò Tom non ebbe altra scelta che entrare e scoprire cosa ci fosse in serbo per lui. Sapeva che non poteva essere nulla di buono. Come il sergente nella guardiola, anche Walsingham stava scrivendo e, pur essendo di certo consapevole della sua presenza, non diede segno di averlo notato. Tom era stremato e avrebbe voluto sedersi. Forse se si fosse accasciato a terra, eventualità più che probabile, qualcuno avrebbe fatto caso a lui. Finalmente, come allarmato dal suo vacillare, Walsingham alzò lo sguardo e con un cenno gli indicò di sedersi. Tom lo vide arricciare il naso e dovette riconoscere di avere un pessimo odore, ma non distolse mai gli occhi dal suo viso, sapendo che la sua unica speranza di comprendere ciò che stava accadendo era leggere la spiegazione sulle labbra del capo delle spie quando questi avesse deciso di parlargli.

«*Avete riposato bene in prigione?*» Walsingham sfoderò un sorriso gelido che non raggiungeva gli occhi e, per quanto incapace di udire il tono con cui aveva parlato, Tom non ebbe problemi a immaginarlo. Poteva non essere più incarcerato, ma sapeva di non aver ricevuto alcun perdono. Quando tentò di informarsi circa la situazione di Isabel, Walsingham alzò una mano per fermarlo.

«*Siete qui perché ho un lavoro importante da assegnarvi e non potevo permettermi che rimaneste a trastullarvi nell'ozio.*» Tom mantenne il volto inespressivo, come scolpito nella pietra. Sperò che Walsingham gli dicesse dov'era sua moglie, ma d'un tratto lo assalì un timore così atroce da gelargli il sangue nelle vene. E se l'avessero uccisa? Come leggendogli nel pensiero, Walsingham proseguì: «*Se riuscirete a fare quanto vi chiedo e mi porterete informazioni utili, Sua Maestà prenderà in considerazione la possibilità di liberare Lady Isabel dalla Torre. Sono stato chiaro? Fate come vi dico e forse vi sarà restituita tutta intera*».

Tom espirò lentamente. Quantomeno non era morta. Per ora. Avrebbe svolto qualsiasi incarico Walsingham avesse voluto assegnargli, qualunque cosa pur di assicurarsi la salvezza della moglie. Annuì, le mani strette in grembo.

«*Voglio che seguiate una persona. Scoprite cosa dice e chi incontra. Non dovrebbe risultare difficile, ma dovrete stargli alle calcagna ogni giorno, ogni ora. Non perdetelo di vista neanche un momento e non lasciate che si accorga della vostra presenza. Capito?*»

Tom annuì. Come se un'ombra avesse oscurato il sole, il volto severo di Walsingham divenne ancora più arcigno. Con la chioma nascosta dal cappello nero che gli scendeva sul viso, sembrava uno dei corvi della Torre; gli stessi che ora stavano sorvegliando Isabel.

«*Non deludetemi*» scandì, congedandolo con un gesto, e Tom si ritrovò di nuovo fuori dal suo studio, solo e incerto sul da farsi. Mentre esitava, titubante, un paggio uscì dall'appartamento e gli fece cenno di seguirlo. Camminarono per quelli che parvero chilometri lungo corridoi oscuri, illuminati solo da qualche rara finestrella i cui vetri proiettavano chiazze di luce opaca sulle stuoie di giunchi odorosi, olmaria e lavanda disseminate sul pavimento. Deglutendo un fiotto di bile, Tom ricordò il fetore della cella in cui si era svegliato quel mattino. Sarebbe mai riuscito a togliersi il tanfo della morte dalle narici?

40

Febbraio 1585

Nonostante il sollievo di essere libero, Tom si sentiva sperduto al pensiero che Isabel ancora languiva nella Torre. Riuscì a vederla un'unica volta, al crepuscolo, corrompendo le guardie perché gli concedessero una visita di dieci minuti. Persino la vista delle due torri gemelle della guardiola di Byward Tower lo colmò di un oscuro presagio. Per quanto l'amasse, cominciava a pentirsi di aver accettato di sposarla: la loro unione l'aveva messa in grave pericolo. Seguì una guardia sul prato fino alla Beauchamp Tower, quindi venne accompagnato da lei. Fu sollevato di trovarla in relativa agiatezza, malgrado i vecchi arazzi un po' smangiati dai topi e il freddo della piccola stanza. Isabel se ne stava rannicchiata vicino al fuocherello che ardeva nel camino, insieme all'unica cameriera che le era stata concessa. Dopo che Tom l'ebbe liberata a malincuore dal suo abbraccio, riuscì a spiegargli che avevano a disposizione solo una piccola quantità di ceppi al giorno e dovevano centellinarli. Lui promise che avrebbe trovato il modo di fargliene consegnare di più. La stanza e il cibo erano di qualità molto inferiore rispetto a quelli della corte o a cui era abituata nella sua comoda casa. Dalla finestrella poteva ammirare il panorama: il prato sottostante, la cappella e la maestosa White Tower, nonché la residenza di Queen's House in cui viveva il luogotenente della Torre. Nelle giornate di bel tempo era autorizzata a passeggiare sui bastioni fino all'adiacente Bell Tower, ma Tom vide con chiarezza che la detenzione stava avendo ripercussioni sulla sua salute. La sua pelle chiara era tesa sugli zigomi, terrea e grigiastra, e i suoi occhi sempre luminosi apparivano opachi e privi di vivacità. Dando le spalle alla cameriera, Isabel pescò il medaglione dalla scollatura del vestito, lo mise in mano a Tom e glielo chiuse nel pugno. Lui se lo lasciò scivolare in tasca.

Dieci minuti dopo risuonarono dei colpi alla porta e Isabel, con un sospiro, lo avvertì che era il momento di salutarsi. Tom la strinse a sé e pensò che il suo corpo esile ricordava quello delle bamboline di legno che si vendevano in gran quantità alla fiera di San Bartolomeo. Sollevandola tra le braccia, premette le labbra sulle sue e tentò disperatamente di percepire il battito del suo cuore e il gonfiarsi del suo petto contro il suo. Alla fine, Isabel si divincolò dalla sua stretta perché la rimettesse giù e lo accompagnò alla porta.

«*Starò bene*» gli promise. Senza avere il coraggio di voltarsi e mostrare le emozioni che gli balenavano sul volto, Tom seguì le guardie al piano di sotto e nel giardino. Conoscendo l'ubicazione della stanza, sapeva che Isabel poteva vederlo dalla finestra, ma scelse di non alzare lo sguardo verso di lei. Era probabile che qualcuno lo stesse spiando, sapeva meglio di chiunque altro che Londra pullulava di occhi indiscreti e voleva garantirle una vita il più serena possibile. Girandosi verso le guardie, mimò l'atto di tagliare la legna e indicò con un cenno della testa la stanza di Isabel. Uno degli uomini annuì e altre monete d'argento cambiarono di mano.

Tornato nel laboratorio, Tom ammise tra sé che tentare un'altra visita alla moglie costituiva un rischio troppo alto, malgrado ogni fibra del suo essere desiderasse rivederla. Era consapevole che, se avesse tenuto la testa bassa e soddisfatto ogni richiesta di Walsingham, sarebbe riuscito a ottenere il suo rilascio molto più in fretta. Conosceva il nome del suo obiettivo, non doveva fare altro che sorvegliarlo e riferire dove andasse e con chi. Non dubitava che ci sarebbe riuscito e, indossando il soprabito blu che gli era stato miracolosamente restituito all'uscita da Poultry Corner, andò in cerca di una barca che lo portasse al Cross Keys per tentare di rintracciare l'uomo che rispondeva al nome di John Ballard.

Senza lo schermo dei palazzi, il tagliente vento dell'Est che soffiava sul fiume gli sferzava il viso con fiocchi di neve. Rannicchiato nella prua del barchino, Tom non riusciva a smettere di arrovellarsi sulla sua sventura: era stato a un passo dall'ottenere tutto ciò che desiderava, una casa sicura e qualcuno che lo amasse, ma nell'arco di poche settimane si era visto strappare ogni cosa. La breve fase in cui lui e Isabel avevano vissuto come marito e moglie non aveva fatto che mettere ancora più crudelmente in evidenza che i suoi desideri erano destinati a restare per sempre fuori dalla sua portata. Sarebbe mai riuscito a tornare a vivere insieme a lei? Se non fosse giunto a palazzo, se la sua vaniglia e i suoi talenti da speziale non fossero stati notati dalla regina... Poteva incolpare la catena di eventi che l'aveva condotto a quel momento, rifletté mesto, ma senza quelle premesse non avrebbe mai incontrato Isabel, che rappresentava ormai l'intero suo mondo. Avrebbe dato la vita per lei. E di certo non si sarebbe fatto scrupoli a spiare un uomo per conto di Walsingham, se questo avesse potuto accelerarne la scarcerazione.

Non ebbe grandi difficoltà a trovare la taverna, e i due ubriaconi riversi a faccia in giù fuori dalla porta gli fecero capire all'istante il tipo di esercizio in cui stava per entrare. Tom si era aspettato un locale più raffinato, in quanto Walsingham aveva lasciato intendere che i congiurati appartenessero alla piccola nobiltà, tuttavia dovendo discutere di pericolose cospirazioni aveva senso che si incontrassero in luoghi dove era improbabile venire riconosciuti. Non dubitava che, come Walsingham gli aveva indicato, avrebbe trovato lì la sua preda.

Nell'aprire la porta, si ritrovò in una stanza annebbiata dal fumo del camino, che sembrava eruttare nuvole grigie a ogni aprirsi della porta, e dalle volute che salivano da numerose pipe di terracotta. Tom si affrettò a serrare l'uscio, liberando un altro pennacchio nella stanza, e un vecchio brizzolato con un'arruffata chioma lunga fino alle spalle si girò sullo sgabello fulminandolo con lo sguardo.

La sala era piccola e, come in precedenza, Tom scelse di restare in piedi in un angolo, dove avrebbe potuto osservare più agevolmente gli avventori che se fosse stato seduto all'unico tavolo libero. Indicò una caraffa di birra, la ricevette insieme a una coppa e pagò, dopodiché versò il liquido ambrato e lo scolò in un sorso. L'aria torbida non si limitava a offuscare la vista, gli irritava anche la gola. Si chiese come facessero gli altri a starsene lì seduti per ore senza battere ciglio. Forse era questione di abitudine. E, mentre un altro uomo entrava barcollando e si chiudeva con forza la porta alle spalle, trovò plausibile che il proprietario permettesse che la stanza si riempisse di fumo: giovava ai suoi affari che tutti, lui compreso, dovessero bagnarsi la gola a intervalli regolari.

Guardandosi intorno, Tom si sforzò di individuare il suo obiettivo. Walsingham ne aveva abbozzato un ritratto, ma gli uomini barbuti si somigliavano tutti e avrebbe dovuto dunque concentrarsi sul fisico. Basso, rotondo e – si augurava – vestito un po' meglio del resto della clientela. Poi i suoi occhi individuarono una coppia di uomini assorti in una conversazione a un tavolo alla sua destra e si accorse che uno dei due era quello che stava cercando. Indossavano entrambi mantelli di lana e calzoni scuri. Tom tirò un sospiro di sollievo: nonostante la foschia, erano abbastanza vicini da consentirgli di vedere cosa stavano dicendo. Si chiese chi fosse il complice di Ballard.

Alzando la coppa come per bere un sorso, osservò da sopra il bordo l'uomo che aveva identificato come Ballard annunciare: «*Arriveranno entro la fine di questa settimana. Attraccheranno a Newcastle, poi verranno portati in una casa sicura nel Derbyshire e da lì a Oxford*». Comprese che il suo interlocutore gli stava rispondendo perché lo vide alzare appena una spalla e cominciare a muovere le mani. Maledicendo la sua posizione che gli permetteva di vedere un solo uomo alla volta, Tom decise di spostarsi per scoprire chi fosse. Sollevò coppa e caraffa e si spostò con noncuranza verso il camino, poi appoggiò tutto sulla mensola e finse di scaldarsi le mani mentre tentava di non soffocare per il fumo.

Il complice di Ballard era alto e magro, quasi dinoccolato, e dimostrava all'incirca la sua età, intorno ai venticinque anni. Tom si chiese perché quei giovani non potessero godersi la vita, ma aveva visto il fervore zelante con cui i cattolici professavano la loro fede e contrastavano chiunque osasse opporsi al papa. Ballard disse qualcosa che Tom non riuscì a cogliere, ma poi l'altro uomo pronunciò due parole che riconobbe all'istante: «*preti gesuiti*». Stavano parlando di introdurre di nascosto dei preti nel regno: un atto di tradimento che li avrebbe condotti al patibolo. Era certo che Walsingham sarebbe stato molto interessato a quell'informazione e sperò con tutto se stesso che gli avrebbe permesso di riscattare la libertà di Isabel.

I due si alzarono come per andarsene e l'uomo magro passò a Ballard una lettera che questi nascose immediatamente nella giacca. Tom si voltò per versarsi un'altra coppa. Un soffio d'aria gelida gli comunicò che erano appena usciti, perciò finì di bere per assicurarsi che fossero in strada e poi li seguì.

Fuori il cielo si era rasserenato e il selciato luccicava sotto un velo di ghiaccio, illuminato dalla luna che splendeva circonfusa da un alone biancastro. Si avvicinava un'intensa gelata: avrebbe dovuto tornare a palazzo prima che il Tamigi ghiacciasse e le barche smettessero di circolare. Il chiaro di luna proiettava sulla strada le ombre affilate dei palazzi, che sembravano sul punto di crollargli addosso da un momento all'altro. Non c'era traccia dei due uomini e in lontananza Tom scorse giusto un guardiano notturno che si avvicinava facendo ciondolare la lanterna. Lui affrettò il passo verso la banchina, augurandosi di trovare ancora un barcaiolo.

Rientrato nella sua stanza, fredda quasi quanto l'esterno, si sfilò il soprabito e si avvolse nella coperta, poi andò ad accendere il fuoco nel laboratorio e sprofondò soddisfatto nella poltrona di Hugh accostata al camino.

Dopo aver recuperato una pergamena e un calamo, tentò di appuntare in fretta tutto ciò che era riuscito a carpire dal labiale dei due uomini. Poiché le cose da ricordare erano troppe, ricorse di nuovo ai suoi piccoli ghirigori e segni al posto delle parole e coprì mezza pagina in pochi minuti. Da quegli appunti sarebbe riuscito a ricostruire tutto ciò che doveva riferire il giorno dopo, quando Walsingham si sarebbe di certo aspettato che descrivesse ogni dettaglio della serata. Non avrebbe dimenticato nulla di rilevante.

Come previsto, l'indomani mattina fu convocato nell'appartamento di Walsingham. Hugh l'aveva trovato addormentato davanti al camino e gli aveva ordinato di andare a cambiarsi. Mentre si stiracchiava, l'odore di fumo che impregnava i suoi vestiti gli aveva fatto storcere il naso così, dopo aver scaldato un po' d'acqua sul fuoco, aveva portato la pentola in camera per lavarsi con la liscivia prima di indossare gli abiti puliti.

Agguantò gli appunti scritti la sera prima e seguì il paggio – uno più maturo e posato, questa volta – fino allo studio di Walsingham, dove seguendo la solita trafila l'uomo bussò alla porta, la guardia aprì e Tom ottenne il permesso di entrare. Questa volta non fu costretto ad aspettare a lungo: scorgendo il ritaglio di pergamena nelle sue mani, Walsingham gli fece cenno di avvicinarsi e tese il palmo perché glielo consegnasse. Dopo averglielo porto, Tom rimase a osservare con soddisfazione la sua espressione che mutava nell'accorgersi di avere di fronte un testo illeggibile. Per una volta, sentì di avere il coltello dalla parte del manico.

Come in precedenza, Tom indicò ciascun segno che aveva tracciato sulla carta e ne illustrò il significato a gesti. Aveva aggiunto un simbolo nuovo per il nome di Ballard. Quando ebbe concluso il suo resoconto, notò che il volto solitamente cupo e austero di Walsingham si era aperto in un sorriso.

«*Ottimo lavoro*» si complimentò dandogli una pacca sulla spalla. «*Dirò ai miei uomini di controllare il porto di Newcastle e trattenere chiunque sospettato di poter essere uno di questi preti. Siete stato bravo. E devo presentarvi Thomas Phelippes, sarà molto interessato al codice con cui redigete i vostri appunti. Anche lui si diletta a inventarne e penso che una collaborazione tra voi potrebbe essere molto proficua.*» Tom si era perso la metà del discorso, ma Walsingham scrisse il nome di Phelippes e poi disse:

«*Venite con me*». Gli fece cenno di alzarsi e lo condusse oltre una porta che si apriva nella parete di fondo, per poi attraversare diverse stanze che Tom non aveva mai visto. Alcune erano vuote o contenevano solo qualche cassapanca o armadio in cui appendere i vestiti, ed erano tutte fredde, con il camino spento. Osservando le nuvolette bianche dei loro aliti, Tom affrettò il passo dietro a Walsingham. Non c'era da meravigliarsi che l'uomo avesse sempre il fuoco acceso nel suo studio se il resto dell'appartamento era così gelido. Le anime tormentate dei precedenti abitanti del palazzo stavano in agguato negli angoli: Tom sentì che lo seguivano con lo sguardo.

Alla fine raggiunsero una porta che Walsingham aprì senza bussare: non c'erano dubbi su chi comandasse lì dentro. La stanza era arredata in modo più confortevole delle altre, con vari arazzi a isolare le pareti e un fuoco che ardeva in un ampio camino con una robusta mensola ricavata da una trave su cui erano accatastate varie pergamene. L'uomo seduto alla scrivania scattò in piedi e lui e Walsingham si scambiarono un inchino. Un attimo dopo, anche Tom li imitò. Sapeva che Walsingham lo stava presentando, perché posò gli appunti scritti in codice sulla scrivania e lo indicò con ampi gesti delle braccia.

Lo sconosciuto – il suddetto Phelippes, dedusse Tom – prese il foglio e lo studiò con attenzione, poi spostò lo sguardo su di lui per squadrarlo a occhi socchiusi. Quindi si voltò verso Walsingham.

«*Sì, posso farlo*» disse. «*Lascialo qui con me. Ho avuto un'idea.*»

Mentre Walsingham salutava Tom con una pacca sulla spalla e usciva, lui si voltò verso l'uomo in piedi dietro la scrivania. Era basso, con spalle larghe, barba e capelli color sabbia come i suoi e il volto butterato dalle cicatrici del vaiolo. Indossava un farsetto attillato di semplice gros-grain nero, con la gorgiera bianca intonata agli orli della camicia di cambrì. Quando sorrise, i suoi occhi quasi scomparvero nel volto e Tom tirò un silenzioso sospiro di sollievo. L'uomo aveva un'aria amichevole ed era certo che sarebbero andati d'accordo. Era interessato a scoprire cosa avesse inteso Walsingham con quel discorso sui codici e i messaggi cifrati e in quale modo la sua macchina di spionaggio stesse per coinvolgerlo a un livello ancora più segreto.

41

Luglio 2021

Il martedì mattina Oliver arrivò prima del previsto. Seduta a gambe incrociate al tavolo della cucina, Mathilde era impegnata in due attività simultanee: mangiare una fetta di pane tostato e mostrare a Fleur come si costruiva un castello di carte. La bambina era troppo goffa per riuscirci, ma il suo broncio frustrato la divertiva. Quando Oliver gridò un «Ciao» girando l'angolo della casa, Mathilde guardò Rachel per un attimo, poi balzò su dalla sedia borbottando «*Merde*» e si fiondò di sopra a pettinarsi, lavarsi i denti e mettersi qualcosa addosso. Mentre saliva le scale due gradini alla volta, sentì che al piano di sotto Rachel andava ad accogliere Oliver.

Mathilde non sapeva neppure perché ci tenesse tanto a non farsi vedere tutta arruffata dal sonno, ma dato che per qualche ragione le importava indossò un paio di pantaloncini e una maglietta puliti e si infilò un paio di ciabatte di Rachel che chissà come erano diventate le sue. Mentre legava i capelli in due trecce, si guardò nello specchio della toeletta e pensò di riesumare il suo mascara antidiluviano, ma alla fine decise che la pelle brunita dal sole e la spolverata di lentiggini su naso e zigomi la valorizzavano a sufficienza. Fuori, il sole stava già salendo nel cielo azzurro pastello e prometteva un'altra giornata calda.

«*Allô!*» disse con disinvoltura rientrando in cucina dieci minuti dopo. Per fortuna Fleur, privata dell'intrattenimento, era scomparsa in soggiorno e non poteva fare nessun commento imbarazzante sulla sua fuga precipitosa appena avevano sentito la voce di Oliver.

Lui sedeva al posto che Mathilde aveva lasciato libero e sorseggiava una tazza di caffè con il volto arrossato dal vapore. Il sorriso che le lanciò alzando lo sguardo la scaldò e Mathilde non poté fare a meno di ricambiarlo, sentendosi timida e sgraziata come una quattordicenne, scombussolata dal piacere.

«Oliver porta buone notizie» annunciò Rachel mentre versava del caffè per entrambe e si accomodava a tavola. «Vieni a sederti, così ci spiega.» Mathilde scivolò sulla sedia accanto alla sua.

«Nel weekend mi ha chiamato un eminente esperto di crittografia. Sarà in visita alla UEA questa settimana per una serie di conferenze riservate ai dottorandi. È un colpo grosso per il dipartimento, perché di solito non viene in provincia, tende a restare a Londra o a Oxford. È stato a Yale e Harvard ma mai nell'East Anglia. In ogni caso, è una bella fortuna che oggi dobbiamo andare lì, perché se tutto va bene dopo la conferenza darà un'occhiata alla lettera e potrebbe riuscire a decifrarla.»

Mathilde era felice di vederlo così entusiasta, ma si sentiva dentro un nodo di disagio. Sebbene desiderasse comprendere la lettera tanto quanto lui, aveva paura di cosa avrebbero potuto scoprire. Intorno a lei, l'aria divenne più fredda. Le ombre negli angoli della stanza si agitarono vorticose e un brivido la percorse.

«Attenta a non urtare la portiera» si raccomandò Oliver mentre la aiutava a far scivolare sul sedile posteriore dell'auto il trittico avvolto in una vecchia trapunta. Dopo aver notato le dimensioni ridotte del suo bagagliaio quando avevano dovuto stiparvi gli acquisti per Shadow, Mathilde si era chiesta come pensasse di trasportarlo all'università. Prima che lui glielo spiegasse, non si era resa conto di quanto fosse importante per gli esperti studiare il messaggio nel contesto originale in cui era stato scoperto. Adesso la lettera era nella sua cartellina di velluto scuro, posizionata sopra il quadro perché non si muovesse. Mathilde aveva proposto di tenerla sulle ginocchia, ma secondo Oliver il calore delle gambe avrebbe rischiato di compromettere l'integrità dell'antico documento.

«La preside di facoltà ci ha autorizzato ad aspettare nel suo ufficio» la informò, «dove i pezzi saranno al sicuro.»

Mathilde annuì, distratta. Portare il quadro e la lettera fuori di casa le aveva serrato lo stomaco in una morsa di tensione e sentiva la bile stringerle la gola. Quando partirono si voltò a guardare dal finestrino, quasi aspettandosi di vedere un fantasma che li osservava dalla finestra, ma trovò solo il riverbero dei vetri che, riflettendo l'azzurro chiaro del cielo striato di nuvole, la fissavano accusatori.

Dovettero girare tre volte intorno all'università prima che la pessima segnaletica permettesse loro di individuare l'edificio che stavano cercando.

«Oh, santo cielo» gemette Oliver di fronte al cartello che vietava di fermarsi nei pressi dell'entrata e li indirizzava verso il parcheggio clienti del Sainsbury Centre. «Non possiamo trasportare il trittico per tutta quella strada» brontolò accostando comunque. «Ti faccio scendere e ti aiuto a portarlo dentro, poi vado a parcheggiare mentre tu aspetti con i pezzi, d'accordo?»

«Sei tu l'autista.» Mathilde scrollò le spalle. Lei non faceva quasi mai caso ai divieti di sosta e abbandonava il suo furgone dove capitava. Se riceveva una multa, la gettava nel primo cestino della spazzatura che incontrava, sapendo che avrebbe lasciato la città molto prima che qualcuno venisse a cercarla. Sorridendo dell'ansia di Oliver per quella piccola infrazione, lo aiutò a portare dentro il loro prezioso carico e a depositarlo su un tavolo sgombro nell'area di accoglienza, poi lui uscì di nuovo per andare a parcheggiare.

L'ufficio che cercavano era al secondo piano e Mathilde tirò un sospiro di sollievo quando finalmente lo raggiunsero e poterono sistemare il trittico e la lettera al sicuro sulla scrivania. Avvisata del loro arrivo, una segretaria aveva portato caffè e biscotti che consumarono sul lato opposto dello studio, a debita distanza dal loro tesoro. Oliver continuava a sbirciare l'orologio e Mathilde non voleva pensare a quanto sarebbe rimasto deluso se, alla fine, l'esperto che erano venuti a consultare li avesse ignorati.

Per fortuna, quasi a mezzogiorno in punto sentirono delle voci nell'anticamera e un gruppetto di persone entrò a grandi passi nell'ufficio. Il più anziano degli uomini, che aveva un'aria da nonnetto gentile e conquistò subito Mathilde con il suo viso sorridente e gli occhi luminosi, si presentò come il vicerettore dell'università e subito si voltò verso il gentiluomo in piedi al suo fianco.

«Questo è il professor Thornton» spiegò. «Gli ho parlato di quello che avete scoperto nella vostra cappella, è molto interessato a dare un'occhiata.» Il professore – un uomo sulla quarantina, con somma sorpresa di Mathilde che si aspettava una persona decisamente più attempata – rivolse loro un sorrisetto nervoso e annuì appena, quasi volesse conservare le energie per il compito che lo attendeva. O per il pranzo, forse.

Come colto di sorpresa, Oliver si affrettò a scoprire entrambi gli oggetti. Mathilde sapeva quanto fosse importante per lui quell'incontro e che il ritrovamento avrebbe potuto avere ripercussioni significative sulla sua carriera. Oliver si fece da parte per lasciare spazio all'esperto che, sfilandosi la lente d'ingrandimento dal taschino, si chinò sul trittico per studiarlo meglio.

Il silenzio era rotto solo dai respiri trattenuti delle cinque persone nella stanza. Annuendo di tanto in tanto, il professore esaminò le minuscole scene che Mathilde conosceva ormai a memoria, poi passò allo stemma in cima alla cornice e infine al foglio di pergamena che lo interessava in modo particolare. Trascorse così tanto tempo a scrutarlo che Mathilde si chiese se non si fosse dimenticato della loro esistenza. Alla fine raddrizzò la schiena, sciogliendo i muscoli contratti dalla lunga immobilità.

«E dite di aver trovato questa lettera dietro l'opera?» domandò, spostando lo sguardo da Oliver a Mathilde. Lei pensò di lasciar parlare Oliver, ma quando lui non disse niente ritenne fosse meglio rispondere.

«Sì» disse. «Ho notato una piccola apertura qui sopra» indicò, «tra la cornice e il quadro. Vedevo che c'era qualcosa dentro, così ho usato delle pinze per tirarlo fuori.» Alla parola "pinze" il professore sussultò visibilmente e lei trattenne una risatina.

«Ovviamente non posso dirlo con certezza» esordì l'uomo, «ma siccome avete già fatto datare il trittico e sappiamo che risale al XVI secolo, sembra molto plausibile che anche il documento sia autentico. È una scoperta entusiasmante. Come possiamo vedere è in codice e molto probabilmente è stato scritto da Walsingham o qualcuno dei suoi. Nel XVI secolo, nel momento apicale delle congiure cattoliche per consegnare il trono d'Inghilterra a Maria di Scozia, Walsingham si serviva di una fitta rete di spie per intercettare la corrispondenza dei cospiratori con gli spagnoli. Avete sentito parlare della congiura di Babington?» Mathilde scosse la testa, segnandosi mentalmente di aggiungerla al crescente elenco di eventi della storia inglese da approfondire. «Si è conclusa con la decapitazione di Maria Stuarda. Cecil Burghley, che era il cancelliere della regina Elisabetta, ordinò al suo messaggero di precipitarsi da Londra al castello di Fotheringhay, dove Maria era detenuta, perché la sentenza fosse eseguita prima ancora che l'inchiostro asciugasse.» Il professore tornò a concentrarsi sulla lettera di fronte a sé. «Ma l'aspetto più interessante di questo documento è il messaggio nascosto, scritto tra le righe del codice con una sorta di rudimentale inchiostro simpatico. Sappiamo che i cifristi del tempo a volte ne facevano uso. Dovrò chiedere ai colleghi di studiarlo adeguatamente in laboratorio; serviranno prodotti chimici speciali che aiutino a portare alla luce le parole nascoste. Quanto al trittico, anche se a tempo debito dovrete sottoporlo ad analisi ulteriori, non c'è bisogno che lo lasciate qui già oggi.»

«Okaaay.» Mathilde non era sicura di voler lasciare neanche la lettera, ma d'altro canto ci teneva molto a scoprire cosa dicesse e sperava che l'avrebbe aiutata a comprendere meglio i sogni che la tormentavano e a fare luce sulle anime infelici che si nascondevano nell'ombra.

«Una volta conclusa l'indagine vorremmo chiedervi di cedere, o dare in prestito» precisò subito il professore vedendola inarcare le sopracciglia, «il trittico e la lettera a un museo. Sono tesori nazionali.»

Mathilde non aveva neppure considerato l'ipotesi che

qualcuno potesse chiederle di cedere i pezzi e non aveva alcuna intenzione di accettare. Appartenevano a Lutton Hall... e forse anche lei? Con un borbottio evasivo, scrollò le spalle e si voltò per aiutare Oliver ad avvolgere di nuovo il dipinto nella trapunta.

Dopo che Oliver ebbe recuperato l'auto, si avviarono verso casa. Per tutto il tragitto lui continuò a ripetere le parole del professore, come se Mathilde non fosse stata anche lei presente. Non riusciva a capire se temeva che la sua scarsa padronanza linguistica non le avesse permesso di seguire l'intero discorso, il che era in parte vero, o se semplicemente era così eccitato da sentire il bisogno di raccontarsi da capo tutto quanto.

Una volta a casa, Mathilde si concesse di lasciare lentamente andare il respiro trattenuto fino a quel momento e scendendo dall'auto alzò il viso verso il sole caldo. Per un istante rimase a sorridere con gli occhi chiusi. Il trittico era di nuovo al suo posto e, una volta risolto il mistero del documento nascosto nella cornice, era certa che gli stanchi fantasmi che si aggiravano per i corridoi della villa avrebbero trovato finalmente pace.

42

Marzo 1585

Ogni sera, Tom si sdraiava nel suo lettuccio accanto al laboratorio e trascorreva la notte tormentato dal pensiero di Isabel. Durante il giorno Walsingham gli assegnava numerosi incarichi e gli accadeva sovente di appostarsi nell'oscurità soffusa di taverne e bische, o persino nei corridoi di Westminster Palace, a spiare le persone mentre queste tradivano i loro segreti. Tre uomini erano attualmente rinchiusi nella Torre per via di informazioni che lui aveva carpito, e non poteva esimersi dal fare paragoni con sua moglie detenuta nello stesso castello, sebbene in condizioni più confortevoli. Quegli uomini erano rinchiusi nelle viscere della torre maledetta, tra fetide mura di pietra fredda che assorbivano le urla, eppure, nonostante tutti gli incarichi portati a termine per Walsingham, quest'ultimo non sembrava incline a liberare Isabel. Cos'altro avrebbe dovuto fare?

Tra il lavoro costante e lo struggimento per la moglie, Tom aveva di rado il tempo o la voglia di mangiare e si limitava ad agguantare la prima cosa che gli capitava a tiro in cucina quando il cuoco distoglieva lo sguardo. Il suo fisico forte e robusto cominciava a deperire, il vigore a venir meno e il suo volto brunito appariva sempre più vecchio. Gli occhi erano segnati da cerchi scuri e il grigio intenso delle iridi si era fatto spento e opaco. Ogni istante di veglia era una tortura.

Thomas Phelippes lo aveva mandato ad affiancare il sovrintendente dell'ospedale St. Bartholomew, il dottor Timothy Bright. Oltre che un eminente chirurgo e un intimo amico di Sir Phillip Sidney, a sua volta sposato con la figlia di Walsingham, Frances, Bright stava divenendo in breve un crittografo esperto. Inventava codici da usare in combinazione con i cifrari sfruttati dalle spie di Walsingham e decifrava le numerose lettere destinate ai cospiratori papisti che venivano intercettate dalla Francia. A quello scopo, il talento di Tom nel ridurre interi messaggi a un paio di frasi stenografate si stava rivelando inestimabile.

Finalmente, un mattino in cui il sole offriva una vaga promessa di calore e i rami degli alberi nel parco del St. Bartholomew cominciavano a ricoprirsi di foglioline nuove, Bright si accorse della sua lenta consunzione.

«*Non apparite in ottima salute, mio buon amico*» disse articolando con cura le parole. Dopo svariate settimane trascorse a lavorare quotidianamente al fianco di Tom, era ormai abile nel parlare a una velocità per lui comprensibile che non fosse tuttavia troppo evidente per gli altri.

Tom si limitò a scrollare le spalle e a scuotere la testa, chino sui documenti che stava traducendo nel nuovo codice. La lettera era già stata codificata, ma quel processo aggiuntivo permetteva di condensare il messaggio in un piccolo ritaglio di pergamena che era poi possibile nascondere ovunque. Anche negli anfratti del corpo in cui nessuno si azzardava a frugare.

Bright gli toccò il braccio per attirare la sua attenzione,

sapendo che, se Tom non lo avesse guardato in faccia mentre parlava, le sue parole si sarebbero dissolte nell'aria fresca che entrava dalla finestra. Tom alzò la testa, accigliato.

«*Se siete malato posso aiutarvi*» disse Bright, «*ma dovrete svelarmi cos'è che vi affligge.*»

"Niente che sia in vostro potere risolvere" scrisse lesto Tom sulla tavoletta cerata. "Mia moglie Isabel è ancora prigioniera nella Torre e finché la regina non acconsentirà a liberarla mi è impossibile vederla. Non possiamo vivere come marito e moglie."

«*In tal caso, dobbiamo trovare il modo di sistemare la situazione*» replicò Bright, «*o non sarete utile a nessuno. Lasciate fare a me.*» Tornò al suo lavoro e Tom fece lo stesso. Confidava poco nella capacità dell'amico di intervenire al riguardo.

La mattina seguente, il solito paggio giunse di buon'ora nella sua stanza e gli consegnò un messaggio. Tom riconobbe all'istante la calligrafia di Walsingham e, con il cuore pesante, si domandò chi altri sarebbe stato incaricato di spiare. Il paggio stava tentando di mimare un'azione, ma dopo qualche minuto si interruppe e lo guardò con aria d'attesa. Lui non aveva idea di cosa avesse voluto comunicare con quella pantomima e si limitò a stringersi nelle spalle alzando le braccia con i palmi all'insù. Tutti sapevano cosa significasse.

Prendendolo per mano, il paggio lo condusse all'armadio della biancheria e cominciò a frugare, estraendo infine il suo soprabito blu. Una manica era ancora sporca dalla notte in cui, mentre spiava per Walsingham la conversazione di due agitatori cattolici, era stato costretto a schiacciarsi contro la parete di un vicolo per evitare di essere visto. Il fanciullo strofinò le macchie con un angolo della coperta finché il soprabito non ebbe un aspetto un po' meno sciupato, dopodiché glielo porse, imitando una persona che si genufletteva.

Tom sentì che il cuore cominciava a martellargli nel petto e, un po' trafelato, aprì la lettera. Doveva presentarsi per un'udienza con Sua Maestà, il che spiegava l'agitazione del paggio e l'urgenza con cui lo stava spronando ad attraversare il cortile per dirigersi agli appartamenti reali. Perché la sovrana aveva chiesto di vederlo? Isabel era indisposta? Volevano confinarlo insieme a lei nella Torre? Tom avrebbe accettato con gioia se questo avesse significato ricongiungersi con lei, ma non voleva in alcun modo ritrovarsi ancora nella maleodorante galera in cui era stato scaraventato in precedenza.

Seguendo il paggio con gambe malferme, impiegò dieci strazianti minuti a raggiungere la camera privata della regina. Una volta lì, si lasciò cadere subito in ginocchio a testa china.

Come al solito non aveva idea se qualcuno gli stesse parlando, perciò rimase in quella posizione a lungo, sapendo di non essere solo giusto perché ogni tanto coglieva il movimento di una gonna con la coda dell'occhio. Alla fine qualcuno gli toccò il braccio e, alzando lo sguardo, lui vide la regina seduta eretta sul trono che gli faceva cenno di avvicinarsi. Fu un sollievo scorgere Walsingham e Burghley al suo fianco, perché, se stava per essere sottoposto a processo, Tom confidava nel fatto che i due si sarebbero quantomeno assicurati che fosse giudicato equamente.

«*Ho parlato a Sua Maestà dell'ausilio che state fornendo al dottor Bright nel braccare i traditori che vogliono spodestarla o assassinarla. Per ricompensare i vostri servigi alla Corona, la regina ha accettato di liberare vostra moglie dalla Torre.*»

Un improvviso guizzo verde chiaro gli fece voltare la testa e Tom si trovò di fronte Isabel. Indossava lo stesso abito del giorno in cui si erano sposati, solo che adesso le pendeva dalle spalle e il *partlet* che portava sopra non riusciva a nascondere la profonda incavatura sotto le clavicole. Il suo volto, bello come sempre nonostante gli zigomi più pronunciati e spigolosi, era bianco come il lino che di certo indossava sotto la veste e solcato di lacrime che stillavano lentamente dalle ciglia. Senza attendere il permesso, Tom si slanciò verso di lei e la prese tra le braccia come se temesse di vederla accasciarsi a terra da un momento all'altro. A giudicare dal suo aspetto fragile e delicato, era un rischio concreto. Se la strinse al petto e sentì le sue lacrime roventi bagnargli il collo.

Alla fine lei si scostò e Tom comprese che qualcuno stava parlando. Vedendo che la moglie si era profusa in una riverenza, la imitò e si genuflesse a testa china, seguendo il suo esempio anche quando lei raddrizzò la schiena. La regina le stava parlando. Isabel annuì vigorosamente, poi lo prese per mano e camminando all'indietro uscì dalla stanza insieme a lui.

Di colpo si ritrovarono all'esterno, accanto alle guardie che stringevano le picche con lo sguardo fisso in avanti. Appena la porta si richiuse, Isabel gli gettò le braccia al collo, quindi lo condusse a sedere sotto una finestra dove il sole che filtrava dal vetro aveva scaldato un po' il cuscino ricamato della panca. Lì lui poté vedere meglio il suo volto e seguirla mentre gli spiegava ciò che era accaduto.

«*La regina ci ha concesso la grazia perché hai lavorato duro per Walsingham, aiutandolo a sventare congiure che nessun altro avrebbe saputo svelare. Sua Maestà è molto soddisfatta di te e mi ha permesso di tornare a casa. Non sarò più tenuta a prestarle i miei servigi. E ho un'altra sorpresa per te.*» Gli prese la mano e se la premette sul ventre. Sotto la rigida pettorina, Tom avvertì un evidente rigonfiamento e sgranò gli occhi cercando il suo sguardo. Lei sorrise e annuì. «*Quest'autunno avremo un bambino*» scandì. «*Dobbiamo averlo concepito nei giorni successivi al matrimonio, prima di venire separati. Ho visto una levatrice, la mia cameriera ha insistito per chiamarne una alla Torre, e dice che nascerà un po' prima della festa di San Michele.»*

Tom si sentì esplodere di gioia e i suoi occhi traboccarono di lacrime come quelli di Isabel poco prima. Se li sfregò freneticamente con il dorso delle mani: dovevano essere limpidi per consentirgli di leggere con chiarezza ciò che stava dicendo la moglie. Insieme si incamminarono verso il pontile in cerca di una barca che li riportasse a casa.

43

Agosto 1585

Tom amava la sua nuova vita. Ogni mattina lui e sua moglie si svegliavano insieme nel letto, protetti da pesanti tende che sfumavano i contorni della stanza, avvolgendoli nella luce soffusa del loro mondo intimo. Il calore del corpo di Isabel, il cui ventre cominciava ad arrotondarsi, esercitava un richiamo suadente e Tom era sempre riluttante a lasciarla per tornare a palazzo o al St. Bartholomew, dove assisteva il dottor Bright nel suo lavoro. Walsingham sembrava essersi dimenticato di lui, almeno per il momento, e Tom viveva nel timore di quale nuova missione avrebbe deciso di assegnargli. Sapeva che l'assenza di incarichi non poteva durare a lungo e il cuore gli percuoteva il petto con forza al pensiero del potenziale pericolo. Aveva una moglie, e presto anche un bambino, di cui preoccuparsi.

Aveva visto come lo guardavano alcuni vicini quando usciva di casa, le loro schiene voltate e le occhiate sprezzanti, e sapeva che la servitù doveva essersi lasciata andare ai pettegolezzi. Non era difficile immaginare cosa pensassero di uno speziale che improvvisamente sposava una gentildonna e si trasferiva in un'opulenta casa del loro quartiere. Abituato a essere guardato dall'alto in basso, però, non si curava di loro.

Una sera, rientrando da palazzo, Tom seppe da Catherine, la cameriera personale di Isabel, che quel mattino la moglie era rimasta a letto e aveva mandato a chiamare la levatrice. Erano in anticipo sulla data prevista per il parto, appena otto mesi dopo il matrimonio, e Tom trascorse la notte a camminare agitato in salotto mentre la levatrice e Catherine facevano avanti e indietro dalla cucina per prendere altra acqua bollente. Aveva preparato una tisana di mentuccia che aiutava nei parti e, intercettando Catherine, gliela spinse tra le mani. Era grato che, come gli avevano fatto notare, la sua sordità gli risparmiasse le inevitabili urla che accompagnavano il dare alla luce un bambino. Il suo mondo era silenzioso come sempre. Ma questo significava anche che non avrebbe sentito il figlio vagire, o ridere o pronunciare le prime parole, e avrebbe dato qualunque cosa per potersi godere quelle esperienze.

Alla fine, mentre i primi raggi di sole cominciavano a filtrare dalle finestre e il profilo della città si stagliava contro le nuvole dell'alba, Tom, che si era assopito in poltrona accanto alle braci quasi estinte del fuoco, avvertì sul volto lo spostamento d'aria di una porta che si apriva. In un istante balzò in piedi, gli occhi fissi sulla soglia rischiarata dalle candele dove, con un sorriso, la levatrice gli stava facendo segno che poteva finalmente andare da Isabel.

Salendo le scale a due a due, si fiondò nella stanza da letto, evitando di posare gli occhi sul mucchio di lenzuola intrise di sangue lasciate fuori dalla porta. La camera era ancora immersa in un'oscurità pressoché assoluta, le finestre coperte da arazzi e tappeti come da tradizione, e l'unica luce fioca proveniva dal fuoco che ardeva nel camino e dalle candele ancora accese nei candelabri a muro. Seduta nel letto, Isabel aveva il volto acceso dal riflesso arancione delle fiamme e i capelli incollati alle tempie in riccioli umidi. Gli sorrise con dolcezza e tese verso di lui il piccolo fagotto che stringeva tra le braccia.

«*Nostro figlio*» disse porgendoglielo. Tom abbassò lo sguardo sul minuscolo bambino addormentato, un velo impalpabile di capelli e morbide gote rosa, e non poté impedire al suo cuore di partire al galoppo mentre un ampio sorriso gli illuminava il volto. "Bellissimo" disse a gesti, poi indicò il bambino e la moglie. Isabel gli sorrise radiosa anche se sembrava esausta. Adagiando il piccolo nella sua culla di legno accanto al letto, lui le fece segno di dormire e uscì in punta di piedi. Sapeva di lasciare entrambi in ottime mani. Catherine proveniva da una famiglia di quattordici fratelli, molti dei quali aveva contribuito a far nascere, e amava Isabel tanto quanto lui: lo vedeva dal modo in cui si comportava e dalle cure che le riservava ogni giorno.

Il sole cominciava a salire nel cielo, perciò Tom indossò in fretta stivali e farsetto e si incamminò verso il fiume, attraversando le strade animate dal solito viavai di venditori e ambulanti. Hugh era sempre pronto a lamentarsi delle sue assenze dal laboratorio e arrivare in ritardo solo perché Isabel aveva partorito non avrebbe certo placato la sua irritazione. Si fermò un istante a comprare un pasticcio caldo in una bancarella in riva al fiume, poi salì su una barchetta e mostrò il libretto ormai sbrindellato in cui erano elencate le sue destinazioni. Su una pagina era scritto semplicemente "la Torre" e lui sperava con tutto se stesso che non avrebbe mai più dovuto mostrarla a nessuno. Rabbrividiva ancora ogni volta che gli capitava sotto gli occhi cercando altri indirizzi.

Gli bastò dondolare le braccia per qualche secondo come cullando un bambino perché Hugh comprendesse le ragioni del suo ritardo, poi, dopo che lo speziale gli ebbe assestato una pacca di congratulazioni sulla spalla, Tom fu spedito nel giardino fisico a raccogliere del sinfito. Ne approfittò per controllare le piantine di vaniglia; finalmente cominciavano a spuntare piccoli boccioli da cui sperava di ottenere dei baccelli, così da evitarsi di battere per ore i magazzini in riva al Tamigi in cerca di rifornimenti. Ormai acquistava quasi tutte le riserve di vaniglia che approdavano al molo di Queenhithe e aveva persino trasmesso un messaggio al porto di Norwich affinché i mercanti mandassero lì ogni eventuale nuovo carico.

Dopo un pranzo in cui, accortosi di essere affamato, consumò varie ciotole di lenticchie insieme a pasticcio, formaggio e mele, Tom ricevette un messaggio dall'ufficio di Walsingham con l'ordine di recarsi dal dottor Bright. Lo mostrò a Hugh con espressione contrita, ma in cuor suo era entusiasta. L'ospedale si trovava nei pressi di Cordwainer Street e una volta uscito da lì avrebbe potuto tornare subito a casa. Sperò che non fosse uno di quei giorni in cui il dottore decideva di lavorare fino a notte fonda. Il messaggio era scritto in una grafia così piccola che, nello sforzo di concentrarsi, cominciarono a bruciargli gli occhi, e aveva già un gran mal di testa per il poco sonno della notte prima. Non vedeva l'ora di correre a casa da Isabel e dal loro figlioletto.

Non c'era stata alcuna svolta sensazionale, ma Bright voleva testare il nuovo codice stenografico che lui e Tom avevano ideato per impedire ai cospiratori cattolici di decifrare i loro segreti nel caso avessero intercettato qualche lettera. Trascorsero tre ore a lavorare insieme al passaggio che stavano codificando, finché non furono entrambi soddisfatti: erano in grado di condensare agevolmente tre pagine in due brevi paragrafi senza pregiudicarne la comprensione. La loro collaborazione aveva dato ottimi risultati e di certo Walsingham e Phelippes se ne sarebbero rallegrati. Ormai erano in grado di trasmettere i piani dei cospiratori su frammenti di carta sempre più piccoli e ben nascosti.

Al suo rientro a casa, il sole era basso all'orizzonte e splendeva di un arancione intenso, tracciando ombre lunghe sulle strade e danzando sulle pareti dei palazzi per riflettersi nelle finestre che sfolgoravano come fossero in fiamme. Tom si precipitò subito al piano di sopra da Isabel, senza curarsi se fosse o meno un atteggiamento dignitoso per un uomo appena diventato padre. Trovò moglie e figlio immersi in un sonno profondo, la camera ancora calda e al buio; sapeva che sarebbe rimasta così finché, al compimento del primo mese del bambino, Isabel non avesse ricevuto la tradizionale benedizione. Prima di allora non poteva lasciare la stanza.

Tom si appollaiò sul letto e rimase a guardarli finché Isabel non si mosse. Spostò il peso più di una volta nella speranza che si svegliasse, rallegrandosi quando il suo piano ebbe successo. Lei si tirò a sedere e guardò con un sorriso assonnato dentro la culla. Il volto minuscolo e perfetto del bambino era una copia del suo.

«*Quant'è piccolo*» commentò, aiutandosi con le mani per indicare a Tom le dimensioni. Lui annuì. Cercò di pensare a un gesto per domandarle come volesse chiamarlo ma alla fine si arrese, frustrato, e guardandosi intorno trovò una delle tante tavolette cerate che teneva sparse per la casa. "Nome" scrisse prima di passarla a Isabel.

«*Che ne dici di Richard?*» rispose lei, scrivendolo anche sulla tavoletta in caso lui non fosse riuscito a capire. Non stavano parlando di cose futili come la cena, quando Tom fraintendeva e si aspettava una pietanza ma se ne vedeva servire un'altra; in quel caso si trattava del nome del loro figlio. Anche se lui non avrebbe mai potuto usarlo per chiamare il bambino, dovevano essere in accordo.

Tom annuì e fece il gesto che usava per dire “perfetto”. Poi, per risparmiare tempo negli anni a venire, ne inventò uno tutto nuovo per il nome del figlio, indicando la scritta “Richard” sulla tavoletta e traducendola con una mano chiusa sul bicipite opposto.

Un movimento accanto al suo piede lo avvertì che Richard si stava svegliando. Quando si chinò per sollevarlo, il bambino era rosso in faccia, con gli occhi serrati e la bocca spalancata. Stringendosi l’involto di coperte in cui era infagottato contro la spalla, Tom avvertì una fitta di tristezza al pensiero che non avrebbe mai potuto udire la voce del figlio o sussurrargli parole dolci per calmarlo. Però sentì i suoi polmoni minuscoli che si gonfiavano e la vibrazione del suo respiro rabbioso che a poco a poco si placava in un ritmo più tranquillo. Quando tese le braccia per osservarlo meglio, per un istante i due si guardarono solenni. Sembrava che il bambino avesse capito che l’unico conforto che avrebbe mai potuto ricevere dal padre veniva dal calore solido del suo tocco.

La porta si aprì per far entrare la balia, che prese Richard con sé e subito uscì dalla stanza. Isabel aveva di nuovo l’aria stanca, perciò Tom le diede un bacio sulla testa e poi sgusciò fuori per tornare di sotto. Sperava che, nonostante la novità in famiglia, la cuoca non si fosse scordata della sua cena, presa com’era a preparare ricostituenti che avrebbero aiutato Isabel a recuperare le forze. Aveva tutta l’intenzione di andare a letto presto per recuperare il sonno perso la notte precedente e, ritiratosi nella stanza in cui avrebbe dormito finché la moglie fosse stata confinata nella camera matrimoniale, si sdraiò con un ampio sorriso sul volto. Dopo tanto tempo, ogni suo desiderio si era finalmente realizzato.

44

Luglio 2021

«Dai, dimmi cos'hanno scoperto gli esperti!» Rachel saltò giù dal divano appena vide Mathilde e, lasciando Fleur immersa in un cartone animato, andò a sedersi con lei al tavolo della cucina. Stava quasi saltellando per la trepidazione. «È una lettera d'amore di Enrico VIII che vale una fortuna?»

Malgrado le sue ricerche, Mathilde aveva giusto una vaga idea di chi fosse il re che Rachel continuava a citare, ma comprese la seconda parte della domanda. «Niente soldi» rispose. «Ma mi hanno chiesto di prestare il documento all'università per esporlo nel museo.»

«Be', non mi stupisce» ribatté Rachel. «Tu non sembri molto contenta, però. È un reperto storico di indubbio interesse. Non puoi tenerlo nascosto, merita di essere ammirato da tutti. Lo capirai di certo anche tu.»

Mathilde rispose con la solita scrollata di spalle. Non sapeva da dove partire per spiegare la sua assoluta certezza che la lettera dovesse restare in quella casa, che apparteneva a quel posto. Era destinata a rimanere lì. In quel preciso momento, come un raggio di sole che squarcia le nuvole, comprese che era stato quello a colpirla fin dal primo istante in cui aveva messo piede lì dentro: la sensazione che la sua anima fosse destinata ad arrivare a Lutton Hall. Rachel alzò gli occhi al cielo e andò a mettere il bollitore sul fuoco.

«Senti, qualunque oggetto che abbia rilevanza storica dovrebbe essere esposto in un museo. Ci sono molti storici che hanno dedicato la vita allo studio dei Tudor e farebbero carte false per poter visionare la tua lettera. O almeno presumo, dato che non mi hai ancora detto di cosa parla.»

Delusa dal suo scarso sostegno, Mathilde cominciò a spiegarle nel dettaglio quanto era emerso dall'incontro; in fondo erano una famiglia. Eppure, non se la sentì di confessare alla sorella la malia che la villa esercitava su di lei, perché temeva che non avrebbe capito.

«La parte scritta con inchiostro simpatico è più eccitante, ma bisognerà decifrarla molto lentamente per non danneggiare la pergamena. Potrebbero volerci settimane. Mi dispiace, vorrei poterti dire di più.»

«Non devi scusarti con me» ribatté Rachel. «Questa ormai è casa tua, e lo stesso vale per la lettera e il trittico. Sta a te decidere cosa fare, se restare qui dopo la mia partenza o liberartene. Questa comunque è la casa dei nostri antenati e noi siamo una famiglia.»

«È facile per te tirare in ballo la famiglia come se bastasse a rimediare al passato» rispose Mathilde, stanca per la lunga giornata e senza preoccuparsi di attenuare i toni. «Non posso dimenticare tutto quello che mi è successo, ed essere qui adesso non cancella» agitò un braccio mentre cercava le parole, «il resto della mia vita. È sempre qui» si batté il pugno sul petto, «nel mio cuore. Sempre. Il tempo non guarisce così in fretta. Forse non lo farà mai.»

Rachel la guardò costernata, e vergognandosi di quello sfogo Mathilde uscì dalla cucina e corse in giardino con le lacrime che le pizzicavano gli occhi. Per troppo tempo aveva vissuto con i suoi demoni, rifiutandosi di guardare in faccia il passato e le proprie insicurezze. Il pensiero dell'infanzia spensierata di Rachel continuava a ferirla, perché lei non aveva mai conosciuto nulla di simile. Non avrebbe mai avuto la sicurezza degli altri, quel genere di autostima che nasceva dalla certezza di avere una famiglia e un luogo da chiamare casa. Eppure adesso aveva entrambe le cose a portata di mano se solo se lo fosse concessa.

Raccolse la vanga del padre, andò nel suo angolo di giardino e la conficcò in una zolla di terreno. Il velo di lacrime che le offuscava gli occhi quasi non le permetteva di vedere dove stava scavando.

Al solito, a poco a poco lavorare nell'orto esercitò la sua lenta magia e lei sentì l'atmosfera serena e rassicurante calmarla. Come se qualcuno l'avesse presa tra le braccia per prometterle che si sarebbe risolto tutto, aiutandola a colmare la voragine dentro di sé che non aveva mai sperato di riempire. Lì, in quel luogo fresco e buio accanto al boschetto, una voce la incoraggiava ad abbassare la guardia e rilassarsi. Niente lì avrebbe potuto ferirla, mai. Nessun incendio avrebbe devastato la sua anima trasformando la sua vita in un baratro.

«*Maman*» sussurrò mentre le lacrime continuavano a cadere sul terreno.

«Ehi, Matty, mi stavo chiedendo dove fossi finita.» D'un tratto la voce di Oliver risuonò nell'orto. Mathilde si era dimenticata che era ancora lì e, graffiandosi la pelle con la lana ruvida, si affrettò ad asciugarsi le guance con la manica del pullover prima di voltarsi verso di lui.

«Sto vangando un altro po'» rispose con un sorriso tremulo, sapendo che i suoi occhi arrossati avrebbero smentito il tono allegro. Tirò su con il naso. «Voglio spostare qui alcuni arbusti da frutta.» Sentì il crepitio delle sterpaglie che si spezzavano mentre Oliver si faceva largo nel groviglio di erba alta, rovi e cerfoglio selvatico secco. Una volta arrivato al suo fianco, le prese il mento tra pollice e indice per farle girare la testa. Mathilde interruppe il lavoro ma tenne il piede poggiato sulla vanga, pronta ad affondarla di nuovo nel terreno.

«Rachel ha detto che eri turbata.» Oliver la fissò negli occhi come se volesse leggerle dentro, ma lei evitò il suo sguardo mantenendo il volto impassibile.

«Non è niente.» Scrollò le spalle. «Sembra convinta che solo perché adesso sono qui con lei – in famiglia, nella nostra casa – la mia esistenza debba essere di colpo perfetta. Come se il passato, i miei primi ventotto anni di vita, potessero essere cancellati con un colpo di spugna. Non riesce proprio a capire cosa significa crescere circondata dalla diffidenza, costantemente in fuga? Senza un padre né una casa.» Sentì gli occhi riempirsi di nuovo di lacrime e gettò la testa all'indietro per tentare di trattenerle. Il passato era sempre lì, in attesa di ringhiottirla. «Comunque non importa.» Girò la testa e tornò ad affondare la vanga nel terreno, rivoltando una grossa zolla. Il fango secco chiaro come cioccolato al latte ricadde a terra e le finì sulle scarpe.

«Certo che importa» dissentì Oliver. «Fermati un attimo con quella vanga e vieni a sederti con me.» Le afferrò il gomito e diede un leggero strattone, gentile ma deciso.

La condusse alla serra poco lontana e si sedettero fuori, sull'erba appiattita dai suoi quotidiani andirivieni per accudire le piantine.

«Penso che tu sia ingiusta nei confronti di tua sorella.» Oliver le passò un braccio intorno alle spalle rigide e la attirò contro il suo fianco. «Come può sapere quello che provi se non ti apri con lei? Ha ben presente l'infanzia che hai avuto e vorrebbe aiutarti, se solo glielo permettessi.»

«Ci sto provando» sussurrò Mathilde, «ma come dite voi "è più facile a dirsi che a farsi".»

Lui sorrise. «La tua padronanza della lingua ha fatto passi da gigante» commentò. «Ora, come stanno le piantine di vaniglia?» Lei fu grata che avesse cambiato argomento. «La germinazione ha funzionato?»

«Certo.» Sorrise. «Funziona sempre. Ci sono voluti secoli perché in Europa qualcuno scoprisse che la vaniglia cresce esclusivamente in certi paesi per via del fatto che solo un particolare tipo di api la impollina. Per questo dobbiamo pensarci da soli. La natura assistita dall'uomo.»

«Sei una vera esperta di piante ed erbe, perché non lo trasformi in un lavoro a tempo pieno? Invece del fotogiornalismo, che non dà mai garanzie sul prossimo stipendio. Per non parlare del rischio di stare sempre in giro con quel furgone, per di più in situazioni spesso pericolose. Questo sarebbe molto più sicuro.»

Mathilde abbassò lo sguardo sulle sue scarpe e continuò a tormentare la suola di gomma che cominciava a staccarsi. Non sarebbero arrivate alla fine dell'estate, ne era certa.

«A volte provo a immaginarlo. Poter uscire di casa e occuparmi delle mie piante ogni giorno. Sarebbero sempre lì ad aspettarmi, qualcosa di stabile e permanente.»

«Per questo ti piace coltivarle? Perché mettono radici?»

«No. Non lo so. Forse? Mi piacciono le piante e i giardini, tutto qui. Sono calmi, sereni. E rimangono sempre nello stesso posto. Ma adesso mi viene il dubbio di aver già aspettato troppo.»

Mentre parlavano era stata cosciente della vicinanza di

Oliver, del calore emanato dal suo corpo. Diede le spalle alla menta selvatica da cui stava strappando le foglie perché sprigionassero il loro profumo pungente e si accorse che il viso di lui era a pochi centimetri dal suo. Sospirò appena, e quando lui si chinò a baciarla, le labbra turgide e fresche contro le sue, sembrò la cosa più naturale del mondo.

45

Febbraio 1586

Mentre la sua vita domestica scivolava in una quotidianità confortevole e la serenità lo avvolgeva come un manto, Tom cominciò a provare più ansia per l'altra dimensione dei suoi giorni, quella segreta. La tregua dalle missioni di spionaggio era stata breve. A Isabel aveva confessato giusto l'essenziale, reputando più sicuro non raccontare nei dettagli ciò che stava facendo. Affinché la moglie non avesse crucci, lasciava fuori dai resoconti delle sue giornate una buona parte di informazioni. Sempre più spesso però veniva mandato a sorvegliare persone in giro per Londra, in anfratti bui e furtivi, e a consegnare lettere cifrate per conto di Phelippes. Frequentava quartieri che avrebbe preferito non conoscere, dove un forestiero poteva venire sgozzato per il semplice fatto di non vivere lì, di non appartenere a quel luogo.

Non fu sorpreso quando ricevette una nuova convocazione da Walsingham. Questa volta, tuttavia, avrebbe dovuto discendere il fiume per recarsi alla sua casa di Mortlake, Barn Elms.

Il barchino avanzò lentamente sotto un debole sole invernale che splendeva senza dare calore, condividendo il blu scuro del cielo con una pallida luna che, alta sopra di loro, pareva restia a congedarsi, come l'ultimo ospite rimasto a una festa. Sgradito e molesto, il freddo del Tamigi gli artigliava la pelle penetrandogli nelle ossa. Dalle birrerie schierate lungo la riva del fiume per intercettare i marinai delle molte navi ormeggiate si levavano alte colonne di fumo e, ogni volta che espirava, Tom vedeva il suo fiato condensarsi in minuscole nuvolette che gli rimanevano attaccate alla barba in goccioline umide. Per evitare gli schizzi dei remi si rannicchiò a prua, e fu felice quando raggiunsero finalmente il molo e poté sbarcare.

Al suo arrivo trovò due soldati di guardia, che gli sbarrarono il passo finché non mostrò loro la lettera in cui si richiedeva la sua presenza. Uno di loro gli disse qualcosa, ma mentre parlava girò la testa e Tom non riuscì a comprendere cosa avesse detto. Doveva essere una domanda, perché entrambi lo fissarono in attesa di una risposta. Stanco e sempre più infreddolito, Tom spiegò a gesti che non era in grado di sentire, al che vide uno dei due chiedere all'altro: «*Perché il padrone ha mandato a chiamare un tale stolto?*».

Ergendosi il più possibile nel soprabito blu che lo ammantava di un rispetto ignoto ai suoi abiti da speziale – e memore delle parole di Marlowe sull'autorevolezza che conferivano i giusti indumenti –, Tom indicò la residenza di Walsingham e li superò con fare deciso, costringendoli ad affrettare il passo per seguirlo. Le loro lunghe ombre si stagliarono sul prato ancora bianco di brina mentre arrancavano dietro di lui.

Quando le porte della casa si aprirono per accoglierlo, non poté voltarsi a guardarli ma sperò che l'espressione sdegnosa fosse scomparsa dai loro volti mentre tornavano al loro gelido posto di guardia in riva al fiume. Per rafforzare il concetto, si avvicinò al camino dell'ampio salone in cui si trovava e tese le mani verso il fuoco, strofinandole tra loro. Chi sogghignava, adesso?

Seguì il domestico in un'altra grande sala dominata da un lungo tavolo con panche e sedie di legno e ornata da insegne araldiche, fiori e pampini intagliati nella boiserie alle pareti e stucchi al soffitto, fino a raggiungere un'altra stanza dove Walsingham lo attendeva seduto a una scrivania ancora più grande di quella che usava a palazzo. Per una volta interruppe subito il lavoro e fece cenno a Tom di accomodarsi su una delle due sedie di fronte a lui. L'altra era già occupata da un giovane con un pesante farsetto di velluto verde scuro dal colletto di ermellino, che con un cenno del capo lo salutò: «*Salve*». Tom gli sorrise e chinò la testa, scivolando a sedere accanto a lui.

«*Tom, quest'uomo è Nicholas Berden. È un mio informatore ma anche una spia della regina Maria: quello che chiamiamo un doppiogiochista. I nostri nemici sono convinti che porti le lettere della regina all'ambasciatore di Francia, invece le consegna a me per consentirci di copiarle prima che giungano a destinazione. Lo stesso vale per le risposte, che vengono lette e copiate da noi prima che la regina le riceva. Vi è tutto chiaro?*»

Tom annuì lentamente. Era già al corrente dell'intercettazione dei messaggi crittografati per avervi lavorato con Phelippes e Bright servendosi di codici, cifrari e inchiostri simpatici. A quanto pareva quel Berden spiava per entrambi gli schieramenti ma solo Walsingham lo sapeva. Inarcò le sopracciglia in attesa di scoprire perché fosse stato convocato.

«*Berden sta per incontrare un gentiluomo che dovrete osservare con molta attenzione. Il suo nome è Anthony Babington. Lo crediamo coinvolto nell'ennesima congiura per uccidere la nostra regina e mettere sul trono la papista Maria. Dobbiamo fermare questi gentiluomini, questi eretici, e voi ci aiuterete a farlo. Siete la nostra arma segreta. Berden vi presenterà come un amico, e con un po' di fortuna i traditori vi crederanno incapace di comprendere i loro discorsi. Dovrete recarvi subito con lui alla residenza di Babington, dove s'incontrerà questo pomeriggio con altri cospiratori.»* Walsingham gli porse un borsello e Tom lo soppesò nella mano. Conteneva diverse monete pesanti, non solo qualche spicciolo per pagare il barcaiolo o acquistare una birra. Qualunque informazione si aspettasse di ricevere da lui, era pronto a pagarla a peso d'oro. Tom sospettava inoltre che la somma fosse direttamente correlata alla gravità del pericolo a cui andava incontro: il prezzo del sangue.

Quando arrivarono agli alloggi di Babington a Bishopsgate, fu la moglie ad accoglierli. La casa era elegante, ben diversa da ciò che Tom si era aspettato dopo la descrizione impietosa di Walsingham. La facciata esterna era intonacata a stucco, con un rilievo decorativo sotto le gronde e i bovindi dal telaio in legno sostenuti da cavalli scolpiti. Nello scorgere una bambina nascosta dietro le sottane della madre, Tom ebbe un tuffo al cuore. Se Walsingham aveva detto il vero, quelle due creature avrebbero visto l'uomo che amavano trascinato in catene e rischiavano di ritrovarsi senza dimora. Avrebbe voluto avvertire la donna, ma per una volta il mutismo lo salvò dai rimorsi di coscienza.

In una camera interna trovarono sette uomini seduti in cerchio. Berden fu accolto con gioviali pacche sulle spalle e ricevette subito una coppa di birra, mentre Tom fu squadrato con sospetto e nessuno dei presenti gli rivolse il minimo saluto. Berden lo girò verso di sé per consentirgli di vedere cosa stava dicendo e lo presentò al gruppo, spiegando che si trattava di un caro amico conosciuto in Francia, di professata fede cattolica. Si premurò anche di enfatizzare la sua condizione di sordomuto, assicurando ai compagni che non sapeva nulla della congiura né poteva scoprirlo in alcun modo.

Dopo quella presentazione gli altri furono ben felici di sorridere e annuire in maniera esagerata, e subito gli passarono una coppa di birra mostrandogli una sedia perché si accomodasse. Tom faticò a mantenere il volto impassibile nel vedersi trattato come lo scemo del villaggio. Se solo avessero saputo.

Gli uomini intanto ripresero a discutere infervorati il loro piano. Pur essendo seduto tra loro Tom non riusciva a seguire tutto, perché accadeva spesso che più persone parlassero insieme e alcune avevano il volto in ombra. Nonostante questi inconvenienti, tuttavia, comprese che il gruppo stava ricevendo lettere dalla Francia, le quali venivano poi trasmesse alla regina Maria attraverso compartimenti segreti ricavati nelle numerose botti di birra che venivano recapitate quasi ogni giorno al castello di Chartley in cui era prigioniera. Il traffico era gestito da un certo Thomas Morgan dalla sua cella nelle carceri di Parigi. L'idea delle botti, a detta del gruppo, era stata un vero colpo di genio e il birraio, a cui si riferivano solo con l'appellativo di "uomo onesto", avrebbe avuto un posto garantito alla corte di Maria quando quest'ultima si fosse finalmente insediata sul trono; quando la fede cattolica fosse tornata a regnare e il paese fosse stato di nuovo accolto nell'amorevole seno di Roma.

Sulle questioni di fede Tom aveva opinioni molto superficiali. Le funzioni religiose erano sempre state un'esperienza tediosa per lui, la sordità infatti gli impediva di ascoltare gli inni e odiava il pavimento di pietra freddo e duro sotto le ginocchia. In Francia, però, le vetrate avevano rappresentato un diversivo piacevole, soprattutto quando il sole le colpiva proiettando arcobaleni al suolo. Lui allora tendeva il braccio nella speranza che i colori filtrassero attraverso la sua pelle. Era una magia, come se Dio stesse tentando di mettersi in contatto con lui, ma crescendo quel fascino era svanito e adesso non provava alcun interesse per qualcosa a cui non poteva prendere parte.

Sua madre lo aveva cresciuto nella fede cattolica e ogni giorno lo portava a messa nel monastero del villaggio in cui vivevano. Quando Enrico VIII aveva sciolto i monasteri d'Inghilterra, lei aveva aiutato il priore a fuggire verso la Francia, e più avanti, nel momento in cui erano stati loro ad aver bisogno di aiuto, i suoi amici erano riusciti ad assisterli. A Tom non sfuggiva certo l'ironia di fornire sostegno alla regina per tenere i cattolici fuori dal paese adesso.

Ricordò che Walsingham aveva insistito sull'importanza di imprimersi nella mente tutti i volti per essere in grado di riconoscerli ovunque. Mentre sedeva nel suo mondo silenzioso, dispensato dalla conversazione, si guardò intorno e studiò gli uomini a uno a uno, i loro vezzi, il loro aspetto. Era quasi certo che sarebbe riuscito a individuarli all'istante nella folla. Alla centesima volta che Babington si scostava i capelli dal viso, Tom sorrise tra sé. Le persone non si rendevano conto dei piccoli gesti che compivano decine di volte ogni ora. Un altro dei presenti, un uomo di nome Robert Pooley, allungava le braccia e fletteva nervosamente le dita con infallibile regolarità. Strada facendo, Berden gli aveva spiegato che era un altro dei doppiogiochisti di Walsingham, sempre sul filo del rasoio, nel costante terrore di essere smascherato.

Tra il calore soffocante della stanza e la stanchezza della giornata cominciata all'alba, Tom iniziava a sentire gli occhi pesanti, ma dopo un po' il suo compagno si alzò indicando la porta e lui lo imitò. Gli altri fecero altrettanto, salutandoli con un piccolo inchino, mentre Tom ne approfittava per guardarli in faccia un'ultima volta alla luce del fuoco con l'espressione vacua del finto tonto.

Una volta in strada, Berden gli afferrò il braccio e lo trascinò via in gran fretta come per svignarsela. Piantandogli le dita nella carne, lo spinse fino a un vicolo stretto dove finalmente si decise a lasciarlo andare, permettendogli di massaggiarsi il braccio indolenzito. Proseguirono, e Tom fu ben felice di lasciarsi alle spalle il tanfo di verdura e carne in decomposizione che ammorbava l'aria. Il selciato era scivoloso, ma persino quando inciampò in un ciottolo sporgente rischiando di cadere a terra si rifiutò di abbassare lo sguardo per vedere cosa stessero calpestando. Fu un sollievo raggiungere l'uscita e ritrovarsi nell'ampia e luminosa Threadneedle Street. Di fronte a lui si ergeva in tutta la sua gloria la magnifica Merchant Taylors' Hall, sede dell'omonima compagnia, con la cappella attigua riservata ai membri. Appena imboccarono Cornhill in direzione di Poultry Corner, Tom rabbrividì al ricordo del carcere.

«*Perdonatemi se vi ho trascinato via*» si scusò il suo complice. «*Volevo assicurarmi che gli altri non nutrissero il minimo sospetto circa la vostra incapacità di comprendere quanto vi accade intorno. Siamo stati molto persuasivi; vi credono un semplice messaggero, a cui basterà fornire un indirizzo perché recapitiate il messaggio senza interessarvi del contenuto. Che idioti. Non si accorgeranno del loro errore finché non penzoleranno dalla forca in attesa di vedersi strappare le viscere.*»

Tom annuì nonostante la nausea che gli rivoltava lo stomaco. Assistere all'impiccagione di Throckmorton e dover poi rimanere seduto mentre Hugh gli illustrava sulla lavagna le orribili esecuzioni dei vari nemici della Corona, calati ancora vivi dal cappio per essere eviscerati davanti alla folla, lo aveva persuaso di non essere fatto per il sangue e l'orrore delle esecuzioni pubbliche. Walsingham era deciso ad annientare chiunque non fosse fedele a Sua Maestà e intendeva fare in modo che i traditori sapessero a quale orribile punizione sarebbero andati incontro.

I due si separarono a Blackfriars. Tom non sapeva dove l'altro fosse diretto e fu grato di non poterglielo domandare.

«*Ora avete incontrato gli attori chiave*» gli ricordò Berden prima di congedarsi, «*e riteniamo che il palcoscenico sia quasi pronto. Vi consiglio di prepararvi a ricevere numerosi incarichi finché i congiurati non saranno stati tutti catturati e la regina Maria non sarà dove merita di essere. All'inferno.*» Si voltò e scomparve nella ressa della banchina, lasciando Tom con il dubbio di avere frainteso le sue ultime parole. Comunque si fosse conclusa, quella missione era decisamente più importante di qualunque altra a cui avesse partecipato fino ad allora.

46

Marzo 1586

Avvertendo i crampi allo stomaco, Tom vi premette sopra il palmo e lo sentì brontolare contro la mano. Non aveva mai apprezzato il digiuno della Quaresima, con i suoi monotoni pasti a base di zuppe o pesce, e ogni volta finiva per non mangiare quasi nulla attendendo con ansia l'arrivo della Pasqua. Era l'unico giorno in cui non gli dispiaceva sedere in una chiesa fredda, perché sapeva che sarebbe stato ricompensato da un lauto pasto composto da deliziosi arrosti grondanti grasso, creme e torte di marzapane. Era stata la sua golosità, del resto, pronunciata ancora come quando era bambino, a indurlo a escogitare un efficace rimedio contro l'insonnia e a dare inizio alla catena di eventi che l'aveva portato lì dove si trovava adesso: a Temple Bar, sul confine occidentale della città, appostato fuori dal Plough Inn in attesa di un altro degli uomini di Walsingham, Bernard Maude. Tom non lo aveva mai incontrato prima, ma per riconoscerlo questi non avrebbe dovuto fare altro che cercare un uomo con il soprabito blu e gli occhi sempre in movimento, che osservavano e prendevano nota di tutto ciò che accadeva.

Intuì che Maude si stava avvicinando prima ancora che gli comparisse davanti. Dal modo in cui si scansavano i passanti, infatti, era evidente che qualcuno stava camminando nella loro direzione, così Tom studiò il fluire delle ombre sul selciato e all'ultimo si girò con un ampio sorriso sul volto. Se il suo complice pensava di poter superare in astuzia il sordo, aveva ancora molto da imparare.

Fu ricompensato dalla sua espressione sorpresa, ma dopo appena un istante l'altro aveva già sfoderato un sorriso non meno scaltro del suo. Entrambi fecero un inchino per riconoscere quell'intesa istantanea, poi Maude afferrò Tom per il braccio e lo trascinò poco lontano, all'imbocco di un vicolo deserto. La luce era sempre più fioca e lui dovette avvicinarsi per leggere sulle sue labbra il nome di chi avrebbero sorvegliato quella sera. Walsingham gli aveva spiegato che Maude era un altro "doppiogiochista", perciò gli uomini riuniti dentro la taverna erano convinti che facesse parte della congiura di Babington. Tom sarebbe dovuto entrare qualche minuto dopo di lui e collocarsi in un punto che gli permettesse di osservare il gruppo e cogliere tutto ciò che veniva detto. Il locale sarebbe stato rumoroso ed era facile lasciarsi sfuggire qualche indizio o atteggiamento sospetto, mentre Tom sarebbe stato in grado di notare ogni cosa.

Maude lo lasciò tra le ombre per varcare la soglia della taverna e Tom, come da istruzioni, attese qualche minuto prima di seguirlo. Dentro trovò lo stesso silenzio che per lui regnava in ogni luogo, ma gli bastò guardarsi intorno per capire che nel locale quella era una serata come le altre e che le privazioni della Quaresima non si estendevano anche agli incontri con gli amici o al consumo di birra.

Scrutando con gli occhi la stanza affollata, individuò i suoi obiettivi seduti a un tavolo vicino al fuoco. In uno di loro, basso, con uno stomaco prominente e un volto rubicondo, riconobbe all'istante l'uomo che aveva osservato nella taverna fumosa di Cross Keys, a cui qualcuno aveva passato di nascosto una lettera. Qualche tempo prima Walsingham gli aveva spiegato che John Ballard era uno dei principali istigatori della congiura. Un elemento cruciale, il tipo che si dileguava nel buio se - anzi, quando - gli altri venivano assicurati alla giustizia. Mentre gli agnelli erano condotti al macello, trasportati a Tyburn nel retro di un carretto, quelli come Ballard saltavano a bordo di una barchetta a remi e prima ancora che i complici pendessero dalla forca avevano già quasi raggiunto il continente.

I tre stavano mangiando delle ciotole di stufato d'ostrica. Il vapore diffondeva un profumino invitante e Tom avvertì un altro brontolio allo stomaco. Era difficile seguire il loro labiale mentre parlavano con la bocca piena, spruzzando goccioline di sugo che gli si depositavano sulle barbe, e il fatto che continuassero a tergersi il mento con i tovaglioli non aiutava di certo. Tuttavia, a un certo punto, dopo diversi giri di birra, Maude fu costretto a visitare le latrine per liberarsi e lasciò i due compari al tavolo. Sorseggiando lentamente la sua birra, Tom li osservò posare i cucchiai e accostare il capo l'uno all'altro. Per mantenere Ballard nel suo campo visivo dovette cambiare leggermente posizione, trovandosi però nell'impossibilità di tenere d'occhio anche il compagno. Doveva compiere una scelta, ma per fortuna la sua decisione si rivelò subito azzeccata.

«*Entro le prossime due settimane partirò per la Francia. Ti chiedo di recapitare alcune lettere a Chartley per conto mio. Vieni da me domani e te le consegnerò. Non farne parola con nessuno. Io e Maude incontreremo altri simpatizzanti della causa cattolica a Rouen e Parigi, e nutriamo la speranza di ottenere l'appoggio definitivo di francesi e spagnoli per radunare un esercito pronto a sferrare un attacco congiunto appena i nostri piani saranno maturi.*»

A quel punto Maude tornò al tavolo e si sedette. Tom non era sicuro che conoscesse i dettagli del suo viaggio in Francia, ammesso che sapesse di essere in partenza, ma quantomeno avrebbe potuto informare il suo complice e Walsingham del quadro generale. Le macchinazioni di quegli uomini avrebbero avuto esiti catastrofici se non fossero riusciti a fermarli. Lentamente si fece strada in Tom la consapevolezza di essere un elemento chiave nell'ingranaggio di Walsingham e che la sua missione era tutt'altro che conclusa. La tranquilla vita familiare che tanto amava sarebbe rimasta un piacere sporadico ancora per molti mesi se le cose fossero proseguite in quel modo.

I tre si alzarono in piedi per salutarsi prima di lasciare la taverna. Il loro tavolo venne subito occupato da una coppia di uomini anziani che parevano sul punto di accasciarsi a terra se non si fossero seduti. Tom rimase a terminare lentamente il suo boccale, finché non gli sembrò che gli altri dovessero essersi ormai allontanati. Gli era stato raccomandato in diverse occasioni di non farsi mai vedere in pubblico con gli agenti di Walsingham, a meno che questi non lo avessero prima presentato, o la sua copertura sarebbe potuta saltare. E nonostante gli sconvolgimenti che quegli incarichi arrecavano alla sua vita, Tom non poteva negare di provare una certa soddisfazione nell'essere trattato per la prima volta da pari da una cerchia di uomini importanti. Grazie al suo lavoro a palazzo aveva raggiunto traguardi importanti e sarebbe stato sempre grato per tutto ciò che aveva ottenuto: per sua moglie, suo figlio e ora, finalmente, una nuova fiducia nelle proprie capacità.

Con somma gioia di Tom, l'arrivo della Pasqua e l'inizio della primavera coincisero con un breve periodo di tregua. Trascorrere le serate in casa con la famiglia era molto più piacevole che strisciare per le strade buie della città a spiare sconosciuti. Dai discorsi di Ballard aveva appreso che Maude, pur continuando a lavorare in segreto per Walsingham, era scomparso in Francia. Anche Babington sembrava essersi dileguato e si rumoreggiava che si trovasse nella residenza del Derbyshire con moglie e figlia. Tom pensava che, se aveva un po' di sale in zucca, stava tentando di nascondere la famiglia il più lontano possibile prima dell'imminente atto di tradimento.

Quanto a lui, potendo disporre di più tempo libero, fece ritorno al suo trittico, che teneva appoggiato su un cavalletto nel salottino adiacente alla porta d'ingresso. Dipinse la scena dell'interno buio della taverna, cercando di rendere con il pennello l'atmosfera opprimente, il calore e il tanfo dei corpi ammassati. Poi, per alleggerire l'effetto, aggiunse un piccolo ritratto di Richard, che cominciava a restare seduto da solo e a giocare con i sonagli di legno che gli mettevano nella culla. Era un bambino sorridente e Tom assaporava i momenti in cui Isabel cantava per lui. Pur non potendo udire la sua voce, infatti, si godeva il volto radioso della moglie e l'ondeggiare del suo corpo a tempo con la melodia che le usciva dalle labbra. Tom amava prendere in braccio il piccolo e soffiargli sul collo, fargli il solletico, vederlo sorridere e inspirare il profumo caldo che si annidava nelle pieghe del suo corpicino paffuto. Non appena crebbe un po' e Catherine cominciò a parlargli, Tom notò con sollievo che il bambino girava la testa in ascolto. Era evidente che poteva sentire e parlare senza problemi. La balia se n'era andata e Richard aveva ormai preso a mangiare zuppe brodose insieme ai genitori.

Tom fu felice quando Isabel lo invitò a tornare nel loro letto, e adesso che Richard cresceva sano e forte cominciò a chiedersi quando sarebbe germogliata una nuova vita nel ventre della moglie. Avere una famiglia tutta sua, una casa e la certezza di essere protetto e al sicuro lo rendeva smanioso di consolidare quella beatitudine. Altri bambini in quelle stanze lo avrebbero fatto sentire ancora più sicuro: carne della sua carne, con il suo sangue nelle vene. Grazie agli eredi la sua stirpe sarebbe durata in eterno, solida, con radici piantate nella terra a cui aveva fatto ritorno e da cui non si sarebbe mai più separato.

La tiepida primavera scivolò nell'estate e i fiori sugli alberi del frutteto che confinava con il giardino fisico cominciarono a cadere leggeri sul prato. Immerso nell'idillica serenità della vita coniugale, Tom non aveva il minimo desiderio di turbarla, ciò nonostante il ventidue di maggio si trovò per l'ennesima volta al cospetto di Walsingham. Entrò nella stanza con un breve inchino, si tolse il soprabito e, in maniche di camicia e farsetto di pelle, si dispose a ricevere le istruzioni. Era certo che sarebbero arrivate: non veniva mai convocato in quello studio a meno che Walsingham e la sua rete di spie non necessitassero dei suoi talenti silenziosi e furtivi.

«*Abbiamo avuto notizia che Ballard è tornato dalla Francia*» Walsingham non si perse in convenevoli, era un uomo impegnato, «*e riteniamo che il complotto ordito da lui e dai suoi sodali stia per giungere a compimento. Ho bisogno che sorvegliate Babington per vedere dove va e chi incontra. Tutto il giorno, ogni giorno. Senza ombra di dubbio comincerà a mettersi in contatto con gli altri membri della congiura per assassinare la regina. Dobbiamo studiare ogni sua mossa. Lo troverete a Hernes Rent, nel quartiere di Holborn. Andateci subito e riferitemi tutto ciò che scoprite.*» Lo congedò con un gesto imperioso e Tom, dopo aver fatto un altro inchino e recuperato il soprabito, lasciò la stanza con il cuore pesante. Qualunque cosa stesse accadendo, intuiva che

Walsingham non aveva condiviso con lui tutto ciò che sapeva. I suoi sensi erano sempre stati più orientati al linguaggio corporeo: leggeva ciò che restava taciuto con la stessa facilità di quel che veniva detto. La situazione si stava facendo più oscura, molto più oscura, e l'aria intorno a lui crepitava di tensione.

Giunto sul posto, fu sollevato di scoprire che di fronte a Hernes Rent c'era una locanda dove poter sedere alla finestra e consumare birra mentre teneva d'occhio il portone dall'altra parte. A giudicare dal viavai di fanciulli e donne di ogni età, l'edificio sembrava ospitare diverse famiglie. Per terra, nel pantano creato da un acquazzone improvviso, sedeva un mendicante che i passanti ignoravano proseguendo per la loro strada. All'inizio l'uomo aveva teso le mani chiuse a coppa ma poi, di fronte all'altrui indifferenza, le aveva riabbassate lentamente. Guardando la sua testa china sul petto, Tom si chiese se fosse ancora vivo.

Le elucubrazioni con cui osservava scorrere il mondo furono interrotte da un losco figuro che percorreva furtivo la strada, guardandosi alle spalle di continuo. Non avrebbe potuto apparire più sospetto neanche a sforzarsi. Tom sorrise tra sé: se tutti avessero avuto un aspetto tanto equivoco, il suo incarico sarebbe stato molto più semplice.

Riprese a scrutare ambo i lati della via e fu ricompensato quando, un paio di minuti dopo, riconobbe un volto ormai decisamente noto. Evitando con cura le pozzanghere e i cumuli di sterco di cavallo, Ballard si avvicinò all'edificio, aggirò il mendicante e poi, lanciando un'occhiata intorno, si intrufolò nel portone.

Tom annuì piano tra sé e sé. I topi cominciavano a strisciare verso la trappola. Non aveva idea di dove o quando sarebbe scattata, ma sapeva che Walsingham e i suoi erano sempre più vicini a catturare le loro prede.

47

Agosto 2021

Il sogno ebbe un inizio meno brusco questa volta, e Mathilde si trovò in una stanza fiocamente illuminata da candelabri a parete. Seduta nel letto, la donna che aveva incontrato in altri sogni stringeva tra le braccia un bambino appena nato, quasi nascosto nell'involto delle coperte. Mathilde fece un passo avanti e lo prese in braccio per contemplare il visetto rilassato dal sonno. Gli accarezzò la guancia con l'indice e inspirò il dolce profumo di latte della sua pelle di neonato.

Sorrise al quadretto felice ma, quando scivolò più a fondo nel sonno, lo scenario cambiò e lei si ritrovò a camminare per una strada gelida, in netto contrasto con il tepore della stanza da letto, il fiato che si condensava in nuvolette davanti alla sua bocca. Si fermò di fronte a un edificio in tutto e per tutto identico agli altri, con i piani superiori così sporgenti che quasi sfioravano quelli dirimpetto e conferivano alla strada un aspetto opprimente e sinistro. L'uomo che l'accompagnava bussò alla porta e pochi istanti dopo l'uscio si aprì accogliendoli in un ambiente buio.

Confusa, senza sapere perché fosse lì, Mathilde si sentì avvolta nella familiare coltre di silenzio mentre sedeva in una sala con diversi uomini che sembravano prestarle ben poca attenzione. Era ancora lì, con gli occhi che cominciavano a chiudersi per il calore del fuoco, quando tornò a svegliarsi.

Rimase sdraiata di schiena, a fissare le ombre sopra di lei. Le sembrava di percepire ancora il dolce profumo del neonato, chiunque fosse. Aveva vissuto in quella casa? Si concentrò su ciò che aveva provato in quella stanza in penombra, guardando il bambino. Un senso di amore feroce, un istinto di protezione così pronunciato che non ricordava di aver mai avvertito in prima persona. Cercò di non pensare alla seconda parte del sogno, in quella stanza affollata percorsa da una tensione palpabile. C'era qualcosa di minaccioso in quegli uomini, una corrente sotterranea che la spaventava.

L'indomani mattina Mathilde uscì in giardino e, inginocchiata per terra con le pietruzze affilate piantate nelle ginocchia, si dedicò a estirpare un po' di erbacce infestanti. Dalla sera dopo il suo arrivo non aveva più visto niente di strano nel boschetto, ma sapeva di non avere immaginato quella presenza. Nel corso delle settimane, l'inquietudine che aveva provato all'inizio in quella casa si era lentamente trasformata in accettazione, accoglienza persino, e forse per questo lo spirito non aveva più avvertito il bisogno di farle visita.

Il suo lavoro non procedeva molto spedito con Shadow che, sdraiato al sole al suo fianco, continuava ad allungare la zampetta e colpirla sulla mano. Mathilde soffocò una risata.

«Adesso sei proprio un gattino felice, vero?» Gli fece scorrere le dita nel pelo morbido. «Ti sei ambientato bene. Per fortuna sei atterrato in piedi, eh?» Interrompendosi un istante, realizzò che i suoi iniziali progetti di portare Shadow con sé quando fosse ripartita sembravano ormai un lontano ricordo. Non poteva sradicarlo da quella vita. E se lui era riuscito ad accettare con gioia di trasferirsi in una nuova casa, cosa impediva a lei di fare lo stesso? Non aveva una risposta. Al suo fianco, le foglie stormirono nonostante l'assoluta immobilità dell'aria.

«Lavori sul serio o cerchi solo di nasconderti?» gridò Oliver dal lato opposto del giardino.

Mathilde sobbalzò sorpresa. «Lavoro, ovviamente.» Tese il braccio per strappare qualche ciuffetto di senecione, poi si voltò e gli sorrise. «Anche se Fleur stamattina faceva più baccano del solito. Avevo bisogno di un po' di pace.»

«È una giornata bellissima, sarebbe un peccato sprecarla. Facciamo una passeggiata?»

«Non hai anche tu del lavoro da fare?» domandò lei mentre attraversava il prato per raggiungerlo. Oliver le prese la mano e la strinse, quasi a impedirle di allontanarsi ancora. Lei fissò per qualche istante i suoi penetranti occhi azzurri sperando che la baciasse di nuovo e sentì l'attrazione nel ventre ridestarsi come un animale insonnolito che si stiracchiava. A quanto pareva però la telepatia non era il suo forte, perché lui le lasciò andare la mano per incamminarsi lungo il sentiero, che gli sforzi di Mathilde stavano liberando dalle erbacce consentendo ora l'accesso all'orto.

«Ti informo che è dalle cinque del mattino che lavoro per poter venire qui» le disse. «Allora, che ne dici? Ti va una passeggiata?»

«D'accordo.» Mathilde si sfregò i palmi sporchi di terra sui pantaloni. «Dammi solo cinque minuti, devo lavarmi le mani e prendere la macchina fotografica.»

Corse al piano di sopra e sgattaiolò in camera per recuperare la borsa con la macchina fotografica, attenta a non fare rumore e attirare l'attenzione di Rachel e Fleur. Non voleva che decidessero di unirsi a loro, disturbando la fauna selvatica e rovinando l'atmosfera.

«Da che parte andiamo?» chiese Oliver incamminandosi. «Quanti sentieri hai già esplorato?»

«Quasi tutti» ammise lei, «tranne quello che svolta a destra in fondo al vialetto. Rachel dice che passa dietro la fattoria di Alice e Jack, perciò l'ho sempre evitato. La situazione tra noi è già abbastanza tesa.»

«Dubito che ti vedrebbero, a meno che non siano in fondo al giardino o affacciati alla finestra. E non dimenticare che tutto questo ormai è parte della tua proprietà, oltre a essere un sentiero pubblico. Non lasciare che ti condizionino la vita: hai diritto di passare di lì tanto quanto loro.»

Aveva ragione, Mathilde ne era consapevole, avrebbe dovuto ignorare chi si comportava in maniera ostile, ma sapeva per esperienza come andavano certe cose. Gente che sussurrava dietro le mani quando entrava in un negozio, commessi che si rifiutavano di servirla. Persone che lanciavano insulti dalle staccionate quando passava con sua madre, e in un'occasione persino degli oggetti. Oliver la stava guardando, in attesa che si dichiarasse d'accordo con lui.

«Sì, va bene.» Mathilde percepì l'esitazione nella propria voce, ma quando raggiunsero il sentiero lo imboccò comunque, scavalcando un cancello chiuso con catena e lucchetto.

«Non possono bloccare il passaggio.» Oliver sollevò la catena, accigliato. «Questo è uno spazio pubblico, guarda, lo dice anche lì.» Indicò un grosso cartello di legno. «Il sentiero deve restare aperto e ben tenuto. Ti conviene risolvere la questione, perché adesso è una tua responsabilità. O il lungo braccio della legge si abbatterà con forza su di te.»

«Il lungo braccio?» A volte le espressioni che usava la confondevano ancora.

«Scusa» si corresse Oliver. «L'amministrazione o la polizia verranno a farti visita, perché è illegale impedire l'accesso ai sentieri, anche se attraversano la tua proprietà.»

Mathilde arricciò il naso: l'ultima cosa che voleva era attirare l'attenzione delle autorità. Si era già trovata piuttosto spesso in situazioni simili e sapeva che non finivano mai bene. «Ho delle cesoie» disse. «Tornerò qui dopo e vedrò di sbarazzarmi della catena.» Detto questo, si voltò e cominciò a incamminarsi lungo il sentiero.

Divenne presto chiaro che era rimasto chiuso a lungo, perché dovettero farsi strada tra rovi e sterpaglie alte fino alla vita. Alla loro sinistra si estendeva l'ormai familiare canneto che costeggiava la palude poco più in là. Un confine verdissimo oltre il quale la pianura si perdeva all'orizzonte fino a dissolversi in una linea sfocata tra la terra e il cielo. Sollevando la fotocamera, Mathilde si acquattò per scattare varie foto alla distesa d'erba. Nel suo obiettivo il mondo era ridotto a linee nette di colore: cielo pallido, corolle rosa e il verde chiaro della vegetazione, come ampie pennellate dalla tavolozza di un pittore. L'autore del trittico si era forse fermato lì a contemplare lo stesso panorama, ispirato da quel paesaggio suggestivo?

Dopo essersi fatti largo tra aquilegia e calendula cercando di evitare le ortiche, svoltarono a una curva e si ritrovarono in fondo al giardino della fattoria. Sorpresa, Mathilde si fermò di scatto e alle sue spalle Oliver rischiò di urtarla.

«Non pensavo che fossimo così vicini» ammise lei. Oltre la siepe che le arrivava alla vita, i prati salivano verso il retro della casa dove c'era un cortile ben curato. Niente vecchie sdraio mangiate dalle tarme, lì. Le aiuole ordinate disposte lungo il limitare del giardino erano un trionfo di fiori colorati e i rami degli alberi in un angolo erano carichi di grossi frutti estivi. Mathilde si rese conto che la passione per il giardinaggio, che aveva recentemente scoperto di aver ereditato dal padre, era un tratto di famiglia. Era pronta a scommettere che quel giardino perfetto e curatissimo fosse opera di zia Alice.

Come materializzata dai suoi pensieri, la donna comparve nel cortile e subito cominciò ad attraversare il prato nella loro direzione a grandi falcate.

«Oh, accidenti» sibilò Oliver. Al suo fianco, Mathilde afferrò il rovo più vicino e lo tirò con forza, conficcandosi le spine nella pelle mentre la tensione le annodava i muscoli delle spalle.

«Sei venuta a gongolare, vero?» gridò Alice prima ancora di raggiungere la siepe che delimitava il fondo del giardino. «Esplori la tua proprietà? Dobbiamo aspettarci una notifica di sfratto a breve? O forse sei qui per questo, vuoi gettarla di soppiatto nel giardino? Non hai il coraggio di presentarti alla nostra porta? Oh, scusa» smise di strepitare per modulare la voce in un sarcasmo strascicato, «dimenticavo, adesso è la *tua* porta, giusto?»

«Ci spiace, signora, ma non sappiamo di cosa sta parlando.» Dal tono lento e pacato della risposta di Oliver, Mathilde dedusse che stava tentando di calmare le acque prima che lei potesse replicare inasprendo la situazione. «Volevamo solo vedere dove conduce questo sentiero.» Si interruppe un momento. Mathilde era curiosa di sapere cosa avrebbe risposto la zia in merito al cancello chiuso.

«Sono anni che nessuno passa di qui, strano che tutto d'un tratto vi sia venuta voglia di fare una passeggiata.»

Lei non riuscì più a tenere la bocca chiusa. «Certo che non passa nessuno, l'accesso è sbarrato.» Fece un cenno nella direzione da cui erano venuti, aggiungendo: «E questo va contro le lunghe braccia della polizia». Sentì Oliver al suo fianco soffocare una risata, ma non ebbe il tempo di chiedergli cosa avesse detto di sbagliato perché Alice aveva già ripreso a correre verso di loro. Con orrore, Mathilde si accorse che aveva il viso rigato di lacrime. Sapeva affrontare la rabbia – era un'esperta nel combattere intolleranza e pregiudizi –, ma la sofferenza e il dolore la spiazzavano. Nel vederla senza trucco e da vicino si accorse di quanto la zia sembrasse vecchia, con rughe profonde a segnarle il volto bagnato di lacrime che non tentava neppure di asciugare.

«Se venderai la proprietà non avremo nessun posto dove andare, saremo dei senzatetto. Oh, vorrei che non ti avessero mai trovata!»

Prima che Mathilde potesse pronunciare la risposta che le premeva sulla lingua, Alice le aveva già voltato le spalle per tornare in tutta fretta verso casa. Jack, che nel frattempo era uscito in cortile attirato dagli strepiti, rivolse loro un gestaccio con due dita e aiutò la moglie a rientrare. La porta si chiuse con uno schianto secco, ma non prima che Mathilde riuscisse a fare il gesto dell'ombrello nella loro direzione, la classica risposta francese a quell'insulto silenzioso.

Dopodiché, accigliata, lanciò uno sguardo a Oliver. «Hai capito cos'ha detto?» chiese lentamente. «Penso che mi serva una traduzione.»

«Torniamo alla villa e ti spiego tutto.» Lui la fece voltare e in silenzio ripercorsero il sentiero che si erano aperti tra le sterpaglie fino al cancello sbarrato.

Non parlarono finché non furono di nuovo sul vialetto, mano nella mano.

«Era davvero arrabbiata» esplose Mathilde. «Perché piangeva e ci urlava contro in quel modo? Era come...» esitò, cercando la parola, «il diavolo. *Possédée.*»

«Indemoniata?» suggerì Oliver, e lei annuì.

«Sì, sembrava una pazza. Non capisco.»

«In realtà, secondo me capisci più di quel che credi.» Erano arrivati al punto in cui il vialetto curvava di fronte alla villa, perciò Oliver la fece deviare sul sentiero che portava alla cappella e, una volta arrivati, si sedette per terra con la schiena appoggiata alla porta.

Mathilde lo imitò, godendosi il tepore del legno scaldato dal sole del mattino, e girò la testa verso di lui. Era così vicino che le sarebbe bastato sporgersi per baciarlo, ma la sua fronte era solcata da una ruga profonda. «Che c'è?» gli chiese.

«Tua zia. So che con te si è sempre comportata da strega, anche adesso ti ha detto cose irripetibili, per non parlare del gestaccio di tuo zio.»

Mathilde annuì: il saluto a due dita era lo stesso nella sua lingua. Sperò che Oliver non si fosse reso conto che quello che gli aveva rivolto lei in risposta significava qualcosa di molto simile. «Sono due poveri vecchi» borbottò. «Io non ho fatto niente di male. Di certo non ho chiesto di ereditare questa casa, o la loro.»

«Ma non capisci che è proprio questo il problema? Compari dal nulla dopo quasi trent'anni e di colpo diventi la proprietaria del posto in cui vivono. Hanno paura. Sono due pensionati impauriti che temono di ritrovarsi in mezzo a una strada. Rachel mi ha detto che vivono lì da quando si sono sposati, adesso rischiano di perdere la casa e ovviamente se la prendono con te. Non perché ti odino, ma perché hai il potere di portargli via tutto. Non possono saltare a bordo di un'ambulanza riconvertita e scomparire all'orizzonte.» Oliver si alzò, le strinse un istante la spalla e poi si incamminò verso la villa lasciandola seduta dov'era.

Mathilde di certo non li avrebbe sfrattati, non ne aveva alcuna intenzione. Era stata così presa dalle sue emozioni e dal mistero del trittico e dei sogni che non si era fermata a considerare la questione dal punto di vista degli zii. Adesso, però, sapeva cosa fare.

48

Luglio 1586

Nelle ultime due settimane trascorse a sorvegliare Hernes Rent dalla locanda di fronte, Tom si era accorto che gli abiti gli andavano sempre più stretti: colpa dei troppi pasticci che gli appesantivano il girovita. Isabel aveva riso nell'afferrargli il rotolino di grasso sui fianchi mentre, con i corpi madidi di sudore, se ne stavano sdraiati nel letto dopo l'amplesso. In risposta, lui le aveva posato una scia di baci impalpabili nell'incavo del collo, avvertendo il suo sapore salato sulle labbra.

Babington stava ricevendo visite sempre più frequenti da uomini diversi e, dopo uno di quegli incontri, Tom lo vide affidare una lettera a un bambino che subito scomparve in un vicolo. Dopo aver atteso che la porta della casa si richiudesse, Tom si slanciò all'inseguimento del fanciullo e presto, grazie alla falcata più lunga, riuscì a raggiungerlo. Con un ultimo scatto in avanti gli agguantò la camicia lurida e lo sollevò da terra. I piedi, calzati in logori stivali scalcagnati dalla punta sfondata, si agitarono ancora per qualche secondo nell'aria, poi il piccolo capì di essere stato acciuffato e cominciò a dimenarsi. Tom lo rimise a terra, senza smettere di trattenerlo. Il fanciullo era rosso in volto e stava chiaramente urlando, a giudicare dalla bocca spalancata e dalla fronte corrugata, ma per fortuna in quel quartiere nessuno badava agli strepiti di un bambino. Chiunque fosse passato di lì avrebbe pensato che Tom lo avesse sorpreso a sgraffignargli qualcosa dalle tasche.

Serrando la presa sul suo braccio, decise che tentare di convincerlo a consegnargli la lettera sarebbe stata una perdita di tempo, perciò si limitò a sfilargliela dalla tasca mettendogli un quarto d'angelo nel palmo. Sapeva che doveva essere una somma inusitata per lui, e infatti il piccolo richiuse la bocca e fissò la moneta con gli occhi sgranati. Tom gli liberò il braccio e si portò un dito alle labbra per indicargli di non farne parola con nessuno. Il bambino lo guardò negli occhi annuendo più volte e poi sfrecciò via tra la folla fino a perdersi nel sottomondo, il limbo cittadino in cui si consumava la dura esistenza dei derelitti. Tom nascose la lettera nel farsetto e, dopo aver controllato che nessuno lo guardasse, si incamminò in direzione dell'affollato mercato di Leadenhall per raggiungere la casa di Phelippes.

La lettera fu subito distesa sulla scrivania e Tom contribuì a decifrarla. Era indirizzata alla regina Maria e spiegava con dovizia di particolari come doveva realizzarsi la congiura. Tom sgranò gli occhi: era il coronamento di tutti i mesi trascorsi a osservare e seguire vari individui negli anfratti più oscuri e nelle taverne più malfamate di Londra. Quella lettera rappresentava una minaccia alla vita della sua regina; per fortuna lui aveva tenuto gli occhi bene aperti ed era riuscito a intercettare quell'elemento cruciale per il successo dell'intrigo.

Phelippes afferrò un ritaglio di pergamena e prese a scrivere freneticamente, come se non avesse il tempo di pronunciare le parole in modo abbastanza lento da renderle comprensibili a Tom. Volle sapere chi avesse consegnato la lettera al fanciullo e chi altri si trovasse in quel momento nella casa di Hernes Rent. La risposta era una sola per entrambe le domande: Anthony Babington. Malgrado in cuor suo Tom fosse convinto che Babington era una semplice pedina, mossa da uomini sufficientemente scaltri da restare nell'ombra. Non solo Ballard, ma coloro che orchestravano le mosse dalla Francia, dedicandosi anima e corpo alla congiura che avrebbe ridisegnato lo scacchiere e messo la loro regina papista nella condizione di mangiare quella anglicana. Tom sapeva che anche lui svolgeva un ruolo di scarso valore nella partita di Walsingham, ma riteneva di poter essere utile. Almeno per il momento. I pezzi importanti, cavalli e alfieri, lo avrebbero sacrificato senza indugio se fosse stato necessario: una verità che non doveva mai perdere di vista.

Il giorno seguente Tom fu convocato da Walsingham e ricevette i suoi ringraziamenti per aver intercettato la lettera; Phelippes la stava recapitando proprio in quel momento a Chartley. Ora che conoscevano il piano per spodestare Elisabetta, era solo questione di tempo prima che i cospiratori fossero catturati dal primo all'ultimo. La trappola era pronta, bisognava solo aspettare che i topi vi entrassero. Porgendogli un pesante borsello colmo d'oro come ricompensa, Walsingham spiegò che sicuramente avrebbero avuto ancora bisogno dei suoi servigi prima della fine dell'estate. Per allora, si sperava, quella congiura sarebbe stata solo un ricordo.

Nel laboratorio, Hugh era a stento riuscito a stare al passo con la domanda di medicamenti che veniva dalla corte. Sua Maestà mangiava come un uccellino, ma questo non dissuadeva i cortigiani dall'ingozzarsi di cibi grassi e pesanti che risultavano loro indigesti, perciò lo speziale accolse con gioia e sollievo il rientro del suo assistente.

Nel corso delle lunghe giornate estive, Tom approfittò del clima caldo per dedicarsi a rifornire le scorte; con i primi freddi autunnali i loro rimedi sarebbero stati richiesti con frequenza sempre maggiore, ed era il momento di cominciare ad accumulare gli unguenti per le mani screpolate e i geloni. Si accorse di aver avvertito acutamente la mancanza del lavoro sereno e tranquillo della spezieria, con i suoi profumi soffusi di erbe appese a essiccare o pestate nel mortaio, e sperava che da quel momento in avanti gli sarebbe stato concesso di svolgere le mansioni per cui era stato assunto. Era stanco di spiare.

Ma il ventinove di luglio fu nuovamente convocato da Walsingham per recapitare una lettera a Babington e, indossando il soprabito blu, partì per l'ennesima volta in direzione della città. Essendo già stati presentati non c'era bisogno di sotterfugi, pertanto bussò alla porta della casa in cui Babington risiedeva al momento e gli consegnò la missiva. Sapeva con quanta ansia e trepidazione l'uomo attendesse la lettera in cui la regina Maria acconsentiva per iscritto a mettere in atto la congiura sanguinaria per uccidere Elisabetta, autorizzandolo a procedere con l'assassinio. Lo scritto che implicava la regina Maria nella congiura era precisamente ciò che Walsingham aveva atteso per tutto quel tempo. Tom era anche ben consapevole che, prima di passare nelle sue mani, la lettera era stata alterata da Thomas Phelippes.

Poi, proprio quando pensava che il suo lavoro fosse concluso, con grande disappunto, dopo neanche una settimana ricevette di nuovo l'ordine di pedinare Babington. Walsingham aveva saputo che l'uomo su cui volevano mettere le mani si nascondeva in casa sua, perciò Tom trascorse un'intera notte scomodamente accampato sull'uscio di fronte, cercando di non addormentarsi e augurandosi di non essere notato. Alle quattro del mattino, mentre i raggi del sole cominciavano a scalzare il buio insinuandosi tra gli alti edifici, Tom si alzò stiracchiando le membra anchilosate e si spostò all'imbocco di un vicolo, tentando di non strusciare gli abiti contro le mura caliginose. La terra scaldata dal sole cominciava a emanare un odore nauseabondo che gli dava il voltastomaco.

Storcendo il naso, Tom decise di tentare la sorte e appostarsi in fondo al viottolo, con la speranza che chiunque fosse atteso sarebbe passato di lì. La strada in quel punto era più ampia e lui dava meno nell'occhio, confuso tra gli ambulanti mattutini. L'aria, più respirabile, odorava del pane fresco che cuoceva nei forni comunitari. Cosa non avrebbe dato per essere in Cordwainer Street con sua moglie e suo figlio, a mangiare frutta e formaggio accompagnati dal pane bianco appena sfornato dalla cuoca. Con quel pensiero in mente, acquistò una pagnotta e si dispose ad attendere, finché a un tratto la porta di Babington si aprì e quest'ultimo sgusciò fuori, mimetizzandosi tra la folla in continuo movimento della città. Nello scrutare da una parte all'altra della strada posò gli occhi su Tom ed esitò un momento, ma lui diede un morso distratto al suo pane e si voltò appena per celare il viso, fingendosi immerso in una conversazione con i due mercanti al suo fianco. Sperò che fosse solo una coincidenza che Babington si fosse fermato a guardarlo.

Per fortuna, quando i due mercanti si separarono, Tom vide il suo obiettivo scomparire in fondo alla strada e imboccare la più ampia Cheapside. Si affrettò a seguirlo, tenendosi rasente i muri, pronto a nascondersi lesto in una bottega o dietro la bancarella di un mercante se ce ne fosse stato bisogno. Non doveva perderlo d'occhio, o gli sarebbe sfuggito nell'ondeggiare incessante della folla che fluiva come le acque del Tamigi, la spina dorsale della città.

Sfrecciando sotto i palazzi e restando nell'ombra mentre

aggirava le buche, riuscì a seguirlo finché non si accorse che erano giunti alla residenza di Robert Pooley. Babington bussò rapidamente alla porta, poi, guardandosi intorno un'ultima volta, sgusciò dentro. Tom si dispose ad attendere in una bottega dirimpetto, fingendosi interessato alle trappole per topi. Mentre faceva scorrere i polpastrelli sull'acciaio freddo, la sua attenzione si concentrò su quel che accadeva dall'altra parte della strada.

Impossibile informare Walsingham dei propri spostamenti. Aveva ricevuto l'ordine di non perdere di vista Babington e non c'era modo di sapere quale sarebbe stata la sua prossima destinazione. L'alone di sospetto che avvolgeva quell'uomo era quasi tangibile, così, per l'ennesima volta, Tom riprese il suo gioco d'attesa.

Il giorno scivolò nella notte. Tom era frustrato di non potersi distrarre neanche il tempo necessario a trovare un garzone a cui affidare un messaggio per Isabel. Si augurava che lei non si risentisse troppo per la sua scomparsa. Per quanto ne sapeva, il suo bersaglio poteva essere già sgattaiolato via da un'uscita secondaria, ma non aveva altra scelta che aspettare.

Finalmente, la sua persistenza fu premiata quando, l'indomani mattina, un funzionario cittadino e due guardie reali si presentarono alla porta e cominciarono a battere i pugni per farsi aprire. Tutt'intorno a Tom la gente interruppe le proprie attività per guardare. Lui, in allerta come sempre, intravide un volto a una finestra dell'ultimo piano e comprese con sollievo che Babington era ancora dentro. Non aveva atteso invano.

Più in là lungo il muro, un cancelletto di legno si aprì lentamente e, con sua sorpresa, Tom vide apparire John Ballard. Non si era reso conto che si nascondesse lì dentro anche lui. Alle guardie non sfuggì e si lanciarono all'inseguimento per acciuffarlo infine nel giardino posteriore. Trascinandolo di peso, si allontanarono quindi per la strada che scendeva verso il fiume. Tom non dubitava che sarebbero entrati nella Torre passando per la famigerata Porta dei Traditori.

Si avventurò di qualche passo lungo la via, tenendo d'occhio l'entrata dell'edificio mentre si interrogava sul da farsi. Aveva ricevuto l'ordine di seguire Babington e sapeva che l'uomo si trovava ancora nella casa di Pooley. Come avessero fatto le guardie a non notarlo era un mistero, ma non gli restava altra scelta che continuare a sorvegliarlo. Fino a quando avrebbe potuto portare avanti quell'appostamento?

A metà pomeriggio Babington sembrò convincersi che era venuto il momento di fare la sua mossa. Con Tom alle calcagna, attraversò Carter Lane fino a raggiungere St. Paul's Walk, il vicolo adiacente la grande cattedrale. Lì fu facile per Tom nascondersi tra la folla assiepata a leggere gli opuscoli affissi ai tabelloni o ad ascoltare i predicatori che, dall'alto delle loro tribune, ammonivano il pubblico con le loro storie. Per lui erano parole al vento, però.

Era passato un po' dalla colazione, perciò entrò in una taverna e ordinò un boccale di birra che scolò in un sorso. Non poteva permettersi di staccare gli occhi dal suo bersaglio neppure un momento: neanche voleva pensare di presentarsi da Walsingham dopo aver perso Babington sul più bello.

Acquistò una pagnotta e la sbocconcellò con prugne e formaggio mentre restava di guardia accanto a una stamperia. Babington sembrava aspettare qualcuno, perché camminava avanti e indietro e continuava ad allungare il collo per sbirciare tra i passanti. Tom si era premurato di non stargli troppo vicino di modo che, pur riuscendo lui a sorvegliarlo, Babington non potesse scorgerlo neppure se si fosse voltato nella sua direzione. Non voleva rischiare una seconda volta. Anche se non era certo di essere stato riconosciuto, Berden li aveva presentati formalmente, perciò doveva usare la massima cautela. Non poteva permettersi di far cadere la loro copertura, non ora che erano così vicini a sventare la congiura.

A poco a poco Babington fu raggiunto da diversi compari, alcuni dei quali solevano fargli visita nel suo alloggio. Tom non aveva idea di come si fossero dati appuntamento, ma evidentemente Babington doveva essere riuscito a contattarli. Oppure era un incontro prestabilito. Si avvicinò furtivo finché non riuscì a cogliere le parole.

«*Ballard è stato catturato*» disse Babington mentre si torceva le mani come lavandole con un sapone inesistente. «*Siamo stati traditi. Che cosa facciamo?*»

«*Per ora nulla. A tempo debito la nostra congiura giungerà a compimento*» fu la risposta. Seguì un'accesa discussione su chi avrebbe avuto modo di presentarsi al cospetto della regina e avvicinarsi abbastanza da sferrarle il colpo fatale. Tom non riusciva a credere ai suoi occhi. Sicuro di avere ormai raccolto prove più che sufficienti, decise di tornare da Walsingham e riferirgli tutto.

49

Agosto 1586

Pur soddisfatto delle sue scoperte, Walsingham si accigliò e calcò la mano sul calamo fino a trapassare la pergamena quando Tom gli riferì a gesti che Ballard era stato arrestato mentre Babington dormiva al piano superiore dello stesso edificio. Per fortuna non era una delle guardie, pensò Tom con sollievo. Dopodiché scrisse i nomi e le descrizioni dei cospiratori che aveva riconosciuto fuori dalla cattedrale e, finalmente, ricevette il permesso di tornare a casa.

Mentre si sciacquava con un secchio d'acqua fredda nel cortile davanti al laboratorio della spezieria, sorrise: il disgusto che aveva scorto sul viso di Walsingham era probabilmente dovuto al fetore che emanava il suo corpo. Forse, in futuro, le convocazioni nel suo appartamento sarebbero divenute meno frequenti.

Dopo essersi strofinato con una pezza di iuta, indossò una camicia pulita e assaporò il piacere del lino profumato di lavanda sulla pelle. Il sole splendeva alto nel cielo e gli asciugava i boccoli che Isabel tanto amava. Doveva recarsi dal barbiere, ma l'avrebbe fatto più avanti. Al momento voleva soltanto sdraiarsi nel suo comodo letto con la moglie accanto e dormire per un giorno e una notte interi. O anche di più.

Quando entrò nel salotto, il volto di Isabel era segnato dalla preoccupazione. Tom fu sopraffatto dal rimorso al pensiero della tortura a cui l'aveva sottoposta scomparendo per tre giorni senza darle notizie. Doveva aver temuto il peggio, pensò, e maledisse Walsingham quando la vide lanciare a terra il suo ricamo per attraversare di slancio la stanza e gettargli le braccia al collo fin quasi a soffocarlo. Districandosi dalla sua stretta, Tom se la strinse al petto. La stanza profumava dell'olmaria intrecciata alle stuoie di giunchi sul pavimento e dell'acqua di rose con cui la moglie si era lavata i capelli.

Alla fine Isabel lo lasciò andare e fece un passo indietro per guardarlo. Passato il momento di sollievo nel ritrovarlo, fu chiaro che era davvero furiosa. Allargando le braccia con i palmi rivolti all'insù, inarcò le sopracciglia e chiese: «*Dove sei stato?*». In caso la sua collera non fosse abbastanza evidente, gli schiaffeggiò anche il braccio. Tom si guardò intorno in cerca della tavoletta cerata. Spiegare a gesti cos'era accaduto avrebbe richiesto troppo tempo e aveva un disperato bisogno di dormire.

Quando ebbe terminato di scrivere, cancellare e scrivere ancora, Isabel appariva più che altro confusa dagli eventi susseguitisi negli ultimi giorni, ma scrollando le spalle riconobbe che il marito non avrebbe potuto comportarsi diversamente: era stata una dama della regina e conosceva bene le macchinazioni della corte. Lo seguì al piano di sopra e si sedette sul letto per accarezzargli i capelli mentre Tom si abbandonava a un sonno profondo e privo di sogni.

Senza quasi poter tirare il fiato tra un incarico e l'altro, pochi giorni dopo, con un tuffo al cuore, Tom scorse il volto ormai familiare del paggio di Walsingham nel laboratorio. Aveva sperato che il suo successo nel riferire le mosse di Babington avrebbe portato all'arresto dei traditori, consentendogli di godersi finalmente indisturbato una vita tranquilla con Isabel e Richard, invece no. Ormai lui e il paggio si intendevano con un'occhiata e Tom lo seguì senza neppure recuperare il soprabito, peraltro ridotto in pessime condizioni dopo le due notti passate all'addiaccio.

Nell'appartamento di Walsingham, a differenza del solito, le finestre erano aperte e lasciavano entrare una brezza leggera; Tom si chiese se fosse per via dell'odore sgradevole che aveva addosso in occasione del loro ultimo incontro. Lì dentro non c'era il tepore del laboratorio, con il fuoco acceso anche in piena estate. Walsingham gli presentò la persona seduta di fronte a lui come il suo messaggero.

«*Il mio uomo recapiterà una lettera a Babington per informarlo che l'arresto di Ballard non ha alcun nesso con la cospirazione e che gli altri congiurati dovrebbero restare al suo fianco per ridurre i rischi. Spero che ci condurrà ai suoi complici, così potremo arrestarli tutti insieme. E poi giustiziarli. Voi dovrete restare di guardia e badare che nessuno provi a fuggire. Siete certo che l'ultima volta non vi abbiano visto o riconosciuto?*»

Tom annuì per confermare che la sua copertura reggeva ancora e intanto sperò che quell'incarico non lo tenesse lontano da casa per altre tre notti. Dubitava che Isabel si sarebbe mostrata di nuovo comprensiva; l'ultima volta aveva dovuto scusarsi per giorni.

Poco dopo erano già su una barca diretti alla casa di Babington dove Berden lo aveva presentato ai congiurati. Nascosto come al solito in bella vista tra i passanti che si aggiravano per la stradina, Tom cominciò a sorvegliare la porta. Doveva assicurarsi che, in caso di necessità, avrebbe potuto seguire i traditori senza essere visto: per un'ultima volta. Con un brivido, ripensò alla sanguinosa esecuzione di Throckmorton. Le informazioni che riferiva avrebbero condotto quegli uomini a una fine altrettanto cruenta e lo disturbava il ruolo da lui giocato in quell'inevitabile epilogo.

Pochi istanti dopo che il messaggero di Walsingham ebbe bussato alla porta, il loro obiettivo venne ad aprire. Tom notò le rughe di preoccupazione che segnavano il volto di Babington mentre, in piedi sulla soglia, rompeva il sigillo senza accorgersi degli occhi che lo spiavano. Studiò con fronte aggrottata il messaggio cifrato scritto da Walsingham quindi, senza avvisare nessuno, lasciò cadere a terra la lettera, si chiuse la porta alle spalle e si avviò a passo spedito verso la cattedrale di St. Paul. Tom si fermò giusto il tempo di raccogliere il messaggio e infilarselo in tasca, dopodiché iniziò a correre per lanciarsi al suo inseguimento. Ormai non gli importava più di passare inosservato, quello era il comportamento di un uomo in fuga e dubitava che il suo obiettivo si sarebbe guardato alle spalle per controllare se qualcuno lo stesse seguendo. Alla cattedrale, Babington si fermò a prendere fiato e a parlare con un ragazzino trasandato, il quale tese il palmo per essere pagato e poi si allontanò in tutta fretta. Di certo non stava pensando a mangiare in un momento simile, giusto? Doveva sapere che, a ogni minuto che passava, il cappio del boia gli si stringeva un po' di più intorno al collo.

Ma non era il cibo che Babington aspettava, perché nell'arco di pochi minuti fu raggiunto da due complici. Gesticolando e scuotendo la testa, i tre ebbero una breve conversazione accalorata al termine della quale si rimisero in marcia. Tuttavia non riuscirono a mantenere a lungo l'andatura spedita e, appena rallentarono, Tom fu in grado di pedinarli più facilmente.

Il viaggio fu molto più lungo del previsto, e quando Babington e i suoi si fermarono in una locanda per la notte Tom, temendo di essere visto, non osò seguirli, ritrovandosi così a dormire di nuovo all'addiaccio. Sperava ardentemente che il giorno successivo non avrebbero noleggiato dei cavalli: a piedi non avrebbe di certo potuto stargli dietro, e se fosse montato a cavallo a sua volta si sarebbe scoperto.

Per fortuna però, dopo una notte trascorsa appoggiato al tronco di un gelso, Tom vide i suoi tre bersagli rimettersi in marcia insieme ad altri due uomini, probabilmente dei complici che li avevano attesi nella locanda.

Fu un'altra lunga giornata di cammino e Tom cominciava a sentirsi avvilito, senza la minima idea di dove fosse diretto o di cosa avrebbe potuto fare per catturare i traditori una volta arrivato. Quell'inseguimento era inutile. A un certo punto, i cinque fuggiaschi si fermarono sotto un noce e lui si acquattò dietro il nocciolo di un boschetto vicino per osservarli tra le frasche. Sembravano intenti a schiacciare i malli morbidi sotto i piedi per poi sfregarseli in faccia. Tom non riusciva a capirne lo scopo e sentiva le ginocchia indolenzite a forza di stare accucciato a osservarli mentre continuavano a calpestare, aprire e strofinarsi noci sul volto.

Finalmente ripartirono. Non appena si furono allontanati a sufficienza, Tom si alzò stiracchiandosi per rimettere in circolo il sangue e attraversò il bosco di corsa fino a raggiungere il noce. I gusci erano sparsi tra l'erba e lui ne raccolse uno per sfregarselo sul dorso della mano, ancora confuso dal comportamento dei suoi bersagli.

Mentre se lo strofinava con forza sulle nocche, cominciò a capire. La sua pelle stava assumendo un'intensa sfumatura marrone. Ne dedusse che gli altri puntavano a camuffarsi da contadini, con il volto brunito e la pelle coriacea di chi è avvezzo a trascorrere l'estate nei campi sotto al sole. Cercavano di nascondere l'incarnato delicato e pallido perché non tradisse le loro origini altolocate. Quando alzò gli occhi a cercarli, Tom vide che ormai erano figurine minuscole in lontananza, perciò sfrecciò nel bosco per inseguirli. Sospettava che, essendosi fermati lì per camuffarsi, fossero quasi giunti a destinazione.

Dopo aver scavalcato un tronco caduto, scorse una grande residenza parzialmente nascosta dagli alberi. Si stava giusto chiedendo se fosse quella la meta dei fuggitivi, quando il terreno sotto i suoi piedi cominciò a vibrare e, girando la testa, vide alle sue spalle la nuvola di polvere sollevata da un contingente di guardie a cavallo. Potevano essere lì per una sola ragione.

Portandosi al margine del bosco, Tom attese che i cavalieri fossero vicini e poi si lanciò in mezzo alla strada agitando le braccia per fermarli. Non era certo che avrebbe funzionato e, vedendo lo scalpitare degli zoccoli sulla terra asciutta, si tenne pronto per gettarsi di lato all'ultimo. Proprio quando stava per tirarsi indietro, il soldato che capeggiava il gruppo alzò una mano e gli altri tirarono le redini per fermare i cavalli. Soffocato dal polverone, Tom prese la fiasca che portava alla cintola e bevve un'abbondante sorsata di birra, chiedendosi come avrebbe fatto a riferire le informazioni in suo possesso senza un pezzo di carta o una tavoletta cerata su cui scrivere. Le persone con cui conversava abitualmente comprendevano i suoi gesti, ma quegli uomini non avrebbero avuto idea di cosa stesse facendo.

«*Mi auguro abbiate una buona ragione*» disse la guardia al comando. «*Perché ci avete fermato?*»

Tom cominciò con l'indicare il punto della strada in cui Babington e i suoi complici erano scomparsi, quindi mostrò la macchia scura sul dorso della sua mano e fece il gesto di sfregarsela sul viso.

«*Un momento, ho capito chi siete*» lo interruppe la guardia. «*Mi hanno parlato di una spia sordomuta che, malgrado non possa né sentire né parlare, riesce a comprendere ciò che le persone dicono. Siete voi? State seguendo questi uomini da quando hanno lasciato Londra?*» Tom annuì, e il gruppo lo ricompensò con ampi sorrisi d'approvazione.

«*Si sono camuffati?*» chiese un altro, e Tom annuì ancora.

«*Venite, montate dietro di me.*» La prima guardia si chinò ad aiutarlo e dopo averlo issato in sella spronò il cavallo al galoppo. Tom si aggrappò all'orlo del suo farsetto di cuoio mentre la polvere gli entrava negli occhi e nelle orecchie. I piedi gli dolevano per il troppo camminare ed era felice di riposarli un po', ma non era del tutto sicuro che ballonzolare in groppa a un cavallo che sfrecciava lungo la strada fosse molto meglio.

Gli arresti, alla fine, furono quasi deludenti dopo tanti mesi di sorveglianza e attesa. Babington e i suoi erano nascosti nella boscaglia del parco di Uxendon Hall, un luogo che Tom aveva visto citare in una conversazione tra Walsingham e Phelippes e che, a quanto pareva, era un noto rifugio per i cattolici.

I cospiratori tentarono di fuggire, ma erano in netta inferiorità numerica e il tutto si risolse con una breve baruffa. Temendo che qualcuno di loro potesse vederlo e riconoscerlo, in particolare Babington, Tom si tenne lontano dal parapiglia nascondendosi dietro ai cavalli. Erano animali grandi e imponenti, appositamente selezionati per sopportare il peso dei soldati bardati di cotte di maglia e armature, e lui fu grato per quel muro di muscoli accaldati dalla dura cavalcata. Si mosse insieme a loro, badando di restare sempre celato alla vista, finché i congiurati non furono legati con delle funi. Mentre una guardia gli fissava i polsi a uno stallone, Tom vide Babington guardarsi intorno confuso, come incapace di credere che fossero stati catturati. A un segnale prestabilito, le guardie partirono e i prigionieri cominciarono il loro lungo viaggio di ritorno a Londra.

Tom rifiutò con un gesto il passaggio offertogli da diverse guardie che, indicando la sella, tesero un braccio per issarlo in groppa. Avrebbe noleggiato un cavallo alla locanda più vicina per tornare indietro da solo. Quando l'unica cosa che riuscì a scorgere fu la nuvola di polvere in lontananza, si avviò anche lui. Le gambe cominciarono a tremargli mentre si rendeva conto dell'enormità di quello che era riuscito a ottenere.

50

Agosto 2021

Mathilde incrociò Oliver sulla strada per Fakenham. Aveva l'autoradio del furgone accesa, i finestrini abbassati e stava cantando a squarciagola quella che era stata la canzone preferita di sua madre, *Dancing Queen* degli Abba. Le ricordava i momenti felici, in cui lei era più stabile e volteggiava per la stanza con un prendisole di cotone sbiadito cantando insieme alla radio. Era da moltissimo tempo che Mathilde non avvertiva l'impulso di unirsi alla musica e godersi quella sensazione liberatoria, gioiosa. Oliver le lampeggiò con i fari per poi accostare sul ciglio della strada. Per quanto si stesse divertendo a cantare, lei fu entusiasta di vedere la sua auto quando meno se l'aspettava.

«Dove stai andando?» le chiese lui mentre Mathilde gli si affiancava controllando negli specchietti laterali che non arrivassero macchine alle sue spalle.

«Faccio un salto in città per sbrigare un paio di commissioni.» Preferì rimanere sul vago. Aveva preso una decisione e non voleva che lui la trascinasse in una delle sue solite conversazioni serie. «Non sapevo che saresti passato da noi. Al mio ritorno ti trovo ancora?»

«Probabilmente no. Volevo controllare un paio di dettagli del trittico e dirvi che mi assenterò qualche giorno, oggi pomeriggio infatti devo andare a Leeds per una conferenza. Discuterò con alcuni storici dell'arte miei colleghi della tua straordinaria scoperta. Ovviamente chiamami se hai notizie dal professor Thornton. O anche solo se ne hai voglia.» Sorrideva mentre parlava, ma Mathilde avvertì un'inaspettata fitta di delusione, come una stretta al cuore. Aveva fatto l'abitudine a vederlo spesso, anche per un paio d'ore soltanto: lui sembrava avere sempre una buona ragione per fare un salto da loro. Trasalendo, comprese che avrebbe sentito la sua mancanza.

«D'accordo, a presto allora.» Accennò un sorriso per mascherare il disappunto e le lacrime che cominciavano a pizzicarle gli occhi, poi riavviò il furgone con un cigolio rumoroso e proseguì per la sua strada. Nello specchietto, vide che la Mini nera restava dov'era sul ciglio della carreggiata.

51

Agosto 1586

Il ruolo svolto da Tom nella sconfitta dei congiurati e nella cattura di Babington e compari non sfuggì a Walsingham, che gli concesse un raro sorriso e una pacca sulla schiena, seppur tenendosi a debita distanza.

Il capo delle spie lo avvertì inoltre che, ora che aveva dimostrato il suo valore e quale aiuto poteva offrire nella lotta contro i nemici della regina, indubbiamente ci sarebbe stato ancora bisogno dei suoi servigi. Gli domandò più volte se qualcuno lo avesse visto ma Tom lo rassicurò di aver preso tutte le precauzioni del caso. Per il momento ricevette il permesso di tornare al suo lavoro di speziale, un annuncio che lui accolse con gratitudine. Le fragranze calde e pungenti delle erbe e dei medicamenti che gli restavano in gola e gli facevano lacrimare gli occhi erano un balsamo per l'anima. Prima di quel momento non si era reso conto di quanto fosse calmo e riposante il suo mestiere, e lui e Hugh ripresero a trascorrere le loro giornate immersi in una collaborazione silenziosa. Poi la sera, quando il sole cominciava a calare all'orizzonte proiettando i suoi raggi arancioni come lunghe dita a ghermire le ultime ore del giorno, Tom correva al fiume in cerca di una barca che lo riportasse a casa dalla sua amata.

Il rinnovato vigore con cui apprezzava il lavoro non era nulla al confronto delle altezze a cui si librava il suo spirito ogni sera mentre percorreva le strade di Londra al tramonto. Il suo passo non era mai abbastanza lesto e a volte si metteva a correre, tanto era intenso il desiderio di vedere il sorriso di Isabel e sentire le sue braccia intorno al collo e la sua testa adagiata sul petto. Tom aveva tentato di tenerla all'oscuro dei pericoli che aveva corso durante il suo ultimo incarico per Walsingham, ma gli opuscoli sparsi sull'acciottolato mentre avanzavano mano nella mano tra gli ambulanti di St. Paul parlavano della congiura di Babington e di come erano stati catturati i fuggitivi. Il ruolo di Tom era noto solo ai più intimi e sua moglie non aveva tardato molto a capirlo.

Ogni sera, subito dopo cena, nella loro piccola bolla di serenità familiare trascorrevano il loro tempo a giocare con Richard, e il bambino si crogiolava nell'amore e nell'affetto dei genitori. Non c'erano avvisaglie di un fratellino all'orizzonte, ma Tom non se ne curava: dubitava di poter nutrire per un altro bambino il sentimento intenso che provava per lui.

Aveva tutto ciò che si era augurato di trovare in Inghilterra. Tutto, e anche di più. Il suo cuore esplodeva di amore per Isabel, la moglie migliore che avrebbe mai potuto desiderare. La sua vita era completa.

52

Ottobre 1586

Quando la vendetta si abbatté su di lui, Tom fu colto del tutto alla sprovvista. Aveva lasciato il palazzo in anticipo quella sera, e una volta raggiunta la banchina saltò giù dalla barca per incamminarsi verso casa. Il giorno prima lui e Isabel avevano guardato Richard gattonare sul pavimento e tentare di issarsi con loro sulla panca, perciò non vedeva l'ora di scoprire se il figlio era riuscito nell'impresa.

La superficie del Tamigi era parsa perfettamente immobile sotto i remi del barcaiolo, increspata appena dallo scintillio di minuscoli schizzi d'acqua, ma mentre attraversava le strade della città Tom avvertì un vento leggero soffiare tra i vicoli. I vetri delle botteghe e delle case erano incendiati dall'arancione del tramonto. A un tratto percepì un odore di fumo nell'aria. Le persone intorno a lui affrettavano il passo e, scansandole, Tom cominciò a correre. Quel bagliore non era un riflesso del sole: c'era un incendio.

Il calore del fuoco gli ustionò il volto prima ancora di arrivare, ma l'istinto gli aveva già detto a chi apparteneva la casa.

Il retro dell'edificio in rovere era già in fiamme, le vampate si alzavano verso il cielo e lambivano le nuvole con feroci lingue arancioni. Una lunga catena di uomini si passava secchi d'acqua di mano in mano nel tentativo di spegnere l'incendio. Con il cuore in gola, Tom si guardò freneticamente intorno cercando il volto familiare di Isabel. Non aveva mai provato una simile disperazione, la sua vista acuta lo tradiva quando più ne avrebbe avuto bisogno. Mentre scrutava le persone accalcate intorno a sé, i suoi occhi notarono un volto conosciuto, uno degli uomini che aveva visto conversare con Babington nei pressi della cattedrale. I loro sguardi si incrociarono per un istante, poi l'uomo si eclissò tra la folla.

Uno strattone alla manica lo fece voltare e si trovò di fronte Catherine, il volto coperto di fuliggine segnata dai solchi grigiastri delle lacrime. Tra le sue braccia, Richard aveva la testa gettata all'indietro e il volto arrossato dal pianto. Tom se lo strinse al petto e gli massaggiò la schiena, chiedendo a gesti di sua moglie. Fu grato di aver insegnato a Catherine alcuni segni fondamentali, ma il suo cuore si strinse appena la vide scuotere la testa e ricominciare a piangere.

Senza pensare, Tom le restituì Richard e corse sul retro della casa tentando di farsi largo tra gli uomini che avanzavano con i loro secchi gocciolanti. Le pozzanghere a terra riflettevano le fiamme che ardevano sempre più incontrollate. Mentre cercava furiosamente, con speranza feroce, una traccia di vita all'interno, qualcuno – non riuscì a vedere chi – lo afferrò da dietro, piantandogli le dita nelle braccia per impedirgli di lanciarsi in quell'inferno. Lui si divincolò per tentare di liberarsi, ma alla fine si arrese e fece un passo indietro. Il calore gli lambiva il viso e, nonostante l'incendio cominciasse a placarsi leggermente, Tom vide che il retro della casa era un guscio vuoto, nient'altro che legno carbonizzato e crollato. Se Isabel era stata sorpresa in camera da letto, non aveva avuto alcuna speranza di salvarsi.

Uno degli uomini smise di gettare acqua sulle macerie fumanti e lo prese da parte, indicando a terra. Parlava, ignaro di sprecare il suo fiato. Anche se non fosse stato sordo, Tom si trovava in un altro mondo, avviluppato in un manto di tenebra. Il dolore al petto lo trafisse e crollò in ginocchio, accorgendosi a stento che l'altro gli stava mostrando un cumulo di paglia e legnetti ammonticchiati all'angolo dell'edificio. L'incendio non era stato una disgrazia, l'avevano appiccato di proposito.

La parte anteriore della casa versava in condizioni migliori del retro, ma c'erano ancora volute di fumo che uscivano dalle finestre e il pavimento era cosparso di frammenti di vetro. Quando la porta si spalancò, per un attimo lui si chiese se Isabel non fosse riuscita a correre fuori, forse si stava aggirando da qualche parte, confusa dal fumo e dalla calca. Lo sentiva nel cuore, però, in ogni muscolo del corpo teso come la pelle di un tamburo, che non era più tra loro. Gli uomini cominciavano a disperdersi, con i secchi che dondolavano desolati dalle mani; avevano fatto del loro meglio e Tom sapeva che avrebbe dovuto ringraziarli, ma era pietrificato, lo sguardo incredulo fisso sulla casa. Nella sua vita si era aperta una voragine, enorme e oscura come l'abisso che si stagliava di fronte a lui.

Un altro strattone alla camicia. Si voltò. Catherine lo aveva raggiunto con Richard e gli indicava una donna in attesa alle loro spalle, la vicina. Mosse una mano verso di lei, poi verso se stessa e il bambino, e Tom annuì una volta prima di tornare a girarsi in direzione della casa. Almeno sapeva che il figlio sarebbe stato al sicuro, con qualcuno che lo conosceva e poteva prendersene cura. In quel momento era l'unica cosa importante, perché come avrebbe fatto, lui, a addormentarsi ancora senza Isabel al suo fianco? La sua vita era devastata, distrutta per sempre.

Trascorse la notte seduto per terra vicino alle rovine della casa. Poiché la parte anteriore in cui si trovava anche la stanza del bambino era scampata al grosso dell'incendio, era comprensibile che Catherine fosse riuscita a fuggire con Richard mentre Isabel era rimasta intrappolata nel retro. Quanto a lungo aveva continuato a implorare che la salvassero prima di essere soffocata dal fumo e avvolta dal calore delle fiamme? Aveva chiamato anche lui, pur sapendo che non avrebbe potuto sentirla? Tom avrebbe dato qualunque cosa per entrare a cercare i suoi resti, ma le scale erano ridotte a un cumulo di tizzoni spenti e cenere, non c'era modo di salire al primo piano. Da dove era seduto vedeva il tetto di paglia ancora gocciolante dell'acqua usata per spegnere l'incendio, ma la parte posteriore era completamente distrutta.

I primi raggi di sole s'insinuarono tra gli strati di fumo che impregnava l'aria come sottili dita dorate che accarezzavano quella desolazione. Tom si alzò e si avviò lentamente verso la porta; alla luce del giorno si vedevano meglio le travi carbonizzate. Fece un po' di pressione e percepì nel palmo il cigolio del cardine che cedeva. L'odore di bruciato invase ogni anfratto del suo corpo, facendogli pizzicare gli occhi e strisciandogli nell'anima come vermi in un cadavere.

Scavalcando le travi e i mobili ridotti a carcasse carbonizzate, entrò. Una brezza leggera soffiava dalla voragine aperta sul retro, smuovendo il soffice strato di cenere che copriva il pavimento e mulinava intorno ai suoi piedi. Tom annusò l'aria cercando il sentore acre di carne bruciata, ma nulla. Ogni parte di Isabel era dispersa tra le ombre.

Svoltando a destra, aprì la porta del salottino, la stanza di cui Isabel era andata più fiera. Forse perché teneva sempre l'uscio chiuso per impedire a Richard di entrarvi, si era conservata meglio del resto della casa, solo uno strato sottile di fuliggine rivelava la terribile devastazione che aveva distrutto l'edificio. Tuttavia la finestra era esplosa come tutte le altre. Al centro della stanza, ancora dritto sul cavalletto, il trittico sembrò ricambiare il suo sguardo mentre Tom si avvicinava lentamente. Insieme al figlio, era tutto ciò che gli restava della sua vita.

Ogni momento della sua storia era immortalato nei primi due pannelli. Quello di sinistra raccontava l'esistenza che aveva condotto mentre vagava per il continente in cerca di una famiglia, un posto in cui mettere radici e da chiamare casa, mentre quello più grande al centro illustrava il realizzarsi di ogni suo desiderio. Il lavoro con Hugh a palazzo, il laboratorio, il giardino fisico dove aveva messo un altro tipo di radici, e la sua bellissima Isabel con i suoi splendidi occhi violetti e l'ampio sorriso che le illuminava il volto come il sole che spuntava tra le nuvole. Erano raffigurati anche il matrimonio e la casa, la stessa in cui si trovava adesso, ormai uno scheletro della vita felice che avevano condiviso. Il piccolo Richard era ritratto in fasce, minuscolo, diverso dal bambino ridente che era diventato crescendo. Avrebbe mai sorriso di nuovo? Gli sembrava impossibile. Come avrebbe potuto.

E lì, sparsi tra le scene che raccontavano la sua gioia, c'erano i momenti bui. I giorni e le notti trascorsi a eseguire gli ordini di Walsingham, l'uomo che con la sua ampia compagine di spie tesseva intrighi e sventava congiure contro la Corona. Una rete in cui Tom era rimasto invischiato, in cui per una volta la sua disabilità era parsa un vantaggio.

Ne era stato felice, all'inizio, non poteva negare neanche in quel momento che gli aveva scaldato il cuore sapersi utile a qualcuno, scoprire che la sua sordità era considerata una risorsa. Si era sentito necessario. Ma non quanto sarebbe stato necessario a Isabel. La notte prima aveva visto quella figura dileguarsi nella folla, un'occhiata rapida, sfuggente, e il profilo illuminato dal fuoco che stava divorando la sua casa. Un volto familiare. Tom si era illuso di scomparire sullo sfondo quando spiava, di essere un perfetto signor nessuno. Ma qualcuno, da qualche parte, l'aveva invece riconosciuto e gli aveva fatto pagare a caro prezzo la sua lealtà alla regina. Anche se Isabel ne aveva pagato uno più alto ancora. Togliendo il dipinto dal cavalletto, Tom si voltò per uscire. Lì, ormai, non rimaneva più nulla per lui.

Trovò Richard e Catherine nella casa accanto. Il figlio era tutto sorrisi sdentati, beatamente ignaro di come la sua vita fosse cambiata per sempre, mentre il volto di Catherine mostrava ancora i segni del pianto, occhi rossi e gonfi che, nel vederlo, tornarono a colmarsi di lacrime. Tom si considerava un uomo compassionevole, ma non ebbe la forza di consolarla e si limitò a baciare Richard sulla testa. I capelli morbidi del bambino erano ancora impregnati di fumo, contaminati dall'odore della morte della madre. Spiegando a gesti che sarebbe tornato più tardi, Tom uscì per dirigersi a palazzo. Non sapeva dove altro andare. Il giorno prima era rincasato orgoglioso per il ruolo giocato nella cattura dei congiurati e quel mattino era colmo di disprezzo per se stesso. Si era creduto invincibile: era stato uno stolto.

Il vento sempre più forte e violento soffiava malevole nuvole grigie sui tetti, ma lui si accorse a stento della pioggia che gli infradiciava gli abiti. Il soprabito blu di cui era andato tanto fiero, ora impregnato della morte di sua moglie, gli pesava sulle spalle come volesse inchiodarlo per sempre al tavolato della barca che sussultava sul fiume increspato. Alla fine attraccarono al pontile del palazzo e Tom scese barcollando leggermente sotto il peso del trittico che minacciava di sbilanciarlo all'indietro nelle viscide e ostili acque del fiume.

Raggiunse in fretta l'ingresso esterno e da lì si diresse al laboratorio, dove come sempre trovò Hugh intento nel suo lavoro. Se a Tom avessero consentito di fare lo stesso, la sua Isabel sarebbe stata ancora viva. Sentendolo entrare, lo speziale alzò lo sguardo e sgranò gli occhi nel trovarselo di fronte coperto di fuliggine. Tom posò il trittico accanto all'alambicco sul piano di lavoro e si accasciò a terra con la testa tra le mani, tirandosi i capelli come per strapparseli. Sentì che Hugh lo scuoteva per cercare di farlo rialzare, ma il dolore lo paralizzava e non riusciva a muoversi. Rimase rannicchiato lì, a dondolarsi avanti e indietro. Le stuoie di giunchi sul pavimento profumavano di estate, di fieno e tiepide giornate in campagna, e per qualche secondo gli parve di essere trasportato indietro, alla sua infanzia nel Norfolk, quando correva tra i campi dorati accarezzando spighe alte quanto lui che gli solleticavano i palmi. La promessa dell'estate in arrivo e la vita che sbocciava tutt'intorno. Una vita che ormai era finita.

Finalmente Hugh riuscì a farlo sedere su una sedia e gli mise in mano una coppa di ippocrasso, ma neppure il vino caldo e speziato poté sciogliere il gelo che gli attanagliava il cuore. Con i palmi rivolti verso l'alto nel classico gesto interrogativo, lo speziale gli domandò cosa fosse successo. Tom indicò una delle tavolette cerate appoggiate sul bancone, e quando abbozzò il disegno di una casa in fiamme a Hugh bastò guardare i suoi vestiti per capire. Tom non poteva spiegare perché fosse accaduto, anche se lo sapeva. L'amico tracciò nell'aria la sagoma di una donna, per indicare Isabel, e l'atto di cullare un bambino, poi inarcò le sopracciglia.

Dirglielo era quasi insostenibile, una volta che lo avesse ammesso a se stesso, e agli altri, sarebbe diventato reale. Tuttavia Hugh lo afferrò per le spalle, alzando ancora le sopracciglia, e Tom comprese che non poteva tenere per sé quella verità orribile. Cullando un bambino invisibile, annuì lentamente, poi tracciò con le mani la forma della sua amata Isabel e, con gli occhi di nuovo colmi di lacrime, scosse piano la testa. Hugh lo abbracciò, stringendoselo al petto mentre lui tremava, scosso da una nuova ondata di disperazione.

Dopo che i singhiozzi si furono placati, lo speziale lo condusse nella sua stanza sul retro del laboratorio. Pareva identica all'ultima volta che vi aveva dormito, quando aveva ancora Isabel e la sua esistenza era completa. Appoggiò il trittico contro la parete alle sue spalle e si sdraiò sul letto. Isabel non c'era più e Tom sapeva che, insieme a lei, anche la sua vita si era spenta.

53

Agosto 2021

Rachel gettò il borsone nel bagagliaio dell'auto: aveva deciso di riprendere a tornare a casa nei fine settimana, una scelta caldamente incoraggiata da Mathilde.

«Devo anche prepararmi prima che inizi il nuovo anno scolastico» aveva ammesso. «Le vacanze estive sono lunghe e piacevoli, certo, ma è ora di mettermi sotto se voglio arrivare pronta alla ripresa delle lezioni. Mancano appena due settimane.» A quelle parole, Mathilde si era ricordata di dover ancora prendere una decisione in merito a cosa fare a settembre. I suoi progetti iniziali di vendere la villa e tornare alla sua vita precedente sembravano più improbabili che mai. Erano cambiate troppe cose.

Ebbe giusto il tempo di salire a farsi una doccia prima di sentire il rumore degli pneumatici della Mini sulla ghiaia del cortile. Oliver aveva un tempismo impeccabile. Raccogliendosi i capelli in una crocchia disordinata sopra la testa, Mathilde sorrise tra sé e scese le scale saltellando eccitata. Quando entrò in cucina, lui stava mettendo in frigo una bottiglia e alcuni contenitori di plastica provenienti dal negozio di gastronomia.

«'Giorno.» Raddrizzò la schiena e le sorrise, indugiando con lo sguardo su di lei per un istante, poi due. Mathilde sentì il battito del cuore accelerare. Il programma della giornata prevedeva di esplorare a fondo la cappella e poi cenare insieme nel villaggio, ma sapeva che lui probabilmente aveva in serbo qualcosa di più. Si era premurata di buttare lì vaghi accenni al fatto che Rachel avrebbe trascorso il weekend fuori, con la speranza che cogliesse il suggerimento, eppure lui aveva impiegato altri cinque giorni per avanzare quella proposta. Se sua sorella era rimasta sorpresa nel vederla scomparire in camera da letto armata di scopa e paletta, dopo non aver mostrato la minima inclinazione per le faccende domestiche per tutta l'estate, aveva avuto il buon senso di non fare commenti.

«Ehi.» La voce le uscì roca, quindi dopo un colpetto di tosse riprese: «Sei pronto a esplorare la cappella? Hai tutto l'occorrente?». Non aveva idea se avrebbero avuto bisogno di qualche strumento professionale. «Oh, magari prima ti va un caffè?» Sorrise imbarazzata, rendendosi conto che, come al solito, la sua ospitalità lasciava molto a desiderare. Per fortuna, Oliver ci aveva ormai fatto l'abitudine.

«Ora no, grazie.» Scosse la testa. «Perché non andiamo a dare un'occhiata e poi decidiamo se bere qualcosa?» Lei annuì e andò a recuperare la chiave e la macchina fotografica, dopodiché lo seguì lungo il sentiero fino alla cappella. Shadow era ancora troppo piccolo per gironzolare all'aperto, ma come d'abitudine approfittò della loro uscita per sgusciare fuori e arrampicarsi sui rami di un albero, da dove rimase a osservarli.

Come sempre dovettero armeggiare un po' per riuscire a entrare, ma finalmente, quando Mathilde aveva ormai cominciato a digrignare i denti frustrata, la chiave girò e sentirono lo scatto della serratura. Sollevata, si vendicò assestando alla porta che aveva opposto resistenza una spallata più forte del necessario.

Dentro tutto sembrava identico alla loro ultima visita, i granelli di polvere che danzavano nell'aria mentre loro si guardavano intorno fermi al centro della stanza. Un frullare d'ali li spinse ad alzare lo sguardo, ma la cappella era deserta a parte loro.

«Dev'essere un uccello sul tetto all'esterno» dedusse Oliver. «Avrà notato Shadow tra gli alberi.»

Mathilde attraversò a passo lento la saletta fino a raggiungere la parete dove aveva trovato il trittico ed era ancora possibile scorgere l'antica lapide. Vide che Oliver nel frattempo si era messo carponi dietro il tavolo che lei e Rachel avevano dedotto fosse un altare.

«Cosa c'è?» La sua domanda echeggiò lieve contro le travi del soffitto. Alzare la voce in una chiesa sembrava irrispettoso, quindi sussurrò: «Che cosa hai trovato?».

«Niente.» Oliver si rialzò spolverandosi le ginocchia. «Pensavo potesse esserci una cripta nascosta, ma non vedo accessi sul pavimento e l'ultima volta che siamo venuti ho controllato fuori. Si tratta davvero di un piccolo edificio destinato alle preghiere quotidiane. Niente di insolito per l'epoca in cui la villa è stata costruita.»

«Insolito lo è» gli ricordò Mathilde. «Abbiamo scoperto un dipinto antico dietro un pannello di legno e io ho trovato un documento nascosto. Un tempo deve aver avuto un significato per qualcuno.»

Oliver le si avvicinò per guardare anche lui la lapide. «So che è antica, ma se togliessimo un po' di polvere residua magari potremmo riuscire a leggere l'iscrizione. Proviamo?» Mathilde annuì. Non aveva idea di cosa significasse "residua", ma voleva scoprire se c'era qualcuno sepolto in quel posto. Attese con impazienza che Oliver tornasse dalla villa con la scala a pioli che avevano trovato nell'anticamera vicino alla porta sul retro. Le aveva suggerito di usarla in caso avesse dovuto cambiare una lampadina e lei aveva sorriso tra sé: davvero pensava che si sarebbe presa il disturbo di sostituire una lampadina fulminata? Era abituata al buio della notte, anche se doveva ammettere che trascorrerla nel furgone era diverso che stare in casa, dove non era mai sola. Anche senza i vivi attorno, i suoi antenati erano sempre lì a tenerle compagnia.

Prima che Oliver potesse mettere un piede sul primo piolo della scala, Mathilde si era già arrampicata in cima. Lui inarcò un sopracciglio senza fare commenti e le passò il pennellino che aveva portato con sé.

«Spolverala con molta delicatezza» la avvertì, «non sappiamo se è fissata bene al muro.»

Mathilde esercitò una leggera pressione con il palmo senza riuscire a smuoverla e dovette soffocare un sorriso al brusco sospiro di Oliver. Quando avrebbe imparato che per evitare di spingerla a compiere azioni avventate doveva tenere la bocca chiusa?

Prese il pennello e cominciò a rimuovere la polvere e lo sporco che si erano depositati nei solchi incisi secoli addietro. Le parole cominciarono a riemergere ma restavano illeggibili. Frustrata, scese dalla scala fermandosi accanto a lui, che l'aveva afferrata per la vita appena era arrivata in fondo e ancora non la lasciava. Mathilde non voleva ammetterlo, ma sentire il calore delle sue mani attraverso la maglietta dopo aver trascorso tanto tempo senza contatto umano era gradevole, per non dire fantastico. Quanti anni aveva sprecato.

«Non riesco ancora a leggere la scritta» ammise. «Vuoi provare tu?»

«Certo, dammi il pennello.» Oliver aspettò che glielo restituisse e poi si arrampicò sulla scala. Mathilde avvertì una sensazione di freddo dove poco prima c'erano state le sue mani. «Non dimenticare che sono laureato in arte antica, forse riuscirò a decifrarla.»

Nel silenzio improvviso della cappella, lui riprese a spolverare la stessa sezione già pulita da Mathilde. La situazione tuttavia non sembrava migliorare, e lei pensò che lo stesse facendo solo per darsi un tono da professionista, ma si risparmiò i commenti.

«Okay, forse vedo qualcosa» disse Oliver dall'alto. «Se ti leggo le lettere, puoi segnarle da qualche parte?» Annuendo, Mathilde si affrettò a pescare il telefono dalla tasca e aprì l'applicazione degli appunti.

«I S A B E L. Isabel. Be', fin qui mi sembra piuttosto chiaro, ci sei?» La scala oscillò un po' mentre si girava e Mathilde perse quasi la presa sul telefono per scattare a sorreggerla.

«Sì, ci sono» confermò. «Adesso la finisci di muoverti tanto, per favore? È pericoloso.»

«Aspetta, c'è dell'altro. L U T... Lutton. Isabel Lutton. E questo sembrerebbe un *REQUIESCAT IN PACE*, riposi in pace.» La sua voce si affievolì, e Mathilde alzò lo sguardo sulla lapide. Lui cominciò a scendere dalla scala e appena arrivò a terra le afferrò le braccia. «Dev'essere una tua antenata.» Non riusciva a nascondere l'eccitazione. «Che scoperta incredibile. Non è sepolta qui, ne sono certo, ma se vuoi possiamo andare a cercarla nel cimitero del villaggio.»

Lei scosse la testa. «Per il momento no.» Prima di andare in cerca di un altro luogo di sepoltura, voleva riflettere su quel nuovo legame tra lei e gli antichi membri della famiglia. Magari ci sarebbe andata più avanti, dopo essersi abituata all'idea che suo padre riposava lì. Anche se il pensiero che potessero esserci altri parenti aveva qualcosa di confortante. «Un'altra volta» disse.

Mangiarono *fish and chips* al pub, innaffiandoli con vari boccali della birra tradizionale che i proprietari distillavano in una dépendance sul retro. Erano appena le nove quando rientrarono, ma era già buio. Percorsero il viale ritrovandosi la distesa delle paludi sulla destra, con i lugubri abissi disturbati ogni tanto dagli starnazzi di un'anatra. La danza delle lucine azzurro fosforescente le fece tornare in mente la sera della sua avventura notturna con Fleur. Era passato poco più di un mese, ma sembrava un'altra vita.

«Fuochi fatui» disse Oliver, «li chiamano così da queste parti.»

«In Francia li chiamiamo *feux follets*» rispose Mathilde, sussurrando per non disturbare la fauna notturna che cominciava a muoversi tra gli alberi e i cespugli circostanti. Inclinò la testa quando, da un albero a pochi metri da loro, giunse la replica al richiamo lontano e sommesso di un gufo. Alzò lo sguardo, ma non riuscì a scorgere nulla nell'oscurità fitta.

Tornati alla villa, propose di bere un caffè e andò in cucina a prepararlo. Malgrado fossero soli in casa, non era sicura di quale fosse il cerimoniale più adatto a portare un uomo in camera da letto. Mentre continuava a spostare le tazze e la caffettiera sul piano di lavoro, sentì le braccia di Oliver scivolarle intorno alla vita e le sue labbra baciarle la pelle sotto l'orecchio sinistro. Un desiderio che non credeva di poter provare la pervase.

«Lasciamo perdere il caffè?» sussurrò lui. Mathilde annuì e, quando Oliver la prese per mano, lo seguì di buon grado sulle scale verso la sua stanza.

Dopo rimasero stesi insieme nel letto, pelle contro pelle.

Mathilde non si era mai sentita al sicuro come in quel momento, cullata tra le sue braccia. Niente avrebbe più potuto ferirla, ne era certa, e a quel pensiero le si inumidirono gli occhi finché una lacrima scivolò sul petto di Oliver.

«Ehi, che succede?» Lui si scostò appena per sollevarle il viso. «Perché piangi?»

«Lacrime di gioia» spiegò lei. «Mi sono appena resa conto di aver finalmente trovato la mia casa. Una vita in cui mi sento al sicuro. E per questo posso ringraziare i miei antenati. E te» aggiunse.

«Io non ho fatto niente» ribatté lui tornando a stringersela al petto. «Sei dove avresti dovuto essere fin dall'inizio.»

Non passò molto prima che si addormentassero, ma non appena il controllo che esercitava sulla sua mente cominciò ad allentarsi, Mathilde avvertì lo scossone familiare che annunciava la caduta in un sogno oscuro. Il sogno del trittico. Questa volta era diverso, però, quella era la realtà. La sua vita. Di fronte a lei il calore sollevava un mulinello d'aria che sprizzava scintille. Danzavano nel cielo come i gas palustri, librandosi sullo sfondo stellato. L'arancione e il giallo delle spire di fuoco avevano avvolto l'edificio, la casa in cui vivevano. Mathilde cercò di lanciarsi in avanti ma un paio di braccia forti la trattennero e lei aprì la bocca in un grido a cui non seppe dar voce, mentre le travi del tetto precipitavano ardendo e un'altra vampata di calore incendiava l'aria. Qualcuno la tirò via, lei però continuò a tendere le braccia verso quell'inferno, tentando di avvicinarsi.

E poi di colpo lo scenario cambiò. Era giorno, il sole le scaldava la schiena e invece del fumo acre sentiva l'odore del fieno tiepido e il profumo acidulo del timo limone che calpestava. Di fronte a lei si apriva un paesaggio che riusciva a riconoscere, dolci distese di campi che si perdevano in lontananza fino a fondersi con l'orizzonte in un luccichio dorato. Il suo cuore era sereno.

Poi, bruscamente com'era entrata nel sogno, si ritrovò sveglia nel letto a fissare il buio. Si sporse di lato e accese la lampada, senza riuscire a evitare di svegliare Oliver.

«Stai bene?» chiese lui schermandosi gli occhi.

«Sì, scusa. Non volevo svegliarti. Ho fatto un altro sogno, questa volta ho rivissuto l'incendio» sussurrò lei, «proprio come allora. Quello in cui è morta mia mamma. Ma non era del tutto identico, nel sogno la casa era molto più grande. Non questa, però. C'erano le stesse persone che cercavano di spegnere il fuoco con i secchi d'acqua e la ressa di volti illuminati dalle fiamme. Intrappolati all'inferno. Lo stesso orrore che ben ricordo, il calore, il senso di impotenza. Nessuno ha potuto entrare a salvarla. I vigili del fuoco hanno scoperto solo in seguito che una candela aveva incendiato la tenda della cucina, un incidente banale ed evitabile. Io ero lì, assistevo a tutto come allora. Era come il terzo pannello del trittico: la fine del viaggio. E poi mi sono ritrovata qui, nel giardino. Sentivo il profumo delle erbe aromatiche e provavo un senso di calma e felicità. Forse non felicità» si corresse, «ma sollievo, come se mi fossi finalmente liberata del passato; il sollievo di essere a casa. Ti sembra folle?»

«Mi sembra che, per certi versi, la tua vita abbia emulato quella dell'autore del dipinto.» Oliver si interruppe, cercando un verbo più semplice. «Seguire. La tua vita ha seguito il solco della sua, a grandi linee. Il tuo viaggio dalla Francia, il tuo talento artistico. Non sarai una pittrice, ma ti guadagni da vivere con le fotografie. A un certo punto dell'esistenza di entrambi un incendio ha distrutto ogni vostra speranza. Finché non siete arrivati in questa casa, che in qualche modo ve l'ha restituita.»

Mathilde annuì, comprendendo il suo ragionamento. Non c'erano dubbi che la villa l'avesse fatta sentire al sicuro e a casa. Tornò a sdraiarsi con lo sguardo al soffitto. Anche l'autore del trittico si era chiesto dove altro l'avrebbe portato la vita? O se finalmente avrebbe potuto smettere di cercare tutto ciò che aveva perduto?

54

Novembre 1586

Durante la settimana seguente, il corpo di Tom continuò a vivere ma il suo spirito restò inerte nel letto. O forse era rimasto tra le macerie carbonizzate della sua casa, dove l'odore della morte avrebbe aleggiato per sempre. Aveva trascorso un giorno intero a letto senza muoversi, finché Hugh non era riuscito a convincerlo a uscire dalla sua stanza. Sebbene di solito evitassero di consumare cibo nel laboratorio, lo speziale lo aveva persuaso a mangiare morbide gelatine di frutta, crema dolce e un ricco stufato di montone e orzo che Tom aveva rimesso quasi subito.

Dopo aver messo qualcosa nello stomaco, si trascinò in Cordwainer Street in cerca di Catherine e Richard. Fortunatamente erano stati accolti dai vicini e Catherine spiegò che avrebbero potuto restare lì fintanto che lui non fosse riuscito a trovare una nuova casa per tutti. Tom ringraziò i vicini della cortesia, tuttavia declinò l'offerta di un letto, spiegando con pochi gesti delle mani che avrebbe dormito a palazzo. Non aveva idea di come procurarsi il denaro necessario a trovare un altro posto in cui vivere. Insieme alla casa Isabel aveva ereditato una somma consistente dal primo marito, ma Tom non sapeva come accedervi né dove la tenesse. E a meno che non fosse riuscito a scoprirlo, non aveva praticamente mezzi per sostentare il figlio, a parte i suoi magri guadagni da umile assistente di speziale e il gruzzoletto che gli aveva dato Walsingham dopo l'ultima missione.

Al pensiero del capo delle spie, Tom avvertì un'altra ondata di nausea. Se non fosse stato così preso dal suo lavoro segreto, niente di tutto ciò sarebbe mai accaduto. Avrebbe continuato a preparare medicamenti a palazzo durante il giorno per tornare da Isabel la sera e invecchiare al suo fianco in una casa piena di figli sani e robusti. Ora gli era rimasto soltanto Richard come eterno ricordo della donna che amava. Un momento possedeva tutto ciò che aveva sempre desiderato e quello dopo si ritrovava di nuovo a mani vuote. Tanto gli era stato dato, tanto gli era stato tolto.

Aprì l'astuccio dei colori e, con furiose pennellate di giallo e arancione, prese a dare vita a un inferno di fiamme sull'intero terzo pannello, caricandolo di rabbia e di fuoco. Quando accostò la mano al dipinto, gli parve di avvertire sulle dita il calore ustionante che si spandeva dalla tela.

L'ottavo giorno di quella sua nuova esistenza sconsolata, Tom scorse l'ombra del paggio avvicinarsi lungo il corridoio del laboratorio. Conosceva il suo modo di muoversi, a passi rapidi e leggeri come se fosse sempre pronto a schivare i pugni, e non appena lo vide cominciò a guardarsi intorno in cerca di una via di fuga. Si rifiutava di tornare nell'ufficio di Walsingham, non avrebbe accettato altre missioni. Qualunque fosse stata la punizione, era pronto a subirla.

Prima che potesse dileguarsi, il fanciullo entrò nella stanza e lo indicò, facendogli cenno di avvicinarsi, quindi si voltò per parlare con Hugh. Era girato di profilo e Tom non riuscì a cogliere le sue parole, ma nonostante questo alzò le mani e scosse la testa in segno di diniego.

«*Sei stato convocato dalla regina*» disse lentamente Hugh. «*Non hai scelta, amico mio.*»

Era una svolta inaspettata. Perché la regina voleva vederlo? Forse aveva appreso della morte di Isabel: sua moglie aveva conservato molte amicizie tra le altre dame di compagnia.

Tom abbassò lo sguardo sui propri abiti. Aveva trascorso l'ultima settimana a dormire vestito e non aveva niente di pulito da mettersi. A eccezione degli indumenti che aveva addosso, il resto delle sue cose era andato distrutto nell'incendio. Tolse qualche filo di paglia dalla calzabraca e sfregò la punta degli stivali sporchi con le dita. Malgrado fossero passati giorni, quando le ritrasse erano ancora sporche di fuliggine. Uscì in cortile per sciacquarsi in fretta mani e viso alla fontana, poi seguì il paggio come sempre.

La prima volta che era stato nella camera privata della regina era rimasto estasiato dall'opulenza del mobilio, dagli spessi tappeti sul pavimento e dai lucidi ritratti che ornavano la boiserie alle pareti. Questa volta, invece, avanzò con le spalle curve, senza notare nulla. Neanche la fragranza del pomo d'ambra poteva liberarlo dell'odore di fumo che lo seguiva ovunque come una nube di arpie.

Quando si avvicinarono alle porte, i due soldati di guardia con le picche incrociate si fecero da parte e il paggio bussò prima di aprire con la solita reverenza, genuflettendosi a capo chino. Dietro di lui, Tom fece lo stesso. Mantenne gli occhi bassi finché non si sentì strattonare la manica e, girando appena la testa, vide il viso capovolto del paggio che, con i morbidi capelli neri come quelli di Richard, sorrideva e gli faceva cenno di alzarsi.

Tom barcollò un po' nel raddrizzarsi, l'inappetenza dell'ultima settimana lo rendeva debole e malfermo, soprattutto dopo il lungo tragitto che dalle sue stanze lo aveva condotto nel cuore del palazzo. Sollevò lentamente gli occhi sulla regina seduta tra le sue dame. Il posto un tempo occupato da Isabel in quella scena era una ferita pulsante. Non c'era traccia di Walsingham o Burghley, perciò si concesse di respirare più sereno.

Il paggio rimase al suo fianco e Tom si rese conto che, in assenza di interpreti più preparati, sarebbe stato lui a tradurgli a gesti qualunque cosa non fosse riuscito a comprendere dal labiale. Poiché avevano comunicato non più di una quindicina di volte nel corso degli ultimi tre anni, Tom dubitava che avrebbe funzionato. Mentre la regina parlava, socchiuse gli occhi per non perdersi il minimo dettaglio.

«*Abbiamo saputo dell'atroce incendio in cui è scomparsa la nostra Lady Isabel.*» La regina parlò lentamente, scandendo le parole, e lui comprese ogni terribile sillaba del suo discorso. Annuì e poi abbassò in fretta lo sguardo affinché nessuno potesse vedere le lacrime che gli colmavano gli occhi. Se li sfregò con la manica e tornò a guardare la sovrana che aveva ripreso a parlare.

«*Vi porgiamo le nostre condoglianze. Vostro figlio è sopravvissuto?*» Tom annuì.

«*Sentirò acutamente la mancanza di vostra moglie; era sempre così allegra, una gioia per tutti. Mi risulta che siate rimasto senza dimora e sento che questa tragedia è in parte responsabilità di questa corte. Nonché di Walsingham, che vi ha usato con grande successo strategico per arrestare la congiura che mirava alla mia vita e a consegnare il trono a mia cugina. Pertanto, vorrei farvi dono di una nuova casa e conferirvi uno stipendio con cui mantenere voi e vostro figlio a ricompensa di tutto il lavoro che avete svolto per mio conto. Lo considererei anche un modo per onorare la memoria di vostra moglie. Mi dicono che siete originario del Norfolk, perciò vi assegnerò una delle dimore requisite al conte di Arundel. Lord Burghley saprà fornirvi i dettagli. Frattanto, consideratevi sollevato da tutti gli obblighi verso questa corte.»*

Tom non seppe come reagire finché non lanciò uno sguardo al paggio e vide che muoveva le labbra per suggerirgli un «*grazie*», congiungendo le mani e inchinandosi, dopodiché si voltò in fretta verso la regina per mostrarle la sua riconoscenza. Lei lo congedò con un cenno della testa e Tom cominciò a indietreggiare verso la porta, ma dovette bloccarsi quando la sovrana gli fece cenno di tornare ad avvicinarsi, come se avesse avuto un'idea improvvisa.

«Mi informano che, oltre a essere un talentuoso speziale, siete anche un raffinato artista e avete dipinto un trittico, è vero?»

Tom non era sicuro di aver compreso tutte le parole ma, riconoscendo "trittico", annuì di nuovo.

«Ordinerò che vi sia incorniciato come dono. Vi prego di consegnarlo al mio paggio quando tornerete nelle vostre stanze.»

Cercando di non lasciar trapelare la sua sorpresa, lui annuì e la ringraziò, due volte, prima di indietreggiare verso la porta e uscire. Fuori, il paggio dovette attendere che Tom si appoggiasse alla parete per qualche istante cercando di comprendere quanto era appena accaduto. Gli era stata assegnata una nuova casa per vivere con Richard nel luogo in cui aveva avuto inizio il suo viaggio. Non avrebbe mai potuto sanare il suo cuore, ma era l'inizio di una nuova vita.

Tornato nel laboratorio, lasciò che fosse il ragazzo a riferire a Hugh dell'udienza mentre lui andava a recuperare il dipinto, con le ultime pennellate feroci aggiunte al terzo pannello ormai asciutte. Ripiegò le due ali esterne sulla tavola centrale e glielo consegnò, avvolto in una coperta per evitare che si danneggiasse in caso di caduta.

La sera, raggiunse Catherine e le raccontò gli avvenimenti di quella giornata. Dovette farle vari disegni per spiegarle le novità; dal momento che la donna non capiva i suoi gesti stabilire una comunicazione risultava difficile. Quando infine comprese, accettò di andare nel Norfolk con lui e Richard, dopodiché scoppiò in singhiozzi, gli spinse il bambino tra le braccia e si allontanò. Anche Tom sentì le lacrime rigargli il volto e bagnare i soffici capelli scuri del figlio. Richard, dal canto suo, smise di agitare il sonaglino contro il petto del padre per rivolgergli uno dei suoi ampi sorrisi, la copia esatta di quello di Isabel. Nonostante il dolore, Tom si disse che, qualunque cosa fosse accaduta, avrebbe sempre tenuto una parte della moglie con sé. Lui e Richard non avrebbero mai smesso di essere una famiglia.

55

Dicembre 1586

Il carro che trasportava i loro averi avanzò lungo la strada fino a fermarsi di fronte alla casa. Catherine e Richard stavano sonnecchiando nel retro e Tom smontò dal castrone che aveva acquistato non appena erano stati pronti a lasciare Londra. L'incendio aveva risparmiato ben poco, ma quello che era riuscito a recuperare Tom l'aveva portato con sé. Come promesso, il suo trittico era stato montato in una pesante cornice decorata in lamina d'oro con lo stemma della regina Elisabetta. Una sarta aveva fatto in tempo a cucire qualche abito per Catherine e Richard prima della partenza e lui si era procurato delle coperte, anche se non aveva più i letti su cui stenderle.

Insieme agli atti di proprietà di una dimora situata nella selvaggia campagna del Norfolk, Burghley gli aveva consegnato anche un anello arrugginito con appese una serie di vecchie chiavi. Tom lo estrasse dalla tasca mentre osservava l'edificio a graticcio che si ergeva di fronte a lui. Era solido e squadrato, con travi di rovere e pannelli murari di un tenue color crema.

La copertura di paglia del tetto aveva urgente bisogno di qualche rattoppo se volevano evitare di sentire i morsi del gelo invernale. Dallo spostamento d'aria che avvertì alle sue spalle, comprese che i mercanti di bestiame da cui aveva preso il carro a nolo si stavano agitando, impazienti di scaricare i bagagli per proseguire verso Kings Lynn dove dovevano ritirare della merce da riportare a Londra. Tom scelse la chiave più grossa del mazzo e la infilò nella serratura, facendo una leggera smorfia mentre la girava lentamente.

La porta si spalancò su un grande atrio con la parete di fondo occupata da un enorme camino di pietra ancora coperto di cenere e fuliggine, come se i precedenti inquilini fossero stati colti nel mezzo delle loro faccende quotidiane, le loro esistenze interrotte. Tom rabbrividì, chiedendosi cosa ne fosse stato di loro. Sapeva che dopo l'esecuzione del duca di Norfolk la famiglia e i fittavoli erano stati immediatamente cacciati e dubitava che le guardie si fossero mostrate molto solidali nei loro confronti. Gli tornarono in mente le storie che la madre gli raccontava da bambino, sulla fuga precipitosa dal Norfolk prima che un destino simile si abbattesse anche su di loro. Per fortuna, una volta adulto suo fratello Henry aveva rivolto un appello alla regina ed era riuscito a ottenere indietro la casa avita. Ora Tom avrebbe vissuto nella stessa contea. Era lì, finalmente, nella sua terra, ma senza la persona che più di tutti avrebbe voluto al suo fianco. Aveva chiuso un cerchio e la sua vita avrebbe dovuto sembrargli completa, invece non era altro che un'esistenza a metà.

Catherine comparve alle sue spalle, con i capelli scompigliati sfuggiti dalla cuffia di lino durante il sonno. Mise giù Richard e, nonostante le gambette malferme, il piccolo cominciò subito a trotterellare sul pavimento di pietra allargando le braccia per mantenersi in equilibrio. Mentre il bambino esplorava, la donna si guardò intorno come aveva fatto Tom poco prima, poi annuì con approvazione. Avrebbe potuto andare molto peggio.

Tom fu costretto a rimandare il giro delle stanze per aiutare i mandriani a portare in casa i loro miseri averi. Un'ora più tardi avevano finito e, dopo aver trovato nei sacchi una pentola con cui bollire dell'acqua, Catherine uscì in cerca di legnetti per accendere il fuoco. Lui prese l'ascia e la seguì.

Al calare della notte erano riusciti a organizzarsi alla meglio, approntando dei bitorzoluti materassi di fortuna con la paglia trovata nel fienile. Malgrado sembrasse abbandonata lì da anni, il calore dell'estate l'aveva asciugata, e avrebbero dovuto farsela bastare finché non fossero riusciti a procurarsi della lana con cui realizzare letti migliori.

Sebbene la robusta scalinata in rovere a un lato dell'ingresso conducesse a quattro stanze da letto, come Tom temeva la copertura del tetto aveva lasciato filtrare la pioggia e le assi del pavimento erano deformate dall'umidità; finché non le avesse riparate, il piano superiore sarebbe rimasto inagibile. Decisero quindi di dormire nella sala principale, Tom però rimase sveglio per ore con lo sguardo fisso nel buio, il posto accanto a lui vuoto quanto il suo cuore.

Impiegarono diverse settimane per ambientarsi. Tom eseguì le riparazioni necessarie, costruì qualche mobile rudimentale e si assicurò di avere una buona scorta di legna per alimentare il fuoco sempre acceso nella grande sala. La proprietà era enorme e comprendeva un bosco di dimensioni ragguardevoli e un boschetto più piccolo vicino alla casa. Scoprì anche, seminascosta tra gli alberi che avevano cercato di reclamarne il possesso, una cappelletta privata.

Passò in rassegna le chiavi fino a trovare quella giusta,

tuttavia per aprire dovette dare una spallata alla porta il cui legno si era gonfiato con gli anni e l'umidità. L'interno era illuminato da alte finestre istoriate, con vetri colorati a formare lo stemma del Norfolk nella parte superiore. Nonostante la sporcizia, la polvere e le ragnatele, la luce filtrava dai vetri e danzava sul pavimento come a dargli il benvenuto in quel luogo sacro. Oltre a due file di panche di legno, coperte da un compatto strato di polvere, c'era soltanto un semplice altare in fondo alla navata. Nessun crocifisso, ovviamente, qualunque oggetto di valore era stato rubato da tempo. Ma mentre osservava le pareti di pietra nuda, Tom comprese subito cosa avrebbe potuto appendervi. Era il luogo ideale.

Interrare le talee delle sue piante, ancora nei vasetti che aveva portato con sé, richiese qualche lavoro straordinario. Voleva piantarle nel posto giusto e dovette farsi strada tra l'erba alta e gli arboscelli intorno alla casa fino a trovare il luogo perfetto: un angolo che dominava il prato in cui le sue galline scorrazzavano libere tra la mezza dozzina di pecore e vacche che aveva acquistato poco dopo il suo arrivo. C'era una tale serenità, lì, a ridosso del boschetto. Per la prima volta da molto tempo Tom avvertì un senso di pace, fragile e sottile come ali di farfalla, posarglisi piano sulle spalle. In quel luogo, forse, avrebbe potuto trovare un'ombra del sollievo che cercava.

Tra i suoi averi, pigiato in fondo a una sacca, Tom rinvenne il suo soprabito blu, sciupato e sgualcito. Non appena lo estrasse fu trasportato indietro al giorno in cui Walsingham glielo aveva donato e all'orgoglio che aveva provato nell'indossarlo per la prima volta. Un vortice di ricordi mulinò nella stanza, danzando di fronte ai suoi occhi. Kit Marlowe che gli insegnava a stare dritto mentre lo indossava, la sicurezza che gli aveva infuso quando aveva affrontato le guardie a Barn Elms. Il suo volto si scurì nel rammentare il sergente di Poultry Corner che gliel'aveva strappato dalle spalle, certo che non ne avrebbe più avuto bisogno, e la sua espressione contrariata quando ventiquattro ore dopo aveva dovuto restituirglielo. L'aveva indossato anche il giorno delle nozze, con il cuore che si librava nel cielo mentre Isabel giurava di stargli accanto per sempre. Rigirandoselo tra le mani, osservò le macchie sulla schiena e sulle maniche, conseguenza delle notti trascorse a pedinare e spiare i congiurati, nascosto in vicoli e portoni e dormendo nei boschi. Puzzava ancora dell'ultima, tragica volta che l'aveva indossato, e come evocate dall'odore del fumo, in quel mulinello di immagini della sua vita londinese vide guizzare le fiamme che gli avevano portato via ogni cosa. Con un ampio movimento del braccio scacciò le allucinazioni che gli si paravano davanti finché non sparirono assorbite dalle pareti.

Si ripiegò il soprabito sul braccio, deciso a gettarlo nel fuoco che aveva acceso all'esterno, ma in quel mentre un foglio cadde a terra svolazzando e lui si chinò per raccoglierlo. Quando lo girò, per un attimo si chiese cosa fosse quella lettera, poi gli affiorò alla mente il ricordo di Babington che, in tutta fretta, la lasciava cadere a terra per lanciarsi nel suo ultimo viaggio. Vergato sulla pergamena campeggiava l'ormai familiare codice stenografato a cui aveva lavorato tante volte con il dottor Bright. Guardando dalla finestra il paesaggio circostante e le antiche querce che crescevano sulla sua terra, Tom si ricordò che Phelippes gli aveva insegnato a produrre un inchiostro simpatico. Aveva un ultimo incarico da svolgere prima di poter chiudere la porta su quel periodo della sua vita.

Lentamente ma con costanza, Tom diede vita al suo giardino fisico nell'angolo di quello che era diventato l'orto, trascorrendo ogni giorno in cui il tempo glielo consentiva a vangare, togliere erbacce o semplicemente a lasciar spaziare lo sguardo sui campi come assorto in altri pensieri. Sebbene continuasse a curare le sue piantine di vaniglia, queste si rifiutavano di produrre i baccelli che l'avevano invischiato nella ragnatela di intrighi e terrore della corte. Ormai avevano svolto il loro dovere e non gli restava altro da fare.

In altre occasioni lo si poteva trovare seduto nella cappella. Aveva commissionato una lapide in memoria di Isabel e, malgrado non gli fosse stato possibile darle sepoltura, quello era il luogo in cui la sentiva più vicina. Non poteva più comunicare con lei attraverso i segni. Il trittico era stato appeso alla parete lì accanto, ma il terribile inferno del terzo pannello lo turbava a tal punto che in un accesso di dolore aveva deciso di inchiodarvi sopra delle assi per non doverlo più guardare. Sopra aveva tracciato a sigillo l'immagine del suo medaglione, con la catenina che serpeggiava da un capo all'altro della tavola indicando la posizione della lapide. Aveva raccontato la sua storia nell'unico modo che conosceva: usando le sue doti artistiche.

Prima di montare il trittico alla parete, aveva stipato i fogli di pergamena nello spazio nascosto tra il dipinto e la cornice, a spiegazione imperitura del terribile ruolo che aveva giocato nella morte di sua moglie. Grazie al suo lavoro con il dottor Bright, nessuno li avrebbe mai trovati né sarebbe stato in grado di leggere la sua confessione.

56

Settembre 2021

Alla fine venne il giorno in cui il professor Thornton scrisse a Mathilde per informarla che il documento era stato decifrato e che gli avrebbe fatto piacere recarsi a Lutton Hall per rivelarne il contenuto. Era molto interessato a vedere il luogo dove il trittico e, di conseguenza, il documento erano stati rinvenuti e lei accettò all'istante.

«Finalmente sapremo la verità» commentò Rachel quel giorno, fischiettando tra sé mentre rassettava i cuscini nel salone. Nell'atrio, le valigie sue e di Fleur non aspettavano che di essere caricate in auto. La scuola sarebbe cominciata da lì a due giorni; l'estate era finita.

«Pensi che scopriremo perché hanno nascosto il trittico? Forse l'autore del messaggio ha confessato di averlo rubato a Elisabetta I. O di essere una sua spia. Spero riusciremo a capire di cosa si tratta veramente. Oliver arriverà in tempo?» domandò. Mathilde sapeva che era già in viaggio perché le aveva scritto un messaggio al momento di partire, ma non voleva che la sorella sapesse della loro relazione. Non ancora.

«Penso di sì» rispose cercando di mantenersi sul vago.

«Lo spero, potremmo avere bisogno di lui per precisare qualche dettaglio storico e tecnico. E poi anche lui non vede l'ora di scoprire la verità» aggiunse Rachel sorridendo. «Se si perderà la rivelazione, dovrà chiedere al professore un resoconto completo. A noi basteranno i dettagli per profani.»

Mathilde si accigliò. Ogni volta che si convinceva di essere riuscita a dominare la lingua, qualcuno tirava fuori un termine privo di senso. «Profani?» ripeté.

«Scusa. Intendevo che non siamo delle esperte» spiegò Rachel, «quindi il professore con noi non dovrà scendere nei dettagli che interessano a Oliver. Sarà sufficiente una versione semplificata.»

Il professor Thornton e Oliver accostarono davanti alla villa nello stesso momento, seguiti a stretto giro dal postino, che allungò un fascio di lettere dal finestrino del furgone e ripartì subito.

«Oggi mi occupo io di consegnare la posta.» Oliver rise e posò le lettere, poi salutò le due donne con un bacio sulla guancia e, come promesso, accompagnò il professore alla cappella.

Rachel frugò tra le buste. «Riceviamo ancora la posta di papà» mormorò in tono sconsolato, «eppure pensavo di aver informato tutti. Oh, questa busta enorme è indirizzata a te, aspettavi qualcosa?»

Mathilde la prese e se la strinse al petto con fare protettivo. «Sono certa che non sia niente di importante.» Scrollò le spalle. «Andiamo ad aspettare gli altri?»

Nel salone si appollaiò sul bracciolo di una poltrona e con l'indice aprì la busta estraendone un fascio di fogli.

«Allora, cosa contiene il tuo plico misterioso?» La sorella

era sgusciata alle sue spalle e cercava di sbirciare. Mathilde si affrettò a ricacciare tutto dentro. «Atto di vendita?» La voce di Rachel si fece acuta. «È un certificato di vendita? E controfirmato dal signor Murray per di più, ho visto l'intestazione. Pensavo volessi aspettare la fine dell'estate per decidere. E non ne hai neppure parlato con me, tua sorella? So che adesso la villa è tua, ma resta pur sempre la nostra casa di famiglia!» Ormai stava quasi gridando, tanto che quando Oliver e il professor Thornton entrarono nella stanza lanciarono loro uno sguardo imbarazzato e si spostarono verso il tavolo per mettersi a studiare i documenti sparsi sul ripiano.

«*Siamo* alla fine dell'estate» sibilò Mathilde agitando una mano. «Ti spiego tutto dopo. Adesso voglio ascoltare.» Si vergognava un po' di aver impiegato tanto tempo ad affrontare un problema che avrebbe dovuto risolvere già da diverse settimane e non era impaziente di ammettere le sue mancanze con la sorella.

«Sì, ne parliamo dopo» concordò Rachel a bassa voce distogliendo lo sguardo. Il suo atteggiamento era così carico di disappunto e sgomento che Mathilde sentì gli occhi pizzicarle di lacrime.

Il professor Thornton diede un rumoroso colpetto di tosse e l'intero gruppo si voltò verso di lui.

«Allora, posso confermare che il documento è quello che sospettavamo inizialmente, una delle varie lettere intercorse nel 1586 tra la regina Maria di Scozia e i membri della congiura di Babington. Solo che, a un certo punto» alzò appena la voce, e la sua eccitazione per gli eventi della storia divenne quasi palpabile, «questa è stata intercettata da un uomo di nome Thomas Phelippes, un esperto di codici cifrati il cui obiettivo era tentare di sventare le congiure. Le lettere di Maria, che all'epoca era prigioniera, venivano intercettate da agenti doppiogiochisti e ricopiate con l'aggiunta di nuovi incarichi per attirare i cospiratori nella rete tessuta dal capo delle spie della regina Elisabetta, Sir Francis Walsingham. Questo è un importante tassello di quel rompicapo, estremamente affascinante. Soprattutto perché, oltre a essere scritto in codice, è anche stenografato, il che aggiunge un ulteriore livello di segretezza. Abbiamo pochissimi esemplari di questo genere di lavoro, anche se sappiamo che il metodo fu elaborato dal dottor Bright, il sovrintendente dell'ospedale St. Bartholomew. Più di quattrocento anni fa, non è incredibile?» Ormai l'entusiasmo del professore aveva contagiato anche gli altri, che sorridevano proprio come lui.

«E il palinsesto, le parole scritte in inchiostro simpatico tra le righe della lettera?» chiese Oliver.

«Ah, quello è un documento privato. Ci spiega perché è stato nascosto ma dovrebbe essere letto dalla famiglia, non sta a me rivelarlo.» Estrasse un foglio dattiloscritto dalla sua cartellina e lo posò sul tavolo. «È tutto scritto qui» disse, «l'originale è ancora all'università, rimarrà nella nostra cassaforte termoregolata finché non troveremo un accordo su come conservarlo in forma più permanente. Più avanti» si voltò verso Oliver, «avrei piacere di discutere con te le tue scoperte sul trittico, in modo da capire come si correlano a ciò che sappiamo sul proprietario del dipinto e della casa.»

Oliver annuì, dopodiché il professor Thornton salutò tutti con una stretta di mano e se ne andò. I tre rimasero in silenzio sul gradino d'ingresso, ascoltando il rumore della sua auto che si allontanava. Tutto ciò che Mathilde aveva aspettato di scoprire, il motivo per cui il trittico era stato nascosto nella cappella e la storia del suo antenato, era racchiuso in quel documento sul tavolo. Tutte le verità che i fantasmi che la seguivano dal suo arrivo non erano riusciti a raccontarle.

Assorta nei suoi pensieri, non si accorse dell'auto che si avvicinava lungo il vialetto finché non si fu fermata di fronte alla casa con una fragorosa serie di strombazzate. Al volante c'era Alice e, accanto a lei, Jack aggrappato al cruscotto con un'espressione impaurita che illustrava fin troppo bene quanto fosse spericolata la guida della moglie.

«Proprio la persona che stavo cercando» esclamò la zia balzando fuori dall'auto. Per la prima volta da quando Mathilde l'aveva incontrata, aveva un gran sorriso stampato in faccia.

«Zia Alice, qual è il problema?» Rachel fece un passo avanti come preparandosi a intervenire.

«Problema? Non c'è nessun problema» fu la risposta. «Siamo venuti a ringraziare nostra nipote.» A quel punto la sua aria allegra si sgonfiò come un pasticcio di rognone afflosciato su se stesso e lei scoppiò in lacrime. Rachel corse da lei, ma Alice la fermò con una mano. Mathilde, intanto, aveva fatto un passo indietro.

«No, lasciami finire» proseguì la zia. «Non posso negare di essere rimasta amaramente delusa quando questa ragazza è spuntata dal nulla dopo anni e anni. Nessuno si aspettava che arrivasse e io in particolare non la volevo qui. Minacciava le nostre vite, la nostra casa, ed ero sconvolta e spaventata. Ma questo non giustifica il mio comportamento, sono stata scortese e mi sbagliavo. Che cosa avrebbe detto Peter? Posso solo scusarmi dal profondo del cuore per le mie azioni terribili.» Fece un passo verso Mathilde, che d'istinto indietreggiò ancora. «Ma oggi il postino ci ha portato una lettera in cui il signor Murray ci informava di aver trasferito a noi l'atto di proprietà della vecchia fattoria, perciò non dovremo più preoccuparci di restare senza un tetto sopra la testa. Come potrò mai ringraziarti?»

Questa volta Mathilde non fece in tempo a evitare di essere stritolata in un abbraccio profumato che rischiò di soffocarla.

«Non ho fatto niente di che. Avrei dovuto pensarci subito. Mi dispiace di averci messo tanto.» La sua voce suonò roca quando la zia si decise infine a lasciarla andare. Dietro di lei, vide che Oliver e sua sorella si scambiavano uno sguardo con le sopracciglia inarcate.

Rachel accompagnò gli zii in cucina per offrire loro una tazza di tè: *La panacea di tutti i problemi inglesi*, pensò Mathilde.

Oliver era ancora fermo nello stesso punto da cui aveva assistito al siparietto appena concluso. «Perché non ci hai detto che i documenti riguardavano questo?» chiese. «Pensavamo che avessi venduto la villa.»

«Mi vergognavo» confessò lei. «Avrei dovuto farlo appena arrivata. So fin troppo bene cosa si prova a temere di perdere la propria casa, eppure ho avuto bisogno che tu e Rachel mi faceste notare quello che avevo sotto il naso. Avrei dovuto capire da sola perché Alice si comportava in quel modo. Sono stata una stupida.»

«Non è così.» Lui le passò un braccio intorno alle spalle e la attirò a sé. «Perché avresti dovuto pensarlo? Ti ha trattato con freddezza fin dal tuo arrivo. Ne hai fatta di strada da allora, anche se sono passati solo tre mesi. Andiamo a prendere il tè con la tua famiglia, d'accordo? Poi potrai leggere la lettera che ti ha lasciato il tuo antenato.»

In cucina, Mathilde lasciò che Rachel se la stringesse al petto sussurrandole «Scusa» all'orecchio. Sentì il calore della sua guancia umida di lacrime e ricambiò l'abbraccio.

«Scusami tu» mormorò stringendola più forte, poi si sedette al tavolo per unirsi ai festeggiamenti improvvisati, mentre la sorella recuperava dalla credenza dei bicchieri e una bottiglia di cognac ricoperta di polvere insieme all'onnipresente teiera.

«Papà trovava sempre qualche ottimo motivo per condividere un brandy.» Rachel fece un sorriso lacrimoso e tirò su col naso. «E penso che questo sia un buon momento per proseguire la tradizione.»

«Alla famiglia» disse Alice sollevando la sua tazza, e tutti si unirono al brindisi. Nessuna parola aveva mai avuto suono più dolce, pensò Mathilde, poi si scusò e corse in camera da letto a prendere il regalo che aveva preparato per Rachel. Sentiva che era il momento giusto.

«Questo è per te» annunciò brusca, porgendoglielo. Non disse che all'inizio aveva pensato di darglielo quando fosse ripartita. Ormai sapeva che non sarebbe mai successo.

Strappando la carta, Rachel scoprì una foto incorniciata di Fleur, una di quelle che le aveva scattato Mathilde la notte in cui l'aveva portata nelle paludi.

«Oh, è perfetta, grazie» sussurrò Rachel.

«L'ultimo tassello del rompicapo di famiglia» disse Mathilde, guardando la bambina seduta al lato opposto della tavola con un bicchiere di latte. Le fece l'occhiolino e Fleur rispose con un gran sorriso.

«Allora, diamo un'occhiata alla lettera misteriosa?» propose Oliver guardando le due sorelle, che annuirono. Alice e Jack li osservarono confusi, ma seguirono il gruppo nel salone e attesero in silenzio mentre, con dita tremanti, Mathilde prendeva la lettera dal tavolo. La stanza sembrava più calma adesso, l'ostilità di prima come dissolta nell'aria. Sollevando la cartellina di plastica trasparente in cui era contenuta la traduzione, Mathilde cominciò a leggere.

Questa è la storia di Tom Lutton. Ho attraversato il mare in cerca di una casa dove sentirmi al sicuro. Non una volta, ma due. Ho servito la mia regina come speziale, come spia, e per questo ho per-

duto colei che custodiva il mio cuore e il mio amore. Questo trittico illustrerà in eterno la mia storia. Ho trovato tutto ciò che cercavo e ora vivrò fino alla fine dei miei giorni con nostro figlio nelle pianure in cui un tempo ha avuto inizio il mio viaggio.

Tornò a posarla sul tavolo e si voltò a osservare il trittico accanto a sé. Raccontava la storia di Tom, sì, ma anche la sua. Erano due facce della stessa medaglia. La casa emise un lento sospiro e gli spiriti dei secoli passati scivolarono via, finalmente in pace.

Senza dire una parola, Mathilde girò intorno agli altri, uscì dalla porta principale e andò sul retro della casa, raccogliendo la vanga strada facendo. Un pettirosso che si era appollaiato sul manico la seguì, saltellando di ramo in ramo finché non raggiunsero il suo angolo di giardino. Avvertiva il bisogno di trovarsi dove aveva sempre sentito più vicino l'uomo che ora sapeva essere Tom Lutton: il suo antenato.

Aveva amato quell'angolo anche lui, ne era certa. Non c'era da stupirsi che ne fosse stata attratta, affascinata dalla calma e dalla pace che trasmetteva. Affondando la vanga nel terreno cominciò a scavare, sollevando metodicamente una zolla dopo l'altra, fino a formare una montagnola nello stesso luogo in cui anche lui aveva trovato conforto.

Con un rumore metallico, la vanga a un tratto urtò qualcosa che le impedì di scavare più a fondo. Mathilde si accigliò e riprovò ancora, spostandosi di qualche centimetro: il terreno era ricco di selci che già le avevano creato difficoltà in passato. Stessa cosa. Allora si inginocchiò e prese a rimuovere la terra. C'era qualcosa là sotto, vicino a dove aveva piantato le sue erbe, e scavando con le mani continuò a cercarla. Disteso sotto un cespuglio di timo, Shadow la guardava crogiolandosi al tepore del sole.

Furono necessarie quasi due ore di duro lavoro per dissotterrarla. A un certo punto Rachel la raggiunse con una tazza di tè, che però rimase a raffreddarsi per terra senza che lei la toccasse. Alla fine si rialzò e rimase in piedi, a gambe divaricate e con le mani sui fianchi, davanti alla montagna di fango che aveva rimosso. Di fronte a lei c'era una lunga lastra di pietra, quasi intatta nonostante i secoli in cui era rimasta sepolta. Con le mani ripulì la terra che ancora la copriva. L'incisione diceva semplicemente: TOM LUTTON, MORTO IL 4 AGOSTO 1607. UN VIAGGIATORE CHE HA FATTO RITORNO A CASA.

Era la sua lapide, riesumata nel punto esatto in cui lei aveva lavorato per settimane. Il suo antenato, e l'antenato di suo padre. Forse suo figlio, il bambino che lei aveva sognato, l'aveva sepolto in quell'angolo di giardino che lui aveva amato quanto lei. Era una buona spiegazione per la pace e la serenità che aveva sempre avvertito in quel luogo. Fece scorrere le dita nell'erba alta al suo fianco avvertendone il lieve solletico contro la pelle. Aveva viaggiato molto anche lei ma, dopo tanto tempo, era finalmente a casa.

Ringraziamenti

Ed eccoci qui: non ero sicura che sarei riuscita a scrivere questo notoriamente difficile secondo romanzo, ma poi le parole hanno iniziato a scorrere e Tom e Mathilde si sono messi a raccontare le loro storie.

Di certo non sarei arrivata fin qui senza l'aiuto, la collaborazione e il sostegno delle persone meravigliose che mi hanno tenuto per mano per tutto il percorso. Innanzitutto, un enorme grazie alla mia brillante editor Molly Walker-Sharp, che ha plasmato questo libro nella sua forma migliore ed è così incoraggiante da meritare tutta la mia riconoscenza: sei una stella! E un ringraziamento anche al reparto marketing e all'intera squadra della Avon per l'eccezionale lavoro: sono incredibilmente grata di poter contare su tutti voi.

I miei più sentiti ringraziamenti anche alla mia adorabile agente Ella Kahn della Diamond Kahn and Woods. La tua intuizione e i tuoi suggerimenti sono sempre utili e accurati, e sono estremamente grata di avere te come interlocutrice delle mie email perché non ti infastidisci mai per le mie domande sciocche. Grazie per il tuo continuo sostegno, per il tuo entusiasmo e per essere sempre dalla mia parte.

Una menzione super speciale va alla mia collega d'ufficio virtuale e beta reader Jenni Keer, che rende entusiasmante ogni giorno che trascorro alla scrivania. Grazie per aver vissuto nel mio telefono l'anno scorso e per il tuo tifo costante. Meritano un sentito ringraziamento anche gli altri membri e amici della sezione Suffolk e Norfolk della RNA, in particolare Heidi Swain, Rosie Hendry, Claire Wade, Ian Wilfred e Kate Hardy, sempre pronti ad agitare i pompon e mostrare il loro infinito sostegno. Siete fantastici!

Non avrei potuto scrivere questa storia senza l'aiuto di alcuni specialisti in vari ambiti. Prima di tutto, grazie a David Hollingworth per avermi aiutato a correggere il mio francese da scolaretta: prima o poi verrò a trovarti per metterlo davvero alla prova! E grazie a Sarah Voysey per il suo camper riconvertito, che mi è stato di grande ispirazione e mi ha senz'altro aiutato a visualizzare meglio l'ambulanza di Mathilde. E una menzione molto speciale a un gruppo di persone fantastiche (voi sapete chi siete!) sempre pronte a rispondere a qualunque domanda mi venga in mente: siete una vera miniera di informazioni. Un ringraziamento extra a Sara, Lisa, Fiona, Catherine, Eleanor, Mary, Rhian e Rebecca per avermi aiutato a risolvere un grosso problema di trama.

Ovviamente, non avrei potuto sedermi a scrivere *La spia della regina* senza tutto il sostegno e l'aiuto che ricevo a casa, perciò sono in enorme debito con mio marito Des, che molto gentilmente approfitta di ogni occasione per andarsene a giocare a golf e lasciarmi in pace. Davvero, Des, non esistono parole per esprimere quanto sia grata di averti nella mia vita! Sul serio. E grazie a ognuno dei miei adorabili bambini, il vostro sostegno è molto apprezzato e questo libro è per voi cherubini.

Per concludere, devo dire grazie agli splendidi lettori che mi hanno sostenuto tantissimo nell'ultimo anno. Non potrò mai ringraziarvi abbastanza per il vostro entusiasmo: mi ha davvero scaldato il cuore. Sapere che così tante persone hanno amato i miei personaggi e leggere i pensieri che condividono nelle loro recensioni è semplicemente l'elogio migliore che potrei mai chiedere: rischiarate la mia giornata, e vi sono immensamente grata. Se qualcuno di voi non mi ha ancora trovato sui social media, passate a salutarmi!

X: @claremarchant1
Instagram: @claremarchant1
Facebook: @ClareMarchantAuthor

Questo volume è stato stampato nel marzo 2024
presso Rotolito S.p.A. - Milano